岩波文庫

32-033-1

新編

中国名詩選

(上)

川合康三編訳

岩波書店

はしがき

この本は中国古典詩がどのようなものか、全体のあらましを知って、親しんでいただくために編んだものです。日本では早く五世紀頃から中国の書物を学び、詩も受容してきました。最古の漢詩集『懐風藻《かいふうそう》』(七五一年)をはじめとして、詩を作ることも行われてきました。日本の文学のなかの一つのジャンルと言ってもいいほどです。

しかし明治以降、学びの対象を西洋に転換して以来、そしてことに戦後になって、中国の詩は日本の文化、文学のなかから急速に遠ざかっていったかに見えます。日本の伝統文化をよりよく理解するためというのみならず、中国の古典詩が世界の文学のなかで大きな意義をもつことを知るためにも、わたしたちはこの文化遺産を、改めて読み直すべきではないでしょうか。

そのために、中国の上古から清末までの詩歌、約五百首を選びました。伝説上の詩歌も上古のなかに収めました。『詩経』から数えても、三千年に近い長さになります。それは伝統的な古典文学が、文化の中心にあった時代に当たります。

選択の基準は、中国の文学のなかで大きな意義をもつ作品、また中国や日本でよく知られてきた作品、ということです。よく知られてきたとは、古今のアンソロジーに収められることが多い詩、後代の作品のなかで言及されることが多い詩、といったところですが、こんな詩があることも知ってほしいという編訳者の思いから選んだ詩も含まれます。

全体を時代順に三冊に分け、各冊のなかで、
上冊は、上古・『詩経』・『楚辞』・前漢・後漢・魏晋・南朝(東晋・南朝宋・南斉・梁・陳)・北朝、
中冊は、唐の初唐・盛唐・中唐(柳宗元まで)、
下冊は、中唐(白居易から)・晩唐・北宋・南宋(金)・元明清
と区分しました。均等に選び取ることより、作品の知名度・重要度を斟酌したため、時代による繁簡が生じる結果になりました。
各時代の区分には、はじめにその時期の概要を記しました。
各詩篇は、作者の紹介・原文・訓読・語注・訳・補釈の順で並べました。
原文のみ正字を用い、ほかは原則として常用字を用いました。
原文はほぼ通行するテキストを用い、字の異同が意味の大きな違いを生じる場合に限

って、それについて注記しました。

各冊には関連する地図(鈴木達明作成)、年表を付しました。

下冊の最後に、中国の詩歌の全体的な特質についての概説、および収録した詩人とその詩題の索引を載せました。


日本人は早くから「訓読」という方法で中国古典を受容してきました。原文を生かしながら、半ば翻訳でもある訓読のおかげで、わたしたちは原文に直接触れながら、日本語で内容をかなりの程度まで理解することができました。ことに詩の場合、本来の言語に接することができるというのは、ありがたいことです。ただ、訓読だけでは意味の細かなところは捉えきれない場合があり、また訓読に頼るために、日本語訳が西洋の翻訳のようには発達しませんでした。訓読で読めることは日本人の特権ではありますが、本書では日本語による訳だけでも本来の詩に近づけるような訳文を作ることに努めました。原文にないことは加えない、原文にあることは省かない、そうすることによって原文との透明な関係を目指しました。

語注は用例や典故を機械的に挙げることは避け、詩の理解に欠かせない意味、古典としてもつ重い意味、それを補いました。

本書のなかに重ねて出てくる語やモチーフについては、互いに参照できるように頁を記しました。

補釈は各詩篇について、その詩の特徴、詩史のなかの位置づけなどに関するコメントです。従来の既成の「漢詩」受容を超えて、中国古典詩を詩として甦らせるべく、新鮮な理解を引き出すことに努めました。意味のない美辞麗句を並べることは排し、編訳者自身の感性を通した言述であることを心掛けました。

原稿はすべて編訳者の手になり、責任も編訳者が負うものではありますが、全体を通して好川聡、鈴木達明、唐代は伊崎孝幸、宋以降は稲垣裕史、その四氏に校閲をお願いしました。訳文をはじめ、原稿には編集担当の清水愛理氏の斧鑿が入っています。カバーと本文に挿入した図版は、宇佐美文理氏に選んでいただきました。宇佐美氏には原稿にも貴重なご意見を賜りました。快く力を貸してくださった諸氏に感謝いたします。

目　次

『詩経』

『楚辞』

前　漢

後　漢

魏　晋

南朝

北　朝

中国名詩選

(上)

吉川幸次郎先生
小川　環樹先生
に献ぐ

上古

扉＝李唐《りとう》「采薇《さいび》図巻」(北京故宮博物院蔵)

殷周の交替期に「義として周粟《しゅうぞく》を食らわず」，首陽山にこもって薇で飢えを凌いだ伯夷《はくい》・叔斉《しゅくせい》兄弟．「采薇の歌」(30 頁)参照．李唐は南宋を代表する山水画家．

上古の詩歌

中国には最も早い時期のものとして、伝説上の聖王、堯《ぎょう》や舜《しゅん》の作ったという詩も、伝えられてはいる。もちろん、それは堯舜伝説が語られるようになった後で作られたもの。『詩経』以前の詩歌は、おおむねそうした伝説の形成と関わって生まれている。

実際には後代の作であるにしても、人々は上古の世の詩歌として受容してきた。ここには『詩経』以前の作とされる詩のなかから、とりわけよく知られ、浸透してきた四首を選んで収める。いつ制作されたかという問題はさておき、上古の詩として受け止められてきたことに意味がある。

実際にはこれらが『詩経』より後に作られたことは、「采薇《さいび》の歌」の「彼《か》の西山に登り、其の薇《び》を采《と》る」（三〇頁）の二句が、『詩経』召南《しょうなん》・草虫《そうちゅう》の「彼の南山に陟《のぼ》り、言《ここ》に其の薇を采る」をほとんどそのまま用いていること、また「麦秀《ばくしゅう》の歌」の「彼の狡僮《こうどう》は、我と好《よ》からず」（三二頁）の二句が、『詩経』鄭風《ていふう》の「狡童」の詩（七八頁）を借りていることからも、明らかであろう。

ここに取り上げた四首は、それぞれその後の中国の思想・文学における重要なテーマと関わりがある。「撃壌《げきじょう》の歌」は堯に対する賛美であるとともに、無為の政治、質朴を極めた生き方を理想とする思想も表明する。「采薇の歌」は命を賭して義を貫いた士の典型をうたう。「麦秀の歌」に見られる、王朝の興亡や世の推移を目にして生じる感慨は、そののちの「詠史詩」「懐古詩」に引き継がれる。そして「接輿《せつよ》の歌」は仕官か隠逸かという、中国の士大夫が常に直面した選択につながる。

撃壌歌

1 日出而作
2 日入而息
3 鑿井而飲
4 耕田而食

撃壌《げきじょう》の歌《うた》
日《ひ》出《い》でて作《お》き
日《ひ》入《い》りて息《いこ》う
井《い》を鑿《うが》ちて飲《の》み
田《た》を耕《たがや》して食《く》らう

0「撃壌歌」は壌を撃つ歌。「壌」はカスタネットのような楽器。それを叩いて拍子を取る。あるいは「壌」は木片で、それを地面に置いた的《まと》に当てる遊びともいう。後世には「鼓腹撃壌《こふくげきじょう》の歌」と呼ばれる。手で腹鼓《はらつづみ》を打ち足で地面を打って拍子を取る歌の意。その場合の「壌」は土、地面。**4**「田」は水田ではなく、農地。

拍子木を叩きながらのうた

お日様が出たら起き、お日様が沈んだら寝る。
井戸を掘って水を飲み、畑を耕して食らう。

起きて畑仕事をして食べて寝る、それだけで十分満足だという庶民の歌。『帝王世紀』(『芸文類聚』巻一一)などでは、古代の聖なる王、堯《ぎょう》の時に老人がこの歌をう

たい、太平の世を謳歌した、という記述とともに引かれる。最後に「帝　何ぞ我れに力あらんや(帝王は自分に何の力も及ぼしはしない)」という句があり、為政者の存在すら感取させないのが究極の政治だという文脈のなかに置かれる。『荘子』譲《じょう》王《おう》篇にも似た歌が見える。

政治はいかにあるべきかとは別に、簡素を極めたこの生き方は、人間にとって普遍的な願望であるともいえよう。

采薇歌

1 登彼西山兮
2 采其薇矣
3 以暴易暴兮
4 不知其非矣
5 神農虞夏忽焉沒兮
6 我安適歸矣
7 于嗟徂兮

采薇《さいび》の歌《うた》

彼《か》の西山《せいざん》に登《のぼ》り
其《そ》の薇《び》を采《と》る
暴《ぼう》を以《もっ》て暴《ぼう》に易《か》え
其《そ》の非《ひ》なるを知《し》らず
神農《しんのう》・虞《ぐ》・夏《か》　忽焉《こつえん》として没《ぼっ》せり
我《われ》　安《いず》くにか適《ゆ》き帰《かえ》らん
于嗟《ああ》　徂《ゆ》かん

8命之衰矣　　命《めい》之《こ》れ衰《おとろ》えたり

0「采」は「採」に通じ、採取するの意。「薇」はノエンドウの類。野菜の代用食。ゼンマイとするのは日本の訓。1「西山」は首陽山《しゅようざん》を指す。山西省永済市《えいさいし》にあったといわれる。「兮《けい》」は語調を整える字。2「矣《い》」は語調を整える字。3殷《いん》王朝最後の暴君紂《ちゅう》を、周の武王《ぶおう》が武力によって倒したことをいう。5太古の聖王は世を去って、武力を振るう王しかいないことを嘆く。「神農」は三皇の一人に数えられる太古の皇帝。人々に初めて農業を教えたとされる。「虞」は五帝の一人の舜《しゅん》(有虞氏《ゆうぐ》)を、「夏」は夏《か》王朝を建てた禹《う》を指す。6「適帰」の「適」は行く、「帰」は落ち着くべき場所に帰着する。7「于嗟」は絶望をあらわす感嘆の語。「徂」は行く。

薇《び》を採《と》るうた

西の山に登って、ノエンドウを採る。
力を力でねじ伏せる、その誤りに気づかない。
神農《しんのう》も舜《しゅん》も禹《う》もたちまちいなくなった。わたしはどこに身を置けるのか。
ああ、もう立ち去ろう。運命は尽きたのだ。

一　殷周革命に際して、周に抵抗した伯夷《はくい》・叔斉《しゅくせい》の歌。周の武王は父の文王《ぶんのう》の喪も明けぬうちに、暴虐な殷の紂王《ちゅうおう》の討伐に向かう。伯夷と叔斉の兄弟は礼を失するとして止めるが聞き入れられず、周に世が代わると「義として周粟《しゅうぞく》を食らわず」、首陽山にこもって餓死した。この歌は『史記』列伝の冒頭、伯夷列伝のなかに見える。司馬遷《しばせん》は善人が不幸な目に遭い、悪人が天寿を全うする不条理を挙げて、「天道是《ぜ》か非《ひ》か」と疑問を投げかけ、それは『史記』全体を貫く問いともなっている。

麥秀歌

1 麥秀漸漸兮
2 禾黍油油
3 彼狡僮兮
4 不與我好兮

麦秀《ばくしゅう》の歌《うた》

麦秀《むぎひい》でて漸漸《ぜんぜん》たり
禾黍《かしょ》　油油《ゆうゆう》たり
彼《か》の狡僮《こうどう》は
我《われ》と好《よ》からず

1・2 昔の宮殿はあとかたもなく、今や畑と化して穀物が元気よく育っている様子をいう。「秀」は穂が伸びる。「漸漸」は穂が豊かに実っているさま。「禾」はイネ、「黍」はキビの一種。モチキビ。「禾黍」で穀物一般を指す。「油油」はつややかに実るさま。
3 「狡僮」は悪童。『詩経』鄭風に「狡童」の詩(七八頁)があり、古注(毛伝《もうでん》・鄭箋《ていせん》)では無能な王を批判した歌とされる。ここでは殷の最後の王、紂王を指す。4 自分といい関係を結べない。「狡童」の詩では「我《われ》をして餐《さん》する能《あた》わざらしむ」、「我をして息《いき》する能わざらしむ」と、関係の悪化が身体に影響を及ぼすことをいう。ここでは箕子《きし》が紂王にたびたび諫言を呈しても聞き入れられなかったことをいう。

麦熟《う》るるうた

麦がたわわに実った。キビはつやつや熟した。
あの小童《こわっぱ》は、わたしと仲違《なかたが》いしている。

この詩を載せる『史記』宋微《そうび》之《し》世家《せいか》では、殷の忠臣箕子《きし》が殷王朝が周に滅ぼされたあと、宮殿の跡地が畑に変わったのを見て、耐え難い悲しみをうたったものとする。穀物が元気よく育つ(1・2)のは、かつてそこにあった宮殿があとかたもないことを意味する。箕子は暴虐非道の紂王に対してたびたび諫言を呈したが、聞き入れられなかった。その関係を3・4で『詩経』の「狡童」を借りて表現する。

接輿歌

接輿《せつよ》の歌《うた》

1 鳳兮鳳兮

鳳《ほう》よ鳳《ほう》よ

2 何徳之衰
3 往者不可諫
4 來者猶可追
5 已而已而
6 今之従政者殆而

何《なん》ぞ徳《とく》の衰《おとろ》えたる
往者《おうじゃ》は諫《いさ》む可《べ》からず
来者《らいしゃ》は猶《な》お追《お》う可《べ》し
已《や》みなん已《や》みなん
今《いま》の政《せい》に従《したが》う者《もの》は殆《あやう》し

0「接輿」は春秋時代、楚の国の世捨て人の名。 **1**「鳳」は聖なる鳥、鳳凰。めでたい世に出現する瑞兆。 **2** 世の中に徳が衰退したことをいう。 **3・4**「往者」は過去、「来者」は未来。 **5**「已」は止める。 **6**「殆」は危険。

接輿《せつよ》のうた

鳳《おおとり》よ、鳳よ。世の中、徳も地に落ちたものだ。
過ぎたことは言っても無駄、だがこの先ならまだ間に合うはず。
やめなされ、やめなされ。今の世で政治に関わるなんてあやういこと。

——『論語』微子《びし》篇に見える歌。楚の狂《きょう》(わざと常軌をはずれた人)の接輿が、孔子の前で聞こえよがしにこの歌をうたう。孔子が車から降りて話をしようとすると、走り去ってしまった、という。この歌は『荘子』人間世篇《じんかんせい》では、より長いかたちに敷衍されている。

今は鳳が出現するはずもない乱れた世、そんな時に理想を追い求める孔子に対して、無益な努力をしても自分の身を危険にさらすだけだと、接輿はやんわり諭す。現状の認識においては孔子も接輿も同じ。ただ、今の世を変えようとするか、見限って世間の外側に生きるかに違いがある。

『論語』の次の条に見える長沮《ちょうそ》、桀溺《けつでき》という隠者とともに、『論語』は孔子と異質の集団にも言及する。

『詩経』

監本纂圖重言重意互註毛詩卷第五

齊雞鳴詁訓傳第八

（〔陸曰〕齊者太師呂望所封之國也其地少昊爽鳩氏之墟在禹貢青州岱嶺之陰潍淄之野都營丘之側禮記云太公封於營丘是也〔互註〕左襄二十九年吳公子札來聘請觀周樂使工爲之歌齊曰美哉泱泱乎大風也哉表東海者其太公乎國未可量也）

毛詩國風　鄭氏箋

雞鳴思賢妃也哀公荒淫怠慢故陳賢妃貞女夙夜警戒相成之道焉（〔妃〕芳非反〔慢〕武諫反〔警〕居領反本又作敬音同）。雞既鳴矣朝既盈矣（雞鳴而夫人作朝盈而君作箋云雞鳴朝盈夫人也君也可以起之常禮〔朝〕直遥反注下皆同）匪雞則鳴蒼蠅之聲（蒼蠅之聲有似遠雞之鳴箋云夫人以蠅聲爲雞鳴則起早於

扉＝『詩経』鶏鳴《けいめい》(中国国家図書館蔵)
毛氏の「伝」と鄭玄《じょうげん》の「箋《せん》」を合わせた『毛詩』．その南宋の刊本をもとに清朝に手写した部分．「鶏鳴」(85頁)参照．

『詩経』について

『詩経』は中国最古の詩集。紀元前十一世紀ころから口承で伝えられてきた詩が、春秋時代前期の紀元前七、六世紀ころ、編纂されたもの。古くは孔子(前五五一—前四七九)が三千首のなかから三百首を選んで編んだと伝えられたが(『史記』孔子世家)、実際には孔子の時代にはすでにほぼ現行の『詩経』に近いかたちが整っていたとおぼしい。

『詩経』は三百五篇の詩を収め、「風《ふう》(国風《こくふう》)」「雅《が》(小雅《しょうが》・大雅《たいが》)」「頌《しょう》」の三つの部分から成る。「国風」は黄河流域の各地方の民歌。恋愛、結婚、農耕など、古代の庶民の生活から生まれた歌が集まる。「雅」は周王朝および高貴の家での宴席でうたわれた。「小雅」のなかには国風と重なる部分もある。「大雅」には王朝の祖先をたたえる長篇もまじる。「頌」は祖先を祀る廟で演じられた。

その基本的な形式は、四言から成る句がいくつか重ねられて一章をなし、何章かが重ねられて一篇をなす。章の間ではしばしばリフレインを含む。本来は楽曲、舞踊を伴って演じられたものであった。それが文字に定着され書物としてまとめられたのは、音楽、踊りと一体であった原初的な形式に、何らかの変化が生じた時期であっただろう。

『詩経』は注釈の歴史も古く、前漢・毛氏の注(毛伝《もうでん》)、それを敷衍した後漢・鄭玄《じょうげん》の注

（鄭箋《ていせん》）、両者を合わせた『毛詩』が通行する。『毛詩』を「古注」と称するのに対して、南宋・朱熹《しゅき》の『詩集伝《ししゅうでん》』が新たな解釈を施し、それは「新注」と呼ばれる。

『詩経』は当初、単に『詩』と呼ばれたが、前漢の時に儒家の重要な経典「五経」の一つに数えられ、以後は詩の典範として尊ばれた。しかし皮肉にも、『詩経』には儒家の拘束を受ける以前の唯一の詩歌が集まる。そのために、ことに「国風」には民間の恋の歌が多い。古注はそれを歴史上の事柄に結びつけたうえで道義的解釈を施し、往々にして無理な解釈を加えるが、儒家の立場から意義付けられたことによって今日まで残りえたのも確かである。春秋時代においては、外交の場で相手に伝えたいメッセージを、『詩経』の詩篇を借りて伝えたようであり、それが『詩経』の本来の役割であったとすると、古注などの解釈も曲解とは必ずしも言い難い。

二十世紀に入ってフランスのマルセル・グラネが伝統の拘束から離れて新たな研究を始め、その後、民俗学などを援用して伝統的解釈に縛られない意味を読解する試みは日本で活発に行われている。

關雎

（一）

1 關關雎鳩
2 在河之洲
3 窈窕淑女
4 君子好逑

関《かん》雎《しょ》（国風・周南《しゅうなん》）

（一）

関関《かんかん》たる雎鳩《しょきゅう》は
河《かわ》の洲《す》に在《あ》り
窈窕《ようちょう》たる淑女《しゅくじょ》は
君子《くんし》の好逑《こうきゅう》

0「関雎」は1の「関関雎鳩」のなかの二字。『詩経』の詩は本文の一部を取って題とする。　**1**「関関」は鳥の鳴き声。「雎鳩」はミサゴ。水辺に棲む猛禽であるが、雌雄の仲がよい性質を取って後半につなげる。　**3**「窈窕」は品のよい美しさをそなえたさま。　**4**「好逑」はよきつれあい。

ミサゴの声

（一）

カンカンと鳴くミサゴの鳥が、川の中洲にいる。
しとやかなお嬢さんは、殿方とよくお似合い。

（二）

1 參差荇菜
2 左右流之
3 窈窕淑女
4 寤寐求之

（二）

参差《しんし》たる荇菜《こうさい》は
左右《さゆう》に流《なが》る
窈窕《ようちょう》たる淑女《しゅくじょ》は
寤寐《ごび》に求《もと》む

1「参差」はふぞろいなさま。「荇菜」はアサザ。食用に供する水草。 **2**「流」は「毛伝」では「求める」と読む。「之」は語調を整える字。 **4**「寤」は覚める。「寐」は寝る。

（二）

大小さまざまなアサザの草は、右に左に流れてゆく。しとやかなお嬢さんが、寝ても覚めてもほしい。

（三）

1 求之不得
2 寤寐思服

（三）

求《もと》むるも得《え》ず
寤寐《ごび》に思服《しふく》す

3 悠哉悠哉　悠《ゆう》なる哉《かな》　悠《ゆう》なる哉《かな》
4 輾轉反側　輾転反側《てんてんはんそく》す

2「思」も「服」も思うの意。　**3**「悠哉」は思いがいつまでも途切れずに続くさま。「哉」は詠嘆の語調をあらわす。　**4**「輾転」は寝返りを打つ。「反側」はうつぶせになったり仰向けになったりする。

（三）

ほしくても自分のものにできず、寝ても覚めても頭を離れない。
ずっとずっと思い続けて、ごろごろ寝返りを打つ。

（四）

1 參差荇菜　参差《しんし》たる荇菜《こうさい》は
2 左右采之　左右《さゆう》に采《と》る
3 窈窕淑女　窈窕《ようちょう》たる淑女《しゅくじょ》は
4 琴瑟友之　琴瑟《きんしつ》もて友《とも》とす

2 「采」は「採」に通じる。手で取る。 **4** 「琴瑟」の「琴」は五絃ないし七絃の小型の、「瑟」は二十五絃の大型の絃楽器。琴と瑟との共演は調和のしるし。「琴瑟相い和す」の成語はこれに基づく。「友」は仲のよい関係をもつ。

（四）

大小さまざまなアサザの草は、右に左に摘み採る。しとやかなお嬢さんは、琴瑟《きんしつ》奏《かな》でて仲よくなろう。

（五）

1 參差荇菜
2 左右芼之
3 窈窕淑女
4 鍾鼓樂之

（五）

參差《しんし》たる荇菜《こうさい》は
左右《さゆう》に芼《えら》ぶ
窈窕《ようちょう》たる淑女《しゅくじょ》は
鍾鼓《しょうこ》もて楽《たの》しむ

2 「芼」は選ぶ。 **4** 「鍾」も「鼓」も打楽器。「琴瑟」よりさらににぎやかな音を発する。

（五）

大小さまざまなアサザの草は、右に左に選び取る。
しとやかなお嬢さんは、鐘や太鼓で楽しもう。

『詩経』冒頭の詩。「周南」は周(陝西省)の南方一帯でうたわれていた歌。一章の1・2は仲むつまじいつがいの鳥をうたい、それによって後二句の男女相い和す人間の事柄を呼び起こす。自然物からうたいおこし、人間の事柄に移行するこの手法は『詩経』独特のもので、「興《きょう》」といわれる。

思う人を求めて得られない恋のつらさから、獲得の喜びまでをうたう。婚礼における祝いの歌ととらえることもできる。

桃夭

（一）

1 桃之夭夭
2 灼灼其華
3 之子于歸
4 宜其室家

桃《とう》夭《よう》（国風・周南《しゅうなん》）

（一）

桃《もも》の夭夭《ようよう》たる
灼灼《しゃくしゃく》たり　其《そ》の華《はな》
之《こ》の子《こ》　于《ゆ》き帰《とつ》がば
其《そ》の室家《しっか》に宜《よろ》しからん

1「夭夭」は若々しく美しいさま。 **2**「灼灼」は輝くさま。 **3**「之子」は親しみをこめて人を呼ぶ語。「于」は行く。「帰」は落ち着くべき所に帰着する。嫁入りすること。 **4**「室家」は嫁ぎ先の家。

桃は若やぐ

（一）

桃は若やぐ。輝くその花。
この子がお嫁に行ったなら、そのお家《うち》にもふさわしい。

（二）

1 桃 之 夭 夭
2 有 蕡 其 實
3 之 子 于 歸
4 宜 其 家 室

（二）

桃《もも》の夭夭《ようよう》たる
蕡《ふん》たる有《あ》り　其《そ》の実《み》
之《こ》の子《こ》　于《ゆ》き帰《とつ》がば
其《そ》の家室《かしつ》に宜《よろ》しからん

2「蕡」はまるまると充実したさま。 **4**「家室」は押韻に合わせて「室家」を転倒したもの。

（二）

桃は若やぐ。ふっくらしたその実。
この子がお嫁に行ったなら、そのお宅にもふさわしい。

（三）

1 桃之夭夭
2 其葉蓁蓁
3 之子于歸
4 宜其家人

（三）

桃《もも》の夭夭《ようよう》たる
其《そ》の葉《は》　蓁蓁《しんしん》たり
之《こ》の子《こ》　于《ゆ》き帰《とつ》がば
其《そ》の家人《かじん》に宜《よろ》しからん

2「蓁蓁」は勢いよく茂るさま。　**4**「家人」は婚家の人々。

（三）

桃は若やぐ。ふさふさしたその葉。
この子がお嫁に行ったなら、その家の人たちにもふさわしい。

一　各章とも1・2でみずみずしい桃をうたい、そこから若盛りのむすめを呼び起こす興《きょう》。桃は中国では古来、生命のシンボル。ここでは桃の実体と若い女性の身体とを具象的に結びつけて、ほとばしるような若さ、輝くような美しさをうたう。適齢期を迎えたむすめの姿を讃え、結婚をことほぐ。

芣苢

（一）

1 采采芣苢
2 薄言采之
3 采采芣苢
4 薄言有之

芣《ふ》苢《い》（国風・周南《しゅうなん》）

（一）

芣《ふ》苢《い》を采《と》り采《と》る
薄《いささ》か言《ここ》に之《これ》を采《と》る
芣《ふ》苢《い》を采《と》り采《と》る
薄《いささ》か言《ここ》に之《これ》を有《も》つ

0「芣苢」はオオバコ。食用、薬用に供する。**1**「采」は「採」と同じ。採取する。**2**「薄」も「言」も語調を整える字。**4**「有」は自分の物とする、しまい込む。

オオバコ

（一）

オオバコをとる。ほうら、こうしてオオバコをとる。

オオバコをとる。ほうら、こうしてかかえこむ。

（二）

1 采采芣苢
2 薄言掇之
3 采采芣苢
4 薄言捋之

（二）

芣苢《ふい》を采《と》り采《と》る
薄《いささ》か言《ここ》に之《これ》を掇《ひろ》う
芣苢《ふい》を采《と》り采《と》る
薄《いささ》か言《ここ》に之《これ》を捋《と》る

2「掇」は拾い集める。 **4**「捋」はちぎり取る。

（二）

オオバコをとる。ほうら、こうしてオオバコを拾う。
オオバコをとる。ほうら、こうして指でもぎる。

（三）

1 采采芣苢
2 薄言袺之

（三）

芣苢《ふい》を采《と》り采《と》る
薄《いささ》か言《ここ》に之《これ》を袺《つまど》る

3　采采芣苢　　芣苢《ふい》を采《と》り采《と》る
4　薄言襭之　　薄《いささ》か言《ここ》に之《これ》を襭《つまばさ》む

2「袺」は着物の端をもちあげる。**4**「襭」は着物のなかに包みこむ。

(三)

オオバコをとる。ほうら、こうして衣をかかげる。
オオバコをとる。ほうら、こうして衣にかかえこむ。

野の草を摘む歓び、春の日差しを浴びて働く歓びが、軽やかな調子に乗って伝わってくる。各章の1と3はリフレイン、2と4の動詞の違いが、動作の変化をあらわす。一章の「采」「有」は草を採り、採った草を容れる全体的な動作。二章は採る動作を具体化し、「掇」は地面の草を拾う、「捋」は葉をちぎる。三章は容れる動作を具体化し、「袺」は草をしまうために衣をかかげる、「襭」はかかげた衣のなかに草を容れる。採っては容れる作業の繰り返しが、詩の音楽性と一致する。

柏舟

（一）

1 汎彼柏舟
2 亦汎其流
3 耿耿不寐
4 如有隠憂
5 微我無酒
6 以敖以遊

柏《はく》舟《しゅう》（国風・邶《はい》風《ふう》）

（一）

汎《はん》たる彼《か》の柏舟《はくしゅう》
亦《ま》た汎《はん》として其《そ》れ流《なが》る
耿耿《こうこう》として寐《い》ねず
隠憂《いんゆう》有《あ》るが如《ごと》し
我《われ》に酒《さけ》の
以《もっ》て敖《あそ》び以《もっ》て遊《あそ》ぶ無《な》きに微《あら》ず

0「柏舟」は柏（カシワの類）の木で作った舟。鄘《よう》風《ふう》にも同題の詩がある。 **1**「汎」は波間に浮かぶさま。 **2**「亦」は語調を整える字。 **3**「耿耿」は炎が揺れ動くように心が乱れるさま。「寐」は寝る。 **4**「隠憂」は心の奥深くの悲しみ。 **5・6** 遊び楽しむ酒がないわけではないが、それでは癒されないの意。「微」は「非」と同じく、「あらず」の意。「敖」は思いきり遊ぶ。

カシワの小舟

（一）

ぷかりぷかりとカシワの小舟、ぷかりと浮かんで流れゆく。
ゆらりゆらりと心は揺らいで寝付かれぬ。深い愁いがあるように。
騒ぐお酒も楽しいお酒も、わたしになくはないけれど。

（二）

我心匪鑑
不可以茹
亦有兄弟
不可以據
薄言往愬
逢彼之怒

（二）

我《わ》が心《こころ》は鑑《かがみ》に匪《あら》ず
以《もっ》て茹《く》らう可《べ》からず
亦《ま》た兄弟《けいてい》有《あ》るも
以《もっ》て拠《よ》る可《べ》からず
薄《いささ》か言《ここ》に往《ゆ》きて愬《うった》えなば
彼《か》の怒《いか》りに逢《あ》わん

1・2「匪」は「非」に通じる。「鑑」は鏡。「茹」は食べる、呑む。そこから受け容れるの意。鏡は何でも映して中に容れるが、自分の心にそれはできない。**5**「薄」も

「言」も語調を整える字。

（二）

わたしの心は鏡じゃない。何でも包み込むなんてできはしない。兄弟はいるにはいるけど、頼りになんてなりはしない。行って泣きついてみたところで、きっと怒られるに決まってる。

（三）

1 我心匪石
2 不可轉也
3 我心匪席
4 不可巻也
5 威儀棣棣
6 不可選也

（三）

我《わ》が心《こころ》は石《いし》に匪《あら》ず
転《ころ》がす可《べ》からず
我《わ》が心《こころ》は席《むしろ》に匪《あら》ず
巻《ま》く可《べ》からず
威儀《いぎ》棣棣《ていてい》として
選《えら》ぶ可《べ》からず

3「席」は座るための敷物。**5・6**「威儀」は立派な立ち居振る舞い、挙措。「棣棣」はゆったりとしてみやびなさま。自分の挙措の何が立派かと選ぶこともできない。欠ける所がないことをいう。

（三）

わたしの心は石じゃない。転がすなんてできはしない。
わたしの心はむしろじゃない。巻き上げるなんてできはしない。
ふるまい、態度は堂々として、どれと一つを挙げるまでもない。

（四）

1 憂心悄悄
2 慍于羣小
3 覯閔既多
4 受侮不少
5 靜言思之
6 寤辟有摽

（四）

憂心悄悄《ゆうしんしょうしょう》たり
群小《ぐんしょう》を慍《うら》む
閔《うれ》いに覯《あ》うこと既《すで》に多《おお》し
侮《あなど》りを受《う》くること少《すく》なからず
静《しず》かに言《ここ》に之《これ》を思《おも》うも
寤《さ》めて辟《う》つこと摽《ひょう》たる有《あ》り

1「悄悄」は沈み込むさま。**2**「慍」は怨む。「群小」は多くの小人。**3**「覯」は出会う。「閔」は憂患。**6**「寤」は目が覚める。ここでは考え込んでいた状態から覚める。「辟」は胸を叩く。悲痛をあらわす動作。「有摽」は胸を叩くさま。

(四)

悲しみの心にうち沈む。憎らしいのはつまらぬ輩《やから》。
ひどい目にはさんざん遭ってきた。辱《はずかし》めだってたくさん受けてきた。
静かにじっと考えこんでは、我に返って胸をどんと叩く。

(五)

1 日居月諸
2 胡迭而微
3 心之憂矣
4 如匪澣衣
5 靜言思之
6 不能奮飛

(五)

日《ひ》よ月《つき》よ
胡《なん》ぞ迭《かわ》りて微《かす》かなる
心《こころ》の憂《うれ》うる
澣《あら》わざる衣《ころも》の如《ごと》し
静《しず》かに言《ここ》に之《これ》を思《おも》うも
奮飛《ふんび》すること能《あた》わず

1・2 日月のような明るいものですら暗くなることがある。「居」「諸」は語調を整える字。「迭」は変化する。「微」は光が見えなくなる。　**4**「澣」は「浣」と同じ。水にすすいで洗う。　**6**「奮飛」は羽を奮って飛び立つ。

（五）

太陽よ月よ、どうして見えなくなってしまうのか。

心のなかの悲しみは、あたかも汚れきった衣のように。

静かにじっと考えこみ、飛び立つこともできない。


衛《えい》の国（河南省、黄河の北）でうたわれた歌。まわりの人々から疎外され、憂いにうちひしがれた胸中をうたう。具体的にどのような事態があったかについては述べず、人から孤立した悲しみが心のなかで渦を巻く。

一章では憂愁はまだ漠然としている。二章で身内にも理解されないことを語る。三章に至って尊厳が傷つけられたことがわかり、四章は屈辱を受けたことをさらにはっきり語る。五章、光を注いでくれる存在もなく、みじめな思いがまとわりつく。

様々な解釈があるが、周囲から侮られて悲痛に沈みながらも、憤りとともに自尊心を堅持する男の姿と解する。

蝃蝀

蝃《てい》蝀《とう》（国風・鄘《よう》風《ふう》）

(一)

1 蝃蝀在東
2 莫之敢指
3 女子有行
4 遠父母兄弟

(一)

蝃蝀《ていとう》　東《ひがし》に在《あ》り
之《これ》を敢《あ》えて指《さ》すこと莫《な》かれ
女子《じょし》　行有《こうあ》り
父母兄弟《ふぼけいてい》より遠《とお》ざかる

0「蝃蝀」は虹。　**3**「行」は履《ふ》み行うべき道。　**4** 肉親から離れて嫁ぐことをいう。

にじ

(一)

東の空ににじが出た。指さそうとしてはいけないよ。むすめには道がある。父母兄弟に別れて嫁ぐという。

(二)

1 朝隮于西
2 崇朝其雨
3 女子有行

(二)

朝《あした》に西《にし》より隮《のぼ》り
崇朝《すうちょう》　其《そ》れ雨《あめ》ふる
女子《じょし》　行有《こうあ》り

4 遠兄弟父母　　兄弟父母《けいていふぼ》より遠《とお》ざかる

1・2「隮」は登る。西に虹が立つと雨が降ると言われた。「崇朝」は朝の時間が終わるまでずっと。

（二）

朝から西ににじが立つ。朝じゅうずっと雨が降る。
むすめには道がある。父母兄弟に別れて嫁ぐという。

（三）

1 乃如之人也　　乃《すなわ》ち之《か》くの如《ごと》きの人《ひと》は
2 懐婚姻也　　婚姻《こんいん》を懐《おも》うなり
3 大無信也　　大《おお》いに信無《しんな》きなり
4 不知命也　　命《めい》を知《し》らざるなり

（三）

1「乃」は「それなのに」という逆接をあらわす。　**3**「信」は誠実な心。　**4**「命」は決められた運命。

なのにまったくあの子ときたら、お嫁に行きたいと思っている。まじめな思いがまるでない。おんなの定めがわかっていない。

（三）

衛の国でうたわれた歌。正しい結婚こそ女子の道と説く。結婚は親が取り結ぶものであり、自分から願うのは多情なむすめとして指弾される。

虹は天と地が性的に交わった時にあらわれると考えられた。それは秩序を乱す不穏なしるしであり、男女の場合には淫蕩を、君臣の場合は謀反、不忠を意味する。世の転覆を予兆する「白虹《はっこう》　日を貫く」という成語もある。けがらわしい虹を指さすことはタブーであった。

◆

河廣

（一）

1 誰謂河廣
2 一葦杭之
3 誰謂宋遠

河《か》広《こう》（国風・衛風《えいふう》）

（一）

誰《たれ》か謂《い》う　河《かわ》は広《ひろ》しと
一葦《いちい》もて之《これ》を杭《わた》る
誰《たれ》か謂《い》う　宋《そう》は遠《とお》しと

4 跂予望之　　跂《つまだ》ちて　予《われ》　之《これ》を望《のぞ》む

2「一葦」は一本のアシ。小さな舟の比喩。「杭」は舟を浮かべる、渡る。 **3**「宋」は黄河を挟んで、この詩が歌われた衛の国の南側の国。 **4**「跂」はつま先立つ。遠くを見ようとする動作。

河は広い

（一）

誰が言った、河が広いなんて。葦《あし》一本あれば渡れるのに。
誰が言った、宋の国が遠いなんて。背伸びしてわたしは向こうを見る。

（二）　　　　　（二）

1 誰謂河廣　　誰《たれ》か謂《い》う　河《かわ》は広《ひろ》しと
2 曾不容刀　　曾《すなわ》ち刀《かたな》を容《い》れず
3 誰謂宋遠　　誰《たれ》か謂《い》う　宋《そう》は遠《とお》しと
4 曾不崇朝　　曾《すなわ》ち朝《あさ》を崇《お》えず

2「曾」は否定を強める。「刀」は幅が狭い物の代表。古注・新注では「刀」を小舟の比喩とする。　**4**　朝の時間が終わらないほど短い時間で渡れる近さだという。

（二）

誰が言った、河が広いなんて。刀一本さえも入らないのに。

誰が言った、宋の国が遠いなんて。朝のうちに行きつけるのに。

◆

衛の国でうたわれた歌。黄河に隔てられて宋の国に渡りたい思いをうたう。くやしさから無理矢理、河を狭いと言いなして極端に細い物(葦・刀)を持ち出す。対岸の衛の国に来ている宋の人の望郷の思いという解釈もあるが、実際には広い河幅を狭いというういじらしさは、恋の歌とするのがふさわしい。

木瓜

（一）

1 投我以木瓜
2 報之以瓊琚
3 匪報也

木瓜《ぼっか》(国風・衛風《えいふう》)

（一）

我《われ》に投《とう》ずるに木瓜《ぼっか》を以《もっ》てす
之《これ》に報《むく》ゆるに瓊琚《けいきょ》を以《もっ》てす
報《むく》ゆるに匪《あら》ざるなり

4 永以爲好也　永《なが》く以《もっ》て好《よしみ》を為《な》すなり

0「木瓜」はボケ。実は食用にする。 **1**「投」は贈る。「投果」という、果物を男に投げつける求愛行為があった。 **2**「瓊琚」は帯び玉にする玉の一種。 **3・4**「匪」は「非」に通じる。単なる返礼ではない、愛情を深めたいからという。

ボケ

（一）

ぼくに投げつけたのはボケ。お返しに琚《きょ》の帯び玉をあげよう。
ただのお返しとは違うんだ。ずっと仲良くしてほしい。

（二）　　（二）

1 投我以木桃　我《われ》に投《とう》ずるに木桃《ぼくとう》を以《もっ》てす
2 報之以瓊瑤　之《これ》に報《むく》ゆるに瓊瑤《けいよう》を以《もっ》てす
3 匪報也　報《むく》ゆるに匪《あら》ざるなり
4 永以爲好也　永《なが》く以《もっ》て好《よしみ》を為《な》すなり

1「木桃」は桃の一種の果実。　**2**「瓊瑶」も帯び玉にする玉の一種。

（二）

ぼくに投げつけたのはモモ。お返しに瑶《よう》の帯び玉をあげよう。
ただのお返しとは違うんだ。ずっと仲良くしてほしい。

（三）

1 投我以木李
2 報之以瓊玖
3 匪報也
4 永以爲好也

（三）

我《われ》に投《とう》ずるに木李《ぼくり》を以《もっ》てす
之《これ》に報《むく》ゆるに瓊玖《けいきゅう》を以《もっ》てす
報《むく》ゆるに匪《あら》ざるなり
永《なが》く以《もっ》て好《よしみ》を為《な》すなり

1「木李」はスモモ。　**2**「瓊玖」も帯び玉にする玉の一種。

（三）

ぼくに投げつけたのはスモモ。お返しに玖《きゅう》の帯び玉をあげよう。
ただのお返しとは違うんだ。ずっと仲良くしてほしい。

女が果物を投げつけるのは求愛の行為。それに対して男が種々の宝玉の佩玉《はいぎょく》(帯び玉)を返す。形式的な返礼ではない、本気で好意を寄せたいしるしだとうたう。果物と宝玉がリフレインのなかで種類を変えていく。

黍離

（一）

1 彼黍離離
2 彼稷之苗
3 行邁靡靡
4 中心搖搖
5 知我者
6 謂我心憂
7 不知我者
8 謂我何求
9 悠悠蒼天

黍離《しょり》（国風・王風《おうふう》）

（一）

彼《か》の黍《きび》は離離《りり》たり
彼《か》の稷《しょく》は之《こ》れ苗《なえ》
行邁《こうまい》　靡靡《びび》たり
中心《ちゅうしん》　揺揺《ようよう》たり
我《われ》を知《し》る者《もの》は
我《わ》が心憂《こころうれ》うと謂《おも》う
我《われ》を知《し》らざる者《もの》は
我《われ》　何《なに》をか求《もと》むると謂《おも》う
悠悠《ゆうゆう》たる蒼天《そうてん》

此何人哉　　此《こ》れ何人《なんぴと》なるか

1「黍」はキビの一種。モチキビ。「離離」は実が稠密に実ったさま。**2**「稷」はキビの一種。コウリャン。**3**「行邁」は遠く旅行く。「靡靡」は歩みが遅いさま。**4**「中心」は「心中」に同じ。「揺揺」は憂いで気持ちが落ち着かないさま。**9**「悠悠」は遥かに遠いさま。「蒼天」は青い空。

キビはびっしり

（一）

あのキビはびっしり実り、あのコウリャンは苗のまま。
歩みはのろのろと遅く、心のなかはゆらゆら揺れる。
わたしのことを知る人は、わたしが愁いに沈んでいると思う。
わたしのことを知らぬ人は、わたしが何か探していると思う。
遠い遠い青空よ、ねえ、あの人はいったいどんな人。

（二）　　（二）

彼黍離離　　彼《か》の黍《きび》は離離《りり》たり

彼稷之穂
行邁靡靡
中心如醉
知我者
謂我心憂
不知我者
謂我何求
悠悠蒼天
此何人哉

彼《か》の稷《しょく》は之《こ》れ穂《ほ》
行邁《こうまい》 靡靡《びび》たり
中心《ちゅうしん》 酔《よ》うが如《ごと》し
我《われ》を知《し》る者《もの》は
我《わ》が心憂《こころうれ》うと謂《おも》う
我《われ》を知《し》らざる者《もの》は
我《われ》 何《なに》をか求《もと》むると謂《おも》う
悠悠《ゆうゆう》たる蒼天《そうてん》
此《こ》れ何人《なんびと》なるか

4「如醉」は憂いに沈む気持ちをたとえる。

(二)

あのキビはびっしり実り、あのコウリャンには穂が出た。
歩みはのろのろと遅く、心のなかはふらふら酔ったよう。
わたしのことを知る人は、わたしが愁いに沈んでいると思う。

わたしのことを知らぬ人は、わたしが何か探していると思う。
遠い遠い青空よ、ねえ、あの人はいったいどんな人。

(三)

彼黍離離
彼稷之實
行邁靡靡
中心如噎
知我者
謂我心憂
不知我者
謂我何求
悠悠蒼天
此何人哉

(三)

彼《か》の黍《きび》は離離《りり》たり
彼《か》の稷《しょく》は之《こ》れ実《み》
行邁《こうまい》 靡靡《びび》たり
中心《ちゅうしん》 噎《むせ》ぶが如《ごと》し
我《われ》を知《し》る者《もの》は
我《わ》が心憂《こころうれ》うと謂《おも》う
我《われ》を知《し》らざる者《もの》は
我《われ》 何《なに》をか求《もと》むると謂《おも》う
悠悠《ゆうゆう》たる蒼天《そうてん》
此《こ》れ何人《なんびと》なるか

5「如噎」は憂いで胸がつまり声にならない。

（三）
あのキビはびっしり実り、あのコウリャンには実がなった。
歩みはのろのろと遅く、心のなかはきりきり痛む。
わたしのことを知る人は、わたしが愁いに沈んでいると思う。
わたしのことを知らぬ人は、わたしが何か探していると思う。
遠い遠い青空よ、ねえ、あの人はいったいどんな人。

東周の王都洛邑《らくゆう》(河南省洛陽市)一帯の歌。ある人との関係から打ちひしがれた思いをうたう。「黍」と「稷」はともに穀物であるが、各章の冒頭で「黍」が一貫してたわわに実っている(1)のに対して、「稷」は苗―穂―実と一章ずつ変化していく(2)。その生育のずれは、自分と相手との食い違いをあらわすか。憂いの内容は語られないまま、各章の末尾(9・10)で天に問いかけたなかで「人」が原因であることが示唆されるに過ぎない。

麦が実ったことからうたいおこす「麦秀の歌」(三二頁)と似ていることから、古くは「黍離麦秀《しょり》」と一括されて亡国の悲しみをいうと解されたが、悲しい恋の歌とすべきだろう。

君子于役

（一）

1 君子于役
2 不知其期
3 曷至哉
4 雞棲于塒
5 日之夕矣
6 羊牛下來
7 君子于役
8 如之何勿思

君子《くんし》于《う》役《えき》（国風・王風《おうふう》）

（一）

君子《くんし》　役《えき》に于《ゆ》く
其《そ》の期《き》を知《し》らず
曷《いつ》か至《いた》らんや
鶏《にわとり》は塒《ねぐら》に棲《す》む
日《ひ》は夕《ゆう》べなり
羊牛《ようぎゅう》下《くだ》り来《きた》る
君子《くんし》　役《えき》に于《ゆ》く
之《これ》を如何《いかん》ぞ思《おも》う勿《な》からん

0「君子」はここでは女が夫なり恋人なりを指す語。背の君。「于」は行く。「役」は行役。　**2**「期」は行役の終わる時期。　**3**「曷」はいつ。　**4–6** 日が暮れれば家禽・家畜でもねぐらに戻る。帰って来られない男と対比する。　**4**「棲」は鳥が巣で寝る。「塒」は土塀で囲った鶏の巣。　**6** 日中は野外で放牧する羊や牛を、日が暮れると小屋に戻す。

あの人は兵役に

（一）

あの人は兵役に行った。どれほど続くかわからない。
お帰りになるのはいつ。にわとりはねぐらに入る。
日も暮れます。羊や牛は里に戻る。
あの人は兵役に行った。どうして心に掛けずにおられましょう。

（二）

1 君子于役
2 不日不月
3 曷其有佸
4 雞棲于桀
5 日之夕矣
6 羊牛下括
7 君子于役

（二）

君子《くんし》　役《えき》に于《ゆ》く
日《ひ》あらず月《つき》あらず
曷《いつ》か其《そ》れ佸《あ》うこと有《あ》らん
鶏《にわとり》は桀《けつ》に棲《す》む
日《ひ》は夕《ゆう》べなり
羊牛下《ようぎゅうくだ》り括《あつま》る
君子《くんし》　役《えき》に于《ゆ》く

8
苟無飢渇　苟《しばら》も飢《き》渇《かつ》無《な》からんや

2 再会の時は、日とか月とかの短い単位では予測がつかない。 **3**「佸」は会う。 **4**「桀」は鳥が眠る止まり木。 **6**「括」はばらばらの状態から一つにまとまる。 **8**「苟」はしばらく。「飢渇」は飢えと渇き。満たされない思いをいう。

（二）

あの人は兵役に行った。幾日とも幾月ともわからない。
いつお会いできることやら。にわとりは止まり木に乗る。
日も暮れます。羊や牛は里に集まる。
あの人は兵役に行った。ひもじいほどの思い、しばしも胸から離れましょうか。

王都の歌。兵役に駆り出された男を待ちわびる女の悲嘆。日暮れになれば鶏はねぐらに入り、牛羊は里に戻る(各章の4–6)。しかし男は帰ってこない。村では静かに日が暮れ、平穏な生活が日々繰り返されている。そのなかにあって男の帰還を待ちわびる女だけが心穏やかでいられない。のちの詩に定着する「閨怨《けいえん》(独り寝の女の悲哀をうたう詩)」の早い例。

采葛

采葛《さいかつ》　(国風・王風《おうふう》)

(一)

1 彼采葛兮
2 一日不見
3 如三月兮

(一)

彼《かしこ》に葛《くず》を采《と》る
一日《いちにち》　見《み》ざれば
三月《みつき》の如《ごと》し

1「彼」は語調を整える字。「葛」はクズ。織布の材料。薬用、食用にもする。蔓がからみつくことから恋の歌に頻見。

クズ摘み

(一)

クズを摘みます。
一日お会いできないと、三月《みつき》も会わないみたい。

(二)

1 彼采蕭兮
2 一日不見

(二)

彼《かしこ》に蕭《しょう》を采《と》る
一日《いちにち》　見《み》ざれば

3 如 三 秋 兮　　三秋《さんしゅう》の如《ごと》し

1「蕭」はカワラヨモギ。燃やして祭祀に用いる。　**3**「三秋」は七月から九月までの秋三カ月、あるいは三カ月の秋が三つ分で九カ月、あるいは「秋」を「年」の意味にとって三年など、諸説ある。要は(一)の「月」と(三)の「歳(年)」の間に季節という単位を置いて、時間がしだいに長くなるのをあらわす。

(二)

カワラヨモギを摘みます。
一日お会いできないと、三度の秋も会わないみたい。

(三)　　(三)

1 彼 采 艾 兮　　彼《かしこ》に艾《がい》を采《と》る
2 一 日 不 見　　一日《いちにち》見《み》ざれば
3 如 三 歳 兮　　三歳《さんさい》の如《ごと》し

1「艾」はヨモギ。乾かしてもぐさとする。　**3**「三歳」は三年。

（三）

ヨモギを摘みます。
一日お会いできないと、三年《みとせ》も会わないみたい。

王都の歌。草摘みの歌は恋の歌。会いたいのに会えないと、心理的時間は実際の時間より長く感じられる。章ごとに月、季節、年と時間が長くなることが、いや増す思いに対応する。首を長くして待つことを「一日三秋」「一日千秋」というのは、この詩に由来する。

女曰雞鳴

（一）

女曰雞鳴
士曰昧旦
子興視夜
明星有爛
將翺將翔

女曰鶏鳴《じょえつけいめい》（国風・鄭風《ていふう》）

（一）

女《おんな》は曰《い》う　鶏鳴《けいめい》
士《おとこ》は曰《い》う　昧旦《まいたん》
子《し》　興《お》きて夜《よる》を視《み》よ
明星《みょうじょう》　爛《らん》たる有《あ》り
将《は》た翺《こう》し将《は》た翔《しょう》す

6 弋鳧與雁　鳧《かも》と雁《がん》とを弋《よく》せん

0「鶏鳴」は夜明け前の時刻。「鶏鳴」(八五頁)参照。 2「士」は男。1の「女」と対《つい》。「昧旦」は「鶏鳴」より遅い、夜が明けようとする時刻。 3「視夜」は明けたかどうか、夜の様子を見る。 4「明星」は明けの明星、金星。「有爛」はあざやかに輝くさま。ほかの星が消え金星だけが輝く時刻になったことを示す。 5「将」は並列をあらわす語。「翱」も「翔」も鳥の飛翔。 6「弋」はひもをつけた矢で射る。

（一）

女がいう「にわとりが鳴いたわ」

女がいう、「にわとりが鳴いたわ。」男がいう、「夜が明けるよ。」「あなた、起きて夜の様子を見て。明けの明星が光っている。」「鳥が飛ぶ、鳥が翔ける。カモやカリをいぐるみで射てやろう。」

（二）

1 弋言加之　弋《よく》して言《ここ》に之《これ》を加《くわ》え

2 與子宜之　子《し》と之《これ》を宜《よろ》しとせん

3 宜言飲酒
4 與子偕老
5 琴瑟在御
6 莫不靜好

宜《よろ》しとして言《ここ》に酒《さけ》を飲《の》み
子《し》と偕《とも》に老《お》いん
琴瑟《きんしつ》 御《ぎょ》に在《あ》り
静好《せいこう》ならざるは莫《な》し

1「加」はここでは食卓に添える。 **2**「宜」はおいしく味わう。 **4** 死ぬまで夫婦離れずにいようという思いをあらわす。「偕老」は『詩経』に頻見。 **5**「琴」は五絃、ないし七絃。「瑟」は二十五絃。大小絃楽器の合奏で夫婦のむつまじさをいう。「在御」は侍《はべ》っている、そばにある。 **6**「静好」はなごやか。調和した演奏とともに夫婦のむつまじさでもある。

（二）

「射止めたらそれを添えて、あなたと一緒においしく食べましょう。おいしく食べて、お酒も飲みましょう。あなたと一緒に共白髪《ともしらが》。琴《きん》と瑟《しつ》がおそばにあります。何もかもむつまじいこと。」

（三） （三）

1 知子之來之　子《し》の来《きた》るを知《し》れば
2 雜佩以贈之　雑佩以《ざっぱいもっ》て贈《おく》らん
3 知子之順之　子《し》の順《したが》うを知《し》れば
4 雜佩以問之　雑佩以《ざっぱいもっ》て問《と》わん
5 知子之好之　子《し》の好《この》むを知《し》れば
6 雜佩以報之　雑佩以《ざっぱいもっ》て報《むく》いん

1「来」は嫁いでくる。「之」は語調を整える字。 **2**「雑佩」は腰につける種々の玉の飾り物。男が愛情のしるしとして女へ贈る物。 **3**「順」は従順、貞淑。 **4**「問」は相手に物を贈る。 **6**「報」は女の贈り物に対して返礼する。

（三）

「君が来てくれることがわかったから、帯び玉を贈り物にしよう。
君が素直なことがわかったから、帯び玉をあげよう。
君が愛してくれることがわかったから、帯び玉をお返しにしよう。」

一　鄭《てい》の国（河南省）の歌。若い男女の共同生活の喜びをうたう。一章は男女の掛け合い。二章は女の立場から一生ともに暮らしたいと語り、三章は男の立場から結婚へと誘う。

狡童

（一）

1 彼狡童兮
2 不與我言兮
3 維子之故
4 使我不能餐兮

狡《こう》童《どう》（国風・鄭《てい》風《ふう》）

（一）

彼《か》の狡童《こうどう》
我《われ》と言《い》わず
維《こ》れ子《し》の故《ゆえ》に
我《われ》をして餐《さん》する能《あた》わざらしむ

0「狡童」はずるい男。「童」は親しみを込めて恋人を呼んだ語と解する。 **1**「兮《けい》」は語調を整える字。 **3**「維」は語調を整える字。

ずるい男《ひと》

（一）

あのずるい男《ひと》ったら、わたしに口もきいてくれないの。
あなたのせいで、わたしはご飯ものどを通りません。

（二）

1 彼狡童兮
2 不與我食兮
3 維子之故
4 使我不能息兮

（二）

彼《か》の狡童《こうどう》
我《われ》と食《しょく》せず
維《こ》れ子《し》の故《ゆえ》に
我《われ》をして息《いき》する能《あた》わざらしむ

（二）

あのずるい男《ひと》ったら、わたしと一緒にご飯も食べてくれないの。
あなたのせいで、わたしは息もできません。

◆ともに暮らしている男女の仲が険悪になった。男のつれない態度が女の身体に影響を及ぼす。食べられず息もできないとは、命に関わる大げさな表現。とはいえ、相手を「狡童(ずるくて憎たらしい男《ひと》)」と呼ぶように、表面で譏《そし》りながらも愛情が裏に張り付いている。

風雨

（一）

1 風雨淒淒
2 雞鳴喈喈
3 既見君子
4 云胡不夷

風《ふ》雨《う》（国風・鄭《てい》風《ふう》）

（一）

風雨《ふうう》　淒淒《せいせい》たり
鶏鳴《けいめい》　喈喈《かいかい》たり
既《すで》に君子《くんし》を見《み》る
云胡《なん》ぞ夷《たい》らかならざらん

1「淒淒」は風雨がすさまじく吹きつけるさま。　**2**「鶏鳴」は「鶏鳴」（八五頁）参照。「喈喈」は鳥が一斉に鳴く声。　**3**「既」はこの句の行為が、次の句の行為が起こる前に終わっていることをあらわす。「君子」は女が愛する男を指す語。　**4**「云胡」はどうして。「夷」は心が落ち着く。

風も雨も

（一）

風も雨も吹きすさぶ。にわとりが一斉に鳴き騒ぐ。
こうしてあなたに会えたから、ほっと安らぎました。

(二)

1 風 雨 瀟 瀟
2 雞 鳴 膠 膠
3 既 見 君 子
4 云 胡 不 瘳

(二)

風雨《ふうう》 瀟瀟《しょうしょう》たり
鶏鳴《けいめい》 膠膠《こうこう》たり
既《すで》に君子《くんし》を見《み》る
云胡《なん》ぞ瘳《い》えざらん

1「瀟瀟」は風雨の激しい音。 **2**「膠膠」は音が入り乱れるさま。 **4**「瘳」は病が癒える。

(二)

風も雨も吹きつのる。あちこちでにわとりが鳴き騒ぐ。こうしてあなたに会えたから、心の病も癒えました。

(三)

1 風 雨 如 晦
2 雞 鳴 不 已
3 既 見 君 子

(三)

風雨《ふうう》 晦《かい》の如《ごと》し
鶏鳴《けいめい》 已《や》まず
既《すで》に君子《くんし》を見《み》る

4　云胡不喜　　云胡《なん》ぞ喜《よろこ》ばざらん

1「晦」は夜のように暗い。

（三）

風も雨も真っ暗な闇。にわとりはずっと鳴きやまない。
こうしてあなたに会えたから、喜ばずにはいられましょうか。

鄭《てい》の国の歌。「風雨」は恋を妨げる周囲の厳しさ、「鶏鳴」は逢瀬が終わる朝の到来を告げるとともに、不安をかき立てるものでもある。恋の恐れにおののきながらも、恋人に会えた思いが、「夷《たい》らか」「瘳《い》える」「喜ぶ」と、安堵から歓喜へと変化していく。

◆―――――

子衿　　子《し》衿《きん》（国風・鄭風《ていふう》）

（一）　　（一）

1　青青子衿　　青青《せいせい》たる子《し》の衿《えり》
2　悠悠我心　　悠悠《ゆうゆう》たる我《わ》が心《こころ》

3 縱我不往　縱《たと》い我往《われゆ》かずとも
4 子寧不嗣音　子《し》 寧《なん》ぞ音《いん》を嗣《つ》がざる

1「青青」は青い。若く爽やかな感じを伴う。**2**「悠悠」は遥か遠い対象を思うさま。**4**「嗣音」は引き続いて声を掛ける。

あなたのえり

（一）

あおあおとしたあなたのえり。はるかに慕うわたしの心。
わたしが行かないからといって、あなたはなぜ何も言ってくれないの。

（二）

1 青青子佩　青青《せいせい》たる子《し》の佩《はい》
2 悠悠我思　悠悠《ゆうゆう》たる我《わ》が思《おも》い
3 縱我不往　縱《たと》い我往《われゆ》かずとも
4 子寧不來　子《し》 寧《なん》ぞ来《きた》らざる

1「佩」は腰につける帯び玉。男が愛情のしるしとして贈る物。「女曰《じょえつ》鶏鳴」(七七頁)参照。

(二)

ああおとしたあなたの帯び玉。はるかに慕うわたしの思い。
わたしが行かないからといって、あなたはなぜ来てくれないの。

(三)

1 挑　兮　達　兮
2 在　城　闕　兮
3 一　日　不見
4 如　三　月　兮

(三)

挑《とう》たり達《たつ》たり
城闕《じょうけつ》に在《あ》り
一日《いちにち》見《み》ざれば
三月《みつき》の如《ごと》し

1「挑達」は行ったり来たりするさま。ここでは相手を捜し回って落ち着かない心もあらわす。「兮」は語調を整える字。それを挟んで「挑達」を四字句にする。　**2**「城闕」は町を取り巻く城壁に設けられた門。　**3・4**「采葛《さいかつ》」(七二頁)参照。

(三)

あちらに行ったりこちらに来たり。城門の上にいます。
一日お会いできないと、三月《みつき》も会わないみたい。

音信の途絶えた男への思いを抱き続け、捜し求める女の歌。「悠悠たる我が思い」「一日　見ざれば」など、『詩経』に常套の語句が並べられるが、「青青たる子の衿」という恋人の爽快なイメージがこの詩を際立たせる。

◆―――――

雞鳴　　鶏鳴《けいめい》（国風・斉風《せいふう》）

（一）

1 雞既鳴矣
2 朝既盈矣
3 匪雞則鳴
4 蒼蠅之聲

（一）

鶏《にわとり》既《すで》に鳴《な》けり
朝《あさ》既《すで》に盈《み》てり
鶏《にわとり》の鳴《な》くに匪《あら》ず
蒼蠅《そうよう》の声《こえ》

1・2 逢瀬の終わりである夜明けを音と光であらわす。「既」は期待に反して、もうそんな時刻になってしまったという気持ちも含む。「朝」は朝の光。古注・新注では朝廷とする。「盈」は朝の気配、光があふれる。　**3** 「則」は「之」と同じく「の」の意。

4 「蒼蠅」はハエ。

ニワトリが鳴く

(一)

「ニワトリがもう鳴いたわ。朝の光がもういっぱいね。」

「あれはニワトリが鳴いたんじゃない、ハエの音だよ。」

(二)

1 東 方 明 矣
2 朝 既 昌 矣
3 匪 東 方 則 明
4 月 出 之 光

(二)

東方《とうほう》 明《あ》けたり
朝《あさ》 既《すで》に昌《あきら》かなり
東方《とうほう》の明《あ》くるに匪《あら》ず
月出《げっしゅつ》の光《ひかり》

1・2 一章よりさらに時間が進んだことをあらわす。「昌」は光が明るい、まぶしい。

(二)

「東の空が明るくなったわ。朝の光がもうまぶしいね。」

「東の空が明るくなったんじゃない、月が昇ったんだよ。」

（三）

1 蟲飛薨薨
2 甘與子同夢
3 會且歸矣
4 無庶予子憎

（三）

虫《むし》飛《と》びて薨薨《こうこう》たり
甘《あま》んじて子《し》と夢《ゆめ》を同《とも》にせん
会《あ》いて且《まさ》に帰《かえ》らんとす
庶《ねが》わくは予《よ》を子《し》の憎《にく》むこと無《な》きを

1「薨薨」は虫の羽音。 **2**「甘」は楽しく浸る。 **4**「無庶」は「庶無」の倒置。「……でないことを願う」。「予」はわたし。

（三）

「虫がぶんぶん飛んでいる。君と夢のなかで楽しもう。」
「会ったと思ったらもう帰る時なのね、わたしをあなたが嫌わないでほしいけど。」

斉《せい》の国(山東省)の歌。きぬぎぬの歌に類する。逢瀬の終わりである夜明けを音と光で女が告げる。「鶏既に鳴けり」「東方明けたり」、朝はしだいに近づく。それに対して、男は別れを引き延ばすために無理にごまかす。一章では鶏の鳴き声をハエの音といい、二章では明るむ空を月が出たのだという。男の稚拙な強引さが歌謡ら

しい大袈裟なおかしみを伴い、女は別れを急かすわたしを嫌わないでと言い添える。

蟋蟀

（一）

1 蟋蟀在堂
2 歳聿其莫
3 今我不樂
4 日月其除
5 無已大康
6 職思其居
7 好樂無荒
8 良士瞿瞿

蟋蟀《しっしゅつ》（国風・唐風《とうふう》）

（一）

蟋蟀《しっしゅつ》　堂《どう》に在《あ》り
歳《とし》　聿《ここ》に其《そ》れ莫《く》れん
今《いま》　我《われ》　楽《たの》しまざれば
日月《じつげつ》　其《そ》れ除《つ》きん
已《はなは》だ大康《たいこう》なること無《な》かれ
職《な》お其《そ》の居《きょ》を思《おも》う
楽《たの》しむを好《この》むも荒《すさ》むこと無《な》かれ
良士《りょうし》は瞿瞿《くく》たり

1「蟋蟀」はコオロギ。寒くなると室内に入るとされた。「七月」（一〇〇頁）参照。「堂」は家屋の中心となる部屋。　**2**「聿」は語調を整える字。「莫」は「暮」に通じる。年の終わりに近づく。　**4**「除」は古いものを取り除き新しいものに変える。「除夜」という時の「除」。 **5** 享楽も過度に至ってはいけない。「無」は禁止をあらわす。「已」は過度の意。「大康」は安楽。「大」は「泰」の意。 **6** 楽しむにしても平常から離れない。「職」はそれでもなお。「居」は家での日常生活。 **7** 「荒」は秩序を乱した状態。 **8** 「良士」は人格すぐれた人士。「瞿瞿」は礼儀ある態度。

コオロギ

(一)

コオロギが部屋に入った。年の暮れがほら迫る。
今こそわたしは楽しまなければ、時はどんどん過ぎてゆく。
安楽も度を過ぎてはいけない、やはりふだんの暮らしは大切。
楽しんでもはめをはずさないように。立派な人は慎み深いもの。

(二)

1 蟋蟀在堂
2 歳聿其逝
3 今我不樂

(二)

蟋蟀《しっしゅつ》　堂《どう》に在《あ》り
歳《とし》　聿《ここ》に其《そ》れ逝《ゆ》かん
今《いま》　我《われ》　楽《たの》しまざれば

4 日月其邁　日月《じつげつ》　其《そ》れ邁《ゆ》かん
5 無已大康　已《はなは》だ大康《たいこう》なること無《な》かれ
6 職思其外　職《な》お其《そ》の外《そと》を思《おも》う
7 好樂無荒　楽《たの》しむを好《この》むも荒《すさ》むこと無《な》かれ
8 良士蹶蹶　良士《りょうし》は蹶蹶《けいけい》たり

2「逝」は過ぎ去っていく。**4**「邁」は勢いよく進んで行く。**6**「外」は一章の「居」に対して、家の外の生活。仕事を指す。**8**「蹶蹶」は行動の敏捷なさま。

(二)

コオロギが部屋に入った。年はほら過ぎてゆく。
今こそわたしは楽しまなければ、時はどんどん過ぎ去ってゆく。
安楽も度を過ぎてはいけない、やはり家の外の暮らしも大切。
楽しんでもはめをはずさないように。立派な人はてきぱき働くもの。

(三)

1 蟋蟀在堂　蟋蟀《しっしゅつ》　堂《どう》に在《あ》り

2 役車其休　役車《えきしゃ》　其《そ》れ休《やす》む
3 今我不樂　今《いま》　我《われ》　楽《たの》しまざれば
4 日月其慆　日月《じつげつ》　其《そ》れ慆《とう》たらん
5 無已大康　已《はなは》だ大康《たいこう》なること無《な》かれ
6 職思其憂　職《な》お其《そ》の憂《うれ》いを思《おも》う
7 好樂無荒　楽《たの》しむを好《この》むも荒《すさ》むこと無《な》かれ
8 良士休休　良士《りょうし》は休休《きゅうきゅう》たり

2「役車」は労役の車。　**4**「慆」は「滔」に通じる。水が滔々《とうとう》と流れるように時間が過ぎ去る。　**5・6** 憂慮すべきことを棄て置いて、享楽に没入してはならぬの意。　**8**「休休」は心の安らかなさま。

(三)

コオロギが部屋に入った。仕事の車もほら休みになった。
今こそわたしは楽しまなければ、時はぐんぐん流れ去ってゆく。
安楽も度を過ぎてはいけない、やはり思い悩むことも大切。
楽しんでもはめをはずさないように。立派な人は穏やかなもの。

晋の国(山西省)の歌。時が過ぎ行くからには今という時を楽しんでおこう、とはいえ節度は保たねばならない、とうたう。時間が容赦なく過ぎ去っていくことから、享楽へ向かおうとする志向は、のちに後漢の楽府《がふ》や「古詩十九首」(二一三頁)が繰り返すテーマとなるが、そこでは刹那の享楽に没入して生のはかなさを忘れようとする虚無感を伴う。それに対してここでは快楽に対する抑制が働く。

時間の経過に気づいたのは、コオロギが部屋の中に入ってきたことから。国風・豳風《ひんぷう》の「七月」の五章(一〇〇頁)では、コオロギが寒さを避けてしだいに野外から室内へ移動することがうたわれる。

七月

(一)

1 七月流火
2 九月授衣
3 一之日觱發
4 二之日栗烈

七月《しちがつ》 (国風・豳風《ひんぷう》)

(一)

七月《しちがつ》 火《か》流《なが》る
九月《くがつ》 衣《ころも》を授《さず》く
一《いち》の日《ひ》は觱発《ひつぱつ》たり
二《に》の日《ひ》は栗烈《りつれつ》たり

無衣無褐
何以卒歳
三之日于耜
四之日擧趾
同我婦子
饁彼南畝
田畯至喜

衣《い》も無《な》く褐《かつ》も無《な》し
何《なに》を以《もっ》てか歳《とし》を卒《お》えん
三《さん》の日《ひ》は耜《すき》を于《な》す
四《し》の日《ひ》は趾《あし》を挙《あ》ぐ
我《わ》が婦《ふ》子《し》と同《とも》に
彼《か》の南畝《なんぽ》に饁《かれいい》す
田畯《でんしゅん》も至《いた》りて喜《よろこ》ぶ

1「七月」は夏《か》の暦による七月。周の時代には農民が使った、いわば旧暦にあたる。「火」は星の名。「大火《たいか》」ともいう。さそり座の一等星、アンタレス。「流火」は火の星が西へ傾く。夏から秋への変化をあらわすとされる。自然現象をいう時には「下雨(雨が降る)」のように意味上の主語が動詞の後に置かれる。**2**「九月」も夏暦における九月。「授衣」はお上《かみ》が農民に冬の衣を分け与える。**3**「一之日」は未詳。周の暦の正月で、夏暦では十一月にあたるという説に従う。以下の「〇之日」も同じ。「觱発」は寒風が物にあたって鳴る音。**4**「二之日」は周暦の二月、夏暦の十二月。「栗烈」は寒気が肌を刺すさま。**5**「衣」は上等の服。「褐」は夏物の粗い布地の服。**6**

「卒歳」は年を越す。 **7**「三之日」は周暦の三月、夏暦の正月。「于」はここでは「為《な》す」の意。「于耜」はすきの修理をして、農作業に備える。 **8**「四之日」は周暦の四月、夏暦の二月。「挙趾」は足で踏んで農地の下準備をすることか。「趾」はくるぶしから先の部分。 **9**「婦子」は妻と子。 **10**「饁」は畑に弁当を届ける。「南畝」は南の畑。 **11**「田畯」は農地を管轄する役人。

七月

(一)

七月、大火《たいか》の星が傾く。九月、冬着が配られる。
十一月、風がひゅうひゅう。十二月、寒さがぴりぴり。
まともな服もなく薄物すらない。どうやって年を越そう。
正月にはすきの手入れ、二月には足で土を起こす。
嫁や子供とともに、南の畑に弁当を届ける。村役人もやってきてご満悦。

(二)

1 七月流火
2 九月授衣

(二)

七月《しちがつ》 火《か》流《なが》る
九月《くがつ》 衣《ころも》を授《さず》く

春日載陽
有鳴倉庚
女執懿筐
遵彼微行
爰求柔桑
春日遅遅
采蘩祁祁
女心傷悲
殆及公子同帰

春日《しゅんじつ》　載《すなわ》ち陽《あたた》かく
倉庚《そうこう》鳴《な》く有《あ》り
女《むすめ》は懿筐《いきょう》を執《と》り
彼《か》の微行《びこう》に遵《したが》い
爰《ここ》に柔桑《じゅうそう》を求《もと》む
春日《しゅんじつ》　遅遅《ちち》たり
蘩《はん》を采《と》ること祁祁《きき》たり
女《むすめ》の心《こころ》は傷悲《しょうひ》す
殆《ねが》わくは公子《こうし》と同《とも》に帰《かえ》らん

3「載」は語調を整える字。「陽」は暖かい。 **4**「倉庚」はウグイス。 **5**「懿筐」の「懿」は深い、「筐」は摘んだ葉をいれるかご。 **6**「遵」は沿う。「微行」は細い道。 **8**「遅遅」は春の日が長くのどかなさま。 **9**「蘩」はシロヨモギ。養蚕に用いる。「祁祁」は量の多いさま。 **10**「傷悲」は恋のそこはかとない悲しみ。 **11**「殆」は願望をあらわす。「公子」は貴顕の子弟。ここでは若い男をいう。

(二)

七月、大火《たいか》の星が傾く。九月、冬着が配られる。
春の日はあたたかい、ウグイスがさえずる。
むすめは深いかごを手に、あの小道を通って、やわらかな桑の葉を取りに行く。
春の日はうららか。採ったヨモギはたっぷりある。
むすめの心はやるせない。殿御と一緒に帰りたい。

(三)

1 七月流火
2 八月萑葦
3 蠶月條桑
4 取彼斧斨
5 以伐遠揚
6 猗彼女桑
7 七月鳴鵙

(三)

七月《しちがつ》 火《か》流《なが》る
八月《はちがつ》 萑葦《かんい》
蚕月《さんげつ》 桑《くわ》を条《き》る
彼《か》の斧斨《ふしょう》を取《と》り
以《もっ》て遠揚《えんよう》を伐《き》り
彼《か》の女桑《じょそう》を猗《ひ》く
七月《しちがつ》 鵙《げき》鳴《な》く

8 八月載績
9 載玄載黄
10 我朱孔陽
11 爲公子裳

八月《はちがつ》　載《すなわ》ち績《お》る
載《すなわ》ち玄《げん》　載《すなわ》ち黄《き》
我《わ》が朱《しゅ》は孔《はなは》だ陽《あきら》かなり
公子《こうし》の裳《しょう》を為《つく》らん

2「萑」はオギ、「葦」はアシ。かいこがまゆを作る「まぶし」の材料。動詞がないが、オギやアシを採るの意。　**3**「蚕月」は養蚕の繁忙期。夏暦の三月。「条」は枝ごと切り取る。　**4**「斨」は斧の一種。　**5**「遠揚」は手の届かない所まで伸びた枝。　**6**「猗」はたぐり寄せる。「女桑」はしなやかな桑の枝。　**7**「鵙」はモズ。　**8**「績」はかいこからとれた絹糸を織る。　**9** 織物を黒や黄に染める。「玄」は黒。　**10**「朱」は染めた朱色。「孔」は程度の高いこと。「陽」は鮮明。　**11**「裳」は下半身に着ける服。

(三)

七月、大火《たいか》の星が傾く。八月、オギとアシを採る。
蚕《かいこ》の月には桑の枝を剪り、斧を手にして、
遠くの枝を剪り、柔《やわ》い枝を引き寄せる。
七月、モズが鳴く。八月、糸を織る。

黒い布に黄色い布。わたしの染めた朱色はとてもあざやか。これで殿御の袴《はかま》を仕立てましょう。

（四）

1 四月秀葽
2 五月鳴蜩
3 八月其穫
4 十月隕蘀
5 一之日于貉
6 取彼狐貍
7 爲公子裘
8 二之日其同
9 載纘武功
10 言私其豵
11 獻豜于公

（四）

四月《しがつ》 葽《よう》 秀《ひい》ず
五月《ごがつ》 蜩《せみ》 鳴《な》く
八月《はちがつ》 其《そ》れ穫《か》る
十月《じゅうがつ》 蘀《たく》 隕《お》つ
一《いち》の日《ひ》 貉《かく》に于《ゆ》き
彼《か》の狐貍《こり》を取《と》り
公子《こうし》の裘《かわごろも》を為《つく》らん
二《に》の日《ひ》 其《そ》れ同《つど》い
載《すなわ》ち武功《ぶこう》を纘《つ》ぐ
言《ここ》に其《そ》の豵《そう》を私《わたくし》し
豜《けん》を公《おおやけ》に献《けん》ぜん

1「萋」はカラスウリ。「秀」は実がなる。 2「蜩」はセミの一種。 3「穫」は穀物を刈り取る。 4「蘀」は落ち葉。 5「于貉」はキツネ狩りに行くの意。ここの「于」は行く。「貉」はキツネの類。 6「狐」「貍」は「貉」と同じくキツネの類。 8「同」は集まる。 9「纘」は継続する。「武功」は狩猟を指す。 10「私」は自分のものとする。「豵」は子どものイノシシ。 11「豜」は成獣のイノシシ。

（四）

四月、カラスウリが実をつける。五月、セミが鳴く。
八月、穀物の刈り入れ、十月、木の葉が落ちる。
十一月、キツネ狩りに行き、キツネを取って、殿御のかわごろもに仕立てよう。
十二月、みなうちそろい、そうして狩りを続けよう。
その小さなイノシシは自分のものとし、大きなイノシシはお上《かみ》に捧げよう。

（五）

1 五月斯螽動股
2 六月莎雞振羽

（五）

五月《ごがつ》　斯螽《ししゅう》は股《もも》を動《うご》かす
六月《ろくがつ》　莎鶏《さけい》は羽《はね》を振《ふ》るう

3 七月在野
4 八月在宇
5 九月在戸
6 十月蟋蟀入我牀下
7 穹窒熏鼠
8 塞向墐戶
9 嗟我婦子
10 曰爲改歲
11 入此室處

七月《しちがつ》 野《の》に在《あ》り
八月《はちがつ》 宇《のき》に在《あ》り
九月《くがつ》 戸《と》に在《あ》り
十月《じゅうがつ》 蟋蟀《しっしゅつ》 我《わ》が牀下《しょうか》に入《い》る
穹窒《きゅうちつ》して鼠《ねずみ》を熏《くん》じ
向《まど》を塞《ふさ》ぎ戸《と》を墐《つちぬ》る
嗟《ああ》 我《わ》が婦子《ふし》よ
曰《ここ》に改歳《かいさい》を為《な》す
此《こ》の室《しつ》に入《い》りて処《お》れ

1「斯螽」はバッタの類。「動股」は羽を腿《もも》にこすりつけて鳴く。「股」は腿。**2**「莎鶏」はキリギリス。**3-6** コオロギが寒くなるにつれて戸外から室内へ移動することをいう。「宇」は軒。**7**「穹窒」はぴったり塞ぐ。「熏鼠」は室内をいぶして鼠を追い払う。**8**「向」は北向きの窓。「墐」は泥土を塗る。**10**「曰」は語調を整える字。「改歳」は年越し。**11** のちの中国では「守歳」という寝ずに年を越す習慣ができたように、家族一同が一室に集まって年越しをしたものか。

(五)

五月、バッタが腿を動かし鳴く。六月、キリギリスが羽を震わせ鳴く。
七月、野原にいて、八月、軒下に入る。
九月、戸口にいて、十月、コオロギはわたしの寝台の下に入る。
隙間をふさいでネズミをいぶり出し、窓を塞ぎ戸に目張りする。
ああ、嫁よ、子らよ。年越しをするから、この部屋に入っておれ。

(六)

1 六月食鬱及薁
2 七月亨葵及菽
3 八月剝棗
4 十月穫稲
5 爲此春酒
6 以介眉壽
7 七月食瓜

(六)

六月《ろくがつ》　鬱《うつ》及《およ》び薁《いく》を食《く》らい
七月《しちがつ》　葵《き》及《およ》び菽《しゅく》を亨《に》る
八月《はちがつ》　棗《なつめ》を剝《お》とし
十月《じゅうがつ》　稲《いね》を穫《か》る
此《こ》の春酒《しゅんしゅ》を為《つく》り
以《もっ》て眉寿《びじゅ》を介《たす》く
七月《しちがつ》　瓜《うり》を食《く》らい

8 八月斷壺
9 九月叔苴
10 采荼薪樗
11 食我農夫

八月《はちがつ》 壺《こ》を断《た》つ
九月《くがつ》 苴《しょ》を叔《ひろ》う
荼《と》を采《と》り樗《ちょ》を薪《たきぎ》とし
我《わ》が農夫《のうふ》を食《やしな》う

1「鬱」はニワウメ。「薁」はノブドウ。ともに甘酸っぱい実が食用となる。 **2**「亨」は「烹」に通じる。煮る。「葵」はフユアオイ。常食される野菜。「菽」はダイズ。 **3**「剝」はたたき落とす。 **5・6**「春酒」は新米で仕込み、翌年の春にできあがる酒。「介」は助けとする。「眉寿」は眉が長く伸びるほどの長寿。酒は長寿の助けとなるとされた。 **8**「壺」はヒョウタン。 **9**「叔」は拾う。「苴」は麻の実。 **10**「荼」はニガナ。「樗」はゴンズイという木。役に立たないものとされる。 **11**「食」は養う。「我農夫」の「我」と「農夫」は同格。「わたしたち農夫」の意。

（六）

六月、ニワウメ、ノブドウを食べる。七月、フユアオイ、ダイズを煮る。
八月、ナツメを打ち落とす。十月、イネを刈り入れる。
この新酒を造って、長寿の助けとしよう。

七月、ウリを食べる。八月、ヒョウタンを切り取る。九月、麻の実を拾う。ニガナを採りゴンズイをたきぎにして、われら農夫の暮らしに備える。

（七）

九月築場圃
十月納禾稼
黍稷重穋
禾麻菽麥
嗟我農夫
我稼既同
上入執宮功
晝爾于茅
宵爾索綯
亟其乘屋
其始播百穀

（七）

九月《くがつ》　場圃《じょうほ》を築《きず》き
十月《じゅうがつ》　禾稼《かか》を納《おさ》む
黍稷《しょしょく》　重穋《とうりく》
禾麻《かま》　菽麦《しゅくばく》
嗟《ああ》　我《わ》が農夫《のうふ》よ
我《わ》が稼《か》　既《すで》に同《あつま》る
上《あが》り入《い》りて宮功《きゅうこう》を執《と》らん
昼《ひる》は爾《なんじ》　茅《かや》を于《な》し
宵《よい》は爾《なんじ》　綯《なわ》を索《な》え
亟《すみや》かに其《そ》れ屋《おく》に乗《の》れ
其《そ》れ始《はじ》めて百穀《ひゃっこく》を播《ま》かん

1「場圃」は春夏は菜園(圃)、秋には脱穀場(場)となる所。 **2**「納」は収蔵する。「禾稼」は穀物。 **3**「黍」はキビ。「稷」はコウリャン。「重」は晩生《おくて》。「穜」に通じ、音はトウ。「穋」は早生《わせ》。 **4**「禾」はアワ。「菽」はダイズ。 **6**「稼」は農作物。 **7**「上入」は室内に上がる。「宮功」は室内の仕事。 **8**「于」は一章の「于耜」の「于」と同じく「為《な》す」の意で、屋根を葺《ふ》くカヤの支度をする。 **9**「索」は縄をなう。「綯」は縄。 **10**「亟」は急いで。「乗屋」は屋根の上に乗って修理する。 **11**「其始」はすぐに始まる。「播百穀」は様々な穀物の種をまく。

(七)

九月、稲こき場を作る。十月、穀物を倉に収める。
キビもコウリャンも晩生《おくて》も早生《わせ》も、アワもアサもマメもムギも。
ああ、われら農夫よ、われらが収穫はもう集まった。家に入り室内の仕事を始めよう。
昼はおまえ、カヤを集めよ。夜はおまえ、縄をなえ。
てきぱきと屋根をなおし、ほどなく穀物の種まきも始めよう。

(八)

1 二之日鑿冰沖沖

(八)

二《に》の日《ひ》　氷《こおり》を鑿《うが》つこと沖沖《ちゅうちゅう》たり

2 三之日納于凌陰　三《さん》の日《ひ》 凌陰《りょういん》に納《おさ》む
3 四之日其蚤　四《し》の日《ひ》 其《そ》れ蚤《はや》きに
4 獻羔祭韭　羔《こう》を献《けん》じ韭《にら》を祭《まつ》る
5 九月肅霜　九月《くがつ》 肅霜《しゅくそう》たり
6 十月滌場　十月《じゅうがつ》 滌場《できじょう》たり
7 朋酒斯饗　朋酒《ほうしゅ》 斯《ここ》に饗《きょう》し
8 曰殺羔羊　曰《ここ》に羔羊《こうよう》を殺《ころ》す
9 躋彼公堂　彼《か》の公堂《こうどう》に躋《のぼ》り
10 稱彼兕觥　彼《か》の兕觥《じこう》を称《あ》ぐ
11 萬壽無疆　万寿《ばんじゅ》 疆《かぎ》り無《な》し

1「沖沖」は氷を割る音。 **2**「凌陰」は氷を貯蔵する穴倉。 **3**「蚤」は「早」に通じる。早朝。 **4** 貯蔵した氷を取り出す前の儀式。「羔」は子羊。 **5**「粛霜」は冷気の張り詰めたさま。 **6**「滌場」は「滌蕩《できとう》」というに同じく、洗い流したように木々が葉を落としたさま。 **7**「朋酒」は二樽の酒。 **9**「躋」は登る。「公堂」は集会所。 **10**「称」は杯を挙げる。「兕觥」は犀《さい》の角《つの》で作った、またはその形をした杯。 **11** 無限の長寿を祈る成語。「疆」は境界。

(八)

十二月、氷をカンカン割って、正月、氷室に容れる。
二月、朝早くから、子羊を供えニラを捧げてお祭りする。
九月はきりりと冷え込み、十月は木々も蕭条《しょうじょう》。
二つの酒樽を開けて宴会、大小の羊を屠《ほふ》る。
寄り合い部屋に上がって、犀《さい》の角《つの》の杯を掲げ、とわの長生を祈る。

豳《ひん》は陝西省彬《ひん》県一帯の地、邠《ひん》とも表記する。周の先祖の公劉《こうりゅう》がこの地に移って農業を盛んにしたことを、のちに周公《しゅうこう》がうたったと古くは考えられた。

「七月」は農事暦に沿った歌。八つの章が整然と秩序づけられているわけではないが、一つの章のなかではほぼ一年の時間に沿って農事と人事がうたわれる。作物の収穫を中心とした人々の暮らしぶりが、生々しく描きだされている。

鹿《ろく》鳴《めい》 (小雅《しょうが》)

(一)

鹿 鳴

(一)

1 呦呦鹿鳴　呦呦《ゆうゆう》として鹿《しか》は鳴《な》き
2 食野之苹　野《の》の苹《へい》を食《く》らう
3 我有嘉賓　我《われ》に嘉《か》賓《ひん》有《あ》り
4 鼓瑟吹笙　瑟《しつ》を鼓《こ》し笙《しょう》を吹《ふ》かん
5 吹笙鼓簧　笙《しょう》を吹《ふ》き簧《こう》を鼓《こ》す
6 承筐是將　筐《きょう》を承《う》けて是《こ》れ将《おく》らん
7 人之好我　人《ひと》の我《われ》を好《この》まば
8 示我周行　我《われ》に周行《しゅうこう》を示《しめ》せ

1「呦呦」は鹿の鳴く声。　**2**「苹」は浮き草。ここでは野の草の一種を指す。　**3**「嘉賓」は立派な賓客。　**4**「鼓」は打楽器に限らず、楽器を演奏すること。「瑟」は二十五絃の絃楽器。「笙」は管楽器の一種。　**5**「簧」は管楽器のリード。　**6**「承」は捧げる。「筐」は贈り物をいれた竹かご。「将」は贈る。　**8**「周行」は履《ふ》み行うべきありかた。

鹿が鳴く

（一）

ユウユウと鳴く鹿が、野原の苹《くさ》を食《は》む。
わたしのもとにめでたき客人《まろうど》。瑟《しつ》を奏《かな》で笙《しょう》を吹こう。
笙を吹き簧《リード》を鳴らそう。かごを押し戴いてお贈りしよう。
わたしを気に入ってくださったら、正しい道をお教えください。

（二）

1 呦呦鹿鳴
2 食野之蒿
3 我有嘉賓
4 徳音孔昭
5 視民不恌
6 君子是則是傚
7 我有旨酒

（三）

呦呦《ゆうゆう》として鹿《しか》は鳴《な》き
野《の》の蒿《こう》を食《く》らう
我《われ》に嘉賓《かひん》有《あ》り
徳音《とくいん》 孔《はなは》だ昭《あきら》かなり
民《たみ》に視《しめ》すこと恌《ちょう》ならず
君子《くんし》は是《こ》れ則《のっと》り是《こ》れ傚《なら》う
我《われ》に旨《し》酒《しゅ》有《あ》り

8 嘉賓式燕以敖　嘉賓《かひん》　式《もっ》て燕《えん》し以《もっ》て敖《あそ》ばん

2「蒿」はヨモギの一種。**4**「徳音」は徳高き言葉。「孔」は程度の高いこと。**5・6**「嘉賓」の徳の高さをいう。「恌」は軽佻浮薄。**7**「旨酒」はうまい酒。**8**「式」「以」は語調を整える字。「燕」は「宴」に通じる。「敖」は遊び楽しむ。

（二）

ユウユウと鳴く鹿が、野原の蒿《くさ》を食《は》む。
わたしのもとにめでたき客人《まろうど》。立派な言葉はきらきら光る。
民草《たみくさ》に対しては心を尽くし、君子は彼をお手本にし見習う。
わたしのもとには美酒がある。めでたき客人《まろうど》よ、飲んで楽しみましょう。

（三）

1 呦呦鹿鳴　呦呦《ゆうゆう》として鹿《しか》は鳴《な》き
2 食野之芩　野《の》の芩《きん》を食《く》らう
3 我有嘉賓　我《われ》に嘉賓《かひん》有《あ》り
4 鼓瑟鼓琴　瑟《しつ》を鼓《こ》し琴《きん》を鼓《こ》す

5 鼓瑟鼓琴　瑟《しつ》を鼓《こ》し琴《きん》を鼓《こ》し
6 和樂且湛　和楽《わらく》して且《か》つ湛《たの》しむ
7 我有旨酒　我《われ》に旨酒《ししゅ》有《あ》り
8 以燕樂嘉賓之心　以《もっ》て嘉賓《かひん》の心《こころ》を燕楽《えんらく》せしめん

2「芩」はヨモギの一種。**4**「琴」は五絃ないし七絃の小型の絃楽器。**6**「和楽」はなごやかに楽しむ。「湛」は存分に楽しむ。

(三)

ユウユウと鳴く鹿が、野原の芩《くさ》を食《は》む。
わたしのもとにめでたき客人《まろうど》。瑟《しつ》を奏《かな》で琴《きん》を奏でよう。
瑟を奏で琴を奏でて、打ち解けてとくと楽しもう。
わたしのもとには美酒がある。めでたき客人《まろうど》に楽しんでもらいましょう。

◆

貴人をもてなす宴席の歌。鹿が草を食みながら鳴き交わすことから、酒食をともにし音楽を奏して打ち解ける場を引き起こす。明治の迎賓館が「鹿鳴館」と名付けられたのは、この詩に基づく。

常棣　常棣《じょうてい》（小雅《しょうが》）

（一）

1 常棣之華
2 鄂不韡韡
3 凡今之人
4 莫如兄弟

（一）

常棣《じょうてい》の華《はな》
鄂《がく》として韡韡《いい》ならざらんや
凡《およ》そ今《いま》の人《ひと》は
兄弟《けいてい》に如《し》くは莫《な》し

0「常棣」はニワザクラ。「棠棣《とうてい》」「唐棣《とうてい》」ともいう。二、三の花が寄り添うように咲くことから兄弟をたとえる。　**2**「鄂」は花が外に向かって開いたさま。「韡韡」は明るく華やかなさま。

ニワザクラ

（一）

ニワザクラの花は、ぱっと開いてにぎわしい。
なべて今の人のうちに、兄弟に勝る者はない。

（二）

1 死喪之威
2 兄弟孔懐
3 原隰裒矣
4 兄弟求矣

（二）

死喪《しそう》の威《おそ》れには
兄弟《けいてい》 孔《はなは》だ懐《おも》う
原隰《げんしゅう》は裒《あつま》り
兄弟《けいてい》は求《もと》む

1「死喪」は死ぬこと。「威」は恐れ。　**3**「原隰」の「原」は小高い台地。「隰」は低い湿地。「裒」は集まる。

（二）

死の恐れに際した時、兄弟は心配しあう。平原と湿原が寄り添うように、兄弟は求め合う。

（三）

1 脊令在原
2 兄弟急難
3 毎有良朋

（三）

脊令《せきれい》 原《はら》に在《あ》り
兄弟《けいてい》 難《なん》に急《すく》う
良朋《りょうほう》有《あ》りと毎《いえど》も

4　況也永歎　　況《ますま》す永歎《えいたん》す

1「脊令」はセキレイ。「鶺鴒」とも表記する。水辺に棲むセキレイが「原に在」るのは危険が迫ったことを意味する。**2**「急」は救う。**3・4** 友人は嘆息するだけで救済してくれはしない。「毎」は雖《いえど》も。「況」はますます。

（三）

セキレイが野原にいる危うい時、兄弟は危急から救い合う。よい友達がいたとしても、いよいよ嘆き続けるだけ。

（四）

1　兄弟鬩于牆
2　外禦其務
3　毎有良朋
4　烝也無戎

（四）

兄弟《けいてい》　牆《かきね》に鬩《せめ》ぐも
外《そと》には其《そ》の務《あなど》りを禦《ふせ》ぐ
良朋《りょうほう》有《あ》りと毎《いえど》も
烝《つい》に戎《たす》くる無《な》し

1「鬩于牆」は家のなかで言い争う。**2** 外からの侮りには一家団結して対処する。「禦」は防禦する。「務」は「侮」に通じる。**4**「烝」は最終的に。「戎」は助ける。

（四）

兄弟どうし、かきねの内側でいさかいをしても、外からの蔑《さげす》みには助け合う。
よい友達がいたとしても、結局は何も力になってくれない。

（五）

1 喪亂既平
2 既安且寧
3 雖有兄弟
4 不如友生

（五）

喪乱《そうらん》 既《すで》に平《たい》らぎ
既《すで》に安《やす》らかにして且《か》つ寧《やす》し
兄弟《けいてい》有《あ》りと雖《いえど》も
友生《ゆうせい》に如《し》かず

1「喪乱」は死亡と争乱。 **2**「既……且……」は並列を示す。 **4**「友生」は友人。
危急の場合には友人より兄弟が頼りになったが、安定した状態になると、兄弟はかえって疎遠になる。それゆえ以下の章で一族の宴を開いて肉親の関係を固めることを説く。

（五）

命に関わる混乱が収まって、落ち着きが戻って来た。
兄弟はいても、友達のほうがましだ。

（六）

1 儐爾籩豆
2 飲酒之飫
3 兄弟既具
4 和樂且孺

（六）

爾《なんじ》の籩豆《へんとう》を儐《つら》ね
飲酒《いんしゅ》 之《こ》れ飫《あ》く
兄弟《けいてい》 既《すで》に具《そな》わり
和楽《わらく》して且《か》つ孺《じゅ》なり

1「儐」は陳列する。「籩豆」はたかつき。祭祀のお供えを盛る器。 **2**「飫」は存分に飲む。 **3**「具」は一つの場所に集まる。 **4**「孺」は肉親として親しむ。

（六）

おまえのお供えの器を並べ、酒もいやというほど飲もう。兄弟みなうちそろい、なごやかに打ち解ける。

（七）

1 妻子好合
2 如鼓瑟琴
3 兄弟既翕

（七）

妻子《さいし》 好合《こうごう》し
瑟琴《しっきん》を鼓《こ》するが如《ごと》し
兄弟《けいてい》 既《すで》に翕《あつま》り

4 和樂且湛　　和《わ》楽《らく》して且《か》つ湛《はなはだ》し

1「好合」は親しみ和合する。 **2**「瑟琴」は大小の絃楽器。二種の合奏によって仲睦まじいさまをいう。 **3**「翕」は一緒になる。 **4**「湛」はいちじるしい。

（七）

妻や子も仲良くむつみ合う。琴瑟を奏でるように。兄弟が一つに集まり、なごやかなことこの上なし。

（八）

1 宜爾室家　　爾《なんじ》の室家《しっか》に宜《よろ》しくし
2 樂爾妻帑　　爾《なんじ》の妻帑《さいど》を楽《たの》しましむ
3 是究是圖　　是《こ》れ究《きわ》めよ　是《こ》れ図《はか》れ
4 亶其然乎　　亶《まこと》に其《そ》れ然《しか》らんか

1「室家」は家、一族。 **2**「妻帑」は妻と子。 **3・4**「亶」は確かに。一家の円満を追求すれば、それが実現するだろう、の意。

（八）

おまえの家はなごやかに、おまえの妻子は幸せに。
それを目ざせ、どこまでも。さすればまことにそうなろう。

兄弟をはじめとする肉親の大切さを確認し、一族の和合を求める歌。家族の宴会の席で結束を呼びかける。

「常棣」の花から歌い起こし、花が寄り添うようにして咲くことから、兄弟が支え合うことを導く。

采《さい》薇《び》（小雅《しょうが》）

（一）

薇《び》を采《と》る　薇《び》を采《と》る
薇《び》も亦《ま》た作《な》れり
帰《かえ》ると曰《い》う　帰《かえ》ると曰《い》う
歳《とし》も亦《ま》た莫《く》る
室《しつ》靡《な》く家《いえ》靡《な》し

采薇

（一）

采薇采薇
薇亦作止
曰歸曰歸
歲亦莫止
靡室靡家

6 玁狁之故　玁狁《けんいん》の故《ゆえ》なり
7 不遑啓居　啓居《けいきょ》するに遑《いとま》あらず
8 玁狁之故　玁狁《けんいん》の故《ゆえ》なり

0「薇」はノエンドウの類。「采薇の歌」(三〇頁)との関連は未詳。**1・2** ここでは「薇」が熟れる時期を出征の時とすると解される。「作」は作物が生《な》る。「止」は語調を整える字。**3** 出征から帰る時期についていう。**4**「莫」は「暮」に通じる。**5**「靡」は否定詞。ない。**6**「玁狁」は中国西北の異民族。のちの匈奴《きょうど》ともいわれる。**7**「啓居」はくつろぐ。

薇《び》を採《と》る

(一)

薇《び》を採る、薇を採る。薇ももう生《な》る時。
帰るという、帰るという。年ももう暮れる時。
部屋もないし家もない。玁狁《けんいん》のせいだ。
のんびりすることもできない。玁狁のせいだ。

（二）

1 采薇采薇
2 薇亦柔止
3 曰帰曰帰
4 心亦憂止
5 憂心烈烈
6 載飢載渇
7 我戍未定
8 靡使帰聘

（二）

薇《び》を采《と》る　薇《び》を采《と》る
薇《び》も亦《ま》た柔《やわ》らかし
帰《かえ》ると曰《い》う　帰《かえ》ると曰《い》う
心《こころ》も亦《ま》た憂《うれ》う
憂心《ゆうしん》　烈烈《れつれつ》たり
載《すなわ》ち飢《う》え載《すなわ》ち渇《かっ》す
我《わ》が戍《じゅ》は未《いま》だ定《さだ》まらず
帰聘《きへい》せしむる靡《な》し

5「烈烈」は憂愁の激しいさま。　**6**「載……載……」は二つのことが同時に生じる。
7「戍」は辺境を守る仕事。　**8**「帰聘」は家に帰って親の安否を問う。

（二）

薇《び》を採る、薇を採る。薇ももう柔らかい。
帰るという、帰るという。心も悲しい。

悲しさが胸を突く。腹も減るしのども渇く。家に帰してもらえない。
俺の行役はいつまでともわからぬ。

（三）

1 采薇采薇
2 薇亦剛止
3 曰歸曰歸
4 歲亦陽止
5 王事靡盬
6 不遑啓處
7 憂心孔疚
8 我行不來

（三）

薇《び》を采《と》る　薇《び》を采《と》る
薇《び》も亦《ま》た剛《かた》し
帰《かえ》ると曰《い》う　帰《かえ》ると曰《い》う
歳《とし》も亦《ま》た陽《よう》なり
王事《おうじ》は盬《や》む靡《な》し
啓処《けいしょ》するに遑《いとま》あらず
憂心《ゆうしん》　孔《はなは》だ疚《や》む
我《われ》は行《ゆ》きて来《きた》らず

4「陽」は十月。　**5**「王事」は王の命による仕事。「盬」は止まる。この句は『詩経』に頻見。　**6**「啓処」は「啓居」と同じ、くつろぐ。　**7**「孔」は程度の強いこと。「疚」は病気になる。　**8** 徴発に応じて行くだけで帰ってこない。

（三）

薇《び》を採る、薇を採る。薇ももう固くなった。
帰るという、帰るという。年ももう十月になった。
王様の仕事が止まることはない。ゆっくりする閑《ひま》もない。
悲しむ心はひどく病む。俺は行ったきり帰らない。

（四）

1 彼爾維何
2 維常之華
3 彼路斯何
4 君子之車
5 戎車既駕
6 四牡業業
7 豈敢定居
8 一月三捷

（四）

彼《か》の爾《じ》たるは維《こ》れ何《なん》ぞ
維《こ》れ常《じょう》の華《はな》
彼《か》の路《みち》は斯《こ》れ何《なん》ぞ
君子《くんし》の車《くるま》なり
戎車《じゅうしゃ》　既《すで》に駕《が》し
四牡《しぼ》　業業《ぎょうぎょう》たり
豈《あ》に敢《あ》えて定居《ていきょ》せんや
一月《ひとつき》に三《み》たび捷《か》たん

1・2「爾」は花が盛んに咲くさま。「常之華」は常棣の花。「常棣《じょうてい》」(一一一頁)を参照。1・2で花が咲き誇るさまをいい、3・4の車の華やかなさまを導く。 **5**「戎車」は戦車。「駕」は馬と車を繋ぐ。 **6**「四牡」は四頭のオス馬。戎車は四頭立て。「業業」は力強いさま。 **7**「定居」は一ヵ所にずっと住む。ここでは辺境の地に居続けること。 **8** 短期間のうちに何度も勝利する。そうすれば国に帰ることができる。

(四)

あの華やいだものは何。あれは常棣《じょうてい》の花。
あの道ににぎやかなのは何。あれは殿様の車。
いくさの車はもう馬をつけた。四頭の牡馬は力みなぎる。
ずっとここに居られようか。一月《ひとつき》に三回勝とう。

(五)

1 駕彼四牡
2 四牡騤騤
3 君子所依

(五)

彼《か》の四牡《しぼ》を駕《が》す
四牡《しぼ》 騤騤《きき》たり
君子《くんし》の依《よ》る所《ところ》

4 小人所腓　　小人《しょうじん》の腓《かば》う所《ところ》
5 四牡翼翼　　四牡《しぼ》　翼翼《よくよく》たり
6 象弭魚服　　象弭《ぞうび》と魚服《ぎょふく》
7 豈不曰戒　　豈《あ》に戒《いまし》むと曰《い》わざらんや
8 玁狁孔棘　　玁狁《けんいん》　孔《はなは》だ棘《きょく》なり

2「騤騤」は力強いさま。 **4**「小人」はここでは部下の兵卒たち。「腓」は「庇」に通じる。身をかばい守る。 **5**「翼翼」は立派なさま。 **6**「象弭」は象牙で飾ったゆはず(弓の両端)。「魚服」は魚の皮でこしらえた矢筒。 **8**「棘」は急、切迫している。

（五）

四頭の牡馬を馬車につける。四頭の牡馬はたくましい。
殿様が頼りにする、兵士たちも身を守る。
四頭の馬はみごと。象牙のゆはずに魚皮のえびら。
身を引き締めないではいられない。玁狁《けんいん》が迫ってくる。

（六）

1 昔我往矣
2 楊柳依依
3 今我來思
4 雨雪霏霏
5 行道遲遲
6 載渴載飢
7 我心傷悲
8 莫知我哀

（六）

昔《むかし》 我《われ》 往《ゆ》きしとき
楊柳《ようりゅう》 依依《いい》たり
今《いま》 我《われ》 来《きた》るとき
雪雨《ゆきふ》ること霏霏《ひひ》たり
道《みち》を行《ゆ》くこと遅遅《ちち》たり
載《すなわ》ち渇《かっ》し載《すなわ》ち飢《う》う
我《わ》が心《こころ》 傷悲《しょうひ》す
我《わ》が哀《かな》しみを知《し》る莫《な》し

2「依依」は木深く茂ったさま。 **3**「思」は語調を整える字。 **4**「雨」は降るという動詞。「霏霏」はしきりに降るさま。

（六）

むかし、俺が戦地に行った時は、楊柳がこんもり茂っていた。
今、俺が帰る時は、雪がしきりに舞う。

道の歩みはのろのろ。のどは乾くし腹は減る。
俺の胸は痛み悲しむ。誰も俺の悲しみをわかってくれない。

◆

異民族との戦いに駆り出された兵士の歌。いつ果てるともわからぬ戦いのなかで、ひたすら帰郷を思う。長引く徴兵を端的にあらわすのが六章の1-4、「楊柳」と「雨雪」の対比で、後の詩にもここがよく用いられる。

『楚辞』

扉＝無款『濯足図《たくそく》』(湖北省博物館蔵)
「漁父《ぎょほ》」にいう「滄浪《そうろう》の水　濁らば，以て我が足を濯《あら》う可し」(131頁)を描いたもの．画家の名はわからないが，これも南宋の絵とされる．

『楚辞』について

『楚辞《そじ》』という書物は、戦国時代の終わりに近い紀元前三世紀半ば、南方の楚の国で興った韻文を中心とし、前漢・後漢に同じ詩型を用いて模擬された作品も収める。『詩経』に次ぐ詩集であるが、両者の間に影響関係は見られず、さまざまな点で対照をなす。『詩経』が北中国の歌謡であったのに対して、『楚辞』は南中国の歌。基盤とする地域が異なり、まったく別系統の文化に属する。『詩経』が四字句を基本としたのに対して『楚辞』は六言、または七言で、句のなかに「兮《けい》」という語調を整える字をはさむ。一篇の長さはさまざまだが、長篇が多い。内容のうえでも、日常と離れて想像、幻想を繰り広げるところは、現実の暮らしを離れない『詩経』の諸篇と著しい対比をなす。

もともとは古代の祭祀とかかわる、宗教性の強い歌であったものが、楚の国の悲劇の英雄、屈原《くつげん》と結びつけられ、「離騒《りそう》」「九歌《きゅうか》」「天問《てんもん》」「九章《きゅうしょう》」などは屈原の作とみなされてきた。屈原は楚の重臣であったが周囲からうとまれ、国を追われて放浪したすえ、汨羅《べきら》の水に身を投げた。その詩は彼が祖国や国王を慕いながら、放逐された悲しみをうたったものとされた。それは「賢人失志《けんじんしっし》」と称される、中国の文学の一つの祖型となった。屈原と彼の弟子といわれる宋玉《そうぎょく》、この二人が代表的な作者であり、「屈宋《くっそう》」と併称される。

＊屈原《くつげん》　前三四〇？—前二七八？　名は平《へい》。原は字《あざな》。戦国・楚の国において三閭大夫《さんりょたいふ》という王族を統べる地位にあり、楚の懐王《かいおう》の信任を得ていたが、上官大夫の靳尚《きんしょう》に誹謗され、楚の国から放逐された。南方をさまよったあげく、汨羅《べきら》(湖南省)に身を投じた。その命日は旧暦の五月五日。のちに端午の節句に粽《ちまき》を食べるのは、粽を水に投じて魚が屈原を食べないようにするためという伝承がある。

漁父《ぎょほ》　屈原

屈原既《くつげんすで》に放《はな》たれ、江潭《こうたん》に遊《あそ》ぶ。沢畔《たくはん》に行吟《こうぎん》し、顔色憔悴《がんしょくしょうすい》、形容枯槁《けいようここう》す。漁父《ぎょほ》見《み》て之《これ》に問《と》いて曰《いわ》く、「子《し》は三閭大夫《さんりょたいふ》に非《あら》ずや。何故《なにゆえ》に斯《ここ》に至《いた》れるか」と。

屈原曰《くつげんいわ》く、

擧世皆濁我獨清　「世《よ》を挙《あ》げて皆《み》な濁《にご》り　我独《われひと》り清《す》む

衆人皆醉我獨醒　衆人皆《しゅうじんみ》な酔《よ》い　我独《われひと》り醒《さ》む

是《ここ》を以《もっ》て放《はな》たる」と。

漁父曰《ぎょほいわ》く、「聖人《せいじん》は物《もの》に凝滞《ぎょうたい》せずして、能《よ》く世《よ》と推移《すいい》す。世人皆《せじんみ》な濁《にご》らば、何《なん》ぞ其《そ》の泥《どろ》を淈《にご》して其《そ》の波《なみ》を揚《あ》げざる。衆人皆《しゅうじんみ》な酔《よ》わば、何《なん》ぞ其《そ》の糟《かす》を餔《く》らいて其《そ》の醨《しる》を歠《すす》らざる。何故《なにゆえ》に深《ふか》く思《おも》い高《たか》く挙《あ》がりて、自《みずか》ら放《はな》たれしむるを為《な》すや」と。屈原曰《くつげんいわ》く、「吾《われ》 之《これ》を聞《き》く、新《あら》たに沐《もく》する者《もの》は必《かなら》ず冠《かんむり》を弾《はじ》き、新《あら》たに浴《よく》する者《もの》は必《かなら》ず衣《ころも》を振《ふ》るう、と。安《いず》くんぞ能《よ》く身《み》の察察《さつさつ》たるを以《もっ》て、物《もの》の汶汶《ぼんぼん》たる者《もの》を受《う》けんや。寧《むし》ろ湘流《しょうりゅう》に赴《おもむ》きて、江魚《こうぎょ》の腹中《ふくちゅう》に葬《ほうむ》られん。安《いず》くんぞ能《よ》く皓皓《こうこう》たる白《しろ》を以《もっ》て、世俗《せぞく》の塵埃《じんあい》を蒙《こうむ》らんや」と。

漁父《ぎょほ》 莞爾《かんじ》として笑《わら》い、枻《かい》を鼓《こ》して去《さ》る。乃《すなわ》ち歌《うた》いて曰《いわ》く、

滄浪之水清兮　「滄浪《そうろう》の水《みず》 清《す》まば
可以濯我纓　以《もっ》て我《わ》が纓《えい》を濯《あら》う可《べ》し
滄浪之水濁兮　滄浪《そうろう》の水《みず》 濁《にご》らば
可以濯我足　以《もっ》て我《わ》が足《あし》を濯《あら》う可《べ》し」

遂《つい》に去《さ》りて、復《ま》た与《とも》に言《い》わず。

○「漁父」は漁師。水辺に住む漁師は、隠者の表象。ただしここでは屈原に対して、現実に合わせて柔軟に生きることを勧める。○「江潭」は水辺の地。○「三閭大夫」は屈原を指す。○「挙世」「衆人」二句は「清」「醒」が押韻する歌。○「凝滞」はこだわる。○「察察」は清潔なさま。○「汶汶」は汚れたさま。○「湘流」は南から洞

庭湖に注ぐ湘水《しょうすい》。○「莞爾」はほほえむさま。○「枻」はかい、かじ。しかし後漢・王逸《おういつ》以来、「鼓枻」は船べりを叩くことと解釈される。○「滄浪」から「可以」の四句は、「清」と「纓」、「濁」と「足」が押韻する歌。○「滄浪」は青々と澄み切った水の流れ。○「濯我纓」は仕官の支度を調《ととの》えることをいう。「纓」は冠をかぶるひも。○「濯我足」は足を洗って立ち去ることをいう。

漁《すなど》り人《びと》

屈原は国から追放されると、水辺の地をさまよった。川辺に沿って歩きながら詩を口ずさみ、顔色はやつれ、姿は見る影もなかった。漁師がそれを見て尋ねた、「あなたは三閭大夫《さんりょたいふ》どのではありませぬか。どうしてこんな姿になられたのでしょう。」

屈原がこたえた、

「世の中すべて濁り、わたし独りが清んでいる。

誰もが酒に酔いしれ、わたし独りが醒めている。

そのために国を追われたのです。」

漁師が言った、「聖人は外物にかかずらうことなく、世間とともに移り変わるものです。世間の人がみな濁っているならば、どうして泥をかき回してそれをかぶらないのですか。誰もが酔いしれているのなら、どうしてその酒粕《さけかす》を食らい粕汁《かすじる》をすすらないのですか。なにゆえに深く考え身を高く処し、自分から放逐されるようなことをなさったのでしょう。」

屈原が言った、「髪を洗った者は冠をはじいて塵を落とすもの、体を洗った者は衣を振るって汚れを落とすもの、と聞いています。清潔な身に不潔なものを受け入れることなど、できましょうか。むしろ湘水に赴いて、魚の腹のなかに葬られるほうがましです。真っ白なところに世俗の汚れをかぶることなどできましょうか。」

漁師はにっこりとほほえみ、船べりを叩いて去りながら、歌をうたった。

「青々とした水が清んだら、それで自分の冠のひもを洗えばよい。

青々とした水が濁ったら、それで自分の足を洗えばよい。」

そうして立ち去り、二度と言葉を交わすことはなかった。

「漁父」篇は漁父と屈原の二人が登場する劇であるかのように、地の文、台詞、そして二人の歌から成る。現実に妥協して生きることを説く漁父と、己れの潔癖を貫こうとする屈原との対話篇にもなっている。漁父が最後に「莞爾《かんじ》として笑」ったのは、屈原の生き方を認めたからである。世の人々との違いから自分という存在を

認識し、集団と個の対立を浮かび上がらせた早い例でもある。

◆『孟子』離婁《りろう》篇上には「滄浪の水」の歌が「孺子《じゅし》(子供)の歌有りて曰く」として引かれている。孟子と屈原はほぼ時代を同じくするが交渉はない。この歌は本来、巷間に伝えられていたもので、それが屈原伝説と結びつけられて「漁父」篇が成立したと推測される。

*宋玉《そうぎょく》　戦国時代、楚の人。屈原の弟子といわれるが、生没年はじめ、事跡は不明。しかし宋玉の作とされる作品はかなりのこり、『楚辞』には「九辯」「招魂」、『文《もん》選《ぜん》』には「風の賦」「高唐の賦」「神女の賦」「登徒子《とうとし》好色の賦」が収められる。悲愁の情感、男女の情愛をうたう作品が多い。

九辯

九辯《きゅうべん》　宋玉

(一)

1 悲哉秋之爲氣也

2 蕭瑟兮草木搖落而變衰

(一)

悲《かな》しい哉《かな》　秋《あき》の気《き》為《た》るや

蕭瑟《しょうしつ》として草木揺落《そうもくようらく》して変衰《へんすい》す

3 憭慄兮若在遠行
4 登山臨水兮送將歸

5 泬寥兮天高而氣清
6 寂寥兮收潦而水清
7 憯悽增欷兮薄寒之中人
8 愴怳懭悢兮去故而就新
9 坎廩兮貧士失職而志不平

10 廓落兮羈旅而無友生
11 惆悵兮而私自憐
12 燕翩翩其辭歸兮
13 蟬寂漠而無聲
14 雁廱廱而南遊兮
15 鶤雞啁哳而悲鳴

憭慄《りょうりつ》として遠行《えんこう》に在《あ》りて
山《やま》に登《のぼ》り水《みず》に臨《のぞ》んで将《まさ》に帰《かえ》らんとする
を送《おく》るが若《ごと》し
泬寥《けつりょう》として天高《てんたか》くして気清《きす》む
寂寥《せきりょう》として潦《ろう》を収《おさ》めて水清《みずす》む
憯悽《さんせい》として欷《なげ》きを増《ま》し薄寒《はっかん》の人《ひと》に中《あた》る
愴怳懭悢《そうきょうこうろう》として故《こ》を去《さ》って新《しん》に就《つ》く
坎廩《かんらん》たり　貧士《ひんし》　職《しょく》を失《うしな》いて　志《こころざし》平《たい》ら
かならず

廓落《かくらく》たり　羈旅《きりょ》して友生《ゆうせい》無《な》し
惆悵《ちゅうちょう》たり　而《しか》して私《ひそ》かに自《みずか》ら憐《あわれ》む
燕《つばめ》は翩翩《へんぺん》として其《そ》れ辞《じ》して帰《かえ》る
蟬《せみ》は寂漠《せきばく》として声無《こえな》し
雁《かり》は廱廱《ようよう》として南《みなみ》に遊《あそ》ぶ
鶤鶏《こんけい》は啁哳《とうたつ》として悲鳴《ひめい》す

16 獨申旦而不寐兮
17 哀蟋蟀之宵征
18 時亹亹而過中兮
19 蹇淹留而無成

独《ひと》り申旦《しんたん》に寐《い》ねられず
蟋蟀《しっしゅつ》の宵《よい》に征《ゆ》くを哀《かな》しみ
時《とき》は亹亹《びび》として中《なか》を過《す》ぐ
蹇《こ》れ淹留《えんりゅう》して成《な》る無《な》し

0「九辯」の「辯」の意味は諸説分かれて不詳。「九辯」を九章に分けたのは朱熹、「九辯」の「九」に合わせたか。屈原の「九歌」などは九章の構成ではないが、『楚辞』のなかでものちに前漢・王褒《おうほう》の「九懐」、劉向《りゅうきょう》の「九歎」、後漢・王逸《おういつ》の「九思」など、九章にそろえられていく。 **2**「蕭瑟」はうらさびれたさま。「揺落」は枯れ落ちる。 **3**「憭慄」は心が冷え冷えとしたさま。 **5**「泬寥」は晴れ渡ったさま。心の空虚感もあらわす。 **6**「寂寥」はひっそり音のないさま。「潦」は大雨の濁流。 **7**「憯悽」は悲痛に心を傷めるさま。 **8**「愴怳」「懭悢」はともに失意のさま。「去故而就新」はなじんだ人、土地から離れて別の所に移る。 **9**「坎廩」は思うにまかせぬさま。 **10**「廓落」は孤独なさま。「友生」は友人。 **14**「雝雝」は雁の鳴き声。 **15**「鵾鶏」は鶴に似た鳥。「啁哳」はその鳴き声。 **16**「申旦」は夜から朝まで。夜じゅう。「申」は午後四時頃。「旦」は朝。 **17**「蟋蟀」はコオロギ。「宵征」は夜になって動く。 **18**「亹亹」は時間が過ぎ行くさま。「過中」は半分を越えて終わりに近づく。老いの接近をいう。**19**「蹇」は語調を整える字。「淹留」は心ならずも一つ所に留まる。

九辯

（一）

何と悲しいものか、秋の気は。わびしくも草木は枯れ落ち、うらぶれる。
胸締め付ける思い、遠い旅空のもと、山に登り水に臨み、国に帰る人を見送る者の心。
からりと晴れて、空は高く気は冴える。ひそやかに出水は収まり水は澄む。
詰まる思いに嘆きはつのり、身に迫りくる肌寒さ。
悄然と力落とし、なじみの地を去り見知らぬ地へ向かう。
思いと違《たが》う、みじめな男、職を失い、心は波立つ。
独りしおしおと、旅の身に友もなし。
あわれ、ひそかにわが身を嘆く。
燕は羽を翻《ひるがえ》して去る。蟬はしんと声もない。
雁は声をあげて南の国へ飛び立ち、白鳥はいとも哀しげに叫ぶ。
独り夜もすがら寝付くこともできず、コオロギが闇に動くだに心は悲しむ。

時はひたひたと早や人生の半ばを過ぎ、進みあぐねて何も成さぬままに。

全篇悲しみの情感に満ちる感傷の歌。悲哀をもたらすのは、強いて求めれば、思いの満たされぬまま過ぎて行く人生であろうが、何を悲しむかよりも、悲しみに浸る心をさまざまな擬態語を駆使して吐露するところに特色がある。また悲哀は秋の季節とも関わるが、『詩経』では秋は収穫の喜びの季節であり、悲しい季節として受け止めるのは、二千二、三百年前のこの詩に始まるとされる。

✽**淮南小山《わいなんしょうざん》(劉安《りゅうあん》)** 『楚辞』では「招隠士」を「淮南小山」の作とし、『文選』では「劉安」の作とするが、淮南小山は劉安のもとに集まった食客の一グループの名と考えられ、実質的に違いはない。劉安(前一七九?—前一二二)は漢の高祖劉邦《りゅうほう》の孫にあたり、淮南王を継いだ。のちに謀反を企てたかどで自殺を余儀なくされる。多くの食客をかかえて、彼らとともに『淮《え》南子《なんじ》』を編纂。そこには道家を中心として儒家、法家、陰陽家など当時の雑多な思想が混在する。武帝の命を受けて「離騒」の最も早い注釈を作ったことがあり、『楚辞』のなかの一篇である「招隠士」を制作したことも、それに連なる。

招隠士

淮南小山

1 桂樹叢生兮山之幽
2 偃蹇連卷兮枝相繚
3 山氣巃嵸兮石嵯峨
4 谿谷嶄巖兮水曾波
5 猨狖羣嘯兮虎豹嘷
6 攀援桂枝兮聊淹留
7 王孫遊兮不歸
8 春草生兮萋萋

招隠士《しょういんし》（節録）

桂樹《けいじゅ》　叢生《そうせい》す　山《やま》の幽《ゆう》
偃蹇《えんけん》連巻《れんけん》として　枝《えだ》　相《あ》い繚《まと》う
山気《さんき》は巃嵸《ろうそう》たり　石《いし》は嵯峨《さが》たり
谿谷《けいこく》　嶄巌《ざんがん》たり　水《みず》は曾《かさ》なり波《なみ》だつ
猨狖《えんゆう》は群嘯《ぐんしょう》し　虎豹《こひょう》は嘷《ほ》ゆ
桂枝《けいし》に攀援《はんえん》して聊《いささ》か淹留《えんりゅう》す
王孫《おうそん》遊《あそ》びて帰《かえ》らず
春草《しゅんそう》生《しょう》じて萋萋《せいせい》たり

0「招隠士」は山中の隠者を世間に呼び戻すの意。　**1**「桂」は常緑の香木。それによって隠士の人格をたとえる。「山之幽」は山の奥深い所。　**2**「偃蹇」は高々とそびえるさま。「連巻」は曲がりくねるさま。　**3**「巃嵸」は盛んに湧き起こるさま。　**4**「嶄巌」は険しいさま。　**5**「猿狖」はサル。「虎豹」の猛獣もいて、人の住める所ではないことをいう。　**6** その厳しい山中に隠士はこもっていることをいう。「攀援」は枝を引き寄せてよじ登る。「淹留」はその地に留まる。　**7**「王孫」は山に隠れた貴人をいう。文字通りには貴族の子弟。 **8** 「萋萋」は勢いよく繁茂するさま。

隠者を招く

桂樹《けいじゅ》が群がり生える山の奥。高く長く、枝はからみ合う。

山の気はむくむくと立ち上り、岩石はごつごつとそびえる。渓谷は切り立ち、水は幾重にも波立つ。

猿が群れになって叫び、虎や豹が吼《ほ》えるなか、桂の枝にすがって登り、そのままそこに留まっている。

若君は家を出たまま帰らない。春の草が青々と伸びる。

(中略。山中は険阻で、獰猛な動物に脅かされる危険な地であることを書き連ねる)

26 攀援桂枝兮聊淹留　桂枝《けいし》に攀援《はんえん》して聊《いささ》か淹留《えんりゅう》す
27 虎豹鬭兮熊羆咆　虎豹《こひょう》は闘《たたか》い　熊羆《ゆうひ》は咆《ほ》ゆ
28 禽獸駭兮亡其曹　禽獣《きんじゅう》は駭《おどろ》きて其《そ》の曹《そう》を亡《うしな》う
29 王孫兮歸來　王孫《おうそん》よ　帰《かえ》り来《きた》れ
30 山中兮不可以久留　山中《さんちゅう》は以《もっ》て久《ひさ》しく留《とど》まる可《べ》からず

27「熊」「羆」はクマの類。　**28**「曹」は群れ。

桂の枝にすがって登り、そのままそこに留まっている。
虎と豹が戦い、熊や羆《ひぐま》が哮《たけ》る。小鳥も獣《けもの》も慌てふためき、その群れとはぐれる。
若君よ、帰られよ。山のなかは長くいられる所ではない。

◆　隠者は山に籠もる。山は世俗から隔絶しているが、本来、人の住む場所ではない。山に入った若い貴人に対して、いかに険阻で危険な所であるか、獰猛な野獣が跳梁する怖ろしい所か、繰り返し説いて帰還を促す。

前漢

扉＝始皇帝と荊軻《けいか》(後漢の画像石の拓本)
「易水《えきすい》の歌」(147頁)で燕《えん》の国を発った荊軻が，秦王(のちの秦の始皇帝)に斬りつけた決定的場面．柱の左が荊軻，右が始皇帝．

前漢の詩歌

前漢（前二〇二―後八）の文学を代表する形式は「賦《ふ》（辞賦《じふ》）」である。初期の賈誼《かぎ》、中期の司《し》馬相如《ばしょうじょ》、後期の揚雄《ようゆう》ら、代表的な作者の手になる長篇の賦が相次いだ。賦の全盛時代といってよい。しかし、賦も押韻はするが散文に近いので、ここには収めない。

前漢の詩歌といわれるものも、実際には「歌」である。戦国末の荊軻《けいか》、秦から漢への交替期の項羽《こうう》、項羽を破って漢を建てた高祖《こうそ》（劉邦《りゅうほう》）、前漢の最盛期をもたらした中期の武帝《ぶてい》、彼らの作として伝えられる歌は、いずれも「三字（あるいは四字）＋兮《けい》＋三字」というかたちをとる。句の中間に「兮」という、語調を整える字を挟んだ『楚辞』系の歌である。

この時期の歌としてのこっているものは、形式が似ているのみならず、いずれも劇的に盛り上がった場面を背景としている。項羽が「四面楚歌」の絶体絶命の状況で「垓下《がいか》の歌」をうたったように。おそらく歴史事実をもとにして物語、劇が生まれ、物語、劇のなかの高揚した場面で、主人公がちょうどオペラにおけるアリアのようにうたったものだろう。それゆえ歌に伴う名前は、作者というより主人公というべきである。

最初の五言詩といわれる李陵《りりょう》・蘇武《そぶ》の詩、前漢末・班婕妤《はんしょうよ》の「怨歌行」、いずれも整った五言詩であるが、前漢にこれだけ完成した五言詩が生まれただろうか。ともに匈奴に敗れながら抵抗と屈服に分かれた蘇武と李陵、皇帝の寵愛を失った悲劇の宮女班婕妤——早い時期の五言詩は、彼らにまつわる物語が先に生まれ、あとになってそれに沿うかたちで詩が作られた、と考えるべきだろう。李陵・蘇武・班婕妤の作とされる五言詩には、彼ら自身の事柄と一致しない内容も混じっている。結局、「李延年《りえんねん》の歌」だけが、ほぼ五言を基本とした前漢の歌。その冒頭が「北方に佳人有り」（一五五頁）とうたい起こされているのは、その歌がいみじくも南方の『楚辞』系とは異質の、北方の楽曲に基づいていることを示すかのようだ。

　実際には後漢以後の作であるにしても、李陵・蘇武の詩は友情と送別、班婕妤の詩は閨《けい》怨《えん》という、のちの中国古典詩に引き継がれる大きなテーマを用意したものであった。五言詩として時期が早いのみならず、内容のうえでもはなはだ重要な意義をもつ。

　漢代には、詩の一種である「楽府《がふ》」が登場した。宮廷のなかに「楽府《がくふ》」と呼ばれる音楽担当の省庁が設けられ、そこに収集された民間の歌謡が「楽府《がふ》」と呼ばれた。その題名（楽府題）は歌われる曲調を示すに過ぎず、内容とは関わりがなかったが、のちに文人が楽府題の意味に沿った内容の楽府を作るようになった。前漢では作者をもたない楽府（古楽府とか楽府古辞とかいう）がわずかにのこる。その表現は稚拙であっても、民間の歌ならではの潑溂とした力、はずむような勢いを伝えている。

✽荊軻《けいか》　?—前二二七　戦国時代末期の人。各地を転々とする無頼の徒であったが、燕《えん》の国に入ると、太子丹《たん》から秦王《しんのう》(のちの秦の始皇帝)暗殺を託される。太子丹は人質として秦にいた時に秦王からいじめられたのを怨んでいた。強国秦に単身立ち向かう荊軻は死を覚悟して旅立つ。太子丹、友人の高漸離《こうぜんり》など、わずかな見送りの人は興奮のあまり、髪が逆立って冠を突き上げたと『史記』は描写する。結果はあと一歩のところで失敗し、荊軻はその場で殺された。

易水歌　　荊軻

1 風蕭蕭兮易水寒
2 壮士一去兮不復還

易水《えきすい》の歌《うた》

風蕭蕭《かぜしょうしょう》として易水寒《えきすいさむ》く
壮士《そうし》一《ひと》たび去《さ》って復《ま》た還《かえ》らず

0「易水」は燕の国の国境を流れる川。　**2**「壮士」は強い信念を抱いて困難に立ち向かう男。

易水のうた

風は蕭蕭と吹きつのり、易水は身を切る寒さ。
壮士はひとたび去りゆけば、二度と戻りはしない。

荊軻は戦国時代末期の人であるが、ここに収める。『史記』刺客列伝では荊軻を送別する場面で「(荊軻は)又た前《すす》みて歌を為《つく》りて曰く」として引かれる。本書では仮に「易水の歌」と題した。

荊軻はあたかも暗い情念に突き動かされるように、死を覚悟して暗殺に向かう。風吹き寒さ募る易水は、緊張が張り詰める。川は一般に二つの世界の境界を示す象徴的な意味をもち、川を越えればもはや別の世界に入る。送別の場合も川のたもとまで見送って宴を開く。この題材は陶淵明の「荊軻を詠ず」、駱賓王《らくひんのう》の「易水に于《おい》て人を送る」(中冊参照)などに受け継がれていく。

✻**項羽**《こうう》　前二三二―前二〇二　名は籍《せき》。羽は字《あざな》。秦末の混乱期に楚の国から兵を挙げ、秦を倒す。一時は天下を制する勢いであったが、やがて劉邦《りゅうほう》と覇を争って敗れた。

垓下歌　　項羽

1 力抜山兮氣蓋世
2 時不利兮騅不逝

垓下《がいか》の歌《うた》

力《ちから》　山《やま》を抜《ぬ》き　気《き》　世《よ》を蓋《おお》う
時《とき》　利《り》あらず　騅《すい》　逝《ゆ》かず

3 騅不逝兮可奈何　　騅《すい》の逝《ゆ》かざるは奈何《いかん》ともす可《べ》きも
4 虞兮虞兮奈若何　　虞《ぐ》や虞《ぐ》や　若《なんじ》を奈何《いかん》せん

0「垓下」は項羽が劉邦の軍に包囲された地。安徽省霊璧《れいへき》県。**1**『史記』項羽本紀に若い時の項羽について、「力は能《よ》く鼎《かなえ》を扛《あ》げ、才気は人を過《す》ぐ」というのと関わりがある。**2**「騅」は項羽の愛馬の名。**3**「可奈何」は「奈何《いかん》とす可《べ》き(どうするすべもない)」と読むこともできるが、次の句と対比させて解した。**4**「虞」は項羽の愛姫の名。「奈若何」は三字で「いかんせん」であろうが、ここでは「若」を「なんじ」と読む伝統的な訓読に従った。

垓下《がいか》のうた

力は山を突き抜き、気概は世をすっかり包み込む。なのに時運に恵まれず、騅《すい》は進まない。
騅が進まないのは何とかしようにも、虞《ぐ》よ虞よ、おまえをどうしたらいいものか。

四面楚歌の窮地に追い込まれた項羽は、命運もここまでと覚《さと》り、「悲歌忼慨《こうがい》(心を高ぶらせる)して、自《みずか》ら詩を為《つく》りて曰く」として『史記』項羽本紀はこの歌を載せる。虞美人がそれに和し、項羽もお供の者もともに泣いたという。このあと囲みを脱した項羽は烏江《うこう》のたもとまで来るが、「天が自分を滅ぼすのだから、ここを渡ってまで生き延びようとは思わない」と言って、それ以上逃げることを拒否する。

心身ともに衆にすぐれた項羽が敗北したのは、時勢が自分に味方しなかったからだという。そこには自分に対して敗因を問い詰める姿勢はないが、英雄ですら個人を超えたより大きな存在のために潰《つい》える、それが人々の共感を呼ぶ悲劇たるゆえんなのだろう。行き詰まった項羽の心が最後に向かったのは、愛馬と愛姫という私的な所有物であった。

✻劉邦《りゅうほう》　前二五六／前二四七―前一九五　前漢の初代皇帝、高祖《こうそ》。秦末に兵を起こし、秦を亡ぼす。覇を競い合った項羽を破って、漢王朝を建てた。

大風歌　　　劉　邦

1 大風起兮雲飛揚
2 威加海内兮帰故郷

大風《たいふう》の歌《うた》

大風起《たいふうお》こりて雲飛揚《くもひよう》す
威《い》は海内《かいだい》に加《くわ》わりて故郷《こきょう》に帰《かえ》る

3 安得猛士兮守四方　安《いず》くんぞ猛士《もうし》を得《え》て四方《しほう》を守《まも》らしめん

2「海内」は四海の内側の意で、世界全体をいう。

大風のうた

大風が吹き、雲が飛ぶ。
力は天下の隅々にまで及び、故郷に帰り来た。
どうしたら勇士を得て四方を守っていけようか。

詩題は『史記』高祖本紀、『文選』などでは「歌」と称するのみだが、のちに「大風の歌」と呼ばれる。

紀元前一九五年、中国全土に支配を確立した劉邦は、凱旋の途次、故郷の沛《はい》(江蘇省沛県)に立ち寄り、土地の古老を招いて盛大な宴を催した。自作のこの歌を児童百二十名に合唱させ、自身も舞いながら心高ぶって涙した、と『史記』高祖本紀は記す。創業の苦労を振り返って感慨を覚え、併せて守成《しゅせい》(偉業を維持していくこと)のさらなる苦労に思いを馳せた心の高ぶりであったか。それからわずか半年のち、劉邦は長安の宮中で没した。

群雄蜂起して天下が争乱の状態にあったことから歌い起こし(1)、自分の力で天下を平定したことを述べ(2)、そしてぜひともこの状態を保持したいと願う(3)。来し方行く末を三句に凝集した、緊張感のみなぎる歌。

✻**漢《かん》の武帝《ぶてい》**　前一五六―前八七　劉徹《りゅうてつ》。前漢の中期、漢王朝の最盛期をもたらした皇帝。半世紀を超える在位の間に、国家の形態、文化など、さまざまな面でのちの中国のかたちを作り上げた。

秋風辭

1 秋風起兮白雲飛
2 草木黄落兮雁南歸
3 蘭有秀兮菊有芳
4 懷佳人兮不能忘
5 泛樓船兮濟汾河
6 横中流兮揚素波

秋風《しゅうふう》の辞《じ》　　漢の武帝

秋風《しゅうふう》起《お》こりて　白雲《はくうん》飛《と》ぶ
草木《そうもく》黄落《こうらく》して　雁《かり》　南《みなみ》に帰《かえ》る
蘭《らん》に秀《しゅう》有《あ》り　菊《きく》に芳《ほう》有《あ》り
佳人《かじん》を懐《おも》いて　忘《わす》るる能《あた》わず
楼船《ろうせん》を泛《うか》べて　汾河《ふんが》を済《わた》る
中流《ちゅうりゅう》を横《わた》りて　素波《そは》を揚《あ》ぐ

7　簫鼓鳴兮發棹歌　簫鼓鳴《しょうこな》って　棹歌《とうか》発《はっ》す
8　歡樂極兮哀情多　歓楽極《かんらくきわ》まりて　哀情多《あいじょうおお》し
9　少壯幾時兮奈老何　少壮幾時《しょうそういくとき》ぞ　老《お》いを奈何《いかん》せん

3「蘭」はフジバカマの類。今のランとは異なり、秋に花咲く。「秀」は花。「芳」は香り。この一句は「互文《ごぶん》」で、蘭・菊ともに花も香りもあることをいう。また蘭も菊も美しさに加えて気品のある花とされ、それが次の句の「佳人」につながる。**4**「佳人」は気品ある女性。『楚辞』には香り高い植物とともに、あこがれの対象としてよく見える。徳高い人の比喩と解されることもある。**5**「楼船」は屋形を設けた遊覧用の船。「汾河」は「汾水」ともいい、山西省の寧武《ねいぶ》県に発し、西南に流れて黄河に注ぐ川。「済」は流れを横切る。**6**「中流」は「流中」というに同じ。**7**「簫鼓」は管楽器と打楽器。「棹歌」は舟歌。「棹」はかい。**8**戦国時代、斉に仕えた弁説の徒淳于髠《じゅんうこん》のことばに「酒極まれば則ち乱れ、楽極まれば則ち悲し」(『史記』滑稽列伝)。

秋風のうた

秋の風が吹き、白い雲が空を翔《かけ》る。草も木も黄色く枯れ、雁は南へ帰ってゆく。
蘭は花咲き、菊も香る。佳人への思いが心から離れない。

屋形船を浮かべて汾河《ふんが》をわたる。流れを突き抜けんと白い波を揚げる。簫《しょう》や鼓《つづみ》が響き、舟歌が起こる。

歓びの窮まるところ、悲しみが生まれる。若くて元気な時はどれほどあるか、迫り来る老いをどうしたものか。

「秋風の辞」の「辞」は韻文の一種。一句のなかに「兮《けい》」を挟む『楚辞』系のスタイル。

前一一三年のころ、后土《こうど》(大地の神)を祭るために河東《かとう》(山西省西南部)に行幸した折りの作といわれる。楽しみが頂点に達すると悲しみに反転する(8)。宴のさなかにその享楽にも終わりがあることを思い、そこから人生にも終末があることを思って悲哀を生じる。こうしたかたちは、その後の宴のうたに踏襲されていく。

＊**李延年《りえんねん》**　生没年未詳。漢の武帝に気に入られた宦官の歌手。妹の李夫人が寵愛されると協律都尉《きょうりつとい》(音楽担当官)に取り立てられたが、李夫人の死後、武帝に誅殺された。

李延年歌

李延年《りえんねん》の歌《うた》　　李延年

1 北方有佳人　北方《ほっぽう》に佳人《かじん》有《あ》り
2 絶世而獨立　絶世《ぜっせい》にして独立《どくりつ》す
3 一顧傾人城　一《ひと》たび顧《かえり》みれば人《ひと》の城《しろ》を傾《かたむ》け
4 再顧傾人國　再《ふたた》び顧《かえり》みれば人《ひと》の国《くに》を傾《かたむ》く
5 寧不知傾城與傾國　寧《なん》ぞ傾城《けいじょう》と傾国《けいこく》を知《し》らざらんや
6 佳人難再得　佳人《かじん》　再《ふたた》びは得《え》難《がた》し

2「絶世」は世に並びなくすぐれる。 **3**「顧」は振り返って魅惑的な視線を注ぐ。 **4**「傾人城」は美人を見ようと殺到した人々の重みで町が一方に傾いてしまう。「傾人国」はさらに範囲が広がり、国が傾いてしまう。「傾城」「傾国」はのちには町や国を衰亡させる原因となる美女をいうことになる。

李延年のうた

北の方の麗しい人、世にならびなく独り際立つ。
流し目一つで町は傾き、流し目二つで国も傾く。
町じゅう、国じゅうが夢中になる人を知らずにおられようか。かくも麗しい人は二度と見つからない。

李延年がこの歌をうたうと、漢の武帝はそれほど美しい女がこの世にいるものだろうかと嘆く。李延年の妹がその人と進言されて後宮に入れると、妙麗にして舞いも巧み、たちまち武帝の心を捉えて一子を産んだが、ほどなく病没する。あきらめきれぬ武帝は霊媒にたよって李夫人の霊を求めた、という話が『漢書』に見える。漢の武帝と李夫人の愛情故事が祖型となって、のちに唐・白居易が玄宗と楊貴妃の悲恋を「長恨歌」に描き出す(下冊参照)。

✻李陵《りりょう》　?—前七四　前漢の武将。漢の武帝の時、匈奴との戦いに敗れて降伏、そのまま匈奴に仕えて単于《ぜんう》(匈奴の王)のむすめを娶って子も成した。激怒した漢の武帝は長安の李陵一族を誅殺、弁護しようとした司馬遷《しばせん》は宮刑に処せられた。

與蘇武三首　　蘇武《そぶ》に与《あた》う三首《さんしゅ》　　李陵

其一　　其《そ》の一《いち》

1 良時不再至　　良時《りょうじ》　再《ふたた》びは至《いた》らず

2 離別在須臾　離別《りべつ》　須臾《しゅゆ》に在《あ》り
3 屏營衢路側　衢路《くろ》の側《かたわら》に屏営《へいえい》し
4 執手野踟蹰　手《て》を執《と》りて野《の》に踟蹰《ちちゅ》す
5 仰視浮雲馳　仰《あお》ぎて浮雲《ふうん》の馳《は》するを視《み》れば
6 奄忽互相踰　奄忽《えんこつ》として互《たが》いに相《あ》い踰《こ》ゆ
7 風波一失所　風波《ふうは》　一《ひと》たび所《ところ》を失《うしな》えば
8 各在天一隅　各《おの》おの天《てん》の一隅《いちぐう》に在《あ》り
9 長當從此別　長《なが》く当《まさ》に此《こ》れ従《よ》り別《わか》るべし
10 且復立斯須　且《しばら》く復《ま》た立《た》ちて斯須《ししゅ》せん
11 欲因晨風發　晨風《しんぷう》の発《はっ》するに因《よ》りて
12 送子以賤軀　子《し》を送《おく》るに賤軀《せんく》を以《もっ》てせんと欲《ほっ》す

0 「蘇武」は李陵と対照的に、匈奴に降伏することを拒否し、荒涼たる地で長年堪え忍ぶ。のちに漢に帰朝すると英雄として讃えられた（一六三頁）。 **1** 離別を前にして友と会しているこの楽しい時は、今を限りのもの。 **2** すぐに別れの時が来る。「須臾」は短い時間。 **3** 道に出たものの、別れがたくて足を進められない。「屏営」は行きつ戻りつする。　**4** 城外まで来てもなお別れづらい。「踟躕」はぐずぐずためらう。
5・6 空を行く雲が互いに後先になるのを見て、そこまで同行してきた自分たちの姿に重ねる。「奄忽」はたちまち。　**7・8** 波風にあおられて離ればなれになる雲に、この先の二人の別離をたとえる。　**9・10** 今こそ別れと思い切ってみても、またもうしばらくここにいたいと、別れがたい思いをいう。「斯須」は「須臾」と同じく、短い時間。
11・12 鳥に乗ってどこまでも送っていきたい。「晨風」はハヤブサの類の鳥。「賤軀」は謙遜の自称。

蘇武に寄せる
その一

この良き時は二度とは来ない。別れが目前に迫る。
道に出てもまだ路傍にたたずみ、町を出ても手を取り合って進めない。
仰ぎ見れば浮き雲は空を馳せ、互いにせわしく追いかけあっている。
ひとたび風波に吹き飛ばされたなら、それぞれ天の片隅に分かれてしまう。
もうここからは永久《とわ》の別れがあるのみ。しかし今しばらくここにいよう。
晨風《はやぶさ》が飛び立つのに乗って、卑しいわが身も君を送って行きたい。

其二

1 嘉會難再遇
2 三載爲千秋
3 臨河濯長纓
4 念子悵悠悠
5 遠望悲風至
6 對酒不能酬
7 行人懷往路
8 何以慰我愁
9 獨有盈觴酒
10 與子結綢繆

其《そ》の二《に》

嘉会《かかい》　再《ふた》びは遇《あ》い難《がた》く
三載《さんさい》　千秋《せんしゅう》と為《な》らん
河《かわ》に臨《のぞ》みて長纓《ちょうえい》を濯《あら》い
子《し》を念《おも》いて悵《ちょう》として悠悠《ゆうゆう》たり
遠《とお》く望《のぞ》めば悲風《ひふう》至《いた》り
酒《さけ》に対《たい》すれども酬《むく》ゆる能《あた》わず
行人《こうじん》　往路《おうろ》を懐《おも》う
何《なに》を以《もっ》てか我《わ》が愁《うれ》いを慰《なぐさ》めん
独《ひと》り觴《さかずき》に盈《み》つる酒《さけ》有《あ》り
子《し》と綢繆《ちゅうびゅう》たるを結《むす》ばん

1「嘉会」は友と会しているめでたきこの時。**2** 離ればなれの不幸な時間は長く感じられる。『詩経』采葛《さいかつ》の「一日　見ざれば、三歳（載）の如し」（七三頁）をさらに大げさにいったもの。「載」「秋」は年。**3** 旅人を見送るには川辺まで同行することが多い。「長纓」は馬につける紐。旅立ちの準備として、あるいは旅の無事を祈る予祝として、それを洗う。　**4**「悵悠悠」は悲しみがとりとめもなく長く続く。　**5** 前途の不安、悲哀を誘う景。　**6** 悲痛のあまり、酒を前にするだけで、応酬もできない。　**7・8** 旅立つ人の不安な思いをいう。「我」は旅人を指す。　**9**「盈觴酒」はさかずきにあふれる酒。　**10**「綢繆」は絡み合って離れない。二人の強い結びつきをいう。

その二

顔を合わせるこの喜ばしい時は二度とは訪れはしない。別れた後は三年が千年の長きに感じられよう。

川面に臨んで長い手綱を洗い、君を思えばいつまでも続くこの寂しさ。

はるか行く手を眺めれば悲しい風が吹き寄せ、目の前の酒をやりとりすることさえかなわない。

旅行く人は先の道のりを思う、どうすればわが愁いを慰めることができようか、と。

あるのはただ杯を満たすこの酒、君と振りほどけぬ思いを固めよう。

其三　　其《そ》の三《さん》

1 攜手上河梁　　手《て》を携《たずさ》えて河梁《かりょう》に上《のぼ》る

2 遊子暮何之
3 徘徊蹊路側
4 悢悢不得辭
5 行人難久留
6 各言長相思
7 安知非日月
8 弦望自有時
9 努力崇明德
10 皓首以爲期

遊子《ゆうし》　暮《く》れに何《いず》くにか之《ゆ》く
徘徊《はいかい》す　蹊路《けいろ》の側《かたわら》
悢悢《りょうりょう》として辞《じ》するを得《え》ず
行人《こうじん》　久《ひさ》しく留《とど》まり難《がた》し
各《おの》おの言《い》う　長《なが》く相《あ》い思《おも》うと
安《いず》くんぞ知《し》らん　日月《じつげつ》に非《あら》ざるを
弦望《げんぼう》　自《おのずか》ら時《とき》有《あ》り
努力《どりょく》して明徳《めいとく》を崇《たか》めよ
皓首《こうしゅ》　以《もっ》て期《き》と為《な》さん

1「河梁」は河にかかる橋。河川には境界の意味があり、そこまで見送ることが多いので橋はしばしば離別の場でもある。　**2**「遊子」は旅人。「暮何之」は向かう先に夕闇迫ることで、旅の不安をあらわす。　**3**「徘徊」は先に進めず、その場に立ちもとおる。「蹊」は小径。　**4**「悢悢」は悲しむさま。あるいは未練を断ち切れないさま。　**5** 出立を迫られることをいう。　**6**「長相思」はいつまでも相手のことを思う。「飲馬長城窟行」に「下には長く相い憶(思)うと有り」(二〇四頁)。　**7・8** 日と月は天空で会することはないが、満月の時には東に出た月が西に沈む日と向かい合う。そのように相い会う機会は必ずある。「弦望」は上弦・下弦の月と満月(望月)。月が満ち欠けを繰り返すことをいう。**9** いざ別れるに当たって去る人を励ます。**10**「皓首」は白髪頭。無事に長生きして再会しようと期する。

その三

手に手を取って橋にのぼる。旅人よ、この夕暮れにどこへ向かうのか。路の傍を行きつ戻りつ繰り返し、胸ふさがれてなかなか別れに踏み切れない。旅行く人がこのまま居続けることはできない。「いつまでも君を忘れない」と言葉を交わし合う。

わたしたちは空を行く日と月と同じでないか。満ち欠けする月には太陽に出会う時が必ず来る。

どうか徳を高く磨くことに力を尽くされよ。白髪になった時の再会をこそ期そうではないか。

――別れの詩。友人を見送る立場からうたう三首。共に町を出る第一首、送別の宴を開いてさかずきを酌み交わす第二首、励ましの言葉をかけて別れる第三首というように、一連の展開が認められる。中国の詩の重要な部分を成す送別の場面も、異性の二人かと見まがうほどに連綿の情を繰り返す友情のかたちも、いずれも後代の詩の祖型となる。李陵の名を冠されているが、作者についてはすでに梁《りょう》代から疑われる。もともとは無名氏の作であったのが、李陵と蘇武の物語と結びつけられたもの。

✻蘇武《そぶ》　前一四〇？―前六〇　字は子卿《しけい》。漢の武帝の時の武人。使者として赴いた匈奴の地で拘留され、李陵とは対照的に投降を拒否して北海《ほっかい》（バイカル湖周辺）の荒野で苦難に耐えた。のちに漢が返還を求めると、すでに死んだと応えた。漢の朝廷が詐《いつわ》って長安の上林苑で射た雁の脚に蘇武の手紙が結ばれていたと告げるや、匈奴も生存を認め、十九年を経て帰国した。

詩四首　　　　　蘇武

其一

1 骨肉縁枝葉
2 結交亦相因

詩四首《ししゅ》

其《そ》の一《いち》

骨肉《こつにく》は枝葉《しよう》に縁《よ》り
結交《けっこう》も亦《ま》た相《あ》い因《よ》る

四海皆兄弟
誰爲行路人
況我連枝樹
與子同一身
昔爲鴛與鴦
今爲參與辰
昔者常相近
邈若胡與秦
惟念當離別
恩情日以新
鹿鳴思野草
可以喩嘉賓
我有一樽酒
欲以贈遠人
願子留斟酌

四海《しかい》　皆《み》な兄弟《けいてい》
誰《たれ》か行路《こうろ》の人《ひと》為《た》らん
況《いわ》んや我《われ》は連枝《れんし》の樹《き》にして
子《し》と一身《いっしん》を同《おな》じくするをや
昔《むかし》は鴛《えん》と鴦《おう》為《た》り
今《いま》は参《しん》と辰《しん》為《た》り
昔者《むかし》は常《つね》に相《あ》い近《ちか》きも
邈《はる》かなること胡《こ》と秦《しん》の若《ごと》し
惟《た》だ念《おも》う　離別《りべつ》に当《あ》たり
恩情《おんじょう》　日《ひ》に以《もっ》て新《あら》たなるを
鹿《しか》鳴《な》きて野草《やそう》を思《おも》う
以《もっ》て嘉賓《かひん》を喩《たと》う可《べ》し
我《われ》に一樽《いっそん》の酒《さけ》有《あ》り
以《もっ》て遠人《えんじん》に贈《おく》らんと欲《ほっ》す
願《ねが》わくは　子《し》　留《とど》まりて斟酌《しんしゃく》し

18　叙此平生親　此《こ》の平生《へいぜい》の親《しん》を叙《の》べよ

1・2 親密な人間関係として兄弟と友人を挙げる。「縁枝葉」は兄弟が一本の木の枝と葉の関係にあることをいう。「相因」は友人が互いに親しみ頼る関係であることをいう。**3** 世界中の人が兄弟のように身近な関係にある。『論語』顔淵《がんえん》篇の「四海の内、皆な兄弟為《た》り」に基づく。**4**「行路人」は路傍の見知らぬ人。**5・6** わたしと君とは特別に親しい関係であるという。「連枝樹」は「連理の木」、枝がつながった二本の木。仲のよい男女の比喩に用いられる語を友人関係に用いる。**7・8**「鴛鴦」はいつも離れないつがいの鳥。「参辰」は参星《しんせい》（オリオン座の三つ星）と辰星《しんせい》（アンタレス）。参と辰（商ともいう）は天空に同時に現れることがない。**10**「邈」は遠い。「胡」は北方の僻遠の地。「秦」は春秋戦国時代に秦の国があったことから、陝西省一帯の地。「胡」が周縁であるのに対して、「秦」は中心。懸け離れた地をたとえる。**12**「恩情」は本来は上の者が下の者にかける慈愛、寵愛をいうが、それを友人間の愛情に用いる。「日以新」は日々に新鮮であること。『礼記《らいき》』大学に「苟《まこと》に日に新たにして、日日に新たにして、又た日に新たなり」。**13・14**「鹿鳴」は賓客をもてなす『詩経』小雅の詩（一〇六頁）。「嘉賓」は立派な客人。二句は次の酒宴の句を導く。**16**「遠人」は遠く旅立つ人。**17**「斟酌」は酒を酌む。**18**「叙」は洗いざらい語る。「平生親」はふだんの親密な思い。

詩

その一

骨肉の兄弟は枝と葉のように寄り添い、親友もまた身を支え合うもの。
四海のうちにあるのはみな兄弟、誰が通りすがりの他人なものか。
ましてわたしは連理の木のように、君とは一心同体の間柄なのだ。
かつては常に連れ立つ鴛《えん》と鴦《おう》の鳥、この先は空で出会うことのない参《しん》と辰《しん》の星。
これまでしじゅう一緒にいたのが、北の果ての胡と中原の秦のように遠く離れる。
別れに当たって思うのはただ一つ、この友情が日増しに篤くなること。
野の草を思って鳴く鹿は、賓客《ひんきゃく》をもてなすのにたとえられよう。
わたしには一樽《ひとたる》の酒がある。これを旅立つ人にお贈りしよう。
どうか君よ、ここに足を留めて杯を傾け、平素の情誼《じょうぎ》を語り尽くしてくれないか。

其二

黄鵠一遠別
千里顧徘徊
胡馬失其羣

其《そ》の二《に》

黄鵠《こうこく》　一《ひと》たび遠《とお》く別《わか》れ
千里《せんり》　顧《かえり》みて徘徊《はいかい》す
胡馬《こば》　其《そ》の群《むれ》を失《うしな》い

思心常依依
何況雙飛龍
羽翼臨當乖
幸有絃歌曲
可以喩中懷
請爲遊子吟
泠泠一何悲
絲竹厲淸聲
慷慨有餘哀
長歌正激烈
中心愴以摧
欲展淸商曲
念子不能歸
俛仰內傷心
淚下不可揮

思《し》心《しん》 常《つね》に依依《いい》たり
何《なん》ぞ況《いわ》んや双飛龍《そうひりゅう》の
羽翼《うよく》 当《まさ》に乖《そむ》くべきに臨《のぞ》むをや
幸《さいわ》いに絃歌《げんか》の曲《きょく》有《あ》り
以《もっ》て中懐《ちゅうかい》を喩《たと》う可《べ》し
請《こ》う 遊子《ゆうし》の吟《ぎん》を為《な》さん
冷冷《れいれい》として一《いっ》に何《なん》ぞ悲《かな》しき
糸竹《しちく》 清声《せいせい》厲《はげ》しく
慷慨《こうがい》して余哀《よあい》有《あ》り
長歌《ちょうか》 正《まさ》に激烈《げきれつ》
中心《ちゅうしん》 愴《そう》として以《もっ》て摧《くだ》く
清商《せいしょう》の曲《きょく》を展《の》べんと欲《ほっ》し
子《し》の帰《かえ》る能《あた》わざるを念《おも》う
俛仰《ふぎょう》して内《うち》に心《こころ》を傷《いた》ましめ
涙下《なみだくだ》りて揮《ふる》う可《べ》からず

願爲雙黄鵠　願《ねが》わくは双黄鵠《そうこうこく》と為《な》りて
送子倶遠飛　子《し》を送《おく》りて倶《とも》に遠《とお》く飛《と》ばん

1·2「黄鵠」は白鳥の類の大きな鳥。ここでは一人旅立つ人のメタファー。黄鵠は一気に「千里」を飛ぶといわれるが、去りがたい思いに元の地を振り返って進みあぐねる。**3·4**「胡馬」は北方異民族の地の馬。「思心」は心にまといつく思い。「依依」は恋い慕うさま。「古詩十九首」其の一に「胡馬　北風に依る」(二一三頁)というように、馬も故郷を懐かしむ。**5·6** 一心同体であった自分と友人の別離をたとえる。「臨当乖」は別れの時になる。**7·8** 曲に借りて思いをあらわそう、の意。「絃歌曲」は絃楽器に合わせて歌う曲。「喩」は言いたいことを別のものによって表現する。「中懐」は懐中。胸の中の思い。**9**「遊子吟」は旅人の歌。**10**「泠泠」は音の清らかなさま。**11**「糸竹」は絃楽器と管楽器。「厲」は音を強くする。**13**「長歌」は声を引き延ばしてうたう詠唱法。**14**「中心」は心中。「愴」は激しい、「摧」は砕かれそうな悲しみ。**15**「清商曲」は中国古来の五つの音階(宮《きゅう》・商《しょう》・角《かく》・徴《ち》・羽《う》)のうち、商に基づいた曲。清らかで悲しい調べ。**17**「俛仰」は伏したり仰いだりする。やり場のない悲しみをあらわすしぐさ。

その二

ひとたび遠く別れても、黄鵠《こうこく》は千里の先から振り返って秪徊《ていかい》する。
胡《えびす》の馬は群れから離れても、いつまでも仲間を慕い続ける。
ましてや空を双《なら》び翔《かけ》た二頭の龍が、別れる時が迫った。
折よく琴歌の曲がある。胸中の思いをそれであらわそう。
旅人の歌をうたってほしい。冴え冴えとした響きは何と悲しいことか。
琴《きん》と笛が清らかな調べを高らかに奏でれば、思いは昂《たか》ぶり悲しみは尽きない。
長歌はまさに激烈そのもの、心中の悲しみにただださいなまれる。
清商の歌を思い切り歌いたい。胸ふたぐのは君が帰って来られないこと。
上を見ても下を見ても心は傷み、涙は振り払っても流れ続ける。
できることなら双飛の黄鵠となって、君を送ってともに遠く翔てゆきたい。

其三

1 結髮爲夫妻
2 恩愛兩不疑
3 歡娯在今夕

其《そ》の三《さん》

結髮《けっぱつ》して夫妻《ふさい》と為《な》り
恩愛《おんあい》　両《ふた》つながら疑《うたが》わず
歓娯《かんご》は今夕《こんせき》に在《あ》り

4 嬿婉及良時
5 征夫懷往路
6 起視夜何其
7 參辰皆已沒
8 去去從此辭
9 行役在戰場
10 相見未有期
11 握手一長歎
12 淚爲生別滋
13 努力愛春華
14 莫忘歡樂時
15 生當復來歸
16 死當長相思

嬿婉《えんえん》として良時《りょうじ》に及《およ》ぶ
征夫《せいふ》　往路《おうろ》を懐《おも》い
起《お》きて視《み》る　夜《よる》　何其《いかん》と
参辰《しんしん》　皆《み》な已《すで》に没《ぼっ》し
去《さ》り去《さ》りて此従《ここよ》り辞《じ》せん
行役《こうえき》して戦場《せんじょう》に在《あ》り
相《あ》い見《み》ること未《いま》だ期《き》有《あ》らず
手《て》を握《にぎ》りて一《ひと》たび長歎《ちょうたん》す
涙《なみだ》は生別《せいべつ》の為《ため》に滋《しげ》し
力《ちから》を努《つと》めて春華《しゅんか》を愛《お》しみ
歓楽《かんらく》の時《とき》を忘《わす》るる莫《な》かれ
生《い》きては当《まさ》に復《ま》た来《きた》り帰《かえ》るべし
死《し》しては当《まさ》に長《なが》く相《あ》い思《おも》うべし

1「結髪」は男は二十、女は十五で髪を結って成人する。

2「恩愛」は「其の一」の

12の注（一六五頁）参照。ここでは夫婦間の相互の愛情。　3「歓娯」は喜び。別れを前にした今宵しか楽しむ時はない。　4「嬿婉」はなごやかに楽しむさま。「良時」は幸せな時間。　5「征夫」は出征する男。　6 出発の朝を控えて、時間を気にする。「何其」はどのようか、どのくらい更けたか。　7「参」と「辰」は「其の一」の7・8の注（一六五頁）参照。天空で常に百八十度離れている二つの星がどちらも見えないことで、夜明けの時間を指す。　8「去去」は「さあ行こう」と自分を促す。　9「行役」は出征する。　12「生別」は生き別れ、あるいは無理矢理別れる。「古詩十九首」其の一の2の注（二一四頁）を参照。　13 今の若さを大事にするように努めよ。　16「長相思」は李陵「蘇武に与う三首」其の三（一六一頁）を参照。

その三

成人して夫婦《めおと》となってから、愛情を疑うことは二人ともになかった。
楽しき時は今宵のみ、最後まで睦まじく過ごそう。
旅立つ男は道のりを気に掛け、起き出し、夜の様子をうかがう。
参《しん》の星も辰《しん》の星もみな没し、いざ旅立ちの時、ここでお別れだ。
駆り出されて行く先は戦場、次に会えるのはいつか知るすべもない。
手を握り合い長いため息をつく。涙は生きながらの別れにはらはら流れる。

どうか春の花のような若さを大切にし、二人の幸福な時間を忘れないでほしい。生きていればまた帰ってこられるだろうし、死んでも永久《とわ》に忘れはしない。

其四

1 燭燭晨明月
2 馥馥我蘭芳
3 芬馨良夜發
4 隨風聞我堂
5 征夫懷遠路
6 遊子戀故鄉
7 寒冬十二月
8 晨起踐嚴霜
9 俯觀江漢流
10 仰視浮雲翔
11 良友遠離別

其《そ》の四《し》

燭燭《しょくしょく》たり　晨明《しんめい》の月《つき》
馥馥《ふくふく》たり　我《わ》が蘭《らん》の芳《かお》り
芬馨《ふんけい》　良夜《りょうや》に発《はっ》し
風《かぜ》に随《したが》って我《わ》が堂《どう》に聞《かお》る
征夫《せいふ》　遠路《えんろ》を懐《おも》い
遊子《ゆうし》　故郷《こきょう》を恋《こ》う
寒冬《かんとう》　十二月《じゅうにがつ》
晨《あした》に起《お》きて厳霜《げんそう》を践《ふ》む
俯《ふ》して江漢《こうかん》の流《なが》るるを観《み》
仰《あお》ぎて浮雲《ふうん》の翔《かけ》るを視《み》る
良友《りょうゆう》　遠《とお》く離別《りべつ》し

各在天一方
山海隔中州
相去悠且長
嘉會難兩遇
懽樂殊未央
願君崇令德
隨時愛景光

各《おの》おの天《てん》の一方《いっぽう》に在《あ》り
山海《さんかい》　中州《ちゅうしゅう》を隔《へだ》て
相《あ》い去《さ》ること悠《はる》かにして且《か》つ長《なが》し
嘉会《かかい》　両《ふた》たびは遇《あ》い難《がた》し
懽楽《かんらく》　殊《こと》に未《いま》だ央《つ》きず
願《ねが》わくは　君《きみ》　令徳《れいとく》を崇《たか》め
時《とき》に随《したが》いて景光《けいこう》を愛《お》しめ

1 別れの宴が朝を迎える。「燭燭」は明るいさま。「晨明」は夜明け。　**2**「馥馥」はかぐわしいさま。「蘭芳」は相手の人格、二人の美しい友情をたとえる。　**3**「芬馨」はよい香り。前の句の蘭の香りを指す。　**4** 蘭の香りが風に乗って部屋に香ってくる。「聞」は香りを嗅ぐ。　**5・6**「征夫」も「遊子」も旅人。旅人はこの先の道を気に掛け、またあとにした故郷を懐かしむもの。　**9・10**「江漢」は長江と漢水という南方の川。流れる水も空を行く雲も旅人のたとえ。李陵「蘇武に与う三首」其の一に「仰ぎて浮雲の馳するを視る」（一五七頁）。　**12** 李陵「蘇武に与う」其の一に「各おの天の一隅に在り」。　**13**「中州」は中原、中国の中心部。旅人は中原の地から去り、山や海に隔てられた遠い地に離ればなれになる。 **15** 李陵「蘇武に与う」其の二にほぼ同じ句が見える(一五九頁)。 **16**「懽」は「歓」に通じる。「殊」は否定を強める。「央」は終わりになる。 **17** 徳を磨くように勧めて詩を結ぶ。「令徳」はすぐれた徳。李陵「蘇武に与う」其の三に「努力して明徳を崇めよ」(一六一頁)。 **18**「随時」はいつも、どんな時でも。「景光」は光、時間。

その四

皓々と輝く明け方の月。馥郁《ふくいく》とただようわが蘭の香り。
この麗しい夜、香気立ちのぼり、風に乗ってわが部屋に薫《かお》る。
旅人は遠い道行きを思い、遊子はふるさとを恋い慕う。
厳冬の十二月、早朝に発って凍《い》てついた霜を踏む。
下に江漢の川の流れを眺め、上に空を翔《かけ》る浮き雲を見る。
わがよき友は遠く別れ行き、それぞれ天の果てに身を置く。
中原の地から山や海に遮られ、二人の間ははるかに隔たる。
この楽しき集いは二度とないことだろう。歓びはまるで尽きることはない。
どうか君は徳をいやましに高め、いつでもその時々を大切に過ごしてほしい。

『文選』では蘇武の「詩」、『芸文類聚』では蘇武の「李陵に別る」詩と題するが、李陵の「蘇武に与う三首」（一五六頁）と同じく、実際には作者不詳の送別詩。四首のうち、「其の三」が夫婦の別れであるほかは、去りゆく友人を送別する詩とおぼしい。李陵の詩と重なる語句も少なくない。

漢の武帝の時、ともに匈奴に捕らわれた李陵と蘇武は、投降するか抵抗を貫くか、対照的な生き方に分かれた。『漢書』李陵伝・蘇武伝に描かれた二人の事跡は、中島敦「李陵」が小説に仕立てたように、おそらく早い時期から物語化されていたであろう。無名氏の手になる別れをうたった詩が、匈奴の地で別れた李陵と蘇武に結びつけられたものと思われる。

作者の名は仮託であるにせよ、早い時期の代表的な五言詩とみなされ、またのちの詩の重要なテーマとなる送別の原型を示す。

＊班婕妤《はんしょうよ》　前四八？―前六？　前漢・成帝の寵愛を受け、婕妤（宮女の官名。「倢伃」とも表記する）に取り立てられるが、のちに趙飛燕《ちょうひえん》姉妹に寵を奪われ、長信宮《ちょうしんきゅう》に移された。

怨歌行

班婕妤

新裂齊紈素
皎潔如霜雪
裁爲合歡扇
團團似明月
出入君懷袖
動搖微風發
常恐秋節至
涼風奪炎熱
棄捐篋笥中
恩情中道絶

怨《えん》歌《か》行《こう》

新《あら》たに斉《せい》の紈素《がんそ》を裂《さ》く
皎潔《こうけつ》　霜雪《そうせつ》の如《ごと》し
裁《た》ちて合歓《ごうかん》の扇《おうぎ》と為《な》す
団団《だんだん》として明月《めいげつ》に似《に》たり
君《きみ》の懐袖《かいしゅう》に出入《しゅつにゅう》し
動揺《どうよう》して微風《びふう》発《はっ》す
常《つね》に恐《おそ》る　秋節《しゅうせつ》至《いた》り
涼風《りょうふう》の炎熱《えんねつ》を奪《うば》わんことを
篋笥《きょうし》の中《なか》に棄《き》捐《えん》せられ
恩情《おんじょう》　中道《ちゅうどう》に絶《た》えん

0「怨歌行」は楽府題。「行」は歌の意。　**1**「裂」は織機から布を裁ち切る。「斉」は絹の名産地。「紈素」はきめの細かい白絹。　**2**「皎潔」は白くて清潔。女の汚れない美しさをあらわす。　**3**「裁」は布を裁断する。「合歓扇」は表裏貼り合わせたうちわ。「合歓」は男女の和合をも意味する。　**4**「団団」はまんまるい。男女の睦まじいことをいう。　**5** 扇が男の肌身を離れないことをいう。「懐袖」は衣服の物を入れる箇所。　**7**「秋節」は秋の時節。　**9**「棄捐」は捨てる。「篋笥」は器具を収める箱。　**10**「恩情」は男から女への愛情。「中道」は「道中」と同じ。道の半ば。

怨歌行（うらみのうた）

切り取ったばかりの斉《せい》の国の白絹《しらぎぬ》、白い清らかさは霜か雪か。
はさみを入れて合歓《ごうかん》のうちわを作りました。満月のようにまどかなかたち。
あなたのみむねに出たり入ったり、扇《あお》げばそよそよ風が発ちます。
つねに気に掛かるのは、やがて秋がきて、冷たい風が暑さを奪うこと。
そうしたら箱の中に捨てられて、もうかわいがってはもらえません。

「閨怨詩」の代表であるかにみなされているが、しかしこの詩の内容は寵愛を失いはしないか恐れるもので、男の不在・喪失を悲しむ女をうたう閨怨詩そのものとは異なる。整った五言詩は後漢の作と思われるが、寵愛を失った宮女の典型である班婕妤《はんしょうよ》と結びつけられたもの。『漢書』の外戚伝下に収められる「班倢伃伝」には長信宮に引き下がった彼女がみずからを悼んだという「賦」が引かれているが、この詩には班婕妤と関わる事柄はない。「閨怨詩」として広まったために、「秋扇」は

◆—捨てられた女を指す語となった。

江南

江南可採蓮
蓮葉何田田
魚戲蓮葉間
魚戲蓮葉東
魚戲蓮葉西
魚戲蓮葉南
魚戲蓮葉北

江《こう》南《なん》

江南《こうなん》　蓮《はす》を採《と》る可《べ》し
蓮《はす》の葉《は》は何《なん》ぞ田田《でんでん》たる
魚《うお》は戯《たわむ》る　蓮葉《れんよう》の間《かん》
魚《うお》は戯《たわむ》る　蓮葉《れんよう》の東《ひがし》
魚《うお》は戯《たわむ》る　蓮葉《れんよう》の西《にし》
魚《うお》は戯《たわむ》る　蓮葉《れんよう》の南《みなみ》
魚《うお》は戯《たわむ》る　蓮葉《れんよう》の北《きた》

0「江南」は川の南の水辺を指し、長江下流域一帯を指す江南ではない。　**1**「蓮」はここでは蓮の実。夏に開花したあとに実ができる。「可採蓮」は蓮の実が採れるだろう。実が成熟し採取できる時期になったことをあらわす。　**2**「田田」は秩序正しく密生しているさま。　**3-7**「魚」は男、「蓮」は女の隠喩。

川の南で

「川の南でもう蓮の実が採れましょう。蓮の葉はなんてびっしり生えたのかしら。さかなが遊ぶわ、蓮の葉の中に。」

「さかなが遊ぶよ、蓮の葉の東に。」

「さかなが遊ぶよ、蓮の葉の西に。」

「さかなが遊ぶよ、蓮の葉の南に。」

「さかなが遊ぶよ、蓮の葉の北に。」

◆楽府。蓮の実摘みの労働のなかから生まれた素朴な恋の歌。初めの三句を女の歌、それに続く四句は男の歌と解する。あとの四句(4-7)は一人の女を取り囲んだ四人の男が交互にうたうと捉えるとおもしろい。

上邪

1 上邪
2 我欲與君相知
3 長命無絶衰

上邪《じょうや》

上《かみ》よ
我《われ》　君《きみ》と相《あ》い知《し》らんと欲《ほっ》す
長《とわ》に絶衰《ぜっすい》すること無《な》からしめん

山無陵
江水爲竭
冬雷震震
夏雨雪
天地合
乃敢與君絶

山《やま》に陵《りょう》無《な》く
江水《こうすい》 為《ため》に竭《つ》き
冬雷《とうらい》 震震《しんしん》たりて
夏《なつ》に雪《ゆき》雨《ふ》り
天地《てんち》合《がっ》せば
乃《すなわ》ち敢《あ》えて君《きみ》と絶《た》たん

0「上」は上天、神。「邪」は強い気持ちをこめて呼びかける語。 **3**「命」は使役をあらわす語。「絶衰」は関係が途絶える。同じ意味の語を重ねたもの。 **4**「陵」は土の盛り上がった部分。 **6**「震震」は雷の大きな音。 **7**「雨」は降るという動詞。

　神さま！

神さま！

あなたと結ばれたい。永遠《とわ》に切れることなく。

山が平らになって、川の水が涸れて、冬に雷が鳴って、夏に雪が降って、大空と大地が一つになる、そうしたらあなたと別れてあげる。

楽府。恋する人といつまでも一緒にいたいという気持ちを激しくうたう。実際に起こるはずがない自然現象を並べ立てて、絶対に別れたくないという気持ちを訴える。同じ発想が唐末・五代の「菩薩蛮《ぼさつばん》」の歌にもみえるのは、こうした大げさなレトリックが民間の歌謡に共通するからだろう。

後漢

扉 = 琴《きん》を弾く人(後漢の陶俑，貴州省博物館蔵)
右足に載せているように，琴は箏《そう》に比べて小さい.

後漢の詩歌

後漢に入っても、辞賦は引き続いて文学の中心的存在であり続け、大作が相次いだ。班《はん》固《こ》の「両都《りょうと》の賦」、張衡《ちょうこう》の「西京《せいけい》の賦」「東京《とうけい》の賦」「南都《なんと》の賦」などが居並ぶ。張衡を作者とする「四愁詩」は、『楚辞』系の詩型を用いているが、当時すでに通俗化して巷間《こうかん》に広まっていた形式であり、内容も民歌を思わせる恋の歌であった。それを後漢を代表する文化人である張衡の名に結びつけたものだろう。明君を思慕するとか、愚昧《ぐまい》の王を諫めるとかいった解釈は、男女の情愛をテーマとした作品に対してしばしば見られる。

民間の楽府《がふ》は多様化していくが、注意すべきは、「飲馬長城窟行《いんばちょうじょうくつこう》」「長歌行《ちょうかこう》」など、五言の楽府が生まれたことである。雑言《ざつごん》ではあるが「西門行《せいもんこう》」のテーマも、人生の短さ、はかなさを嗟嘆するもので、「古詩《こし》十九首」につながっていく。

「古詩十九首」は作者不詳の五言詩群のなかから、『文選』が収録した十九首を指す。そこには人生の無常に覚える悲しみ、男女の愛情が満たされぬ悲しみ、その二種の悲しみをうたう抒情が流れている。内容のうえでも、表現のうえでも、楽府とはなはだ近く、両者が密接な関係にあったことは間違いない。不特定の歌い手による楽府が、個人の作者の手になる詩に移行する、その中間に「古詩十九首」は位置する。個別化、特定化はできないにしても、下層の士大夫階級に属する人々の心情を反映していると思われ、人生に対する暗い嘆きには、楽府とは微妙にずれる個人の息吹が感じられる。

五言の長篇詩「陌上桑《はくじょうそう》」「古詩 焦仲卿《しょうちゅうけい》の妻の為に作る」は、今のかたちに落ち着いたのはさらに後の時代であろうが、とりあえず後漢に置く。これらは女性を主人公として語る物語詩の早い時期の作である。

後漢の時代、詩歌の領域では、作品と結びつく個別の作者はまだいないといっていい。ただ五言詩が生まれたことは、特筆しなければならない。その後の中国古典詩において一貫して最も重要な詩型がここに始まったのである。

✽張衡《ちょうこう》　七八―一三九　字は平子《へいし》。後漢中期を代表する学者・文人。円周率を計算した自然科学者でもあり、渾天儀《こんてんぎ》（天文観察装置）、地動儀（地震感知計）を作った発明家でもあった。地方官のほか、暦を司る太史令《たいしれい》を務めた。文学では「両京の賦」など賦の大作が多い。

四愁詩四首　　張衡

其一

一思曰
我所思兮在太山
欲往從之梁父艱
側身東望涕霑翰
美人贈我金錯刀
何以報之英瓊瑤
路遠莫致倚逍遙
何爲懷憂心煩勞

四愁《ししゅう》の詩四首《ししゅ》
其《そ》の一《いち》
一《いち》の思《おも》いに曰《いわ》く
我《わ》が思《おも》う所《ところ》は太山《たいざん》に在《あ》り
往《ゆ》きて之《これ》に従《したが》わんと欲《ほっ》するも　梁父《りょうほ》艱《けわ》し
身《み》を側《そばだ》てて東《ひがし》のかた望《のぞ》めば　涕《なみだ》　翰《ふで》を霑《うるお》す
美人《びじん》　我《われ》に金錯刀《きんさくとう》を贈《おく》る
何《なに》を以《もっ》てか之《これ》に報《むく》いん　英瓊瑶《えいけいよう》
路遠《みちとお》くして致《いた》す莫《な》く　倚《よ》りて逍遥《しょうよう》す
何為《なんす》れぞ憂《うれ》いを懐《いだ》きて　心《こころ》　煩労《はんろう》する

2「所思」は思う相手。「所」は動詞の前に置いて対象をあらわす。「兮《けい》」は語調を整える字。この詩は二句目の中に「兮」を置いて『楚辞』的な言い回しに倣う。「太山」は泰山《たいざん》。五岳の一つ。徳があり功績を立てた帝王が天地を祭る封禅《ほうぜん》の儀式を行う山。すぐれた君王がいるにふさわしい地。3「梁父」は泰山の下の小さな山の名。邪魔をする小人をたとえる。4「側身」は遠くを見ようとして身を乗り出す。「翰」は筆。鳥の羽毛で筆を作ったことから(『文選』五臣注)。5・6 物の贈答は『詩経』木瓜(六一頁)の「投我」「報之」に倣う。「美人」は『楚辞』に倣って徳高き君王の比喩とされる。「金錯刀」は黄金で装飾した刀。「錯」は嵌《は》め込《こ》む。「英瓊瑤」は美しい宝玉。「瓊瑤」は玉の名。これも「木瓜」を参照。7「莫致」は贈り届けることができない。「倚」はその場にもたれる。留まる。「逍遥」は行ったり来たりする。心乱れて落ち着かないことをあらわす。

四つの愁いの詩

その一

一の思い。わたしの思う人は太山《たいざん》にいる。
その人のもとへ行きたくても、険しい梁父《りょうほ》の山。身を傾けて東をながめれば、涙が筆をぬらす。

美しき人は金を嵌《は》めた刀を贈ってくれた。お返しに何をあげよう、きれいな宝玉がいい。

道は遠く届けようがなく、その場で進みあぐねる。なぜに悲しみ懐き、心結ぼれるのか。

其二

1 二思曰
2 我所思兮在桂林
3 欲往從之湘水深
4 側身南望涕沾襟
5 美人贈我琴琅玕
6 何以報之雙玉盤
7 路遠莫致倚惆悵
8 何爲懷憂心煩傷

其《そ》の二《に》

二《に》の思《おも》いに曰《いわ》く
我《わ》が思《おも》う所《ところ》は桂林《けいりん》に在《あ》り
往《ゆ》きて之《これ》に従《したが》わんと欲《ほっ》するも　湘水深《しょうすいふか》し
身《み》を側《そばだ》てて南《みなみ》のかた望《のぞ》めば　涕《なみだ》　襟《えり》を沾《うるお》す
美人《びじん》　我《われ》に琴琅玕《きんろうかん》を贈《おく》る
何《なに》を以《もっ》てか之《これ》に報《むく》いん　双玉盤《そうぎょくばん》
路遠《みちとお》くして致《いた》す莫《な》く　倚《よ》りて惆悵《ちゅうちょう》す
何為《なんす》れぞ憂《うれ》いを懐《いだ》きて　心《こころ》　煩傷《はんしょう》する

2 「桂林」は都の洛陽から遥か遠い南の町。現在の広西壮族自治区の桂林市。地名から連想される桂の香気が、徳高い君王の居る場所にふさわしい。**3**「湘水」は湘江ともいう。南から洞庭湖に流れ込む川。湘水のほとりの蒼梧《そうご》の地は、古代の舜《しゅん》帝が死去した地。「深」は渡って行けないことをあらわす。**5**「琴琅玕」は宝玉で飾った琴。「琅玕」は宝玉。**6**「双玉盤」は一対の玉の大皿。**7**「惆悵」は悲しむ。**8**「煩傷」は煩悶する。

その二

二の思い。わたしの思う人は桂林《けいりん》にいる。

その人のもとへ行きたくても、深い湘水《しょうすい》の流れ。身を傾けて南をながめれば、涙が衿をぬらす。

美しき人は宝玉で飾った琴を贈ってくれた。お返しに何をあげよう、一対の玉《ぎょく》の皿がいい。

道は遠く届けようがなく、その場で胸を痛める。なぜに悲しみ懐き、心もだえるのか。

其　三

其《そ》の三《さん》

1 三思曰

三《さん》の思《おも》いに曰《いわ》く

2 我所思兮在漢陽
3 欲往從之隴阪長
4 側身西望涕沾裳
5 美人贈我貂襜褕
6 何以報之明月珠
7 路遠莫致倚踟躕
8 何爲懷憂心煩紆

我《わ》が思《おも》う所《ところ》は漢陽《かんよう》に在《あ》り
往《ゆ》きて之《これ》に従《したが》わんと欲《ほっ》するも　隴阪《ろうはん》長《なが》し
身《み》を側《そばだ》てて西《にし》のかた望《のぞ》めば　涕《なみだ》　裳《も》を沾《うるお》す
美人《びじん》　我《われ》に貂襜褕《ちょうせんゆ》を贈《おく》る
何《なに》を以《もっ》てか之《これ》に報《むく》いん　明月珠《めいげつしゅ》
路遠《みちとお》くして致《いた》す莫《な》く　倚《よ》りて踟躕《ちちゅ》す
何為《なんす》れぞ憂《うれ》いを懐《いだ》きて　心《こころ》　煩紆《はんう》する

2「漢陽」は洛陽の西にあたる郡。今の甘粛省甘谷《かんこく》県。次の句でいうように長い坂に隔てられている。　**3**「隴阪」は陝西省と甘粛省の境にある長い坂。険阻なことで知られる。　**4**「裳」は下半身の服。　**5**「貂襜褕」はテンの毛皮で作った裾の短い服。高級な服をいう。　**6**「明月珠」は月光のような光を発する宝玉。「夜光珠」ともいう。　**7**「踟躕」は立ちもとおる。　**8**「煩紆」は思いがわだかまる。

その三

三の思い。わたしの思う人は漢陽《かんよう》にいる。

その人のもとへ行きたくても、長い長い隴阪《ろうはん》の坂。身を傾けて西をながめれば、涙が裳《も》をぬらす。
美しき人は貂《てん》の毛皮の服を贈ってくれた。お返しに何をあげよう、明月珠《めいげつしゅ》がいい。道は遠く届けようがなく、その場で立ちもとおる。なぜに悲しみ懐き、心煩うのか。

其四

1 四思曰
2 我所思兮在雁門
3 欲往從之雪紛紛
4 側身北望涕沾巾
5 美人贈我錦繡段
6 何以報之青玉案
7 路遠莫致倚增歎
8 何爲懷憂心煩惋

其《そ》の四《し》

四《し》の思《おも》いに曰《いわ》く
我《わ》が思《おも》う所《ところ》は雁門《がんもん》に在《あ》り
往《ゆ》きて之《これ》に従《したが》わんと欲《ほっ》するも　雪紛紛《ゆきふんぷん》たり
身《み》を側《そばだ》てて北《きた》のかた望《のぞ》めば　涕《なみだ》　巾《きん》を沾《うるお》す
美人《びじん》　我《われ》に錦繡段《きんしゅうだん》を贈《おく》る
何《なに》を以《もっ》てか之《これ》に報《むく》いん　青玉案《せいぎょくあん》
路遠《みちとお》くして致《いた》す莫《な》く　倚《よ》りて歎《なげ》きを増《ま》す
何為《なんす》れぞ憂《うれ》いを懐《いだ》きて　心《こころ》　煩惋《はんわん》する

2「雁門」は洛陽の北、今の山西省西北部。都から遠い辺境の地。　**3**「紛紛」は雪がしきりに降るさま。 **4**「巾」は手ぬぐい。 **5**「錦繡段」は高級な錦織の布地。 **6**「青玉案」は青い玉の机。 **8**「煩惋」は悩みなげく。

その四

四の思い。わたしの思う人は雁門《がんもん》にいる。その人のもとへ行きたくても、降りしきる雪。身を傾けて北をながめれば、涙が手巾をぬらす。美しき人は錦の織物を贈ってくれた。お返しに何をあげよう、青玉の机がいい。道は遠く届けようがなく、その場で嘆きを増す。なぜに悲しみ懐き、心なげくのか。

思慕する対象を四方に配置した、リフレインを含む四首の連作詩。表面上は道を阻まれて遠い所にいる恋人と通行できない悲嘆をうたうが、『文選』所収のこの詩に付された「序」(後人の作)には、暴君であった河間《かかん》(天津市西南)国王劉政《りゅうせい》のもとに仕えた張衡が、明君を求める思いを『楚辞』に倣ってうたったものという。「美人」と言いながら徳高き君王を指すとするのは、『楚辞』の伝統的な手法。ただし『玉《ぎょく》台新詠《だいしんえい》』(巻九)所収の詩には「序」はなく、恋の歌と捉えられている。

薤露

1 薤上露
2 何易晞
3 露晞明朝更復落
4 人死一去何時帰

薤露《かいろ》

薤上《かいじょう》の露《つゆ》
何《なん》ぞ晞《かわ》き易《やす》き
露《つゆ》は晞《かわ》くも明朝《みょうちょう》には更《さら》に復《ま》た落《お》つ
人《ひと》は死《し》して一《ひと》たび去《さ》れば何《いず》れの時《とき》にか帰《かえ》らん

0「薤」はニラ、ラッキョウの類。食用に供するごく日常的な植物。

ニラの露

ニラの上の露。何と乾きやすいのか。
露なら乾いても、明日になればまた降りる。
人は死んでひとたびこの世を去れば、いつ帰るのだろうか。

楽府。柩を挽《ひ》いて墓地まで運ぶ際にうたったという挽歌《ばんか》に属する。日が昇れば消える露は、反復することによって永遠に持続する。それに対して人の生に繰り返しはない。夏目漱石の初期の短篇「薤露行」の題名はこれに基づく。そこでの「行」は歌の意味。

蒿　里

1 蒿里誰家地
2 聚斂魂魄無賢愚
3 鬼伯一何相催促
4 人命不得少踟躕

蒿里《こうり》

蒿里《こうり》は誰《た》が家《いえ》の地《ち》ぞ
魂魄《こんぱく》を聚斂《しゅうれん》して賢愚《けんぐ》無《な》し
鬼伯《きはく》　一《いつ》に何《なん》ぞ相《あ》い催促《さいそく》する
人命《じんめい》　少《しばら》くも踟躕《ちちゅう》するを得《え》ず

1「蒿里」は死者の行き着く地。「誰家」は誰。「家」は人をあらわす接尾詞。誰の所かと問いを投げかけて、死者の世界であることを導く。**2**「聚斂」は力尽くで集める。「魂魄」は死者の霊魂。**3**「鬼伯」は死者を管理する係官の長。「鬼」は死者。「一何」は何と。強調の語。**4**「少」はわずかな時間。「踟躕」はその場に留まる。

蒿　里

蒿里は誰のいる場所か。賢も愚も区別なく魂を駆り集める。冥界の頭《かしら》は何と急かすことか。人の命はしばしこの世に留まることさえできない。

――楽府。「薤露《かいろ》」(一九四頁)と同じく、柩を墓地に挽《ひ》きながらうたう挽歌。西晋・崔《さい》豹《ひょう》『古今注』によれば、秦末の田横《でんおう》が劉邦に敗れて自殺したのを門人が悲しんで作った歌。「薤露」が王公貴人の挽歌であるのに対して、「蒿里」はそれより身分の低い、士大夫・庶民の挽歌。庶民は生きている間、賦税を「聚斂」されるように、生そのものも「鬼伯」によって死者の世界に駆り立てられる。「賢愚無し」、生前にいかなる人であろうと死は免れない。暗いあきらめの響きがこもる。

烏生

1 烏生八九子
2 端坐秦氏桂樹間
3 唶我
4 秦氏家有遊遨蕩子
5 工用睢陽彊
6 蘇合彈
7 左手持彊彈兩丸
8 出入烏東西
9 唶我

烏生《うせい》

烏《からす》　八九子《はちきゅうし》を生《う》む
端坐《たんざ》す　秦氏《しんし》の桂樹《けいじゅ》の間《かん》
唶《あ》我《あ》
秦氏《しんし》の家《いえ》に遊遨《ゆうごう》の蕩子《とうし》有《あ》り
工《たくみ》に用《もち》う　睢陽《すいよう》の彊《きょう》
蘇合《そごう》の弾《だん》
左手《ひだりて》に彊弾両丸《きょうだんりょうがん》を持《も》ち
出入《しゅつにゅう》す　烏《からす》の東西《とうざい》
唶《あ》我《あ》

一丸即發中烏身
烏死魂魄飛揚上天
阿母生烏子時
乃在南山巖石間
唶我
人民安知烏子處
蹊徑窈窕安從通
白鹿乃在上林西苑中
射工尚復得白鹿脯
唶我
黄鵠摩天極高飛
後宮尚復得烹煮之
鯉魚乃在洛水深淵中
釣鉤尚得鯉魚口
唶我

一丸《いちがん》　即《すなわ》ち発《はっ》して烏《からす》の身《み》に中《あた》る
烏《からす》は死《し》して魂魄《こんぱく》は上天《じょうてん》に飛揚《ひよう》す
阿母《あぼ》　烏《からす》の子《こ》を生《う》みし時《とき》
乃《すなわ》ち南山《なんざん》の巌石《がんせき》の間《かん》に在《あ》り
唶《あ》我《あ》
人民《じんみん》　安《いず》くんぞ知《し》らん　烏《からす》の子《こ》の処《ところ》
蹊径窈窕《けいけいようちょう》たり　安《いず》くに従《よ》り通《つう》ぜんや
白鹿《はくろく》　乃《すなわ》ち上林《じょうりん》の西苑《せいえん》の中《なか》に在《あ》るも
射工《しゃこう》　尚《な》お復《ま》た白鹿《はくろく》の脯《ほ》を得《え》たり
唶《あ》我《あ》
黄鵠《こうこく》　天《てん》を摩《ま》して高《たか》きを極《きわ》めて飛《と》ぶも
後宮《こうきゅう》　尚《な》お復《ま》た之《これ》を烹煮《ほうしゃ》するを得《え》たり
鯉魚《りぎょ》は乃《すなわ》ち洛水《らくすい》の深淵《しんえん》の中《なか》に在《あ》るも
釣鉤《ちょうこう》　尚《な》お鯉魚《りぎょ》の口《くち》を得《え》たり
唶《あ》我《あ》

25 人民生各各有壽命
26 死生何須復道前後

人民《じんみん》の生《せい》は各各《おのおの》　寿命《じゅみょう》有《あ》り
死生《しせい》　何《なん》ぞ復《ま》た前後《ぜんご》を道《い》うを須《もち》いん

0「鳥」は雛に口移しに餌を与える、慈愛に満ちた鳥とされる。　**2**「端坐」はきちんと座る。「秦氏」は「陌上桑」に「我が秦氏の楼を照らす」(二三五頁)とあるように、楽府のなかによく登場する。　**3**「喈我《しゃが》」は嘆きをあらわす感嘆詞。カラスの鳴き声ともいう。　**4**「遊遨蕩子」は遊び人。「遊」「遨」「蕩」いずれもふらふら遊ぶの意。　**5**「睢陽」は春秋時代の宋の国の地名。「彊」は強い弓。宋の景公に弓を作らされた名人が、九年をかけて献上すると精根尽きて死んだという話がある(『芸文類聚』巻六〇が引く『闕子《けっし》』)。　**6**「蘇合弾」は西域産の蘇合という香で作った高価な弾丸。これは弾《はじ》き弓《ゆみ》に使うもの。　**12**「阿母」は母をいう口語。　**13**「南山」は長安の南に連なる終南山。　**15** 雛を産んだ岩陰にいれば殺されずにすんだことをいう。　**16**「蹊径」は細い道。「窈窕」は奥深くひそまったさま。　**17**「白鹿」は瑞祥とされる珍しい鹿。「上林」は長安の上林苑。漢の御猟場。　**18**「射工」は弓の使い手。「脯」は干し肉。　**20**「黄鵠」は神聖な大きな鳥。　**21**「後宮」は奥向きの宮殿。　**22**「洛水」は洛陽の南を流れる川。　**26** 後先を言うまでもなく誰もが死ぬ、の意。「道」は言う。

カラスの雛

カラスが産んだ八、九羽の子、秦《しん》氏の屋敷の桂の木にお行儀よく並んでいる。
ああ。
秦氏の家の無頼《ぶらい》の息子は、睢陽《すいよう》の弓、蘇合《そごう》の弾《たま》を扱う名手。
左手に弓と弾二発を持って、カラスのまわりを行き来する。
ああ。
一つの弾がカラスの体に命中、カラスは死んで魂は天に昇った。
母鳥が雛を産んだ時は、南山の岩陰にいた。
ああ。
そこなら人にカラスの子の居場所はわからなかったのに。そこに至る小道は奥深い、
どこから行き着けよう。
白い鹿は天子の御猟場、上林の西苑にいても、弓使いに射られて干し肉にされる。
ああ。
黄鵠《こうこく》は空に迫るほど高く飛んでも、奥御殿で煮られてしまう。
鯉は洛水の深い淵に潜んでいても、釣り針に口をひっかけられる。
ああ。

人にはそれぞれ寿命がある。生死の先後は言うに及ばない。

楽府。大切に育てられたカラスも無残に人に射られてしまう。神聖な白鹿、黄鵠、また深淵に潜む鯉、みな人に殺されてしまう。動物の命を奪う人も結局はみな死んでしまう。素朴なうたいぶりのなかに生のむなしさ、不条理が語られる。

西門行　　西門《せいもん》行《こう》

1 出西門　　西門《せいもん》を出《い》で
2 歩念之　　歩《あゆ》みて之《これ》を念《おも》う
3 今日不作樂　　今日《こんにち》　楽《たの》しみを作《な》さざれば
4 當待何時　　当《まさ》に何《いず》れの時《とき》をか待《ま》つべき
5 逮爲樂　　楽《たの》しみを為《な》すに逮《およ》べ
6 逮爲樂　　楽《たの》しみを為《な》すに逮《およ》べ
7 當及時　　当《まさ》に時《とき》に及《およ》ぶべし
8 何能愁怫鬱　　何《なん》ぞ能《よ》く愁《うれ》い怫鬱《ふつうつ》たらん
9 當復待來茲　　当《まさ》に復《ま》た来茲《らいじ》を待《ま》つべけんや

醸美酒
炙肥牛
請呼心所懽
可用解憂愁
人生不満百
常懐千歳憂
昼短苦夜長
何不秉燭遊
遊行去去如雲除
弊車羸馬自爲儲

美酒《びしゅ》を醸《かも》し
肥牛《ひぎゅう》を炙《あぶ》らん
請《こ》う　心《こころ》の懽《よろこ》ぶ所《ところ》を呼《よ》び
用《も》って憂愁《ゆうしゅう》を解《と》く可《べ》し
人生《じんせい》　百《ひゃく》に満《み》たざるに
常《つね》に千歳《せんざい》の憂《うれ》いを懐《いだ》く
昼《ひる》は短《みじか》くして夜《よる》の長《なが》きに苦《くる》しむ
何《なん》ぞ燭《しょく》を秉《と》りて遊《あそ》ばざる
遊行《ゆうこう》して去《ゆ》き去《ゆ》くこと雲《くも》の除《のぞ》かるるが如《ごと》し
弊車《へいしゃ》　羸馬《るいば》　自《みずか》ら為《ため》に儲《たくわ》えん

0「西門行」は楽府題。「西門」は市街地を囲む城壁の西の門。「行」は歌の意。**5** 遅れないように楽しめ、の意。**8**「怫鬱」は憂愁のさま。**9**「来茲」は来年。「茲」には「年」の意味もある。**12**「心所懽」は意にかなう女、あるいは友人。**18** 憂愁に包まれていた気分を一掃して遊びに徹しようという。「遊行」は遊び回る。「去去」は行き続ける。「雲除」は空を覆っていた雲が取り払われる。**19** 遊行のための車馬を、粗末なものであろうと用意しよう、の意。「弊車」は壊れかかった馬車。「羸馬」は疲れ切った馬。

西門《せいもん》のうた

西門を出て、歩みつつ、もの思う。

今日楽しまずして、いったいいつ楽しむのか。

遅れずに楽しもう。遅れずに楽しもう。今この時を逃がすな。

鬱々となどしておられようか。次の年など待ってはおられようか。

うまい酒を作ろう。脂《あぶら》ののった牛を焼こう。

気に入りの女を呼んでくれ。そして憂いを解き放とう。

人の命は百年もないのに、千年の憂いが始終離れない。

昼は短く夜は辛いほど長い。なぜに灯りを手に遊ばないのか。

遊んで遊んで遊び続ければ雲間も晴れよう。そのための破《や》れ車、痩せ馬を備えておこう。


　限られた人の命、せいぜい今という時を楽しもうと、刹那の享楽に向かう。後漢後期の五言詩「古詩十九首」(二一三頁)にも無常観から快楽へ逃避しようという虚無的な抒情性が流れているが、その元となるのがこの楽府。ただしこちらの方が破れかぶれのなかにも威勢がよい。同じ時期の楽府「東門行」が「東門を出ず」と始まるように、「西門を出ず」は歌い始めの定型か。「古詩十九首」にも「歩みて城東の門を出ず」で始まる詩がある。城外に出るのは、ものを思う契機ともなる。とはいえ、享楽は酒も女も城内にこそある。

飲馬長城窟行

1 青青河邊草
2 緜緜思遠道
3 遠道不可思
4 宿昔夢見之
5 夢見在我傍
6 忽覺在他鄉
7 他鄉各異縣
8 展轉不可見

飲馬長城窟行《いんばちょうじょうくつこう》

青青《せいせい》たり　河辺《かへん》の草《くさ》
綿綿《めんめん》として遠道《えんどう》を思《おも》う
遠道《えんどう》は思《おも》う可《べ》からざるも
宿昔《しゅくせき》　夢《ゆめ》に之《これ》を見《み》る
夢《ゆめ》に見《み》れば我《わ》が傍《かたわ》らに在《あ》るも
忽《こつ》として覚《さ》むれば他郷《たきょう》に在《あ》り
他郷《たきょう》　各《おの》おの県《けん》を異《こと》にし
展転《てんてん》して見《み》る可《べ》からず

枯桑知天風
海水知天寒
入門各自媚
誰肯相爲言
客從遠方來
遺我雙鯉魚
呼兒烹鯉魚
中有尺素書
長跪讀素書
書上竟何如
上有加餐食
下有長相憶

枯桑《こそう》は天風《てんぷう》を知《し》り
海水《かいすい》は天寒《てんかん》を知《し》る
門《もん》に入《い》りて各自《おのおのこ》媚ぶ
誰《たれ》か肯《あえ》て相《あ》い為《ため》に言《い》わん
客《かく》　遠方《えんぽうよ》従り来《きた》り
我《われ》に双鯉魚《そうりぎょ》を遺《おく》る
児《じ》を呼《よ》びて鯉魚《りぎょ》を烹《に》れば
中《なか》に尺素《せきそ》の書《しょあ》有り
長跪《ちょうき》して素書《そしょ》を読《よ》む
書上《しょじょう》　竟《つい》に何如《いかん》
上《かみ》には餐食《さんしょく》を加《くわ》えよと有《あ》り
下《しも》には長《なが》く相《あ》い憶《おも》うと有《あ》り

0 「飲馬長城窟行」は楽府題。万里の長城の岩屋で馬に水を飲ませる出征兵士の歌。この詩はのこされた妻をうたう。　**1** 「古詩十九首」其の二に、「青青たり　河畔の草」。

『楚辞』招隠士《しょういんし》に「王孫遊びて帰らず、春草生じて萋萋《せいせい》たり」(一三九頁)とあって以来、生い茂る春の草は帰らぬ人を待つ思いと結びつく。**2**「綿綿」はどこまでも長く続くさま。夫のいる所までの道のりであるとともに夫への思いでもある。**4**「宿昔」はふつうは「昔、以前」をあらわす。ここでは「昨晩」を指すと解する。**8**「展転」は寝返りを打つ。思いつのって眠れないことをあらわす。『詩経』関雎《かんしょ》に「輾(展)転反側す」(四三頁)。ここでは夫が転々と場所を変えることとも読める。**9・10**葉が枯れ落ちた桑の木が、枝を震わせていることから、寒風が吹いていることがわかる。大海原に寒々とした天空が映っていることから、大空の寒さがわかる。一人住まうわびしさを景物の寒冷であらわしたものと解した。あるいは「枯桑」「海水」を擬人化してそれらが「知る」、無情の物すら冷たさを知覚する、夫にわたしの孤独がわからないはずはない、と解することもできる。**11・12**夫が帰って来た家では嬉しげに夫婦打ち解けているが、わたしに声をかけてくれる人はいない。「媚」はむつまじくする。**13・14**旅人が夫の託した物を届けてくれる。「双鯉魚」は二匹の鯉。**15**「児」は童僕。**16**「尺素書」は一尺の白絹の手紙。**17**「長跪」は膝を床につけ膝から上をまっすぐに立てた坐り方。相手への敬意を示す。**19**「加餐食」は「お体を大切に」という手紙の常套語。**20**「長相憶」はいつまでも思っていると、愛情をあらわす。

飲馬長城窟行《いんばちょうじょうくつこう》

青々とした河畔の草。延々と続く道の先のあなた。

遠い道の先に思いは届きませんが、夕べ夢の中でお会いできました。

夢の中ではわたしのそばにおられたのに、ふと目が覚めればあなたは他国の人。

他国のあなたとは住む町が違う。寝返りを打つばかりで夢でも会えません。

葉を落とした桑の木から、大空に吹きすさぶ風の冷たさがわかります。どこまでも広がる海の水から、大空に張り詰める寒さがわかります。

門に入って睦み合う人たちもいるのに、誰がわたしに声をかけてくれましょうか。

遠くから見えた旅のお方が、わたしに二匹の鯉を届けてくれました。

童僕を呼んで鯉を煮させると、中には一尺の白絹《しらぎぬ》に書かれた手紙。

ひざまずいて白絹の手紙を読みました。手紙はいったい何が書かれているかしら。

始めには「御身《おんみ》大切に」、終わりには「いつまでも君を思う」とありました。


出征兵士の留守を守る妻の思いをうたう閨怨《けいえん》の歌。その内容は常套のものだが、この楽府詩では後半の鯉を調理すると、その中から手紙が出てきたというおとぎ話的な展開が目新しい。この詩が元になって、鯉は手紙のメタファーとしての意味を

◆持つ。一見、唐突に終わるかに思われるが、これも楽府古辞ゆえの古拙さか。

長歌行

1 青青園中葵
2 朝露待日晞
3 陽春布德澤
4 萬物生光暉
5 常恐秋節至
6 焜黄華葉衰
7 百川東到海
8 何時復西歸
9 少壮不努力
10 老大乃傷悲

長歌行《ちょうかこう》

青青《せいせい》たり　園中《えんちゅう》の葵《き》
朝露《ちょうろ》　日《ひ》を待《ま》ちて晞《かわ》く
陽春《ようしゅん》　徳沢《とくたく》を布《し》き
万物《ばんぶつ》　光暉《こうき》を生《しょう》ず
常《つね》に恐《おそ》る　秋節《しゅうせつ》至《いた》り
焜黄《こんこう》して華葉《かよう》の衰《おとろ》えんことを
百川《ひゃくせん》　東《ひがし》して海《うみ》に到《いた》る
何《いず》れの時《とき》にか復《ま》た西《にし》に帰《かえ》らん
少壮《しょうそう》にして努力《どりょく》せずんば
老大《ろうだい》にして乃《すなわ》ち傷悲《しょうひ》せん

0「長歌行」は楽府題。「短歌行」(二五六頁)という楽府題もあり、歌い方に長短の違いがあるという。　**1**「葵」はアオイの類。食用に供する日常的な植物。　**2**「薤露《かいろ》」に

「薤上の露、何ぞ晞き易き」(一九四頁)。**3**「陽春」は春。春は陽気が盛んになるので二字にして「陽春」という。「布徳沢」は恩沢を敷き与える。光と水で植物に生気を与えることをいう。**5** 班婕妤《はんしょうよ》「怨歌行」に「常に恐る　秋節至り」(一七六頁)と同じ句が見える。**6**「焜黄」は色褪せ衰える。**7** 中国の河川はすべて東に流れるものとされる。『尚書大伝』に「百川は海に趨《おもむ》く。大水小水　東流して海に帰すなり」。川の流れは過ぎゆく時間の象徴。**10**「老大」は年を取る。

長歌行

青々と茂る庭の葵《あおい》も、そこに降りた朝露は日の出とともに乾く。
陽春の恵みが行き渡り、万物は光り輝く。
常々気に掛かるのは秋が訪れ、黄ばんで花も葉も枯れること。
川はすべて東に流れ海に注ぐ。いつまた西に帰ることがあろうか。
若いうちに気を入れておかねば、老いてむなしく悲嘆しようぞ。

生気みなぎる葵ですら、その葉に降りた露ははかなく消える(1・2)。春を謳歌する万物も(3・4)、凋落の秋を免れることはできない(5・6)。東流する川の流れのように、時間はひたすら過ぎて戻ることはない(7・8)。そのなかにある人は、若い時をこそ大切にしなければならない(9・10)。老い、死へと向かうのが人の宿命。それを克服するための「努力」を勧める。「努力」の内容は「西門行」(二〇〇頁)と同じく、思う存分享楽しよう、の方向で解した。

◆

✽秦嘉《しんか》　字は士会《しかい》。後漢・桓帝《かんてい》(在位一四六—一六八)の時、上計《じょうけい》の吏(地方の政務実績を年に一度、朝廷に報告する役人)であったといわれるほかは未詳。『玉台新詠《ぎょくだいしんえい》』には秦嘉の詩三首の間に「秦嘉の妻徐淑《じょしゅく》の答うる詩二首」(巻一)、秦嘉の別の四言詩「婦に贈る詩」(巻九)などが見え、『芸文類聚』(巻三二)などには秦嘉と徐淑の往復書簡も収められる。

贈婦詩三首　　秦嘉

其一

1 人生譬朝露
2 居世多屯蹇
3 憂艱常早至

婦《つま》に贈《おく》る詩《し》三首《さんしゅ》

其《そ》の一《いち》

人生《じんせい》は朝露《ちょうろ》の譬《ごと》く
世《よ》に居《お》るも屯蹇《ちゅんけん》多《おお》し
憂艱《ゆうかん》は常《つね》に早《はや》く至《いた》り

懽會常苦晩
念當奉時役
去爾日遙遠
遣車迎子還
空往復空返
省書情悽愴
臨食不能飯
獨坐空房中
誰與相勸勉
長夜不能眠
伏枕獨展轉
憂來如尋環
匪席不可捲

懽会《かんかい》は常《つね》に苦《はなは》だ晩《おそ》し
念《おも》う　奉時《ほうじ》の役《えき》に当《あ》たり
爾《なんじ》を去《さ》ること日《ひ》びに遥遠《ようえん》たるを
車《くるま》を遣《や》りて子《し》の還《かえ》るを迎《むか》うるに
空《むな》しく往《ゆ》きて復《ま》た空《むな》しく返《かえ》る
書《しょ》を省《かえり》みれば情《じょう》は悽愴《せいそう》たり
食《しょく》に臨《のぞ》むも飯《はん》する能《あた》わず
独《ひと》り空房《くうぼう》の中《なか》に坐《ざ》し
誰《たれ》と与《とも》にか相《あ》い勧勉《かんべん》せん
長夜《ちょうや》　眠《ねむ》る能《あた》わず
枕《まくら》に伏《ふ》して独《ひと》り展転《てんてん》す
憂《うれ》いの来《きた》ること尋環《じんかん》の如《ごと》し
席《むしろ》に匪《あら》ざれば捲《ま》く可《べ》からず

1 人生の短さを朝露にたとえるのは、前漢の李陵が「人生は朝露の如(譬)し。何ぞ久しく自ら苦しむこと此《か》くの如くなる」、短い人生、なぜに敢えて苦しみ続けるのかと、投降を拒否する蘇武に語った語に見える(『漢書』蘇武伝)。「古詩十九首」其の十三、十四、十五(二二七、二三〇、二三二頁)など、後漢には人生の短さ、はかなさを嘆く詩が多い。　**2** 人生ははかなく短いうえに難儀ばかりが多い。「屯蹇」は生きていくうえでの艱難。「屯」も「蹇」ももとは『周易』の卦《か》の名。　**3・4** 辛く悲しいことはすぐにやってくるのに、楽しい集いはなかなか来ない。「懽」は「歓」に通じる。「苦」はことに好ましくない事態について、程度の高いことをあらわす副詞。　**5**「奉時役」は郡の業務を朝廷に報告するための出張。　**6**「爾」は妻の徐淑を指す。　**7・8** 徐淑は病気で実家に帰っていた(『玉台新詠』巻一の本詩の序)ので、自分の旅立ちを前に迎えの車を送ったが、来なかった。「子」も二人称、妻を指す。　**9** 徐淑から来た手紙を見て悲しむ。「悽愴」は悲痛のさま。　**11**「空房」は妻のいない寝室。　**12**「勧勉」は励ます。　**14**「展転」は眠れずに寝返りばかり打つ。『詩経』関雎に女性を思慕して寝付けないのを「輾(展)転反側す」(四三頁)というのを用いる。　**15**「尋環」は「循環」に同じ。憂愁が途切れなく次々押し寄せる。　**16**「席」は敷物。心は敷物でないから巻いて片付けることはできない。『詩経』柏舟の「我が心は席に匪ず、巻(捲)く可からず」(五三頁)を用いる。

妻に贈る詩

その一

人の一生ははかない朝露にたとえられるが、その生きている間も苦難が絶えない。辛いことはいつもすぐにやってくるのに、楽しく会える時はいつもやたらに遅い。都に赴くお役目に当たり、君からずんずん遠ざかってしまうのが傷ましい。君が帰るために迎えの車を遣《や》ったが、空《から》のまま行き空のまま戻ってきた。手紙を読むと心の痛みはすさまじく、食事ものどを通らない。わびしい部屋にぽつねんと坐り、励まし合う人もいない。長い夜は眠ることもできず、枕に伏して独り寝返りを繰り返す。愁いは途切れることもなく押し寄せる。筵《むしろ》にはあらぬ身、巻いて片付けることもかなわない。

旅立つ夫がのこしていく妻を思う詩。これに答えた妻の詩では、病気で実家に帰ったまま、見送りもできぬことを詫び、あとを追って行けないことを悲しむ。秦《しん》嘉《か》・徐淑《じょしゅく》という特定の男女の名前がのこることも、そしてまた歴史の表面に登場しない、低い身分の者の詩であることも珍しいが、背後に秦嘉・徐淑という名の二人

―を主人公とする物語があったのではなかろうか。

古詩十九首

其一

1 行行重行行
2 與君生別離
3 相去萬餘里
4 各在天一涯
5 道路阻且長
6 會面安可知
7 胡馬依北風
8 越鳥巣南枝
9 相去日已遠
10 衣帶日已緩
11 浮雲蔽白日

古詩十九首《こしじゅうきゅうしゅ》

無名氏

其《そ》の一《いち》

行《ゆ》き行《ゆ》きて重《かさ》ねて行《ゆ》き行《ゆ》く
君《きみ》と生別離《せいべつり》す
相《あ》い去《さ》ること万余里《ばんより》
各《おの》おの天《てん》の一涯《いちがい》に在《あ》り
道路《どうろ》阻《けわ》しくして且《か》つ長《なが》し
会面《かいめん》安《いず》くんぞ知《し》る可《べ》けんや
胡馬《こば》　北風《ほくふう》に依《よ》り
越鳥《えっちょう》　南枝《なんし》に巣《す》くう
相《あ》い去《さ》ること日《ひ》に已《もっ》て遠《とお》く
衣帯《いたい》　日《ひ》に已《もっ》て緩《ゆる》し
浮雲《ふうん》　白日《はくじつ》を蔽《おお》い

12 遊子不顧反　遊子《ゆうし》　顧反《こはん》せず
13 思君令人老　君《きみ》を思《おも》えば人《ひと》をして老《お》いしむ
14 歳月忽已晩　歳月《さいげつ》　忽《こつ》として已《もっ》て晩《く》る
15 棄捐勿復道　棄捐《きえん》して復《ま》た道《い》う勿《な》かれ
16 努力加餐飯　努力《どりょく》して餐飯《さんはん》を加《くわ》えよ

1 どこまでも歩み続ける。夫がひたすら遠ざかって行くことをいう。　**2**「生別離」は無理無体に別れる。「生」は否応なしに、無理矢理。のちには「死別離」に対する生き別れの意味で使われる。　**4**「天一涯」は天の一方の果て。　**7・8** 馬や鳥ですら故郷を忘れはしないもの。「胡馬」は北方異民族(胡)の地の馬。「越鳥」は南方越《えつ》の国の鳥。　**9・10**「日已」は日に日に。「已」は「以」に同じ。二句に同じ語を繰り返すことで、男が遠ざかるに応じて女が痩せていくことをあらわす。　**11** 雲が太陽を隠すことで、男が他の女に心を寄せぬかと危ぶむ。　**12**「顧反」は家に帰る。「顧」は来た方を振り返る、「反」は「返」に通じ、戻る。　**15**「棄捐」は棄てる。乱れる思いを打ち捨てる。　**16**「加餐飯」は「食事を増やすように」という、相手の体を労《いたわ》る定型表現。

古詩十九首

その一

歩みつづけ、さらに歩みつづける。むざむざあなたと別れて。
隔たりは万里を超え、互いに天の果てにいる。
道のりは険しくまた遠く、再会できるのはいったいいつになることか。
北国の胡の馬は北風にすり寄り、南国の越の鳥は南の枝に巣を作るという。
互いの隔たりは日一日と遠くなり、衣の帯は日一日とゆるくなる。
浮き雲が太陽を蔽《おお》い隠す。旅の人は帰って来ない。
あなたへの思いは人を老け込ませる。歳月はたちまちのうちに暮れて行く。
捨ておいてもう口にはしません。どうかお体をお大事に。

「古詩」としてくくられる一連の五言詩は、その後の中国古典詩の基本的な詩型となる五言詩の濫觴《らんしょう》として重要な位置を占める。五言の楽府と形式のみならず、内容のうえでも重なる部分を含むが、ともに作者不詳とはいえ、歌謡という非個人性のうえに成り立つ楽府とは違って、「古詩」は無名氏の作ではありながら個人の抒情が流れている。前漢の作とする説もあるが、その成熟から見てやはり後漢後期に置くべきだろう。それは後漢末期の建安の文学の一歩手前に位置する。

『文選』に収められた「古詩十九首」がその代表的な作であり、ここではそのうちの八首を選んだ。「古詩十九首」は二つのテーマに集約される。一つは男女の愛の満たされぬ悲しみであり、もう一つは人生の短さ、はかなさに対する嘆きである。

第一首は旅行く男、家にのこる女という設定。愛情が薄れていきはしないか、女は不安を募らせる。全体を二つに分けて、前半(1―8)は男の歌、後半(9―16)は女の歌、両者の掛け合いと解することもできるが、歌謡的な歌いぶりのこの詩では主体を無理に分けるまでもない。

其三

青青陵上柏
磊磊磵中石
人生天地間
忽如遠行客
斗酒相娯樂
聊厚不爲薄

其《そ》の三《さん》

青青《せいせい》たり　陵上《りょうじょう》の柏《はく》
磊磊《らいらい》たり　磵中《かんちゅう》の石《いし》
人《ひと》　天地《てんち》の間《かん》に生《しょう》じ
忽《こつ》たること遠行《えんこう》の客《かく》の如《ごと》し
斗酒《としゅ》もて相《あ》い娯楽《ごらく》し
聊《いささ》か厚《あつ》しとして薄《うす》しと為《な》さず

驅車策駑馬
遊戲宛與洛
洛中何鬱鬱
冠帶自相索
長衢羅夾巷
王侯多第宅
兩宮遙相望
雙闕百餘尺
極宴娛心意
戚戚何所迫

車《くるま》を駆《か》りて駑馬《どば》に策《むちう》ち
宛《えん》と洛《らく》とに遊戯《ゆうぎ》す
洛中《らくちゅう》 何《なん》ぞ鬱鬱《うつうつ》たる
冠帯《かんたい》 自《みずか》ら相《あ》い索《もと》む
長衢《ちょうく》 夾巷《きょうこう》を羅《つら》ね
王侯《おうこう》 第宅《ていたくおお》多し
両宮《りょうきゅう》 遥《はる》かに相《あ》い望《のぞ》み
双闕《そうけつ》 百余尺《ひゃくよしゃく》
宴《えん》を極《きわ》めて心意《しんい》を娯《たの》しましむるも
戚戚《せきせき》たるは何《なん》の迫《せま》る所《ところ》ぞ

1・2 不変の象徴として常緑樹と岩石を挙げる。「柏」はコノテガシワ。松とともに常緑樹の代表。「磊磊」は石がごろごろたくさんあるさま。「磵」は「澗」に通じ、谷川。 **3・4** 「柏」「石」に対して、人の命のはかなく短いことをいう。 **5** 人生無常を忘れるためには酒しかない。「斗」は酒の量を量る単位。「斗酒」で酒の意。 **6** 薄い安酒ではあるが、濃い酒ということにしようの意。 **7・8** 愁いを忘れるために都会の享楽に向かう。「駑馬」は駄馬。「宛」は後漢に南都と呼ばれた大都市。今の河南省南陽市。「洛」は後漢の都洛陽。**9**「鬱鬱」は活気あふれるさま。**10** 高貴な人々の華やかな交際をいう。「冠帯」は冠と帯、それによって高位高官をあらわす。「自相索」は彼らどうしの間で訪ね合う。**11** 大都市の賑わいを街路が錯綜することであらわす。「長衢」は大通り。「夾巷」は大通りに交叉する狭い路地。**12** 貴人の邸宅が並ぶ。「第宅」は邸宅。**13**「両宮」は洛陽の南宮と北宮。**14**「双闕」は宮殿の門の一対の望楼。**15・16** 都会の享楽に没入してみても、不安は解消されない。「戚戚」はおびえるさま。

その三

青々と繁る丘の上の柏。累々と重なる沢の中の石。
人は天と地の間に生まれては、あっけないこと遠い旅人に似る。
酒を酌んで陽気に騒ごう、薄い酒でも芳醇ということにして。
駄馬に鞭して車を走らせ、宛《えん》や洛《らく》の街に遊ぼう。
洛陽はなんともにぎやかなこと。冠や帯を身にまとう貴人が行き来する。
大通りは小路へと続き、王侯の邸宅が立ち並ぶ。
南北の宮殿が遥かに向かい合い、宮門にそびえる双の望楼は百余尺。

とことん宴を楽しんで気を晴らそうとしても、ひたひたと迫る影はなにゆえか。

◆

「古詩十九首」のもう一つの主題、人生の無常に由来する悲しみをうたう。うたう主体は地方から都会へ出てきて、不如意をかこつ人と設定されている。栄華を目の当たりにして、飲酒や都市の歓楽に身を投じ、生のはかなさを忘れようとしても解決されはしない。

其四

今日良宴會
歡樂難具陳
彈箏奮逸響
新聲妙入神
令德唱高言
識曲聽其眞
齊心同所願
含意倶未申

其《そ》の四《し》

今日《こんにち》　良宴会《りょうえんかい》
歓楽《かんらく》　具《つぶさ》には陳《の》べ難《がた》し
箏《そう》を弾《だん》じて逸響《いっきょう》を奮《ふる》い
新声《しんせい》　妙《たえ》なること神《しん》に入《い》る
令徳《れいとく》　高言《こうげん》を唱《とな》うれば
曲《きょく》を識《し》るもの其《そ》の真《しん》を聴《き》く
心《こころ》を斉《ひと》しくして願《ねが》う所《ところ》を同《おな》じくすれば
意《い》を含《ふく》みて倶《とも》に未《いま》だ申《の》べず

人生寄一世
奄忽若飆塵
何不策高足
先據要路津
無爲守窮賤
轗軻長苦辛

人生《じんせい》　一世《いっせい》に寄《よ》す
奄忽《えんこつ》たること飆塵《ひょうじん》の若《ごと》し
何《なん》ぞ高足《こうそく》に策《むち》うち
先《ま》ず要路《ようろ》の津《しん》に拠《よ》らざる
為《な》す無《な》かれ　窮賤《きゅうせん》を守《まも》り
轗軻《かんか》して長《なが》く苦辛《くしん》するを

3「弾」は指で弾くことから、絃楽器を演奏すること。「筝」は琴の類。秦漢の時期には十二絃であったという。「逸響」の「逸」は飛び抜けて優れる。「響」は楽器が発する音、調べ。　**4**「新声」は最新の音楽。「新」には新鮮、すぐれるの意味も含まれる。「入神」は神業の域に達する。　**5・6** 歌い手と聴き手に分けて、徳高き人が高邁な歌を歌い、聴く人にその真意がしかと受け止められることをいう。暗に「知音《ちいん》」の故事を踏まえる。琴の名手伯牙《はくが》の演奏に含まれる意味を鍾子期《しょうしき》は的確に理解した。鍾子期が死ぬと伯牙は絃を絶って二度と弾かなかった（『呂氏《りょし》春秋』孝行覧《こうこうらん》など）。「令徳」はすぐれた徳。　**7・8** 弾く者・聴く者双方が曲に込められた思いを共有するが、互いにわかっているから言葉にあらわしはしない。　**9・10** 人の一生が短くはかないことをいう。

『史記』留侯世家・魏豹《ぎひょう》列伝に「人、一世の間に生くるは、白駒の隙《げき》(すきま)を過ぐるが如き耳《のみ》」。「寄」は一時的に身を寄せる。「奄忽」は短い時間。「飆塵」は強風にあおられた塵。**11**「高足」は速く走る足。駿馬をいう。**12**「拠」は頼る。「要路」は枢要な地位。「津」は渡し場、転じて手立て。「要路津」は高い地位への足がかり。**13**「無為」は自分に対して言い聞かせる。「守窮賤」は貧窮の身のまま、それに従う。**14**「轗軻」は車の行き悩むでこぼこの道。人生行路の苦難をいう。

その四

今日この時のめでたき宴《うたげ》。楽しさはつぶさには言葉にできない。
奏でる箏《そう》から発するみごとな音色、みずみずしい曲の美しさは神業に達する。
徳を備えた方が気高い歌をうたえば、音楽のわかる人はその真意を聴きとる。
心は一つ、願う所も同じだから、思いは胸に収めて口に出さない。
人の一生は仮の宿り、風に舞う塵《ちり》さながらにあっけない。
なぜに駿馬に鞭打って、まずは権勢の門《かど》に頼ろうとしないのか。
貧賤の身を守り続けて、艱難《かんなん》に苦労を続けるなど、しなさんな。

一　音楽を媒介として演奏する者とそれを聴く者とが、共通する思いを互いに確認しあう。両者に通じ合うのは、はかない人生のなかで埋もれている鬱屈した思い。権力者に追随して現世の富貴を追求すればよいのにと言って詩は結ばれるが、それは言葉の表面であって、実際には世俗の価値に同化しえない悲哀を無言のうちに分かち合う。

◆

其八

1 冉冉孤生竹
2 結根泰山阿
3 與君爲新婚
4 兎絲附女蘿
5 兎絲生有時
6 夫婦會有宜
7 千里遠結婚
8 悠悠隔山陂
9 思君令人老

其《そ》の八《はち》

冉冉《ぜんぜん》たる孤生《こせい》の竹《たけ》
根《ね》を泰山《たいざん》の阿《くま》に結《むす》ぶ
君《きみ》と新婚《しんこん》を為《な》す
兎糸《とし》　女蘿《じょら》に附《つ》くがごとし
兎糸《とし》　生《しょう》ずるに時有《ときあ》り
夫婦《ふうふ》　会《かい》するに宜《よろ》しき有《あ》り
千里《せんり》　遠《とお》く婚《こん》を結《むす》び
悠悠《ゆうゆう》として山陂《さんぴ》を隔《へだ》つ
君《きみ》を思《おも》えば人《ひと》をして老《お》いしむ

軒車來何遲
傷彼蕙蘭花
含英揚光輝
過時而不采
將隨秋草萎
君亮執高節
賤妾亦何爲

軒車《けんしゃ》　来《きた》ること何《なん》ぞ遅《おそ》き
傷《いた》む　彼《か》の蕙蘭《けいらん》の花《はな》の
英《えい》を含《ふく》みて光輝《こうき》を揚《あ》ぐるを
時《とき》を過《す》ぎて采《と》らずんば
将《まさ》に秋草《しゅうそう》に随《したが》いて萎《しお》れんとす
君《きみ》　亮《まこと》に高節《こうせつ》を執《と》る
賤妾《せんしょう》　亦《ま》た何《なに》をか為《な》さん

1・2 固い操を守って生きてきた女の身をたとえる。「冉冉」はしなやかで美しいさま。「泰山」は五岳の一つ、聖なる山。「阿」は山の隈《くま》。　**4**「兎糸」はネナシカズラ。「女蘿」はサルオガセ。ともに他の植物に絡みつく。互いに巻き付く姿を夫婦にたとえる。　**5・6** 兎糸が生えるのにしかるべき時があるように、男女が結ばれるにも適当な時期がある。　**7・8** 結婚しても遠く離れ、二人は遠く険しい道に隔てられている。「悠悠」は果てしなく遠いさま。「山陂」は山坂。　**9**「古詩十九首」其の一に同じ句がある(二一四頁)。　**10**「軒車」は覆いのある上等な車。夫からの迎えの車を指す。　**11–14** 妻を花にたとえて、盛りの時が空しく過ぎるのを嘆く。「蕙蘭」は香り高い植物。　**15・16**

節義ある夫を信じて、わたしは何も案じはしない。安心して夫に身を委ねると言いながら、遠く離れてなすすべもない不安をただよわす。「賤妾」は女の謙称。

その八

たおやかな竹がぽつんと、泰山の隈《くま》に根を結んでおりました。
そのわたしがあなたと夫婦《めおと》になりました。兎糸《ねなしかずら》が女蘿《さるおがせ》にからみつくように。
兎糸に生ずる時節があるように、夫婦となるのにもふさわしい時があります。
なのに千里を隔てた結婚は、はるかに遠く山坂に遮られたままです。
あなたへの思いは人を老けこませる。車のお迎えはなんと遅いことか。
胸痛むのはあの蘭の花の、華やぎを包んで光輝く姿。
摘み取る時を逃したら、秋草《あきくさ》とともに枯れるでしょう。
あなたはきっと節義を守るお方、わたしが何を申しましょう。

嫁いだばかりで離ればなれになったのか、あるいは遠く離れた結婚であったのか、夫と別れて暮らす妻がわびしさをかこつ。若く美しい時があだに過ぎてしまうことを訴えつつ、早く迎えに来てほしいと願う。貞節をあらわす「竹」(1)、夫婦をたとえる「兎糸」と「女蘿」(4)、若やいだ美しさをいう「蕙蘭」(11)、そして枯れ行

◆—く「秋草」(14)など、植物の比喩によって女の諸相がうたわれる。

其十

迢迢牽牛星
皎皎河漢女
繊繊擢素手
札札弄機杼
終日不成章
泣涕零如雨
河漢清且浅
相去復幾許
盈盈一水間
脈脈不得語

其《そ》の十《じゅう》

迢迢《ちょうちょう》たり　牽牛星《けんぎゅうせい》
皎皎《こうこう》たり　河漢《かかん》の女《おんな》
繊繊《せんせん》として素手《そしゅ》を擢《あ》げ
札札《さつさつ》として機杼《きちょ》を弄《ろう》す
終日《しゅうじつ》　章《あや》を成《な》さず
泣涕《きゅうてい》　零《お》つること雨《あめ》の如《ごと》し
河漢《かかん》は清《きよ》くして且《か》つ浅《あさ》し
相《あ》い去《さ》ること復《ま》た幾許《いくばく》ぞ
盈盈《えいえい》たる一水《いっすい》の間《かん》
脈脈《ばくばく》として語《かた》るを得《え》ず

1「迢迢」は地上からはるか遠いさま。「牽牛星」は彦星。わし座のアルタイル。**2**「皎皎」は白く明るいさま。「河漢女」は織り姫星のこと。こと座のベガ。「河漢」は天の河。　3・4 織り姫が機織りをする動作を描く。「擢」は手を振り上げる。「素手」は白い手。「札札」は機織りの音。「弄」は手で操作する。「機杼」は縦糸に横糸を織り込む道具、梭《ひ》。　5「不成章」は織り続けても模様が織り上がらない。思いの満たされぬことをいう。　6「泣涕」は涙。　7・8 二人を隔てる天の河は浅くて近く、容易に渡れそうに見える。　9「盈盈」は水の澄みきったさま。　10「脈脈」は黙ってじっと見つめ合うさま。

その十

遥々とかなたにある牽牛星《けんぎゅう》。皎々と輝く銀河の女。
ほっそりした白い手を振り上げ、サッサッと音をたてて梭《ひ》を操る。
一日織り続けても模様はできず、雨のように涙が降り注ぐ。
天の河《あまのがわ》は澄みわたり底も浅い。向こうの岸までさほどの距離もない。
でも一筋の水の流れに隔てられ、ただ見つめるだけで言葉も交わせない。

◆――牽牛・織女の恋物語は『詩経』から見える。それに借りて成就できない恋の思いをうたう。すぐ手に届きそうでありながら、越えられない障壁に遮られた恋のもどかしさ。

其十三

驅車上東門
遙望郭北墓
白楊何蕭蕭
松柏夾廣路
下有陳死人
杳杳卽長暮
潛寐黃泉下
千載永不寤
浩浩陰陽移
年命如朝露
人生忽如寄
壽無金石固
萬歲更相送
聖賢莫能度

其《そ》の十三《じゅうさん》

車《くるま》を上東門《じょうとうもん》に駆《か》り
遥《はる》かに郭北《かくほく》の墓《はか》を望《のぞ》む
白楊《はくよう》　何《なん》ぞ蕭蕭《しょうしょう》たる
松柏《しょうはく》　広路《こうろ》を夾《はさ》む
下《した》に陳死《ちんし》の人有《ひとあ》り
杳杳《ようよう》として長暮《ちょうぼ》に即《つ》く
潜《ひそ》かに黄泉《こうせん》の下《した》に寐《い》ね
千載《せんざい》　永《なが》く寤《さ》めず
浩浩《こうこう》として陰陽《いんよう》移《うつ》り
年命《ねんめい》は朝露《ちょうろ》の如《ごと》し
人生《じんせい》　忽《こつ》として寄《よ》するが如《ごと》く
寿《じゅ》に金石《きんせき》の固《かた》き無《な》し
万歳《ばんざい》　更《こも》ごも相《あ》い送《おく》り
聖賢《せいけん》も能《よ》く度《こ》ゆる莫《な》し

服食求神仙
多爲藥所誤
不如飲美酒
被服紈與素

服食《ふくしょく》して神仙《しんせん》を求《もと》むるも
多《おお》くは薬《くすり》の誤《あやま》る所《ところ》と為《な》る
如《し》かず　美酒《びしゅ》を飲《の》み
紈《がん》と素《そ》とを被服《ひふく》せんには

1 胸にわだかまる思いをはらすために車を走らせる。「上東門」は洛陽城の東の城門のうち最も北の門。 **2**「郭北墓」は城壁の北の墳墓。ここは洛陽城の北、王侯貴族の墓が多くあった北邙山《ほくぼうざん》を指す。 **3**「白楊」はハコヤナギ。庶民の墓に目印として植えられた。「蕭蕭」は寂しい音をたてて風に揺れるさま。 **4**「松柏」はマツとコノテガシワ。ともに常緑樹であることから永遠を象徴して墓地に植えられる木。富貴の者の墳墓に植えられた。「広路」は貴人の墓に続く参道。 **5**「陳死人」は死んでから長い時間が経《た》った人。「陳」は久しい。 **6**「杳杳」は暗くてはるかなさま。「即」はある状態に身を置く。「長暮」は長い夜。死後の世界を永遠に続く夜にたとえる。 **7**「潜寐」はひっそりと眠る。「黄泉」はよみの国。 **9・10** 時間は永遠に続くのに人の命は短い。「浩浩」は果てなく続くさま。「陰陽」は時間。「年命」は寿命。「朝露」は日が昇ると消えてしまう朝の露。はかなさをたとえる。「長歌行」(二〇七頁)参照。 **11**「寄」は一時的に身を寄せる。「古詩十九首」其の四に「人生　一世に寄す」(二二〇頁)。**12**「金石」は金属と石。永遠に不変な存在の代表。**13**「更相送」は死ぬ人を見送った人がまた見送られるように、人は交替してきた。**14** 聖人や賢人も寿命を超えることはできない。「度」は「渡」に通じ、乗り越える。**15**「服食」は丹薬を服用する。**18**「被服」は着る。「紈」は柔らかい絹、「素」は白い絹。ともに高級な品。

その十三

車を上東門《じょうとうもん》の外に走らせる。遠く城郭の北の墓が見える。
白楊《はくよう》が寂しく風に鳴り、松柏《しょうはく》が墓の広い道の両側に並ぶ。
地下には久しく前に死んだ人。暗闇の中、いつまでも明けぬ夜を過ごす。
黄泉《よみ》の国で静かな眠りにつき、千年の時を経ても目覚めはしない。
果てしなく時は移り変わってゆくけれど、人の命は朝露《あさつゆ》のようにはかなく消える。
一生は仮の宿のように短いもの、寿命に金石の堅固さはない。
万年も前から人は代る代る生死を繰り返してきた。聖人賢人でも超えられぬその定め。
仙薬を服用して神仙になろうとしても、往々にして薬でかえって命を縮める。
せめてうまい酒を飲んで、美しい絹の服で飾ることにしよう。

◆

墓地を目にすることで命の限りあることに思いを致す。貴人も卑賤な人も、聖人も賢者も、死を免れはしない。仙人を目ざしても逆に薬で命を落とす。ならば美酒や贅沢な衣服で束の間の快楽に耽るほかない。現世の享楽を志向するが、それで満たされはしないこともわかっている虚無感がただよう。

其十四

1 去者日以疎
2 生者日以親
3 出郭門直視
4 但見丘與墳
5 古墓犂爲田
6 松柏摧爲薪
7 白楊多悲風
8 蕭蕭愁殺人
9 思還故里閭

其《そ》の十四《じゅうし》

去《さ》る者《もの》は日《ひ》びに以《もっ》て疎《うと》く
生者《せいじゃ》は日《ひ》びに以《もっ》て親《した》し
郭門《かくもん》を出《い》でて直視《ちょくし》すれば
但《た》だ見《み》る　丘《きゅう》と墳《ふん》とを
古墓《こぼ》は犂《す》かれて田《た》と為《な》り
松柏《しょうはく》は摧《くだ》かれて薪《たきぎ》と為《な》る
白楊《はくよう》　悲風《ひふう》多《おお》く
蕭蕭《しょうしょう》として人《ひと》を愁殺《しゅうさつ》す
故《もと》の里閭《りりょ》に還《かえ》るを思《おも》い

欲帰道無因　帰《かえ》らんと欲《ほっ》するも道《みち》の因《よ》る無《な》し

1・2 死んだ人は忘れられていき、生きている人とは親しくなる。対句で並べられるが、重点は前の句にある。「日以」は日ごとに。 **3** 「郭門」は町を取り囲む城郭の門。「直視」はまっすぐ前を見る。 **4** 「丘」は大きな墳墓、「墳」は小さな墓。 **5・6** 墓ですら姿を変えてしまう。「田」は農地。「松柏」は「古詩十九首」其の十三の4の注(二二八頁)を参照。 **7** 「白楊」も「其の十三」の3の注を参照。 **8** 「蕭蕭」は木が風に吹かれてたてる寂しげな音。「愁殺」はひどく悲しませる。「殺」は動詞の後につけて程度を強調する。 **9** 「故里閭」は故郷の村。「閭」は村の入り口の門。「里閭」で村落の意。 **10** 「無因」は手立てがない。

その十四

死んだ人は日一日と忘れられ、生きている人とは日一日と親しさを増す。
城門を出て前を見やれば、目に入るのはただ大小の墓ばかり。
昔の墓は耕されて畑となり、まわりの松柏《しょうはく》は切られ薪にされる。
白楊《はくよう》に吹きつのる冷たい風、蕭蕭《しょうしょう》と鳴る音は悲痛を誘う。
なつかしい村里へ戻ることにしようか。帰りたくても道は見つからない。

この世から去った人のことは忘れられていくもの。墓地すらも元の姿を留めない。人の心も世のありさまも、有為転変を免れない。そして自分もはかない存在の一つに過ぎぬ。寂寞の思いから、ふるさとへ帰りたくなるが、帰るすべすらない。拠り所を失った悲しみが声低くうたわれる。其の十三と同じく墓を見て死を思うが、享楽に向かおうとするそれとは異なり、郷里に安らぎを求めようとする。

其十五

1 生年不滿百
2 常懷千歲憂
3 晝短苦夜長
4 何不秉燭遊
5 爲樂當及時
6 何能待來茲
7 愚者愛惜費
8 但爲後世嗤

其《そ》の十五《じゅうご》

生年《せいねん》　百《ひゃく》に満《み》たざるに
常《つね》に千歳《せんざい》の憂《うれ》いを懐《いだ》く
昼《ひる》は短《みじか》くして夜《よる》の長《なが》きに苦《くる》しむ
何《なん》ぞ燭《しょく》を秉《と》りて遊《あそ》ばざる
楽《たの》しみを為《な》すは当《まさ》に時《とき》に及《およ》ぶべし
何《なん》ぞ能《よ》く来茲《らいじ》を待《ま》たん
愚者《ぐしゃ》は費《つい》えを愛惜《あいせき》し
但《た》だ後世《こうせい》の嗤《わら》うところと為《な》る

9 仙人王子喬　仙人《せんにん》の王子喬《おうしきょう》
10 難可與等期　与《とも》に期《き》を等《ひと》しうす可《べ》きこと難《かた》し

1・2 人の寿命は百年もないのに、その十倍の悲しみが常につきまとう。「西門行」に「人生　百に満たざるに、常に千歳の憂いを懐く」(二〇一頁)と、ほぼ同じ二句が見える。**3・4** 短い人生、夜も享楽に耽ろう、の意。「西門行」に同じ二句が見える。**5** 今この時を楽しむほかない。「及時」は時期を逸することなく。「西門行」に「今日　楽しみを作(為)さざれば、当に何れの時をか待つべき」。**6** 「来茲」は来年。「西門行」に「当《まさ》に復た来茲を待つべけんや」。**7・8** 出費を惜しんで楽しみを知らずに生を終えたら、死後に人から嘲笑されるだけ。**9・10** 不老不死の仙人になろうとしても、実現できるものではない。「王子喬」は仙人の代表。「期」は生きている時間。

その十五

百年にも届かぬ人の一生。千年も続く憂いが常につきまとう。
昼は短く夜が長すぎるならば、灯りを手に遊び続けたらどうか。
楽しみに乗り遅れてはならぬ。次の年まで待っておられようか。
金を出し渋る愚か者は、後世の物笑いとなるだけ。

仙人の王子喬《おうしきょう》、それに並ぶ寿命など得られはしない。

どうせ短い人生、憂愁を抱えて生きるより、とことん楽しもうと、うたう。注に記したように、古楽府「西門行」(二〇〇頁)と語句も内容も重なるところが多く、楽府と「古詩十九首」との親近さを示す。ただ同じように刹那の享楽に走ろうとうたう「其の十三」なども含めて比べれば、「古詩十九首」の方には快楽では心が満たされないという醒めた思いが、楽府よりいっそう強いように見える。そこに集団から個人へ一歩進んだ抒情がうかがえよう。

「古詩十九首」はここに選んだ数首のように、かなわぬ男女の情愛、生のはかなさへの嗟嘆、その二つの悲しみに集約されるが、恋と無常観といえば日本の文学に顕著な特徴である。日本に限らず、この抒情はいずこの文学においても認められるものだろう。中国でも基底に流れ続けるとはいえ、中心的なテーマとはならなかった。傑出した詩人はそれを乗り越えようとする。そこに中国の文学の特質がある。

陌上桑

陌上桑《はくじょうそう》

(日出東南隅行)

(日出東南隅行《にっしゅつとうなんぐうこう》)

日出東南隅
照我秦氏樓
秦氏有好女
自名爲羅敷
羅敷喜蠶桑
採桑城南隅
青絲爲籠係
桂枝爲籠鉤
頭上倭墮髻
耳中明月珠
緗綺爲下裙
紫綺爲上襦
行者見羅敷
下擔捋髭鬚
少年見羅敷

日《ひ》は東南《とうなん》の隅《すみ》に出《い》で
我《わ》が秦氏《しんし》の楼《ろう》を照《て》らす
秦氏《しんし》に好女《こうじょ》有《あ》り
自《みずか》ら名《な》のりて羅敷《らふ》と為《な》す
羅敷《らふ》は蚕桑《さんそう》を喜《よろこ》び
桑《くわ》を採《と》る　城南《じょうなん》の隅《すみ》
青糸《せいし》もて籠係《ろうけい》と為《な》し
桂枝《けいし》もて籠鉤《ろうこう》と為《な》す
頭上《とうじょう》には倭堕《わだ》の髻《まげ》
耳中《じちゅう》には明月《めいげつ》の珠《しゅ》
緗綺《しょうき》を下裙《かくん》と為《な》し
紫綺《しき》を上襦《じょうじゅ》と為《な》す
行《ゆ》く者《もの》　羅敷《らふ》を見《み》て
担《たん》を下《お》ろし髭鬚《ししゅ》を捋《さす》る
少年《しょうねん》は羅敷《らふ》を見《み》て

脱帽著帩頭
耕者忘其犂
鋤者忘其鋤
來歸相怨怒
但坐観羅敷

帽《ぼう》を脱《ぬ》ぎて帩頭《しょうとう》を著《あら》わす
耕《たがや》す者《もの》は其《そ》の犂《すき》を忘《わす》れ
鋤《す》く者《もの》は其《そ》の鋤《すき》を忘《わす》る
来《きた》り帰《かえ》って相《あ》い怨怒《えんど》するは
但《た》だ羅敷《らふ》を観《み》しに坐《よ》る

0「陌上桑」は楽府題。道ばたの桑の意。「陌」はあぜ道。冒頭の一句から「日出東南隅行」とも呼ばれる。羅敷という女をうたうこの詩は、三段に分けられる。第一段では羅敷の魅力と彼女に見とれる人々を描く。**1・2** 羅敷の登場を導くとともに、朝日が照らし出すことで羅敷の輝くような美しさをあらわす。「秦氏」は「烏生」(一九六頁)など、楽府によく見える姓。**5** 養蚕は婦女の代表的な仕事。**7**「籠係」はかごのひも。**8**「籠鉤」はかごの手かぎ。**9**「倭堕髻」は髪型の一種。前髪を額に垂らしたかたちという。**10**「明月珠」は満月のように明るく光る宝玉。**11**「緗」は浅黄色。「綺」はあやぎぬ。「下裙」は下半身の服。**12**「上襦」は腰までの短衣。**14**「担」は担いでいた荷。「髭鬚」はひげ。「捋髭鬚」は満悦したことをあらわすしぐさか、あるいは好色な態度を示すか。**16**「帩頭」は男が帽子や冠の下で髪を包むスカーフ。帽子を取るのは上着を脱ぐのと同じように、挑発の行為をあらわすか。 **17**「犂」は牛につけて土を掘り起こすすき。 **19・20** 羅敷を見た男たちは家に帰ると、その美しさにほど遠い自分の妻にいらだつ。「坐」は「因る」の意。

陌上桑《はくじょうそう》

日が東南の一角から昇り、わが秦《しん》氏の館《やかた》を照らします。
秦氏の家の見目《みめ》麗《うるわ》しきむすめ、その名は羅敷《らふ》と申します。
羅敷は蚕仕事が大好き、町の南で桑摘みをいたします。
籠のひもには青い糸、籠の取っ手には桂の枝。
頭には前髪を垂らして髷《まげ》を結い、耳には明月の珠玉を着ける。
下には浅黄の絹のスカート、上には紫の絹の衣《ころも》。
道行く人は羅敷を見ると、荷物を下ろして鬚《ひげ》をひねります。
若者は羅敷を目にするや、帽子を脱いで髪巻きをあらわにします。
耕す農夫は唐犂《からすき》を放りだし、畑を鋤《す》く農夫は鋤《すき》もそっちのけ。
家に帰っていらいらするのは、ひとえに羅敷を見たからです。

21 使 君 従 南 來　使君《しくん》　南《みなみ》従《よ》り来《きた》り

22 五馬立踟躕
23 使君遣吏往
24 問此誰家姝
25 秦氏有好女
26 自名爲羅敷
27 羅敷年幾何
28 二十尚未滿
29 十五頗有餘
30 使君謝羅敷
31 寧可共載不
32 羅敷前置辭
33 使君一何愚
34 使君自有婦
35 羅敷自有夫

五馬《ごば》 立《た》ちどころに踟躕《ちちゅ》す
使君《しくん》 吏《り》をして往《ゆ》かしめ
此《こ》れ誰《たれ》が家《いえ》の姝《しゅ》かと問《と》う
秦氏《しんし》に好女《こうじょ》有《あ》り
自《みずか》ら名《な》のりて羅敷《らふ》と為《な》す
羅敷《らふ》は年幾何《としいくばく》ぞ
二十《にじゅう》には尚《な》お未《いま》だ満《み》たざるも
十五《じゅうご》には頗《すこぶ》る余《あま》り有《あ》り
使君《しくん》 羅敷《らふ》に謝《しゃ》す
寧《なん》ぞ共《とも》に載《の》る可《べ》きや不《いな》やと
羅敷《らふ》 前《すす》みて辞《じ》を置《お》く
使君《しくん》 一《いっ》に何《なん》ぞ愚《おろ》かなる
使君《しくん》 自《おのずか》ら婦《つま》有《あ》り
羅敷《らふ》 自《おのずか》ら夫《おっと》有《あ》り

第二段は羅敷を見初《みそ》めた太守(県の長官)の口説きを羅敷が拒絶する。 **21**「使君」は地方の長官。 **22** 漢代には太守は五頭立ての馬車に乗った。「立」はすぐさま。「踟躕」はその場で足踏みして前に進まない。馬も羅敷の美を見て足を止めたことをいう。 **23**「吏」は長官のもとに仕える職員。 **24**「姝」は美人。 **28・29** 十五歳から二十歳の間は女が最も美しいとされた年齢。 **30**「謝」はここでは尋ねるの意。 **31** 一緒に乗ってはどうかと婉曲に誘う。「不」を末尾に付けて疑問形にするのは口語的な言い方。前漢の班婕妤《はんしょうよ》(一七五頁)は成帝から共に輦《れん》(皇帝の乗る車)に乗るように誘われたが断った美談がある(『漢書』外戚伝下)。


南から太守どのがやってきました。その五頭の馬はたちまち足を停《と》める。

太守どのは小吏を遣わして、これはどこの美女かと尋ねさせます。

「秦氏の家に見目麗しきむすめがおりまして、名前は羅敷と申します。」

「羅敷はいくつになろうか。」「二十にはまだ届きませんが、十五はとうに越えております。」

太守どのが羅敷に尋ねます。「一緒に馬車に乗ったらどうだ。」

羅敷は進み出て申します。「殿はなんて愚かなお方でしょう。

殿にはちゃんと奥方がおられます。わたしにはちゃんと夫がおります。」

36 東方千餘騎　東方《とうほう》の千余騎《せんよき》
37 夫壻居上頭　夫婿《ふせい》 上頭《じょうとう》に居《お》る
38 何用識夫壻　何《なに》を用《も》って夫婿《ふせい》を識《し》る
39 白馬從驪駒　白馬《はくば》 驪駒《りく》を従《したが》う
40 青絲繫馬尾　青糸《せいし》もて馬《うま》の尾《お》を繫《つな》ぎ
41 黄金絡馬頭　黄金《おうごん》もて馬《うま》の頭《あたま》に絡《まと》う
42 腰間鹿盧劍　腰間《ようかん》には鹿盧《ろくろ》の剣《けん》
43 可直千萬餘　千万余《せんまんよ》に直《あ》たる可《べ》し
44 十五府小吏　十五《じゅうご》にして府《ふ》の小吏《しょうり》
45 二十朝大夫　二十《にじゅう》にして朝《ちょう》の大夫《たいふ》
46 三十侍中郎　三十《さんじゅう》にして侍中郎《じちゅうろう》
47 四十專城居　四十《しじゅう》にして城《しろ》を専《もっぱ》らにして居《お》る
48 爲人潔白晳　人《ひと》と為《な》りは潔《いさぎよ》くして白皙《はくせき》

49 鬑鬑頗有鬚　鬑鬑《けんけん》として頗《すこぶ》る鬚《ひげ》有《あ》り
50 盈盈公府歩　盈盈《えいえい》として公府《こうふ》に歩《あゆ》み
51 冉冉府中趨　冉冉《ぜんぜん》として府中《ふちゅう》に趨《はし》る
52 坐中數千人　坐中《ざちゅう》　数千人《すうせんにん》
53 皆言夫壻殊　皆《み》な言《い》う　夫壻《ふせい》は殊《しゅ》なりと

第三段は羅敷の夫自慢。 **37**「夫壻」は夫。「上頭」は先頭。 **38**「何用」は何によって。「用」は「以」と同じ。「識」は衆多のなかから識別する。 **39**「驪駒」は黒馬。 **42**「鹿盧剣」は轆轤《ろくろ》のかたちの玉で装飾した刀剣。「鹿盧」は「轆轤」と同じ。 **44–47** 地方の役場勤めからしだいに出世した過程を説く。「府小吏」は役場に採用された小役人。「朝大夫」「侍中郎」は朝廷の官職。「専城居」は州ないし県の長官となる。 **49**「鬑鬑」はひげの立派なさま。 **50・51**「盈盈」「冉冉」は地位ある人が重々しく歩むさま。「公府」「府中」は役所。「趨」は小走りに歩く、また貴人の前での歩き方が原義であるが、ここでは「歩」を言い換えたもの。 **53**「殊」は衆多とは違ってすぐれる。

「東方の千人を超える騎兵、その先頭にわが夫はおります。どうやって夫を見分けるのかというと、白馬に乗り黒毛を従え、青い糸を馬の尾に結び、黄金のおもがいを馬につけているのです。
腰にさすのは玉の轆轤《ろくろ》で飾った名刀、何千何万という値打ちものです。
十五にして役場に勤め、二十で朝廷の大夫《たいふ》、
三十にして侍中郎《じちゅうろう》、四十で一城の主《あるじ》となりました。
お姿はきりりとして色白で、立派なお鬚《ひげ》をたくわえています。
どっしりと役所を歩み、ゆったりと官庁に足を運ぶのです。
一座にいる数千人の方々、みな、わたしの夫は水際立つと申します。」

桑摘みの女が男に誘惑され、はねつけるパターンは別の楽府「秋胡行《しゅうここう》」にも見える。それが基づく物語は『列女伝』によれば、秋胡は結婚直後に遠地に赴任し、三年を経て帰る途次、桑摘みの女に誘いをかけた。女はわたしは夫のいる身と拒絶する。女が家に帰ると、そこにいた夫はさきほど自分を口説こうとした男であった。女は悲嘆して身を投げた、というもの。「秋胡行」は貞節を讃える悲劇に変形されているが、「陌上桑」では、羅敷の溌溂とした魅力をうたいあげることが中心となっている。おそらく桑摘みの女と女を誘う男のやりとりを語る話がもともとあり、そこから二篇の対照的な楽府が派生したのであろう。

古詩　爲焦仲卿妻作

（孔雀東南飛）

1 孔雀東南飛
2 五里一徘徊
3 十三能織素
4 十四學裁衣
5 十五彈箜篌
6 十六誦詩書
7 十七爲君婦
8 心中常苦悲
9 君既爲府吏
10 守節情不移
11 鷄鳴入機織
12 夜夜不得息
13 三日斷五疋

古詩《こし》　焦仲卿《しょうちゅうけい》の妻《つま》の為《ため》に作《つく》る

（孔雀東南飛《くじゃくとうなんひ》）（節録）

孔雀《くじゃく》　東南《とうなん》に飛《と》ぶ
五里《ごり》に一《ひと》たび徘徊《はいかい》す
十三《じゅうさん》にして能《よ》く素《そ》を織《お》り
十四《じゅうし》にして衣《ころも》を裁《た》つを学《まな》ぶ
十五《じゅうご》にして箜篌《くご》を弾《ひ》き
十六《じゅうろく》にして詩書《ししょ》を誦《しょう》す
十七《じゅうしち》にして君《きみ》の婦《つま》と為《な》り
心中《しんちゅう》　常《つね》に苦悲《くひ》す
君《きみ》は既《すで》に府吏《ふり》と為《な》る
節《せつ》を守《まも》りて情移《じょううつ》らず
鶏鳴《けいめい》に機《き》に入《い》りて織《お》り
夜夜《やや》　息《いこ》うを得《え》ず
三日《みっか》にして五疋《ごひき》を断《だん》ずるも

14 大人故嫌遲
15 非爲織作遲
16 君家婦難爲
17 妾不堪驅使
18 徒留無所施
19 便可白公姥
20 及時相遣歸

大人《たいじん》は故《ことさら》に遅《おそ》きを嫌《きら》う
織作《しょくさく》の遅《おそ》きが為《ため》に非《あら》ず
君《きみ》が家《いえ》の婦《つま》とは為《な》り難《がた》し
妾《わらわ》は駆使《くし》さるるに堪《た》えず
徒《いたずら》に留《とど》まるも施《ほどこ》す所《ところ》無《な》し
便《すなわ》ち公姥《こうぼ》に白《もう》す可《べ》し
時《とき》に及《およ》びて相《あ》い遣帰《けんき》せんと

0「焦仲卿妻」はこの詩のヒロイン。省略した箇所に劉蘭芝《りゅうらんし》という名が見える。冒頭の一句から「孔雀東南飛」とも呼ばれる。**1・2** 冒頭の二句は主題と直接関わらないが、離別した夫婦の別れがたい思いを、鳥を借りてあらわす。古楽府「双白鵠《そうはくこく》」にも、病気の妻の白鵠(白鳥の類の大きな渡り鳥)をのこして飛び立った夫の白鵠が「五里に一たび反顧し、六里に一たび徘徊す」という句がある。「徘徊」は気がかりで前に進めない。**3-6** 機織りや裁縫の手習い、音楽や古典の教養、すべて身に着けて、良妻となる条件を満たしていることをいう。「素」は白絹。「箜篌」は西域から渡来した絃楽器の名。「詩書」は『詩経』と『尚書』、古典を代表する。女が成長期に諸事を修得していく過程を年齢を追って述べるのは、以後の詩にも踏襲される。梁の武帝「河中の水の歌」(五二四頁)、李白「長干行《ちょうかんこう》二首」其の一(中冊参照)、李商隠《りしょういん》「無題(八歳)」(下冊参照)参照。9「既」は一つの事態(府吏になったこと)が完了して次の事態に続くことをあらわす。「府吏」は地方の役場の職員。10「守節」は妻としての操を守る。「情不移」は夫への愛情に揺るぎはなかった。11「鶏鳴」は夜明けの時。13「断」は織り上がった布を織機から切り取る。「疋」は布の長さの単位。一疋は二反。三日で五疋を織るのは十分な仕事ぶりであることをいう。14「大人」はここでは姑《しゅうとめ》を指す。「故」はわざと。実際には仕事が遅いわけではないのに故意に。19「白」は申す。「公姥」は舅《しゅうと》と姑。20「及時」はすぐに。「遣帰」は実家に追い返す。

古詩　焦仲卿《しょうちゅうけい》の妻のために作る

孔雀が東南に飛ぶ。五里飛んではひとたび羽を止める。
十三で絹を織ることができ、十四で衣を裁つのも習いました。
十五で箜篌《くご》を弾き、十六で古典を諳誦しました。
十七であなたの妻となっても、心の中はいつも辛く悲しい。
あなたが役場勤めを始めてからも、操《みさお》を守り心を移しはしませんでした。

夜明けの前から機織《はたお》りを始め、毎晩毎夜休むこともできません。
三日で五疋を織り上げても、お義母《かあ》様はことさらに遅いと言い立てます。
織るのが遅いわけではありません。あなたの家の嫁となるのはむずかしい。
わたしは酷使に耐えられません。このままいてもどうしようもない。
それならお舅姑《しゅうと》様に申し上げた方がよい、すぐにも実家に追い返してくださいと。

【中略部分の梗概】　妻が離縁を望んでいることを知った夫は、母親に対して、妻には何の落ち度もないこと、このまま添い遂げたいことを述べる。母は取り合わず、二人は結局別れる。実家に帰った女は実の母、兄から戻ったことを咎められ、再婚を強要される。進退窮まった女は水に身を投じる。別れた妻の死を知った夫もみずから首をくくる。

340 兩家求合葬
341 合葬華山傍
342 東西植松柏
343 左右種梧桐

両家《りょうか》　合葬《がっそう》を求《もと》め
合葬《がっそう》す　華山《かざん》の傍《かたわ》ら
東西《とうざい》に松柏《しょうはく》を植《う》え
左右《さゆう》に梧桐《ごどう》を種《う》う

344 枝枝相覆蓋
345 葉葉相交通
346 中有雙飛鳥
347 自名爲鴛鴦
348 仰頭相向鳴
349 夜夜達五更
350 行人駐足聽
351 寡婦起彷徨
352 多謝後世人
353 戒之愼勿忘

枝枝《しし》　相《あ》い覆蓋《ふくがい》し
葉葉《ようよう》　相《あ》い交通《こうつう》す
中《なか》に双飛《そうひ》の鳥有《とりあ》り
自《みずか》ら名《な》づけて鴛鴦《えんおう》と為《な》す
頭《こうべ》を仰《あお》ぎて相《あ》い向《む》かいて鳴《な》き
夜夜《やや》　五更《ごこう》に達《たっ》す
行人《こうじん》　足《あし》を駐《とど》めて聴《き》き
寡婦《かふ》　起《た》ちて彷徨《ほうこう》す
多謝《たしゃ》す　後世《こうせい》の人《ひと》
之《これ》を戒《いまし》めて慎《つつし》みて忘《わす》るる勿《な》かれ

341「華山」は実際の山の名ではなく、不幸な男女を合葬する場として伝承されていたものと思われる。この詩よりのち、南朝に「華山畿《かざんき》」という楽府があり、添い遂げられなかった男女が跡追い心中をして「華山」に合葬される物語が付随する(宋・郭茂倩《かくもせん》『楽府詩集』の引く陳・釈智匠《しゃくちしょう》『古今楽録』)。**342**「松柏」は墓地に植えられる常緑樹。

343「梧桐」は鳳凰(『詩経』大雅・巻阿《かんあ》)やその類の鵷鶵《えんすう》が棲む(『荘子』秋水篇)といわれ

る神聖な木。344「相」は互いに。以下の345・348の「相」も同じ。346「双飛鳥」は比翼の鳥。雌雄一体となって飛ぶ。349「五更」は夜を五つに分けた夜明けに近い時刻。350「行人」は道行く人。351 連れ合いのいない女は仲のよい鳥の声に心が乱れる。352「多謝」は鄭重に伝える。

両家は二人をともに葬ろうと考え、華山のほとりに合葬しました。墓の東西には松柏《しょうはく》を植え、墓の左右には梧桐を植えました。枝と枝がかぶさり合い、葉と葉が重なり合います。そのなかに寄り添うつがいの鳥、その名は鴛鴦《おしどり》と申します。頭を上げて鳴き交わし、夜な夜な声は明け方まで続きます。道行く人は足を止めて聞き入り、寡婦は立ち上がってあたりをうろうろする。のちの方々にくれぐれもお伝えしましょう、これを戒めとしてどうかお忘れなきように。

不幸な女の生涯を語る物語詩(下冊「解説」参照)の代表例。三百五十三句(テキストによっては三百五十七句)を費やして、姑にいびられた女の悲劇を語る。「序」によれば後漢末の建安時代に設定されているが、今のかたちになったのは六朝期か。

◆──今生で添い遂げられなかった男女が合葬され、そこに鴛鴦があらわれるモチーフは、韓憑《かんぴょう》とその妻の悲劇(東晋・干宝《かんぽう》『捜神記《そうじんき》』など)にも共通する。

魏晋

扉＝阮籍《げんせき》と嵆康《けいこう》(南朝の磚画《せんが》の拓本)

「竹林の七賢」を代表する2人．樹下に語らうが，まだ竹は描かれない．琴《きん》の名人嵆康の膝にあるのは琴．

魏晋の詩歌

【建安】

建安《けんあん》（一九六―二二〇）は後漢最後の皇帝献帝《けんてい》の年号であるが、政権はすでに北方中国を支配した魏の曹操《そうそう》に握られていた。とはいえ、西南に劉備《りゅうび》の蜀、東南に孫権《そんけん》の呉が対峙する、天下三分の状態がそのあとも続く。いわゆる三国時代である。

魏では曹操が各地の文人を政権下に集め、その長男曹丕《そうひ》（のちの魏の文帝）を中心に文人たちの集団が形成された。後世から「建安の文学」と讃えられる清新な文学が開花したのである。中国の詩の歴史は、ここに始まったといってもよいほど、大きな意義を有する。建安以後、詩は作者をもつに至ったのだ。文学が集団から個へ、一歩大きな歩みを刻んだといえよう。それは作者の個性や適性が認められたことでもある。

個性の発見は、ジャンルの多様化にもつながる。作者は個人の適性に従って文才を発揮することになった。辞賦のほかに、上奏文、書翰といった実用性の高い文体にも、文学としての意匠を凝らした。詩は五言詩が主要な詩型として定着する一方、七言詩、楽府詩も手がけられた。

曹丕自身も文学のジャンルを拡げたすぐれた文学者であったが、その弟の曹植《そうしょく》は唐代以前の最高の詩人として崇められた。王粲《おうさん》をはじめとする「建安七子《しちし》」は、当時の傑出した才能の集まりであった。そののちの文学史のなかでたびたび繰り返される文人たちの集団、それも建安の文壇から始まった。彼らのなかに明らかにある種の一体感、連帯感が共有されていたのである。

こうした文学の隆盛のなかにあって、曹丕は文学論の嚆矢《こうし》というべき『典論《てんろん》』論文篇において、「蓋《けだ》し文章(文学の意味)は経国《けいこく》の大業《たいぎょう》にして、不朽の盛事なり」と言い切った。文学は国家を秩序づける大業であり、作者の死後も永遠にのこる偉業であるというのである。文学にとって建安は最も幸福な時代であったといえよう。

【魏】

曹氏の魏王朝は、やがて司馬氏の手に徐々に権力が移行する。のちに「竹林の七賢」と称される七人を代表する阮籍《げんせき》・嵆康《けいこう》は、いずれも曹氏側に立つと目されたために司馬氏の反目を買い、彼らの文学は死の危険を孕む緊張のなかで営まれた。建安文人の場合、曹操のもとに集められ、いわばその庇護のなかにあったのと違って、二人は熾烈な政治状況の渦中に巻き込まれたために、その個性、人間性は建安の文人よりいっそう鋭利で際立つものとなった。

文学者が強烈な個性をもつことは、阮籍・嵆康から始まる。他とは異なる、鮮やかな輪郭をもった人間性が、文学として形作られた。さらにその個性は、政治体制や世間の常識的な秩序と相い反する性格を帯びていた。阮籍は自分を韜晦《とうかい》し、嵆康は自分の無能を装うというように方法は異なっても、世間の規範から逸脱する生き方は共通し、それは後の文学者の一つの祖型となった。

【西晋】

二四九年、司馬懿《しばい》(字は仲達《ちゅうたつ》)が実権を掌握したのち、孫の司馬炎《しばえん》が二六五年、西晋の武帝として即位した。

西晋では陸機《りくき》のスケールの大きさが他を圧する。晋に滅ぼされた呉から移ってきたという微妙な立場にあり、晋においても複雑な権力闘争の渦中を巧みに渡ろうとして敗北したその行跡は、文学、ことに詩のなかに深い陰影を落としている。

陸機と併称される潘岳《はんがく》、寒門から身を起こした左思《さし》、この時期の詩人はとりわけ政治状況との深い関わりのなかで詩を作らざるをえなかったが、それは彼らの作品に厳しさを付与するものでもあった。

✻曹操《そうそう》　一五五―二二〇　字は孟徳《もうとく》。後漢末の混乱のなかで兵を挙げ、官渡《かんと》の戦い(二〇〇)で最強の群雄袁紹《えんしょう》を破って北中国の支配を確立した。しかし赤壁《せきへき》の戦い(二〇八)で孫権《そんけん》・劉備《りゅうび》の連合軍に敗れ、三国が併存する状態に入り、帝位に就かないまま没した(後に武帝と称される)。武人・政治家としてのみならず、学者・文人としても傑出し、各地の群雄のもとにあった文人を配下に収めて、建安文学興隆の基礎を作った。

短歌行　　曹操

(一)

1 對酒當歌
2 人生幾何
3 譬如朝露
4 去日苦多

短歌行《たんかこう》

(一)

酒《さけ》に対《たい》し歌《うた》に当《あ》たる
人生《じんせい》　幾何《いくばく》ぞ
譬《たと》えば朝露《ちょうろ》の如《ごと》し
去《さ》りし日《ひ》は苦《はなは》だ多《おお》し

0「短歌行」は楽府題。「長歌行《ちょうかこう》」を参照(二〇七頁)。全体は四句ごとに一つの韻を用いた八つの「解《かい》(段落)」に分かれる。　**1・2** 享楽によって人生のはかなさを忘れようとうたいおこす。　**3** 人の命の短さを朝露で比喩する。秦嘉「婦《つま》に贈る詩三首」（二〇九頁）参照。　**4** 限られた人生のなかで過ぎた時間が多く、のこりの時間が少ないのを嘆く。「苦」はよくない事態の程度が大きいことを示す。

短歌行

（一）

酒を前に、さあ歌わん。人の命はいかほどもない。それはたとえば朝の露。過ぎゆきし日々の多さよ。

（二）

1 慨當以慷
2 憂思難忘
3 何以解憂
4 唯有杜康

（二）

慨《がい》して当《まさ》に以《もっ》て慷《こう》すべし
憂思《ゆうし》　忘《わす》れ難《がた》し
何《なに》を以《もっ》て憂《うれ》いを解《と》かん
唯《た》だ杜康《とこう》有《あ》るのみ

1「当慷慨（当《まさ》に慷慨すべし）」を語順を換え、「以」を加えて四字句にしたもの。「慷慨」は気持ちが昂《たか》ぶる。　**4**「杜康」は酒を発明したと伝えられる人の名で、そこから酒を指す。ちなみに酒造りの職人を杜氏《とうじ》と呼ぶのも、それに由来する。

（二）
心は昂《たか》ぶろうにも、憂いは消えぬ。
いかにして憂いを払わん。ただ酒あるのみ。

（三）
1 青青子衿
2 悠悠我心
3 但爲君故
4 沈吟至今

（三）
青青《せいせい》たる子《し》の衿《えり》
悠悠《ゆうゆう》たる我《わ》が心《こころ》
但《た》だ君《きみ》が為《ため》の故《ゆえ》に
沈吟《ちんぎん》して今《いま》に至《いた》る

1・2 『詩経』子衿《しきん》（八二頁）の冒頭の二句をそのまま用いる。「子衿」の詩は青青とした衿のあなたを、いつまでもわたしは慕い続けるとうたう恋の歌。それをすぐれた若者を求める気持ちに転用する。　**4** 「沈吟」は深い思いを込めてうたう。

（三）

青い衿の若者よ。わが思いは尽きぬ。
ただ君のためにこそ、深い胸のうちを今もうたう。

（四）

1 呦呦鹿鳴
2 食野之苹
3 我有嘉賓
4 鼓瑟吹笙

（四）

呦呦《ゆうゆう》として鹿《しか》は鳴《な》き
野《の》の苹《へい》を食《く》らう
我《われ》に嘉賓《かひんあ》有り
瑟《しっ》を鼓《こ》し笙《しょう》を吹《ふ》かん

1-4 『詩経』鹿鳴《ろくめい》（一〇六頁）の冒頭の四句をそのまま用いる。「鹿鳴」の詩は貴賓を歓待する歌。それを用いて若者を招く思いをあらわす。「呦呦」は鹿の鳴く声。「苹」は野の草の一種。「瑟」は二十五絃の絃楽器。「笙」は管楽器の一種。

（四）

ユウユウと鳴く鹿が、野原の苹《くさ》を食《は》む。
わたしのもとにめでたき客人《まろうど》。瑟《しつ》を奏《かな》で笙《しょう》を吹こう。

（五）

1 明明如月
2 何時可掇
3 憂從中來
4 不可斷絶

（五）

明明《めいめい》として月《つき》の如《ごと》し
何《いず》れの時《とき》にか掇《と》る可《べ》けん
憂《うれ》いは中従《うちよ》り来《きた》りて
断絶《だんぜつ》す可《べ》からず

1・2「掇」はつまみとる。すぐれた人材を自分のものにするむずかしさを、美しい月光を手にする困難にたとえる。**3・4** 求める人を得られない悲しみが湧き起こり、断ち切れない。

（五）

耿々《こうこう》と輝く月光のよう、いつになったら手に取れるのか。心のなかから生じる憂いは、断ち切ることもできぬ。

（六）

1 越陌度阡
2 枉用相存

（六）

陌《はく》を越《こ》え阡《せん》を度《わた》り
枉《ま》げて用《も》って相《あ》い存《と》う

3 契闊談讌　契闊談讌《けっかつだんえん》し
4 心念舊恩　心《こころ》に旧恩《きゅうおん》を念《おも》う

1・2 求める人が遠方からやってきてくれる。「陌」「阡」は、東西と南北に走る道。「陌を越え阡を度り、更《こも》ごも主客と為る（遠い道のりをわざわざやってきて、主人となり客となる）」という成語に基づく。「枉」は無理してわざわざ。「相存」は自分のもとを訪れる。**3**「契闊」は固く交わりを結ぶ。「談讌」は歓談し酒宴を開く。**4**「旧恩」は長い交情。

（六）

野越え山越え遠くから、わざわざ訪ねてくれる人がいる。契りを結んで飲みかつ語ろう。昔のなじみは大切に。

（七）

1 月明星稀　月明《つきあき》らかに星稀《ほしまれ》にして
2 烏鵲南飛　烏鵲《うじゃく》　南《みなみ》に飛《と》ぶ
3 繞樹三匝　樹《き》を繞《めぐ》ること三匝《さんそう》

4 何枝可依　何《いず》れの枝《えだ》にか依《よ》る可《べ》き

1-4 月光を浴びて飛来する「烏鵲」は寄る辺なきすぐれた人材をたとえ、次の(八)でそういう人たちを自分のもとに吸収したいと続ける。 **2** 「烏鵲」はカササギ。 **3** 「三匝」は三周する。止まる枝を求めて木の周りを回る。

(七)

月は明るく星はわずか。カササギが南に翔《かけ》る。木の周りを三たび回り、身を寄せる枝を探す。

(八)

1 山不厭高　山《やま》は高《たか》きを厭《いと》わず
2 海不厭深　海《うみ》は深《ふか》きを厭《いと》わず
3 周公吐哺　周公《しゅうこう》　哺《ほ》を吐《は》きて
4 天下帰心　天下《てんか》　心《こころ》を帰《き》す

(八)

1・2 山も海も来る者を拒まずに受け入れるがゆえに高く、深い。人の上に立つ者も誰でも許容するから大きな存在となる。『管子《かんし》』形勢解に「海は水を辞せず、故に能く其の大を成す。山は土石を辞せず、故に能く其の高きを成す。明主は人を厭わず、故に能く其の衆《おお》きを成す」。 **3**「周公」は周公旦《たん》。周の武王の弟。武王の子の成王を補佐して周の政治・文化を築くのに貢献した。「吐哺」は口のなかの食べ物を吐き出す。周公旦は来客があれば洗髪も食事も中断して人材を得ることに努めた。『史記』魯周公世家の周公のことばに「一沐に三たび髪を捉《つか》み、一飯に三たび哺を吐き、起ちて以て士に待するも、猶《な》お天下の賢人を失わんことを恐る」。 **4**「帰心」は心から帰順する。『論語』堯曰《ぎょうえつ》篇に「滅国を興《おこ》し、絶世を継ぎ、逸民を挙ぐれば、天下の民 心を帰せん」。

（八）

山はどんなに高くなることも拒まず、海はどんなに深くなることも拒まない。周公は口中の食べさしを吐いて賢人を求め、天下はのこらず信服したのだった。

曹操の詩は今、楽府しかのこっていない。もともとは集団的歌謡であった楽府を借りて、曹操は彼ならではの思いをうたう。(一)(二)は「古詩十九首」と同じように、人生のはかなさとそれを飲酒によって忘れようとうたいだすのだが、(三)以降、世のすぐれた人材を自分のもとに集め、為政者としての事業を達成したいという積

極的な意思をうたう詩にすり替わる。悲観から楽観に転換するこの楽府は、一代の英雄曹操の面目躍如たるものがある。

北宋・蘇軾《そしょく》「赤壁の賦」に「月明らかに星稀《まれ》にして、烏鵲《うじゃく》南に飛ぶとは、此れ曹孟徳《そうもうとく》の詩に非ずや。……槊《ほこ》を横たえて詩を賦す。固《まこと》に一世の英雄なり」と引かれるように、「月明」「烏鵲」の二句は曹操の代表的な句として知られる。

歩出夏門行　　曹操

1 神龜雖壽
2 猶有竟時
3 騰蛇乘霧
4 終爲土灰
5 老驥伏櫪
6 志在千里
7 烈士暮年
8 壮心不已

歩出夏門行《ほしゅつかもんこう》

神亀《しんき》　寿《じゅ》なりと雖《いえど》も
猶《な》お竟《つ》くる時有《ときあ》り
騰蛇《とうじゃ》　霧《きり》に乗《の》るも
終《つい》には土灰《どかい》と為《な》る
老驥《ろうき》　櫪《れき》に伏《ふく》するも
志《こころざし》は千里《せんり》に在《あ》り
烈士《れっし》の暮年《ぼねん》
壮心《そうしん》　已《や》まず

9　盈縮之期
10　不但在天
11　養怡之福
12　可得永年

盈縮《えいしゅく》の期《き》は
但《た》だ天《てん》に在《あ》るのみならず
養怡《ようい》の福《ふく》
永年《えいねん》を得可《うべ》し

0「歩出夏門行」は楽府題。ここには四解(段落)あるうちの第四解を収める。 **1**「神亀」は神聖な亀。亀は麟《りん》・鳳・龍とならんで「四霊」に数えられ、長寿で知られる。 **3**「騰蛇」は龍に類し、空中を自在に横行する神秘的な動物。 **4** 死んで土や灰に帰する。以上、霊性を備えた動物でさえ、死は免れないことをいう。 **5**「老驥」は年をとった駿馬。「櫪」はかいば桶、また馬小屋。 **9**「盈縮」は満ちることと欠けること。寿命の長短をいう。 **10** 寿命の長さは天によって定められているだけではない。 **11**「養怡」は体の養生に努め、心を明るく保つ。

歩出夏門行

めでたき亀は長命を誇るとも、命の尽きる時は来る。
天翔《あまがけ》る龍は霧に乗り飛翔するも、ついには土塊《つちくれ》に帰す。
老いたる名馬は厩《うまや》に伏す身となろうと、その意気は千里を駆け巡る。

老境を迎えた丈夫《ますらお》の、猛《たけ》き心は衰えない。
命の長短は、天だけが決めるものではない。
身と心を磨いて得られる幸《さち》は、長寿も引き寄せられるのだ。

寿命の有限に悲嘆することなく、宿命とあきらめることなく、心身を養う意思によって命を延ばすことはできる——ここにも曹操らしい、自分の力を信じる力強い精神がうかがわれる。東晋の建国に功を挙げた王敦《おうとん》は酔うたびに「老驥」以下の四句を口ずさんだという話が、『世説新語』豪爽《ごうそう》篇に見える。

✽王粲《おうさん》　一七七—二一七　字は仲宣《ちゅうせん》。後漢の名門の家に生まれ、少年時代に当時随一の学者蔡邕《さいよう》に認められた。董卓《とうたく》による強制移住で洛陽から長安へ移ったが、その地も混乱状態に陥り、荊州《けいしゅう》の劉表《りゅうひょう》に身を寄せた。長い不遇を経て、曹操《そうそう》のもとに移り、はじめて重用された。建安文人のなかで屈指の存在。

七哀詩二首　　王粲
其一

七哀詩《しちあいし》二首《にしゅ》
其《そ》の一《いち》

西京亂無象
豺虎方遘患
復棄中國去
遠身適荊蠻
親戚對我悲
朋友相追攀
出門無所見
白骨蔽平原
路有飢婦人
抱子棄草閒
顧聞號泣聲
揮涕獨不還
未知身死處
何能兩相完
驅馬棄之去

西京《せいけい》　乱《みだ》れて象無《しょうな》く
豺虎《さいこ》　方《まさ》に患《わざわい》を遘《かま》う
復《ま》た中国《ちゅうごく》を棄《す》てて去《さ》り
身《み》を遠《とお》ざけて荊蛮《けいばん》に適《ゆ》く
親戚《しんせき》　我《われ》に対《たい》して悲《かな》しみ
朋友《ほうゆう》　相《あ》い追攀《ついはん》す
門《もん》を出《い》ずれば見《み》る所無《ところな》く
白骨《はっこつ》　平原《へいげん》を蔽《おお》う
路《みち》に飢《う》えたる婦人《ふじん》有《あ》り
子《こ》を抱《いだ》きて草間《そうかん》に棄《す》つ
顧《かえり》みて号泣《ごうきゅう》の声《こえ》を聞《き》くも
涕《なみだ》を揮《ふる》いて独《ひと》り還《かえ》らず
未《いま》だ身《み》の死《し》する処《ところ》を知《し》らざれば
何《なん》ぞ能《よ》く両《ふた》つながら相《あ》い完《まった》からん
馬《うま》を駆《か》りて之《これ》を棄《す》てて去《さ》る

不忍聴此言
南登霸陵岸
迴首望長安
悟彼下泉人
喟然傷心肝

此《こ》の言《げん》を聴《き》くに忍《しの》びず
南《みなみ》のかた霸陵《はりょう》の岸《きし》に登《のぼ》り
首《こうべ》を迴《めぐ》らし長安《ちょうあん》を望《のぞ》む
彼《か》の下泉《かせん》の人《ひと》に悟《さと》り
喟然《きぜん》として心肝《しんかん》を傷《いた》ましむ

0「七哀」は人の悲しみの諸相をうたう詩。後漢末から西晋の時期に集中する詩題。なぜ「七」というかには定説がないが、詩のほかに「七発」「七啓」など「七」を冠した文体がある。　**1**「西京」は長安を指す。「無象」は国があるべき姿を失った状態。「象」はかたち。　**2**「豺虎」は狼や虎のような獰猛な人物。長安を混乱に陥れた李《り》傕《かく》・郭汜《かくし》を指す。『詩経』小雅・巷伯《こうはく》に「彼の譖人《しんじん》(人を中傷する人)を取りて、豺虎に投げ畀《あた》えよ」。　**3**「中国」は国の中心。洛陽から長安へ移り、さらに長安から離れるので「復」という。　**4**「遠身」は遠くへ避難する。「荊蛮」は「中国」に対して南方の野蛮な地。荊州を指す。　**6**「追攀」は行かせまいとして追いすがる。　**11・12** 子供の泣き声も無視して立ち去るのはその母親。　**16**「此言」は13・14で述べた母親のことば。　**17**「霸陵」は名君とされた前漢・文帝の陵墓。「岸」は土地の高くなった場所。

19『詩経』曹風《そうふう》・下泉の詩を作った人の気持ちが深く理解できる。「下泉」は暴虐な君主を恨み、すぐれた治者の出現を願う詩。　20「喟然」は深く感嘆するさま。

七哀の詩

その一

西の都は乱れて常態を失い、猛獣どもが惨禍をいま引き起こす。

またしても中原の地を棄てて、遠く身を寄せて南の果て荊蛮《けいばん》に赴く。

親族はわたしと向き合って悲しみにくれ、友人は引き留めようと追いすがる。

城門の外は目に入る物とてなく、白骨が平原を掩《おお》い尽くす。

道には飢えた女が一人、子を抱いて草むらに棄てる。

泣き叫ぶ声に振り返った女は、涙を払い、自分がそこに戻ることはしない。

「この身がどこで死ぬかもわからぬのに、どうして二人とも無事でいられましょう。」

わたしは馬に鞭《むち》をくれ見捨てて立ち去る。この女の言葉は聴くだに忍びない。

町の南、霸陵《はりょう》の丘に登って、首《こうべ》を回《めぐ》らし長安を眺める。

かの「下泉《かせん》」の詩をうたった人の気持ちが身に染みる。深い嘆きに心の底まで痛めつけられる。

崩壊に瀕した長安を見限って荊州《けいしゅう》に向かう時の作。あたりは焼き払われ、地を埋め尽くす白骨しか目に入らない。悲惨な状況の全体を述べるにとどまらず、我が子を棄てる一人の女に焦点を当てること、しかも自分の体験のなかで出会ったと語ることによって描写はヴィヴィッドになる。詩には三度「棄」の字があらわれる。長安を棄てる自分、子供を棄てる女、そして女を棄てて避難の旅を続ける自分。棄ててはならぬものを棄てざるをえない戦乱の悲惨さが抉《えぐ》りだされる。世の中のありさまが個人の不幸をもたらすテーマは、その後も中国の詩のなかで継承されていく。

其二

1 荊蠻非我鄉
2 何爲久滯淫
3 方舟溯大江
4 日暮愁我心
5 山岡有餘映
6 巖阿增重陰

其《そ》の二《に》

荊蛮《けいばん》 我《わ》が郷《きょう》に非《あら》ず
何為《なんす》れぞ久《ひさ》しく滞淫《たいいん》せん
舟《ふね》を方《なら》べて大江《たいこう》を溯《さかのぼ》れば
日暮《ひく》れて我《わ》が心《こころ》を愁《うれ》えしむ
山岡《さんこう》 余映《よえい》有《あ》り
巌阿《がんあ》 重陰《ちょういん》を増《ま》す

狐狸馳赴穴
飛鳥翔故林
流波激清響
猴猿臨岸吟
迅風拂裳袂
白露霑衣衿
獨夜不能寐
攝衣起撫琴
絲桐感人情
爲我發悲音
羈旅無終極
憂思壯難任

狐狸《こり》　馳《は》せて穴《あな》に赴《おもむ》き
飛鳥《ひちょう》　故林《こりん》に翔《かけ》る
流波《りゅうは》　清響《せいきょう》を激《げき》し
猴猿《こうえん》　岸《きし》に臨《のぞ》みて吟《ぎん》ず
迅風《じんぷう》　裳袂《しょうべい》を払《はら》い
白露《はくろ》　衣衿《いきん》を霑《うるお》す
独夜《どくや》　寐《い》ぬる能《あた》わず
衣《ころも》を摂《ととの》え起《た》ちて琴《きん》を撫《ぶ》す
糸桐《しどう》　人《ひと》の情《じょう》に感《かん》じ
我《わ》が為《ため》に悲音《ひいん》を発《はっ》す
羈旅《きりょ》　終極無《しゅうきょくな》く
憂思《ゆうし》　壮《さか》んにして任《た》え難《がた》し

1「我郷」は洛陽を指す。後漢の都洛陽に生まれた王粲にとって、南方の地はなじめない。荊州の景観をうたった「登楼《とうろう》の賦」にも「信《まこと》に美なりと雖も吾が土に非ず」。**2**

「滞淫」はずるずる居続ける。　**3**「方舟」は舟を浮かべる。曹植「雑詩六首」其の一の5の注(三〇三頁)を参照。　**5**「山岡」は山の背。　**6**「巌阿」は岩のくぼんだ所。**10**「猴」は猿の一種。　**11・12** 冷たい風や露が衣服を侵す。「裳」は下半身の服。「袂」は衣のそで。　**14**「摂衣」は身繕いをする。　**15**「糸桐」は琴。琴の胴体は桐でできている。

その二

荊蛮《けいばん》はわが故里《ふるさと》ではない。どうしていつまでも留まれよう。
舟を浮かべ長江を上る。日暮れがわが心を悲しませる。
山の端《は》には夕映えがのこり、岩のくぼみは影がいっそう深い。
きつねは巣穴へ向かって駆け、鳥はもとの林を目ざして翔《かけ》る。
流れる水はきよらな響きを荒立て、猿は岸を見下ろして声をあげる。
疾風《はやて》が裳《も》や袂《たもと》を払い、白露が衣《ころも》の衿《えり》を濡らす。
孤独な夜は眠りを奪い、身支度をして起きて琴《きん》をつまびく。
桐の胴から糸の絃まで琴は人の心に感応し、わたしのために悲しい音色をたてる。
旅は果てることなく続く。憂いは耐えがたいまでにふくれあがる。

荊州《けいしゅう》に移ってからの望郷の思いを綴る。世のありさまに目を向けた「其の一」とは異なり、周囲の景物と自分の感情だけに絞り、景と情とが互いに映し合う。日暮れ時、突き出た部分には明るみがのこるのに、くぼんだ部分が暗さを濃くしていく明暗の微妙な変化を写し取る(5・6)。動物たちが巣に帰る時刻、自分は故郷に帰れない(7・8)。水辺の景物は悲しみに透明感を与える。猿は南方の動物、鳴き声は旅愁を誘うものとされる(9・10)。風や露の冷たさが身体に及び、それも悲愁を募らせる(11・12)。眠れぬ夜に起き上がって琴を手にするのは、漢魏の時期によく見えるパターンだが、ここでは琴を擬人化し、孤独をわかってくれる人として慈しむ(13-16)。しかし心が癒されることはなく、憂愁はいっそう強く襲ってくる(17・18)。

✻陳琳《ちんりん》　?―二一七　字は孔璋《こうしょう》。後漢末の群雄の一人袁紹《えんしょう》のもとに仕え、敵対する曹操を痛罵する檄文《げきぶん》を作った。袁紹が敗れると曹操政権に入り、建安七子の一人として詩文の筆を振るった。曹丕《そうひ》による批評では、ことに公的な散文にすぐれるという。

飲馬長城窟行

陳琳

1 飲馬長城窟
2 水寒傷馬骨
3 往謂長城吏
4 愼莫稽留太原卒
5 官作自有程
6 擧築諧汝聲
7 男兒寧當格鬬死
8 何能怫鬱築長城
9 長城何連連
10 連連三千里
11 邊城多健少
12 內舍多寡婦
13 作書與內舍
14 便嫁莫留住

飲馬長城窟行《いんばちょうじょうくつこう》

馬《うま》に飲《みずか》う　長城《ちょうじょう》の窟《くつ》
水寒《みずさむ》くして馬《うま》の骨《ほね》を傷《そこ》なう
往《ゆ》きて長城《ちょうじょう》の吏《り》に謂《い》う
慎《つつし》みて太原《たいげん》の卒《そつ》を稽留《けいりゅう》すること莫《な》かれ
官作《かんさく》は自《おのずか》ら程《ていあ》有り
築《ちく》を挙《あ》げ汝《なんじ》の声《こえ》を諧《かな》えよ
男児《だんじ》は寧《むし》ろ当《まさ》に格闘《かくとう》して死《し》すべし
何《なん》ぞ能《よ》く怫鬱《ふつうつ》として長城《ちょうじょう》を築《きず》かんや
長城《ちょうじょう》は何《なん》ぞ連連《れんれん》たる
連連《れんれん》たること三千里《さんぜんり》
辺城《へんじょう》　健少《けんしょう》多《おお》し
内舎《ないしゃ》　寡婦《かふ》多《おお》し
書《しょ》を作《つく》りて内舎《ないしゃ》に与《あた》う
便《すなわ》ち嫁《とつ》ぎて留住《りゅうじゅう》する莫《な》かれ

善事新姑嫜
時時念我故夫子
報書往邊地
君今出語一何鄙
身在禍難中
何爲稽留他家子
生男愼莫擧
生女哺用脯
君獨不見長城下
死人骸骨相撐拄
結髮行事君
慊慊心意關
邊地苦
賤妾何能久自全

善《よ》く新姑嫜《しんこしょう》に事《つか》え
時時《じじ》　我《わ》が故《もと》の夫子《ふうし》を念《おも》え
報書《ほうしょ》　辺地《へんち》に往《ゆ》く
君《きみ》　今《いま》　語《ご》を出《いだ》すこと一《いつ》に何《なん》ぞ鄙《いや》しき
身《み》は禍難《かなん》の中《なか》に在《あ》り
何為《なんす》れぞ他家《たか》の子《こ》を稽留《けいりゅう》せんや
男《おとこ》を生《う》まば慎《つつし》みて挙《あ》ぐる莫《な》かれ
女《おんな》を生《う》まば哺《はぐく》むに脯《ほ》を用《も》ってせよ
君《きみ》　独《ひと》り見《み》ずや　長城《ちょうじょう》の下《もと》
死人《しにん》　骸骨《がいこつ》　相《あ》い撐拄《とうちゅう》するを
結髪《けっぱつ》　行《ゆ》きて君《きみ》に事《つか》え
慊慊《けんけん》として心意《しんい》関《かか》わる
辺地《へんち》は苦《くる》し
賤妾《せんしょう》　何《なん》ぞ能《よ》く久《ひさ》しく自《みずか》ら全《まった》からんや

0「飲馬長城窟行」は楽府題。「長城」は異民族の侵入を防ぐ城壁。その岩屋で馬に水を飲ませる兵士の歌。出征の辛さをテーマとするが、この詩はのこされた妻をうたう。**3**「長城吏」は長城を管理する職員。**4**「慎莫」は「決して……しないでほしい」という禁止をあらわす。「稽留」は引き留める。「太原卒」は山西省太原市付近から徴発された兵卒。勇猛な兵が多いとされる。**5**「官作」は公務の仕事。「程」は決められた日程、期日。**6**「築」は土を固めるのに用いるきね。「諧」はそろえる。**7**「格闘」は組み合って戦う。「格」は「挌」に通じ、撃つの意。**8**「怫鬱」は気持ちがふさぐさま。**9**「連連」は長く続くさま。**10** 当時の一里は五〇〇メートル弱。ただし「三千里」は長いことを強調するもので、実数ではない。**11**「辺城」は辺地の町。「健少」は若く勇猛な者。**12**「内舎」は家庭。「寡婦」は出征した兵士ののこされた妻。**14**「留住」は嫁いだ家に引き留まる。**15**「新姑嫜」は再婚した先の義父母。「姑」はしゅうとめ、「嫜」はしゅうと。**16**「時時」はいつも。時々の意味もある。「故夫子」は元の夫。「夫子」は夫。『孟子』滕文公《とうぶんこう》篇下に「必ず敬し必ず戒め、夫子に違う無かれ」。**18**「鄙」はあさはか。**19・20** 戦地にある自分はいつ死ぬかもわからないことから再婚を勧める。「他家子」はよその家の子女。夫が妻のことをいう。**21-24** 四句とほぼ同じ句が『水経注』巻三、河水(黄河)に「民歌」として引かれる。**21**「莫挙」

は子供が生まれても取り上げない。**22**「哺」は食べ物を与えて育てる。「脯」は干し肉。栄養を与えて大事に育てることをいう。**24**「相撐拄」は支え合う。**25**「結髪」は髪を結い上げる。成人したことを意味する。**26**「慊慊」は離れていることを怨みに思うさま。「心意関」は心が夫に結ばれていることをいう。「関」は繋ぎとめられる。**28**「賤妾」は女の謙称。

飲馬長城窟行

馬に水を飲ませる、長城の岩屋で。水は冷たく、馬の体を損なう。

長城の見張りのもとに行って、「太原から来た兵を返してくださらぬか」と言う。

「お上の仕事には期限がある。おまえたちは掛け声そろえて杵《きね》を振り上げよ。」

「男児たる以上、戦って死ぬのが本望。こんな鬱陶しい長城作りはできませぬ。」

長城はどこまでも続く。続くこと三千里。

辺境の町は元気に満ちた若者だらけ。留守宅にはやもめだらけ。

手紙を書いて家に伝えたのは、「すぐ家を出て、よそに嫁ぐがよい。

新しい家の親に精一杯仕えなさい。そして時には自分のもとの夫を思い出してほしい。」

返事が辺地に届く。「あなたの書いてきたことは、なんて情けない。」

「我が身が苦難のなかにあるのに、よそさまの娘《こ》を家に縛り付けておけようか。

男児が生まれても取り上げてはならぬ。女児なら肉を食べさせて育てよ。

見てもみよ、長城の下には、死人と骸骨が互いに絡み合っているのだ。」

「髻《まげ》を結《ゆ》う年になってあなたに嫁いでから、満たされないながらも心はあなたと結ばれていました。

辺境の地は辛いもの。わたしだけが身を全うすることなど、どうしてできましょう。」


北方寒冷の地へ長城造築のために駆り出された兵卒と留守を守る妻との問答、それを通して、労役の辛さを語る。夫婦のやりとりには、互いの深い思いやりがにじむ。生きて帰られそうにないからと妻に再婚を勧める夫(13-16)、それを一蹴して(18)、自分だけ身を全うすることなどできない(27・28)と夫の苦労を分かち合おうとする妻。血の通った夫婦愛が交わされる。

中国では従来、男児が過度に重んじられてきた。そんな風潮のなかで、男の子はいらない、女の子は大切に育てよう(21・22)というのは、痛烈な逆説である。男児は辺境の地の露と消えるほかないという悔しさ、怒りがこもる。のちの杜甫の「兵

車行」（中冊参照）にも似た措辞がある。いつの世にも戦乱はまず庶民を虐げるもの、
◆——それを訴えるのも中国の詩の伝統であった。

＊劉楨《りゅうてい》　？—二一七　字は公幹《こうかん》。建安七子の一人。曹操政権に加わり、曹丕《そうひ》、曹植《そうしょく》に仕える。曹丕の批評によれば、その文学は力強いが緻密さに欠ける、五言詩が特にすぐれるという。

雑詩　　劉楨

1 職事相塡委
2 文墨紛消散
3 馳翰未暇食
4 日昃不知晏
5 沈迷簿領書
6 回回自昏亂
7 釋此出西城

雑詩《ざっし》

職事《しょくじ》　相《あ》い塡委《てんい》し
文墨《ぶんぼく》　紛《ふん》として消散《しょうさん》す
翰《ふで》を馳《は》せて未《いま》だ食《く》らうに暇《いとま》あらず
日《ひ》昃《かたむ》くも晏《いこ》うを知《し》らず
簿領《ぼりょう》の書《しょ》に沈迷《ちんめい》し
回回《かいかい》として自《みずか》ら昏乱《こんらん》す
此《こ》れを釈《す》てて西城《せいじょう》を出《い》で

8 登高且遊観　高《たか》きに登《のぼ》りて且《しばら》く遊観《ゆうかん》す
9 方塘含白水　方塘《ほうとう》　白水《はくすい》を含《ふく》み
10 中有鳧與雁　中《うち》に鳧《かも》と雁《かり》と有《あ》り
11 安得肅肅羽　安《いず》くにか粛粛《しゅくしゅく》たる羽《はね》を得《え》て
12 從爾浮波瀾　爾《なんじ》に従《したが》いて波瀾《はらん》に浮《う》かばん

1「職事」は役所の仕事。「塡委」は積み重なる。**2**「文墨」は職務の書類。「紛」は取り散らかったさま。「消散」はなくなったり、ばらばらになったりする。**3**「馳翰」は筆をせわしく動かす。**4**「日昃」は太陽が西へ傾く。「晏」は休息する。**5**「沈迷」は深く迷い込む。「簿領」は役所の書類。「簿」は帳簿。「領」は記録。**6**「回回」はぐるぐる回るさま。「昏乱」は頭がぼんやりする。**7**「釈」は解き放つ。**9**「方塘」は方形の池。**11**「粛粛」は鳥の羽ばたきの音。**12**「波瀾」は「瀾」も波。水面をいう。

雑詩

役所仕事が山と積み重なり、書類はごたごたと散らかりほうだい。書き物に追われて食事の暇もない。日が傾いても、いつ休めることだろう。

帳簿・文書の中に深く踏み迷い、ぐるぐる目がまわる。
こんなものはうっちゃって、西の城門を出て、高みに登りしばし眺めを楽しもう。
方形の池には澄んだ水が満ち、その中に鴨や雁がいる。
羽ばたく翼をなんとか手に入れ、おまえたちについて波間に浮かんでみたい。

　公務に忙殺される日々を厭い、そこから解放されたい思いをうたう。中国には職業詩人がいたわけではないから、文人は官に就き役所の仕事に従事した。しかし日常の業務を内容とした詩はまれ。これはその早い例。

　詩の前半（1－6）は煩瑣な仕事に辟易する様子を大袈裟に語り、後半（7－12）では城外に出て束の間の安逸を得たことを述べる。「できるものなら鳥になって……」という措辞は、遠くの思う人のもとへ飛んで行きたいと願う定型の表現だが、ここでは「鳧と雁」（10）とともに、のんびり水に漂いたいという願望をあらわす。

✽応瑒《おうとう》　？―二一七　字は徳璉《とくれん》。建安七子の一人。曹操のもとに仕え、曹植、のちに曹丕の下僚となる。その作品は、劉楨とは反対に、穏やかであるが力に欠けると曹丕に評された。

侍五官中郎將建章臺集詩

応瑒

朝雁鳴雲中
音響一何哀
問子遊何郷
戢翼正徘徊
言我寒門來
將就衡陽棲
往春翔北土
今冬客南淮
遠行蒙霜雪
毛羽日摧頽
常恐傷肌骨
身隕沈黄泥
簡珠墮沙石

五官中郎将《ごかんちゅうろうしょう》の建章台《けんしょうだい》の集《つど》いに侍《じ》する詩《し》

朝雁《ちょうがん》　雲中《うんちゅう》に鳴《な》く
音響《おんきょう》　一《いつ》に何《なん》ぞ哀《かな》しき
問《と》う　子《し》　何《いず》れの郷《きょう》に遊《あそ》び
翼《つばさ》を戢《おさ》めて正《まさ》に徘徊《はいかい》すと
言《い》う　我《われ》　寒門《かんもん》より来《きた》り
将《まさ》に衡陽《こうよう》に就《つ》きて棲《す》まんとすと
往春《おうしゅん》　北土《ほくど》に翔《かけ》り
今冬《こんとう》　南淮《なんわい》に客《かく》たり
遠行《えんこう》して霜雪《そうせつ》を蒙《こうむ》り
毛羽《もうう》　日《ひ》びに摧頽《さいたい》す
常《つね》に恐《おそ》る　肌骨《きこつ》を傷《いた》め
身《み》は隕《お》ちて黄泥《こうでい》に沈《しず》まんことを
簡珠《かんしゅ》　沙石《させき》に堕《お》つれば

14 何能中自諧
15 欲因雲雨會
16 濯翼陵高梯
17 良遇不可値
18 伸眉路何階
19 公子敬愛客
20 樂飲不知疲
21 和顏既以暢
22 乃肯顧細微
23 贈詩見存慰
24 小子非所宜
25 爲且極歡情
26 不醉其無歸
27 凡百敬爾位
28 以副飢渴懷

何《なん》ぞ能《よ》く中《うち》に自《みずか》ら諧《かな》わん
雲雨《うんう》の会《かい》に因《よ》りて
翼《つばさ》を濯《すす》ぎて高梯《こうてい》を陵《しの》がんと欲《ほっ》す
良遇《りょうぐう》　値《あ》う可《べ》からず
眉《まゆ》を伸《の》ばすに　路《みち》は何《いず》くに階《よ》らん
公子《こうし》は客《かく》を敬愛《けいあい》し
楽《たの》しみ飲《の》んで疲《つか》るるを知《し》らず
和顔《わがん》　既《すで》に以《もっ》て暢《の》び
乃《すなわ》ち肯《あえ》て細微《さいび》を顧《かえり》みる
詩《し》を贈《おく》りて存慰《そんい》せらるるも
小子《しょうし》の宜《よろ》しき所《ところ》に非《あら》ず
為《ため》に且《しばら》く歓情《かんじょう》を極《きわ》めん
酔《よ》わずんば其《そ》れ帰《かえ》ること無《な》からん
凡百《ぼんびゃく》　爾《そ》の位《くらい》を敬《うやま》い
以《もっ》て飢渇《きかつ》の懐《おも》いに副《そ》わん

0「五官中郎将」は曹丕《そうひ》を指す。曹丕が建安十六年(二一一)に任じられた官名。「建章台」はもとは漢の宮殿の名。ここでは魏の都の鄴《ぎょう》(河北省邯鄲《かんたん》市付近)にあった宮殿を指す。　**3** 二人称「子」は雁を指す。　**4**「戢翼」は翼を収める。　**5**「寒門」は北の果てにあるという山の名。微賤の出身であることを掛ける。　**6**「衡陽」は衡山《こうざん》(湖南省)の南。雁が南に渡る南限の地とされる。　**7**「往春」は先の春。　**8**「南淮」は南方、安徽省・江蘇省を流れる中国有数の川、淮水《わいすい》。　**10**「摧頽」は破れ損なわれる。　**12**「隕」は飛翔できずに落下する。「黄泥」は泥土。　**13** 自分のようなすぐれた人材が衆愚のなかに埋もれる。「簡珠」は大きな宝玉。「沙石」は砂や石。　**14**「中自諧」は心がおのずとなごむ。「諧」はやわらぐ。　**15**「雲雨会」は恩沢に浴する。「雲雨」はあまねく降り注ぐ恵み。　**16**「高梯」は高いはしご。高位をたとえる。　**17**「良遇」はよき出会い。　**18**「伸眉」は表情が晴れ晴れとする。「階」は手立てとする。　**19・20** 曹植「公讌《こうえん》」に「公子　客を敬愛し、宴を終うるまで疲るるを知らず」(二九九頁)とほぼそのまま見えるように、宴席の詩で主人を讃える習用の語句。　**21**「和顔」はなごやかな表情。　**22**「細微」は低い身分の者。自分を指す。　**23**「存慰」は心にかけて慰める。　**24**「小子」は謙遜の一人称。「非所宜」は受けるにふさわしくない。　**26** 飲む時にはとことん飲もうという宴席を盛り上げる決まった言い回し。　**27**「凡百」は宴に侍る多くの家臣。「敬爾位」は君たちの職分を大事にして勤めよの意。 **28**「副」はかなう、一致する。「飢渴懐」は飢え渇きを癒す物を欲するかのように、曹丕がすぐれた人材を強く求める思い。

五官中郎将の建章台における集いに侍る詩

朝の雁が雲間《くもま》で鳴く。その響きは何とも悲しい。
問う、「あなたはどこの国へ旅しようとして、羽を畳み、今迷っておられるのか。」
言う、「わたしは北の寒門の山から来て、これから南の衡陽《こうよう》に行って住みたい。」
去る年の春、北の地から飛び立ち、この冬は南の淮水《わいすい》に旅した。
長い旅路で霜や雪を受け、翼は日に日に損なわれた。
つねに案じる、肌や骨まで傷つき、体が地に落ちて泥にうずもれはしないか、と。
大きな宝玉が砂利に混じっては、心中おだやかでいられるはずがない。
雲雨の恵みに出会って、翼を洗い清めて高い階梯を超えてゆきたい。
よき出会いには恵まれない。愁眉を開く手立ての道はどこにあるのか。
公子は客人を大切にし、疲れも知らず楽しく酒を酌み交わす。
なごやかな面持ちでくつろぎ、なんと賤《いや》しい者にまで目をかけてくださる。

詩を贈って気遣ってくださったのは、わたくしめには身に余るありがたさ。公子のため、まずは存分に楽しもう。酔わずに席を立つことなどしない。並み居る臣下はその勤めに励んで、賢者を渇望する公子の思いを適《かな》えよう。

曹丕が催した宴に列した詩。他の建安文人の公讌《こうえん》詩が、宴を讃え主人を言祝ぐ措辞を中心とするのと異なり、自分の来歴から曹丕に仕えるに至った幸せ、感謝の思いを語る。儀礼的な場の詩に、個別的な事柄を盛り込んだところが新しい。

雁に対する問い、その答えというかたちで始まるが、返答がそのまま作者自身の独白にすり替わる。あてどなくさすらう雁に逆境の我が身をたとえ(1–12)、仕えるのにふさわしい主をみつける困難を語り(13–18)、そして曹丕に出逢った喜びをうたう(19–26)。そして最後に曹丕の期待に添うべく努めようと結ぶ(27・28)。

✽曹丕《そうひ》　一八七―二二六　魏の文帝。字は子桓《しかん》。曹操の長子。文武にわたって英才教育を施され、曹操の死後、魏の初代皇帝となった。それ以前から曹操のもとに集められた文人を率いて建安の文学を興すとともに、自身も詩文の広いジャンルに筆を振るった。

芙蓉池作

1 乗輦夜行遊
2 逍遥歩西園
3 雙渠相漑灌
4 嘉木繞通川
5 卑枝拂羽蓋
6 脩條摩蒼天
7 驚風扶輪轂
8 飛鳥翔我前
9 丹霞夾明月
10 華星出雲間
11 上天垂光采
12 五色一何鮮
13 壽命非松喬
14 誰能得神仙

芙蓉池《ふようち》の作《さく》

曹丕

輦《れん》に乗《の》りて夜《よる》に行遊《こうゆう》し
逍遥《しょうよう》して西園《せいえん》に歩《あゆ》む
双渠《そうきょ》は相《あ》い漑灌《がいかん》し
嘉木《かぼく》は通川《つうせん》を繞《めぐ》る
卑枝《ひし》　羽蓋《うがい》を払《はら》い
脩条《しゅうじょう》　蒼天《そうてん》を摩《ま》す
驚風《きょうふう》　輪轂《りんこく》を扶《ささ》え
飛鳥《ひちょう》　我《わ》が前《まえ》に翔《かけ》る
丹霞《たんか》　明月《めいげつ》を夾《はさ》み
華星《かせい》　雲間《うんかん》より出《い》ず
上天《じょうてん》　光采《こうさい》を垂《た》れ
五色《ごしょく》　一《いつ》に何《なん》ぞ鮮《あざや》かなる
寿命《じゅみょう》　松喬《しょうきょう》に非《あら》ざれば
誰《たれ》か能《よ》く神仙《しんせん》を得《え》ん

15 遨遊快心意　遨遊《ごうゆう》して心意《しんい》を快《こころよ》くし
16 保己終百年　己《おのれ》を保《たも》ちて百年《ひゃくねん》を終《お》えん

0「芙蓉池」は洛陽に都を定める前、魏が本拠地とした鄴《ぎょう》の「西園」にあった池。「芙蓉」はハスの花。　**1**「輦」は人が引く小型の車。軽快に走り回る遊びが、次の句のゆるやかな歩みと対をなす。「夜」は本来は寝るべき遅い時間。寝る間も惜しんで遊ぶの意味を含む。「西門行」(二〇一頁)および「古詩十九首」其の十五(二三二頁)に、「昼は短くして夜の長きに苦しむ、何ぞ燭を秉《と》りて遊ばざる」とあるのを意識する。「行遊」は戸外での遊び。　**2**「逍遥」はゆったり歩く。「西園」は0の注参照。曹丕を中心に、建安の文人たちが交遊を深めた場。　**3**「双渠」は池に流れ込む二筋の水路。「漑灌」は水が注ぎ込む。「灌漑」と同じ。　**4**「嘉木」はみごとな樹木。めでたい木々の意を含む。「通川」は庭園を貫いて流れる水。　**5**「卑枝」は低い所の枝。「羽蓋」は鳥の羽を飾った車の蔽い。　**6**「脩条」は長く伸びた枝。　**7**「驚風」はさっと吹き寄せる風。　**9**「扶輪轂」は風が車に寄り添うようにして運行を助ける。「輪轂」は車輪とこしき。　**10**「華星」は鮮やかな光を放つ星。　**11**「丹霞」は赤く染まった雲。神秘的な光景。空からの光を神の啓示のように受け止める。　**12**「五色」は青・赤・白・黒・黄。五行説と結びついて色彩の基本とされる。13「松喬」は仙人の代表である赤松子《せきしょうし》と王子喬《おうしきょう》。15「遨遊」は思う存分遊ぶ。「遨」も遊ぶの意。16「保己」は自分の身を大切にする。「百年」はふつうの人の生きられる寿命。

芙蓉池での作

輦《くるま》に乗って夜も戸外で遊んだり、ゆったりと西園を歩んだり。
二筋の掘り割りから水が注ぎ込み、めでたき木々が庭を流れる川を囲む。
低い枝は車の羽傘《はねがさ》を払い、長い枝は天空をこする。
ふいに風が起こって車輪を推《お》し、鳥がわが目の前を翔けゆく。
赤く映えた雲が月を差し挟み、明るく輝く星が雲の間にのぞく。
天空は光の筋を投げかける。五色の輝きは何と鮮やかなことか。
人の命は赤松子《せきしょうし》や王子喬《おうしきょう》とは違う。誰が神仙になれようか。
心ゆくまで存分に楽しもう。養生して天寿をまっとうしよう。

建安の文人の中心となって曹丕の開いた宴では、参会者が「公讌《こうえん》」詩（二九九頁参照）に見られるように主人である曹丕を讃え、言祝ぐ。この詩は曹丕がそれに応えた詩と考えられる。園遊会が催された西園の描写は、一見実際の叙景であるかのように見えながら、宴というはれの場が天の祝福を受けた神秘的な様相で描かれる。賓客たちが主人の長寿を祈るのに対して、寿命には限りがあること、しかし努力によって可能な限り命を延ばそうとうたう。この死生観は曹操の「歩出夏門行《ほしゅつかもんこう》」(二六四頁)にも通じる。限りある命ならばせいぜい楽しもうというところは「古詩十九首」と似るが、そこに見られた虚無的な享楽主義は、建安文学では乗り越えられている。

雑詩二首

其一

1 漫漫秋夜長
2 烈烈北風涼
3 展轉不能寐
4 披衣起彷徨
5 彷徨忽已久
6 白露沾我裳

雑詩二首《ざっしにしゅ》　曹丕

其《そ》の一《いち》

漫漫《まんまん》として秋夜《しゅうや》長《なが》く
烈烈《れつれつ》として北風《ほくふう》涼《つめた》し
展転《てんてん》として寐《い》ぬる能《あた》わず
衣《ころも》を披《き》て起《た》ちて彷徨《ほうこう》す
彷徨《ほうこう》して忽《こつ》として已《もっ》て久《ひさ》しく
白露《はくろ》　我《わ》が裳《もすそ》を沾《うるお》す

俯視清水波
仰看明月光
天漢迴西流
三五正従横
草蟲鳴何悲
孤雁獨南翔
鬱鬱多悲思
緜緜思故郷
願飛安得翼
欲濟河無梁
向風長歎息
斷絶我中腸

俯《ふ》して清水《せいすい》の波《なみ》を視《み》
仰《あお》ぎて明月《めいげつ》の光《ひかり》を看《み》る
天漢《てんかん》　迴《めぐ》りて西《にし》に流《なが》れ
三五《さんご》　正《まさ》に従横《じゅうおう》たり
草虫《そうちゅう》　鳴《な》くこと何《なん》ぞ悲《かな》しき
孤雁《こがん》　独《ひと》り南《みなみ》に翔《かけ》る
鬱鬱《うつうつ》として悲思《ひし》多《おお》く
綿綿《めんめん》として故郷《こきょう》を思《おも》う
飛《と》ばんことを願《ねが》うも安《いず》くんぞ翼《つばさ》を得《え》ん
済《わた》らんと欲《ほっ》するも河《かわ》に梁《はし》無《な》し
風《かぜ》に向《む》かって長《なが》く歎息《たんそく》し
我《わ》が中腸《ちゅうちょう》を断絶《だんぜつ》す

1「漫漫」は時間が長いさま。秋の夜は辛く長いもの。　**2**「烈烈」は寒さの厳しいさま。　**3**「展転」は眠りにつけずに寝返りを打つさま。『詩経』関雎《かんしょ》(四三頁)に「輾

(展)転反側す」。　**4**「披衣」は衣服を体にかける。「彷徨」はさまよい歩く。物思いに沈んで寝付けず、起き上がってあたりを歩くのは、後漢から魏晋の詩によく見える類型。　**5**「忽已久」はふと気づくともう長い時間が経過していた、の意。　**6**「白露」は秋の訪れを示す。『礼記《らいき》』月令《がつりょう》に「孟秋(陰暦七月)の月……涼風至り、白露降る」。「裳」は下半身の服。　**9**「天漢」は天《あま》の河《がわ》。中天から西に移動するのは、夜が更けたことを示す。　**10**「三五」は小さな星々。『詩経』召南・小星《しょうせい》に「嘒《けい》たる(微かな)彼《か》の小星、三五　東に在り」に基づく。「毛伝」によれば、「三」は心宿(さそり座)、「五」は柳宿(海蛇座)。「従(縦)横」は四方八方に散在するさま。　**11**「草虫」は草むらで鳴く虫。　**14**「綿綿」は長く続くさま。故郷への思いでもあり、故郷への道でもある。「飲馬長城窟行」に「綿綿として遠道を思う」(二〇三頁)。　**18**「中腸」は「腸中」に同じ。

雑詩

その一

いつまでも続く秋の夜長。厳しく吹きつのる冷たい北風。
寝返りを打つばかりで眠りにつけず、服をはおって起きてさまよい歩く。
気づけば長くさまよい歩き、露がしとどに裾《すそ》を濡らす。

下には清らな川の流れを見、上には明るい月の光を見る。
天の河は天空をまわって西に移り、星々が今まさに夜空に敷き詰める。
すだく虫の声はなんとももの悲しい。群れにはぐれた雁が南へと飛ぶ。
鬱々として胸はふたがり、遠いふるさとへの思いは続く。
空を翔《かけ》て行こうにも翼はない。川を渡ろうにも橋が見あたらぬ。
風に向かって深く嘆息すれば、わたしの腸《はらわた》はちぎれんばかり。

其二

1 西北有浮雲
2 亭亭如車蓋
3 惜哉時不遇
4 適與飄風會
5 吹我東南行
6 行行至呉會
7 呉會非我鄉

其《そ》の二《に》

西北《せいほく》に浮雲《ふうんあ》有り
亭亭《ていてい》として車蓋《しゃがい》の如《ごと》し
惜《お》しい哉《かな》　時遇《ときあ》わず
適《たま》たま飄風《ひょうふう》と会《あ》う
我《われ》を吹《ふ》いて東南《とうなん》に行《ゆ》かしめ
行《ゆ》き行《ゆ》きて呉会《ごかい》に至《いた》る
呉会《ごかい》　我《わ》が郷《きょう》に非《あら》ず

8 安能久留滞　　安《いず》くんぞ能《よ》く久《ひさ》しく留滞《りゅうたい》せん
9 棄置勿復陳　　棄《す》て置《お》きて復《ま》た陳《の》ぶる勿《な》かれ
10 客子常畏人　　客子《かくし》は常《つね》に人《ひと》を畏《おそ》る

1「西北」はここでは都の洛陽。対して、5の「東南」が「呉会」の地を指す。「西北」から「東南」に流れていく「浮雲」にわが身をたとえる。　**2**「亭亭」は寄る辺なくそびえるさま。「車蓋」は車に立てる傘。　**3**「時不遇」は時機に合わない。都から放逐された身をいう。　**4**「飄風」は突如吹き起こる風。思いがけない災難が降りかかったことをたとえる。　**6**「行行」は望まないままに旅を続けて行く。「古詩十九首」其の一に「行き行きて重ねて行き行く」(二一三頁)。「呉会」は呉郡(江蘇省蘇州市)と会稽《かいけい》郡(浙江省紹興市)。都から遠い中国の東南部。　**7・8**「留滞」は久しく留まる。王粲「七哀詩二首」其の二に「荊蛮　我が郷に非ず、何為れぞ久しく滞淫せん」(二七〇頁)。　**9** 胸中の煩悶を断ち切ろうと自分に言い聞かせる常用の語。「古詩十九首」其の一に「棄捐して復た道《い》う勿かれ」(二一四頁)。　**10** 見知らぬ地を旅する者は周囲の人に気を許せない。胸中の思いも吐露できないことをいう。

その二

西北の空に浮かぶ雲、ぽつんと浮かぶ姿は車の傘に似る。
悔しくも時運に合わず、はからずも疾風に出くわした。
わが身を東南へ吹き飛ばし、流れ流れて呉会の地に行き着いた。
呉も会稽《かいけい》もわが故郷ではない。いつまでもぐずぐず居られようものか。
棄て置いてもう口にすまい。旅の身は人をはばかるものゆえに。

「其の一」は秋の夜の望郷をうたう典型的な詩。北風、露、虫、渡り鳥といった秋の景物が、長い夜を独りで過ごす悲哀をいやましにする。月光、天の河、星といった光り輝く景物を添えたことで、悲哀の情感が清らかに浄化される。

「其の二」は心ならずも都から果ての地へ追いやられた身の悲哀を浮き雲に託してうたう。「其の一」が異土にあって故土を思う単なる望郷の詩であったのに対して、「其の二」には放逐、偏僻な地という要素が加わる。いずれもそうした状況を設定してうたったものであり、作者の実事とは関わらない。

燕歌行　　曹丕

燕《えん》歌《か》行《こう》

1 秋風蕭瑟天氣涼
秋風《しゅうふう》　蕭瑟《しょうしつ》として天気《てんき》涼《すず》し

草木搖落露爲霜
羣燕辭歸雁南翔
念君客遊思斷腸
慊慊思歸戀故鄉
何爲淹留寄他方
賤妾煢煢守空房
憂來思君不敢忘
不覺淚下霑衣裳
援琴鳴絃發清商
短歌微吟不能長
明月皎皎照我牀
星漢西流夜未央
牽牛織女遙相望
爾獨何辜限河梁

草木《そうもく》　揺落《ようらく》して　露《つゆ》　霜《しも》と為《な》る
群燕《ぐんえん》　辞《じ》し帰《かえ》り　雁《がん》　南《みなみ》に翔《かけ》る
君《きみ》が客遊《かくゆう》するを念《おも》いて　思《おも》い断腸《だんちょう》す
慊慊《けんけん》として帰《かえ》るを思《おも》い　故郷《こきょう》を恋《こ》わん
何為《なんす》れぞ淹留《えんりゅう》して他方《たほう》に寄《よ》る
賤妾《せんしょう》　煢煢《けいけい》として空房《くうぼう》を守《まも》り
憂《うれ》い来《きた》りて君《きみ》を思《おも》い　敢《あ》えて忘《わす》れず
覚《おぼ》えず　涙下《なみだくだ》りて衣裳《いしょう》を霑《うるお》す
琴《きん》を援《と》り絃《げん》を鳴《な》らして清商《せいしょう》を発《はっ》す
短歌《たんか》　微吟《びぎん》　長《なが》くする能《あた》わず
明月《めいげつ》　皎皎《こうこう》として我《わ》が牀《しょう》を照《て》らす
星漢《せいかん》　西《にし》に流《なが》れて　夜未《よるいま》だ央《つ》きず
牽牛《けんぎゅう》　織女《しょくじょ》　遥《はる》かに相《あ》い望《のぞ》む
爾《なんじ》　独《ひと》り何《なん》の辜《つみ》ありて河梁《かりょう》に限《かぎ》らる

0「燕歌行」は楽府題。「燕」は現在の河北省一帯を指す地名。 **1・2**「蕭瑟」は秋風が寂しく吹くさま。宋玉「九辯」の冒頭、「悲しい哉　秋の気為《た》るや、蕭瑟として草木揺落して変衰す」(一三四頁)を踏まえる。 **4**「客遊」は国を離れて旅する。 **5**「慊慊」は思いが満たされないさま。 **6**「淹留」は心ならずして留まる。 **7**「賤妾」は女の謙称。「煢煢」はひとりぼっちのさま。 **10**「援」は手にとる。「琴《きん》」は七絃の絃楽器。十三絃の日本の琴《こと》は「箏《そう》」という。「清商」は、五種の音階(宮・商・角・徴《ち》・羽《う》)のうちの商。澄んだ悲しい音の曲。 **11** 胸がつまって長く歌えない。 **12**「皎皎」は月の白々と明るいさま。 **13**「星漢」は天の河。天の河が西に傾くほどに夜が更けるが、まだ明けない。寝付けないことをいう。「央」は終わる。『詩経』小雅・庭燎《ていりょう》に「夜は如何《いかん》、夜は未だ央きず」。 **14** 牽牛星と織女星が天の河を隔てて向かい合う。「古詩十九首」其の十(二二五頁)を参照。 **15**「爾」は牽牛・織女に呼びかける二人称。「河梁」は河に掛かる橋。七夕には烏鵲《うじゃく》が牽牛・織女のために天の河の橋となるという。

燕歌行

秋風は寂しく吹き、空の気は冷ややかになる。草も木も枯れ落ち、露は霜に変わる。燕の群れは別れを告げ、雁も南へと翔《かけ》る。旅に出たあなたを思えば胸が詰まります。帰心満たされず故郷を恋しがりながら、なぜによその地にいつまでも居続けるのでしょう。

わたしは独りぽつねんと空っぽの部屋を守ります。悲しみに襲われ、あなたのことが一時《ひととき》も忘れられず、我知らずこぼれる涙が衣裳を濡らします。琴《きん》を引き寄せ絃をつま弾き、清商《せいしょう》の調べを奏でます。短い歌をそっと吟じても、胸がつまって長くは歌えない。

月の光が白々とわたしの床《とこ》を照らし、天の河が西に移っても夜が果てることはない。彦星と織り姫は遠く見つめあう。おまえたちはどんな罪を得て橋に隔てられたのでしょう。

旅に出て帰らぬ夫をひたすら待つ妻のやるせない思いをうたう。のちの詩人たちに書き継がれる「閨怨詩《けいえんし》」の模範となるような整った作。秋の到来―渡り鳥の移動―旅する夫―空閨を守るわたし―眠れぬ夜―流れ込む月光―夜空の牽牛・織女となめらかに展開しながら、冷涼な季節の風物と孤閨《こけい》の悲哀とがみごとに溶け合う。完成したかたちの七言詩としても早い例。曹丕が広いジャンルで達者な筆力をもっていたことを示す。

✻**曹植**《そうしょく》　一九二―二三二　三国・魏の人。字は子建《しけん》。陳思王《ちんしおう》とも称される。曹操《そうそう》の子として生まれ、同母兄の曹丕《そうひ》が有能な実務型だったのに対して、奔出する才気が顰《ひん》蹙《しゅく》を買い、後継者争いに敗れた。即位した曹丕から危険視されて地方に追いやられ、曹丕の長子明帝《めいてい》が即位したのちも冷遇は続いた。しかし文学においては唐代以前の最高の詩人と高く評価された。精緻な表現力と張り詰めた精神力によって、建安文学を代表する。

公讌

曹植

公子敬愛客
終宴不知疲
清夜遊西園
飛蓋相追隨
明月澄清景
列宿正參差
秋蘭被長坂

公讌《こうえん》

公子《こうし》　客《かく》を敬愛《けいあい》し
宴《えん》を終《お》うるまで疲《つか》るるを知《し》らず
清夜《せいや》　西園《せいえん》に遊《あそ》び
飛蓋《ひがい》　相《あ》い追随《ついずい》す
明月《めいげつ》　清景《せいけい》澄《す》み
列宿《れっしゅう》　正《まさ》に参差《しんし》たり
秋蘭《しゅうらん》　長坂《ちょうはん》を被《おお》い

朱華冒綠池
潛魚躍清波
好鳥鳴高枝
神飆接丹轂
輕輦隨風移
飄颻放志意
千秋長若斯

朱華《しゅか》緑池《りょくち》を冒《おお》う
潜魚《せんぎょ》清波《せいは》に躍《おど》り
好鳥《こうちょう》高枝《こうし》に鳴《な》く
神飆《しんぴょう》丹轂《たんこく》に接《せっ》し
軽輦《けいれん》風《かぜ》に随《したが》いて移《うつ》る
飄颻《ひょうよう》として志意《しい》を放《はな》ち
千秋《せんしゅう》長《とこしえ》に斯《か》くの若《ごと》くあれ

0「公讌」は君主や高位の者が主催する宴。「讌」は「宴」に通じる。建安文人の何人かに同題の詩がのこる。　**1**「公子」は貴人の子弟の意で、ここでは即位前の曹丕を指す。　**2** 宴の主である曹丕がもてなしに努めるのを讃える。　**3**「西園」は鄴《ぎょう》の庭園。曹丕「芙蓉池の作」(二八七頁)参照。　**4** 車に乗って曹丕のあとに続く。「蓋」は、車の覆い。車の一部であるそれによって車そのものをあらわす。「飛」は車が速いこと。　**5**「清景」は清らかな光。　**6** さまざまな星がちりばめられている。「宿」は星宿、星座。「参差」は入り交じるさま。　**7**「蘭」は今のランとは違って、フジバカマの類。秋に花が咲く。　**8**「朱華」はハスの花を指す。　**11**「神飆」は神霊が吹き起こしたかのような疾風。「丹轂」は朱塗りの上等な車。「轂」は、車輪の中心にあるこしき。12「軽輦」は手で引く軽快な車。曹丕「芙蓉池の作」に「輦に乗りて夜に行遊す」（二八七頁）。13「飄颻」は風に乗って空を舞うさま。14「千秋」は長い年月。いつまでもこの晴れやかな時が続くように祈る。

公子は賓客《まろうど》を厚く遇され、宴《うたげ》が果てるまで疲れを知らない。
清らかなこの夜、西園で遊ぶ。飛ぶように走る車で公子のあとに付き従う。
明月のさやかな光が澄みわたり、星々はいま思い思いにまたたく。
秋の蘭は長い坂道を覆い尽くし、赤い蓮は緑の池を埋め尽くす。
水中の魚もさわやかな波に身を躍らせ、美しい鳥は高い枝に鳴き交わす。
不思議な風が朱塗りの車に吹き寄せ、軽やかな手車は風のままに移り行く。
空に舞い上がる思いを解き放とう。千秋もとこしえにこの歓びが続きますように。

宴というはれの場はこの時期にはまだ古代の呪術性がのこる非日常の空間・時間であった。輝く月や星、色鮮やかな花、楽しげな魚や鳥――視覚のみならず、触覚（風）、聴覚（鳥の声）も動員する。それは叙景というより、聖なる宴を助ける舞台装置であり、神の祝福を受けたかのように風も吹き寄せる。日常の絆から免れて精神を思い切り解放し、歓会の昂揚がとわに続くことを祈って結びとするが、それが招かれた者の主人に呈する言祝ぎであった。

◆

雑詩六首　　曹植

其一

高臺多悲風
朝日照北林
之子在萬里
江湖迥且深
方舟安可極
離思故難任
孤雁飛南遊
過庭長哀吟
翹思慕遠人

雑詩六首《ざっしろくしゅ》

其《そ》の一《いち》

高台《こうだい》　悲風《ひふう》多《おお》し
朝日《ちょうじつ》　北林《ほくりん》を照《て》らす
之《こ》の子《こ》　万里《ばんり》に在《あ》り
江湖《こうこ》　迥《はる》かにして且《か》つ深《ふか》し
方舟《ほうしゅう》　安《いず》くんぞ極《きわ》む可《べ》けんや
離思《りし》　故《もと》より任《た》え難《がた》し
孤雁《こがん》　飛《と》びて南遊《なんゆう》し
庭《にわ》を過《よぎ》りて長《なが》く哀吟《あいぎん》す
思《おも》いを翹《あ》げて遠人《えんじん》を慕《した》い

願欲託遺音
形影忽不見
翩翩傷我心

願《ねが》わくは遺音《いいん》に託《たく》せんと欲《ほっ》す
形影《けいえい》　忽《こつ》として見《み》えず
翩翩《へんぺん》として我《わ》が心《こころ》を傷《いた》ましむ

1「高台」は高い楼台。遠い人のいる方向を見ようとして登ったもの。「古詩十九首」其の十四に「白楊　悲風多し」(二三〇頁)というのは、墓地の悲しげな情景をいうが、ここでは自分を取り巻く状況、あるいは心中の苦しさを暗示する。　**2**「北林」は『詩経』秦風・晨風《しんぷう》の「鴥《いっ》たる(空を翔るさま)彼《か》の晨風(ハヤブサ)、鬱たる彼の北林。未だ君子を見ず、憂心欽欽《きんきん》たり(憂いで胸が塞がれる)」に基づき、思う人に会えない憂いを喚起する。　**3**「之子」は思いをこめて人を指す語。『詩経』桃夭《とうよう》に「之の子　于《ゆ》き帰《とつ》ぐ」(四五頁)など、『詩経』に頻見。　**4**「江湖」は中国東南部の水郷地帯、都から遠い偏僻な地を指す。思う相手が東南僻遠の地にいることは対面のむずかしさをいう。　**5**「方舟」は『詩経』邶風《はいふう》・谷風《こくふう》の「之を方し之を舟にす」に出る語。本来は二艘の舟を並べる意。そこから舟、また舟を浮かべることをいう。　**7・8** 蘇武の手紙を脚に結んだ雁(10の注)が「上林(苑)中に射《い》」られた(『漢書』蘇武伝)ように、庭園のうえに飛来した雁が音信を伝えてくれるのではと期待する。　**9**「翹思」は雁に触発されて、思いを高い所に向ける。**10** 雁に自分の思いを託そうと思う。雁は前漢の蘇武の手紙を匈奴の地から都に運んだ故事（一六三頁）から、書簡を運ぶ鳥とされる。「遺音」は雁がのこした鳴き声。**11**「形影」は雁の姿と影。**12**「翩翩」は鳥が羽ばたいて飛ぶさま。

雑詩

その一

高殿《たかどの》に吹きつのる悲しい風。朝の光が北の林を照らす。
あの人は万里のかなた、川や湖が遠く深く隔てる。
舟を出してもどうやって行き着けよう。離ればなれの思いはなんとも耐え難い。
はぐれた雁が南へ飛んでゆく。庭を通って長い哀鳴をあげる。
遠い人を慕って空に思いを揚げ、余韻をのこす鳥に託せないものか。
影も形もたちまちのうちに消え、天翔《かけ》る羽音に心は痛む。

「雑詩」はさまざまな主題の詩。「其の一」は、遠く隔てられた人を慕うも通行の手立てもないのを嘆く。男女の離別を悲しむ詩と枠組みは似ているが、閨怨らしい措辞はなく、同性の友への思慕をうたう。そのため従来は曹丕《そうひ》によって他の兄弟と隔てられた曹植が、とりわけ親しい弟の曹彪《そうひゅう》と引き裂かれたのを悲しむ詩と説かれてきた（「白馬王《はくばおう》彪《ひゅう》に贈る」、三〇七頁参照）。個別的な事柄は語られないのは、それを隠蔽するため。

◆

其五

1 僕夫早嚴駕
2 吾將遠行遊
3 遠遊欲何之
4 吳國爲我仇
5 將騁萬里塗
6 東路安足由
7 江介多悲風
8 淮泗馳急流
9 願欲一輕濟
10 惜哉無方舟
11 閑居非吾志

其《そ》の五《ご》

僕夫《ぼくふ》　早《つと》に駕《が》を厳《いま》しめ
吾《われ》　将《まさ》に遠《とお》く行遊《こうゆう》せんとす
遠遊《えんゆう》して何《いず》くにか之《ゆ》かんと欲《ほっ》する
呉国《ごこく》　我《わ》が仇為《あだた》り
将《まさ》に万里《ばんり》の塗《みち》を騁《は》せんとす
東路《とうろ》　安《いず》くんぞ由《よ》るに足《た》らん
江介《こうかい》　悲風《ひふう》多《おお》く
淮泗《わいし》　急流《きゅうりゅう》を馳《は》す
願《ねが》わくは一《ひと》たび軽《かる》く済《わた》らんと欲《ほっ》するも
惜《お》しい哉《かな》　方舟《ほうしゅう》無《な》し
閑居《かんきょ》は吾《わ》が志《こころざし》に非《あら》ず

12甘心赴國憂　甘心《かんしん》して国憂《こくゆう》に赴《おもむ》かん

1「僕夫」は御者。「厳駕」は馬車の支度をする。**4**三国時代、魏は江南の呉と敵対関係にあり、たびたび遠征が行われた。**5・6**「万里塗」は呉に至る遠い道のり。「塗」は「途」に通じ、道の意。「東路」は都の洛陽から東にあたる曹植の任地鄄城《けんじょう》(山東省菏沢《かたく》市)、あるいは雍丘《ようきゅう》(河南省杞《き》県)へ向かう道。「由」は経由する、通る。呉の討伐のために困難な道を選ぶのが自分の意志であり、任地に帰って安住するつもりはない、という。**7**「江介」は長江の周辺、呉の地。「介」は「界」に通じ、「あたり」の意。**8**「淮泗」は淮水と泗水。呉への途上にあって道を遮る川。**9**「軽済」は淮水・泗水を軽々と渡る。**10**「無方舟」は川を渡る手段がない。参戦を許されないことをいう。「方舟」は舟。「其の一」の5の注(三〇三頁)を参照。**12**「甘心」は困難を敢えて引き受けて行動に移ろうとする。「国憂」は魏の国にとって憂慮すべき事態。呉との抗争を指す。

その五

御者は朝まだきから馬車を整え、わたしは今まさに遠くへ旅立たんとする。遠く旅立ってどこへゆこうとするのか。呉の国が我々のかたきなのだ。

万里の道を馳せゆこう。東へ帰る道など通る値打ちもない。
長江の辺りには悲風が満ちる。淮水《わいすい》や泗水《しすい》は険しく迸《ほとばし》る。
そんな難所をひとっ飛びに越えたくても、悔しいことに舟がない。
安穏とした暮らしはわが意でない。苦難は覚悟のうえ、国難に向かおう。

呉の討伐に加わりたい思いを心の昂ぶりと緊張感とともにうたう。魏の文帝（曹丕）のもとで抑圧されていた曹植にとって、参戦して功を挙げたいというのは起死回生の切なる願いであったが、曹植の台頭を恐れる文帝は許さない。個人の痛切な願いを、わが身を顧みず公に尽くしたい雄々しい思いとしてうたう。

贈白馬王彪　　曹植

（一）

1 謁帝承明廬
2 逝將歸舊疆
3 清晨發皇邑
4 日夕過首陽

白馬王《はくばおう》　彪《ひゅう》に贈《おく》る

（一）

帝《てい》に承明廬《しょうめいろ》に謁《えっ》し
逝《ゆ》きて将《まさ》に旧疆《きゅうきょう》に帰《かえ》らんとす
清晨《せいしん》　皇邑《こうゆう》を発《はっ》し
日夕《にっせき》　首陽《しゅよう》を過《す》ぐ

5 伊洛廣且深
6 欲濟川無梁
7 汎舟越洪濤
8 怨彼東路長
9 顧瞻戀城闕
10 引領情内傷

伊洛《いらく》　広《ひろ》く且《か》つ深《ふか》し
済《わた》らんと欲《ほっ》するも川《かわ》に梁《はし》無《な》し
舟《ふね》を汎《う》かべて洪濤《こうとう》を越《こ》え
彼《か》の東路《とうろ》の長《なが》きを怨《うら》む
顧瞻《こせん》して城闕《じょうけつ》を恋《こ》い
領《うなじ》を引《ひ》きて　情《じょう》　内《うち》に傷《いた》む

0「白馬王彪」は曹彪《そうひゅう》。曹丕（魏の文帝）・曹植の異母弟。白馬（河南省滑《かつ》県付近）に封じられていた。曹植と親しい関係にあり、文帝およびその子の明帝から警戒され、のちに斉王の嘉平《かへい》三年（二五一）、自害に追い込まれた。この詩の「序」はあらまし以下のとおり。「黄初《こうしょ》四年（二二三）五月、白馬王（曹彪）、任城王（曹彰《そうしょう》。曹丕・曹植の同母兄弟。武人として活躍した）とわたしは、節句の儀式のために、都に上った。洛陽に着くと、任城王が亡くなった（曹植の記述は「任城王薨《こう》ず」だけであるが、曹丕による謀殺を暗示する）。七月になって、白馬王とともに任地に戻ろうとしたところ、同行を禁じられた。憤懣やるかたなく、別れの日が近づいたので、思いをぶちまける」。**1**「帝」は文帝。「承明廬」は皇帝が家臣に謁見する場。**2**「旧疆」は元の領土。曹植が封じられていた鄄城《けんじょう》（山東省菏沢市《かたくし》）を指す。 3「皇邑」は魏の都の洛陽。 4「首陽」はここでは洛陽近くの首陽山。 5「伊洛」は伊水と洛水。洛陽の東で合流し、黄河に流入する。 6「済」は川を渡る。白馬王との同行すら許されなかったことを、川を渡るすべがないという。 7「洪濤」は大きな波。 8「東路」は洛陽から東にあたる鄄城へ向かう道。 9「顧瞻」は振り返って見る。未練をのこすことを示す。「城闕」は都、宮殿。「闕」は本来、宮廷の対の門、またその上の楼閣。 10「引領」は首を伸ばして遠くを見ようとする。「領」は首。

白馬王《はくばおう》 彪《ひゅう》に贈る

（一）

承明廬《しょうめいろ》でみかどに拝謁し、領地に帰る旅路に就く。
朝まだきに都を発ち、日暮れには首陽山《しゅようざん》を経る。
伊水《いすい》・洛水《らくすい》の流れは広く深く、渡ろうとしても川には橋がない。
舟に乗って大波を乗り越え、東へ向かう道の遠さがうらめしい。
振り返っては都を恋い慕う。首を伸ばして遠く見やれば心の内は痛む。

（二）

1 太谷何寥廓
2 山樹鬱蒼蒼
3 霖雨泥我塗
4 流潦浩縦横
5 中逵絶無軌
6 改轍登高岡
7 脩坂造雲日
8 我馬玄以黄

（二）

太谷《たいこく》　何《なん》ぞ寥廓《りょうかく》たる
山樹《さんじゅ》　鬱《うっ》として蒼蒼《そうそう》たり
霖雨《りんう》　我《わ》が塗《みち》を泥《どろ》し
流潦《りゅうろう》　浩《こう》として縦横《じゅうおう》たり
中逵《ちゅうき》　絶《た》えて軌《き》無《な》く
轍《わだち》を改《あらた》めて高岡《こうこう》に登《のぼ》る
脩坂《しゅうはん》　雲日《うんじつ》に造《いた》り
我《わ》が馬《うま》は　玄以《げんもっ》て黄《こう》たり

1「太谷」は洛陽の西南の谷。「寥廓」はがらんとしたさま。　**3**「霖雨」は長雨。「塗」は「途」に通じ、道。　**4**「流潦」は氾濫した水。　**5**「中逵」は「逵中」に同じ。道路の中。「逵」は大通り。「軌」は轍《わだち》。　**6**「改轍」は道路が洪水で進めないので道を変える。　**7**「脩坂」は長い坂道。　**8**「玄以黄」は疲労のために黒い馬が黄色に変色する。『詩経』周南・巻耳《けんじ》に「彼の高岡に陟《のぼ》(登)り、我が馬は玄黄たり」に基づく。

（二）

太谷《たいこく》の渓谷は何と深く切り込んでいることか。山の木々があたりを鬱蒼と掩う。
長雨でわたしの進む道はぬかるみ、大水が縦横にあふれ出る。
街道にはわだちもなく、道を換えて高い丘陵へ登る。
長い坂道は雲や太陽に至るほど。わたしの馬はへばって黒毛が黄色に変わる。

（三）

1 玄黄猶能進
2 我思鬱以紆
3 鬱紆將難進
4 親愛在離居
5 本圖相與偕
6 中更不克俱
7 鴟梟鳴衡扼
8 豺狼當路衢

（三）

玄黄《げんこう》　猶《な》お能《よ》く進《すす》むも
我《わ》が思《おも》いは鬱《うつ》として以《もっ》て紆《う》たり
鬱紆《うつう》　将《は》た進《すす》み難《がた》し
親愛《しんあい》　離居《りきょ》に在《あ》ればなり
本《もと》　相《あ》い与《とも》に偕《とも》にせんことを図《はか》るも
中《なか》ごろ更《あらた》まりて倶《とも》にするを克《よ》くせず
鴟梟《しきょう》　衡扼《こうやく》に鳴《な》き
豺狼《さいろう》　路衢《ろく》に当《あ》たる

9 蒼蠅間白黑
10 讒巧令親疏
11 欲還絕無蹊
12 攬轡止踟躕

蒼蠅《そうよう》 白黒《しろくろ》を間《まじ》え
讒巧《ざんこう》 親《した》しきをして疎《うと》からしむ
還《かえ》らんと欲《ほっ》するも絶《た》えて蹊無《みちな》く
轡《たづな》を攬《と》りて止《とど》まりて踟躕《ちちゅ》す

1「玄黄」は二章の末句の語を尻取りのように繰り返す。以下の章の冒頭も同じ。**2**「鬱以紆」は「鬱紆」、鬱屈した思いがまといつく。**3**「鬱紆」は2の語を繰り返す。**4**「親愛」は親しみ愛する人。白馬王を指す。**7・8**「鴟梟」はフクロウの類。凶悪な鳥とされる。「衡扼」は馬の首に架ける横木。「豺狼」は山犬。獰猛な獣。**9**「蒼蠅」は「青蠅」と同じ。あおばえ。一句は、讒言によって二人の仲が裂かれることをうたう『詩経』小雅・青蠅《せいよう》を踏まえる。その鄭玄《じょうげん》の注に「蠅の虫為るや、白を汚して黒たらしめ、黒を汚して白たらしむ」。善悪を混乱させることをいう。「間」は入り混ぜる。**10**「讒巧」は人を中傷する人。**12**「攬轡」はたづなを手に取る。「轡」はくつわではなく、馬をつなぐ綱。「踟躕」は同じ場所で行きつ戻りつする。思いあぐねる動作。

（三）

馬は疲れて黒毛が黄色に変わってもまだ進むことができるが、わたしの思いは暗く結ぼれる。

暗く結ぼれて足取りは重い。慕わしい人と離れたゆえに。

かねて旅をともにする気でいたのに、途中で同行がかなわなくなった。

梟《ふくろう》が馬車の横木で鳴き立て、獰猛な山犬が道をふさぐ。

青蠅《あおばえ》は白と黒を掻き乱し、佞臣《ねいしん》は親しい人々を疎遠にさせる。

帰ろうにも道はどこにもない。手綱を手にしたまま進みあぐねる。

（四）

1 踟躕亦何留
2 相思無終極
3 秋風發微涼
4 寒蟬鳴我側
5 原野何蕭條
6 白日忽西匿
7 歸鳥赴喬林

（四）

踟躕《ちちゅ》　亦《ま》た何《いず》くにか留《とど》まらん
相《あ》い思《おも》いて終極《しゅうきょく》無《な》し
秋風《しゅうふう》　微涼《びりょう》を発《はっ》し
寒蟬《かんせん》　我《わ》が側《かたわら》に鳴《な》く
原野《げんや》　何《なん》ぞ蕭条《しょうじょう》たる
白日《はくじつ》　忽《たちま》ち西《にし》に匿《かく》る
帰鳥《きちょう》　喬林《きょうりん》に赴《おもむ》き

8 翩翩厲羽翼
9 孤獣走索羣
10 銜草不遑食
11 感物傷我懐
12 撫心長太息

翩翩《へんぺん》として羽翼《うよく》を厲《はげ》しくす
孤獣《こじゅう》は走《はし》りて群《む》れを索《もと》め
草《くさ》を銜《ふく》むも食《くら》うに遑《いとま》あらず
物《もの》に感《かん》じて我《わ》が懐《おも》いを傷《いた》ましめ
心《こころ》を撫《ぶ》して長太息《ちょうたいそく》す

2「相思」の「相」は互いにの意ではなく、曹植が白馬王を思い慕う。**7**「帰鳥」は巣に帰る鳥。「喬林」は高い木々の林。**8**「翩翩」は羽ばたくさま。「厲」は強く羽ばたく。**10**「不遑食」は仲間を探すのに追われて食べる暇もない。**11** 外界の事物、景物が心に染み入る。日暮れに巣に急ぐ鳥、草を銜《くわ》えたまま仲間を求める獣に我が身を比べる。**12**「撫心」は胸をなでる。感慨に浸るしぐさ。

（四）

進みあぐねても止《とど》まってはいられない。君への思いは果てなく続く。秋の風がかすかな涼しさを運び、秋の蟬がわたしのかたわらで鳴く。原野はなんと寂しいことか。日輪はたちまち西へ隠れる。巣に戻る鳥たちは高い木々の林へと向かい、ばたばたと強く羽ばたいていく。

はぐれた獣は群れを求めて駆け回り、銜《くわ》えた草を食らうひまもない。
まわりの物に感じて心が痛む。胸をさすって深くため息をつく。

（五）

1 太息將何爲
2 天命與我違
3 奈何念同生
4 一往形不歸
5 孤魂翔故城
6 靈柩寄京師
7 存者忽復過
8 亡沒身自衰
9 人生處一世
10 去若朝露晞
11 年在桑楡閒

（五）

太息《たいそく》して将《は》た何《なに》をか為《な》さんとする
天命《てんめい》　我《われ》と違《たが》う
奈何《いかん》せん　同生《どうせい》を念《おも》う
一《ひと》たび往《ゆ》きて　形《かたち》　帰《かえ》らず
孤魂《ここん》　故城《こじょう》に翔《かけ》り
霊柩《れいきゅう》　京師《けいし》に寄《よ》す
存《そん》する者《もの》も忽《こつ》として復《ま》た過《す》ぐ
亡没《ぼうぼつ》して身《み》自《おのずか》ら衰《おとろ》う
人生《ひとう》まれて一世《いっせい》に処《お》り
去《さ》るは朝露《ちょうろ》の晞《かわ》くが若《ごと》し
年《とし》は桑楡《そうゆ》の間《かん》に在《あ》り

12 影響不能追
13 自顧非金石
14 咄唶令心悲

影響《えいきょう》追《お》う能《あた》わず
自《みずか》ら顧《かえり》みるに金石《きんせき》に非《あら》ず
咄唶《とっしゃ》心《こころ》を悲《かな》しましむ

3「同生」は同じ親から生まれた兄弟。任城王曹彰を指す。　**4** 曹彰の突然の死をいう。「形」は身体。　**5・6** 曹彰の霊魂は封土の任城へ向かい、霊魂と分離した肉体は都に留まる。　**7・8** 今、生きている者もたちまち死に、死ねば肉体も消滅する。　**9・10**「一世」は一生。人の生は朝の露が日の出とともに乾くほど短い。「長歌行」に「朝露　日を待ちて晞く」(二〇七頁)。　**11**「桑楡」はクワとニレ、そこに夕日が傾くことから老いを比喩する。ここでの「年」は年齢。　**12**「影響」の「影」は人の肉体に、「響」は人の声に付随するもの。いずれも人が死ねば消えてしまい、追い求めることはできない。　**13**「金石」は金属と岩石。時間を超えて持続するもの。「古詩十九首」其の十三に「寿に金石の固き無し」(二二七頁)。　**14**「咄唶」は激しい嘆きが発する音。

(五)

ため息をついても何になろうか。天命はわたしと行き違う。
いかんともしがたい、同胞への思い。ひとたび逝ってしまえば身の帰ることはない。

魂は独りでもとの国へ向かって翔る。ひつぎは都にあずけられたまま。

生ある者もまた忽然とこの世を通り過ぎ、死ねば肉体はそのまま朽ち果てる。

人が生きている一生は、朝露がかわくまでのわずかな間。

桑楡《そうゆ》のあたりに日が傾くように老いは迫る。亡くなった人の影や声は追い求められない。

顧みれば金石《きんせき》ならざる我が身。ああ、悲しまずにはいられない。

（六）

1 心悲動我神
2 棄置莫復陳
3 丈夫志四海
4 萬里猶比鄰
5 恩愛苟不虧
6 在遠分日親
7 何必同衾幬

（六）

心悲《こころかな》しみて我《わ》が神《しん》を動《うご》かす
棄《す》て置《お》きて復《ま》た陳《の》ぶること莫《な》かれ
丈夫《じょうふ》は四海《しかい》に志《こころざ》し
万里《ばんり》も猶《な》お比隣《ひりん》のごとし
恩愛《おんあい》　苟《いやし》くも虧《か》けざれば
遠《とお》きに在《あ》るも分《ぶん》として日《ひ》びに親《した》しまん
何《なん》ぞ必《かなら》ずしも衾幬《きんちゅう》を同《とも》にして

8 然後展慇懃
9 憂思成疾疢
10 無乃児女仁
11 倉卒骨肉情
12 能不懐苦辛

然《しか》る後《のち》に慇懃《いんぎん》を展《の》べんや
憂思《ゆうし》　疾疢《しっちん》を成《な》すは
乃《すなわ》ち児女《じじょ》の仁《じん》なる無《な》からんや
倉卒《そうそつ》たり　骨肉《こつにく》の情《じょう》
能《よ》く苦辛《くしん》を懐《いだ》かざらんや

1「心」は感情。「神」は精神。内面のより深い部分。　**2** 絶望に陥らないように自分に言い聞かせる際の言葉。「古詩十九首」其の一に「棄捐して復た道《い》う勿(莫)かれ」(二一四頁)。　**3**「丈夫」は一人前の男子。「志四海」は広い世界全体に思いを拡げる。
4 広い精神を持てば遠い地でも隣近所と同じ。　**5**「恩愛」はここでは兄弟間の愛情。「苟」は仮定をあらわす。「虧」は欠如する。　**6** 遠く離れていても情愛は深い。「分」は兄弟としての持ち前、情誼。　**7**「衾幬」は夜着とベッドのまわりの幕。寝室をいう。
8「展慇懃」はよしみを通ずる。　**9**「疾疢」は病い。　**10**「無乃」は「……ではなかろうか」と、柔らかな言い回しで断定する。「児女仁」は女子供のもつ柔弱な人情。
11「倉卒」は事態が切迫しているさま。「骨肉」は肉親、ここでは兄弟。

(六)

悲しみの思いが魂を揺さぶるが、棄ておいてもはや口にはのぼすまい。男児たるもの、四海を掩《おお》う気概を抱き、万里のかなたも隣のようなもの。愛情がありさえすれば、遠く離れても日々兄弟の情は増す。必ずしも寝室をともにして、はじめて心が通うというものでもない。憂いから病いに罹《かか》るなど、女子供の甘い情愛ではないか。別れの差し迫った今、骨肉の情愛に、辛さを覚えずにはいられない。

（七）

苦辛何慮思
天命信可疑
虚無求列仙
松子久吾欺
變故在斯須
百年誰能持
離別永無會

（七）

苦辛《くしん》して何《なに》をか慮思《りょし》する
天命《てんめい》　信《まこと》に疑《うたが》う可《べ》し
虚無《きょむ》に列仙《れっせん》を求《もと》む
松子《しょうし》　久《ひさ》しく吾《われ》を欺《あざむ》く
変故《へんこ》は斯須《ししゅ》に在《あ》り
百年《ひゃくねん》　誰《たれ》か能《よ》く持《じ》せん
離別《りべつ》して永《なが》く会《あ》うこと無《な》からん

執手將何時
手《て》を執《と》るは将《は》た何《いず》れの時《とき》ぞ

王其愛玉體
王《おう》 其《そ》れ玉体《ぎょくたい》を愛《あい》せ

倶享黄髮期
倶《とも》に黄髪《こうはつ》の期《き》を享《う》けん

收淚即長路
涙《なみだ》を収《おさ》めて長路《ちょうろ》に即《つ》く

援筆從此辭
筆《ふで》を援《と》りて此《こ》れ従《よ》り辞《じ》す

3 実体のない空無のなかに仙人になることを求める。 **4** 「松子」は代表的な仙人である赤松子《せきしょうし》。 **5** 「変故」は思わぬできごと、わざわい。「斯須」はわずかな時間。ちょっとの間に意外なことが生じる。 **6** 「百年」は人が生きうるとされた最も長い時間。 **7** 別れたら永遠に再会できない。 **8** 対面して手を執り合えるのはいつのことか。 **9** 「玉体」は貴人の身体。白馬王の体をいう。 **10** 「黄髪」は白髪が黄ばむほどの長命。「期」は百歳。『礼記《らいき》』曲礼《きょくらい》上に人の一生を述べて「百年を期と曰《い》う」。 **12** 「援筆」は筆をとってこの詩を書く。

(七)

辛い思いを抱いて何を考えるのか。天命はまったく信じられない。

空無のなかに神仙を求めたところで、仙人赤松子《せきしょうし》はわたしをだましてきた。

いつ何が起こるかわからないこの世、百年の寿命をだれが手にできよう。別れてしまえば、とわに再会はかなわない。手を執り合う日はあるだろうか。白馬王よ、御身を大切に。二人して髪が黄ばむまでの長寿を授かろう。涙を収めて長い旅路に就く。筆を執ってここでお別れする。

兄である魏の文帝曹丕《そうひ》から、曹植をはじめとする弟たちは厳しい圧迫を受ける。曹彰《そうしょう》が変死したように、命の危うさも迫った。封土に帰るのに曹彪《そうひゅう》との同行を許されぬ仕打ちを受け、離別の悲しみをひしひしと迫る危機感のなかでもらす。楽府などのように自身の立場を離れた作品もあるが、この詩は曹植ならではの切羽詰まった状況から発する。重苦しい心情を蟬聯体《せんれんたい》（章ごとに尻取りのように続くスタイル）を用いて纏綿と吐露しながらも、情に流されない明晰な知性が持続するところに、表現者としての非凡さが光る。

七哀詩　　曹植

1 明月照高樓
2 流光正徘徊

七哀詩《しちあいし》

明月《めいげつ》　高楼《こうろう》を照《て》らし
流光《りゅうこう》　正《まさ》に徘徊《はいかい》す

上有愁思婦
悲歎有餘哀
借問歎者誰
言是客子妻
君行踰十年
孤妾常獨棲
君若清路塵
妾若濁水泥
浮沈各異勢
會合何時諧
願爲西南風
長逝入君懷
君懷良不開
賤妾當何依

上《うえ》に愁思《しゅうし》の婦《ふ》有《あ》り
悲歎《ひたん》して余《よ》哀《あい》有《あ》り
借問《しゃもん》す　歎《なげ》く者《もの》は誰《たれ》ぞ
言《い》う　是《こ》れ客子《かくし》の妻《つま》なりと
君《きみ》　行《ゆ》きて十年《じゅうねん》を踰《こ》え
孤妾《こしょう》　常《つね》に独《ひと》り棲《す》む
君《きみ》は清路《せいろ》の塵《ちり》の若《ごと》く
妾《しょう》は濁水《だくすい》の泥《どろ》の若《ごと》し
浮沈《ふちん》　各《おの》おの勢《いきお》いを異《こと》にす
会合《かいごう》　何《いず》れの時《とき》にか諧《かな》わん
願《ねが》わくは西南《せいなん》の風《かぜ》と為《な》りて
長逝《ちょうせい》して君《きみ》が懐《ふところ》に入《い》らん
君《きみ》が懐《ふところ》　良《まこと》に開《ひら》かずんば
賤妾《せんしょう》　当《まさ》に何《なに》にか依《よ》るべき

0「七哀」は王粲「七哀詩二首」其の一の0の注(二六八頁)参照。**2**「流光」は月光を水にたとえる。「徘徊」は一つ所にゆらゆら留まる。**3**「愁思婦」は夫の不在を愁える女。**6**以下は思婦のことば。「客子」は旅人。7の「君」は夫を、8の「孤妾」は自分を指す。**9・10**「清路塵」は旅の身にあることをいう。風のまにまに漂う夫、留守を守って身動きできぬ妻を、塵と泥で対比する。**11**「勢」は情勢、ようす。**12**「諧」は実際と願いが調和する。**13・14**「西南風」は秋の涼風(『淮南子』墬《ち》形《けい》訓)。離れた人のもとへ風、光、鳥などになって飛んで行きたいという思いは、たとえば曹植の「応氏(応瑒《おうとう》)を送る二首」其の二にも「願わくは比翼の鳥と為り、翮《はね》を施《の》べ起ちて高く翔らん」、また「雑詩六首」其の三に「願わくは南流の景《ひかり》と為りて、光を馳せて我が君に見《まみ》えん」など、この時期の詩に頻見する。**16**「賤妾」は女のへりくだった自称。

七哀《しちあい》の詩

明るい月が高楼《たかどの》を照らし、流れる光がたゆたうこの時。
上には愁いに沈む女が一人、悲嘆は尽きることがない。
嘆いているのはどなたかと尋ねてみれば、旅にある夫を待つ妻です、との答え。
「あなたが出かけてもう十年が過ぎ、わたしはずっと独りで暮らしています。

あなたは清らかな道に舞う塵《ちり》。わたしは濁り江《にごえ》の底に沈む泥。浮くと沈むとそれぞれ境遇は分かれ、再びお会いするのがかなうのはいつのこと。願うのは西南の風となって、遠くまで吹いてあなたの胸に飛びこみたいもの。あなたがもし胸を開いてくださらなければ、わたしはどこに身を寄せるのでしょう。」

夫の不在を守る妻の悲哀をうたう、典型的な閨怨詩。月光を水にたとえる1・2が清冽な映像を結ぶためか、明月のもと、高楼で悲しみにくれる女の姿は、以後「楼上《ろうじょう》の思婦《しふ》」として継承される。曹植の作であることから、兄の曹丕《そうひ》との不和を寓意したとする解釈もある。

白馬篇　曹植

1 白馬飾金羈
2 連翩西北馳
3 借問誰家子
4 幽并遊俠児
5 少小去郷邑

白馬篇《はくばへん》

白馬《はくば》　金羈《きんき》を飾《かざ》り
連翩《れんぺん》として西北《せいほく》に馳《は》す
借問《しゃもん》す　誰《た》が家《いえ》の子《こ》ぞ
幽并《ゆうへい》の遊俠児《ゆうきょうじ》
少小《しょうしょう》にして郷邑《きょうゆう》を去《さ》り

揚聲沙漠垂
宿昔秉良弓
楛矢何參差
控絃破左的
右發摧月支
仰手接飛猱
俯身散馬蹄
狡捷過猴猨
勇剽若豹螭

声《な》を沙漠《さばく》の垂《ほとり》に揚《あ》ぐ
宿昔《しゅくせき》　良弓《りょうきゅう》を乗《と》り
楛矢《こし》　何《なん》ぞ参差《しんし》たる
絃《げん》を控《ひ》きて左的《さてき》を破《やぶ》り
右《みぎ》に発《はっ》して月支《げっし》を摧《くだ》く
手《て》を仰《あ》げて飛猱《ひどう》を接《むか》え
身《み》を俯《ふ》して馬蹄《ばてい》を散《さん》ず
狡捷《こうしょう》　猴猨《こうえん》に過《す》ぎ
勇剽《ゆうひょう》　豹螭《ひょうち》の若《ごと》し

0「白馬篇」は楽府題。遊俠の徒をうたう。　**1**「金羈」は黄金のおもがい。華麗な装具。　**2**「連翩」は鳥が翼を連ねて飛ぶように、次から次へと続くさま。　**4**「幽并」は幽州（河北省北部から遼寧省一帯）と并州（山西省北部）。乗馬に巧みな勇猛の士が多い地。　**6**「揚声」は名声を立てる。「沙漠」は西北の部族と抗争の続く砂漠の辺境。「垂」は辺地。　**7**「宿昔」はふだん。　**8**「楛矢」は「楛」という堅い木で作った矢。「参差」はその矢が矢筒のなかに乱雑にたくさんあるさま。　**9・10** 右に左に自在に矢を放つ。「控絃」は弦を引き絞る。「月支」は布に画いた的《まと》。**11**「接」は迎え撃つ。「飛猱」はすばしこい猿。**12**「散」は矢でばらばらにする。「馬蹄」は的《まと》の名。**13**「狡捷」は敏捷。「猴猿」は猿の類。**14**「勇剽」は勇猛ですばしこい。「豹螭」は獰猛な動物をいう。「螭」は龍の類。

白馬篇

黄金《こがね》のおもがいを着けた白馬が、次から次へと西北の地へ疾駆する。
どなたかと尋ねれば、幽州《ゆうしゅう》や并州《へいしゅう》の遊侠の若者たち。
若くして郷里を離れ、名を地の果ての砂漠にとどろかせる。
いつでも強い弓を手にし、楛《こ》の矢を無造作に担《にな》う。
弦を引いて左の的《まと》を射抜き、右に矢を発して月支《げっし》の的を砕く。
手を振りかざして身軽な猿を迎え撃ち、身をかがめて馬蹄《ばてい》の的を粉砕する。
敏捷なること猿にも勝り、勇猛なること豹《ひょう》や螭《みずち》にも似る。

15 邊城多警急　　辺城《へんじょう》　警急《けいきゅう》多《おお》く
16 胡虜數遷移　　胡虜《こりょ》　数《しば》しば遷移《せんい》す

17 羽檄從北來
18 厲馬登高堤
19 長驅蹈匈奴
20 左顧凌鮮卑
21 棄身鋒刃端
22 性命安可懷
23 父母且不顧
24 何言子與妻
25 名編壯士籍
26 不得中顧私
27 捐軀赴國難
28 視死忽如歸

羽《う》檄《げき》　北《きた》従《よ》り来《きた》り
馬《うま》を厲《はげ》まして高堤《こうてい》に登《のぼ》る
長駆《ちょうく》して匈奴《きょうど》を蹈《ふ》み
左顧《さこ》して鮮卑《せんび》を凌《しの》ぐ
身《み》を鋒刃《ほうじん》の端《たん》に棄《す》て
性命《せいめい》　安《いず》くんぞ懐《おも》う可《べ》けんや
父母《ふぼ》すら且《か》つ顧《かえり》みず
何《なん》ぞ子《こ》と妻《つま》とを言《い》わん
名《な》　壮士《そうし》の籍《せき》に編《へん》せらるれば
中《なか》に私《わたくし》を顧《かえり》みるを得《え》ず
軀《み》を捐《す》てて国難《こくなん》に赴《おもむ》き
死《し》を視《み》ること忽《たちま》ち帰《き》するが如《ごと》し

15「警急」は危急を知らせる警報。**16**「胡虜」は北方の異民族。**17**「羽檄」は羽飾りをつけて緊急を示す、徴兵のための文書。**18**「厲馬」は馬に鞭打って急がせる。

「高堤」は小高い地。 **19**「匈奴」は西北地域の遊牧民族。 **20**「左顧」は左右を眺め渡して威圧する。「鮮卑」は東北地域の遊牧民族。 **21**「鋒刃端」は刃を交える戦いの場。 **23**「且」は「……ですら」。 **25**「壮士籍」は壮年の兵士の名簿。 **26**「中顧私」は心の中で自分の利益を考える。 **28** 人生は本来帰るべき死にたちまちのうちに帰着するものだとみなす。生に執着しないことをいう。『史記』蔡沢《さいたく》伝に「君子は義を以て難に死し、死を視ること帰するが如し」。

辺境からしきりに危急が伝えられ、胡《こ》の部族は何度も場所を変える。
緊急の檄文《げきぶん》が北より届き、馬に鞭《むち》して高みに登る。
遠く馳せて匈奴を踏みしだき、左右を睥睨《へいげい》して鮮卑を蔑《なみ》する。
刃の切っ先に棄てた身、命に何の未練があろう。
父や母すらも心に掛けぬ。子や妻などは言うを俟《ま》たない。
名は壮士として名簿に記された。ひそかに自分を気遣うことはできない。
身を棄てて国難に向かおう。死は瞬時に本来に帰ることと心得る。

——中国には遊侠の集団が存在した。彼らは社会の秩序に従順な人々ではなく、独自の理念、ないし美学を備えていた。義を重んじたにしても、儒家の教えに従うというより、独特の美学と結びつけたものだった。遊侠の徒は己れの命を軽んじることに男気を認め、そのため戦さはかっこうの場であった。ここでは西北の異民族との戦闘に心を昂ぶらせる男だての気概をうたう。武芸を誇る若者たちの猛々しい心意気を敷き連ねるが、そこには曹植自身の願望も反映されている。

◆

吁嗟篇　　曹植

1 吁嗟此轉蓬
2 居世何獨然
3 長去本根逝
4 宿夜無休閒
5 東西經七陌
6 南北越九阡
7 卒遇回風起
8 吹我入雲閒
9 自謂終天路

吁《く》嗟《さ》篇《へん》

吁《あ》嗟《あ》　此《こ》の転蓬《てんぽう》
世《よ》に居《お》ること何《なん》ぞ独《ひと》り然《しか》る
長《とわ》に本《もと》の根《ね》を去《さ》りて逝《ゆ》き
宿夜《しゅくや》　休間《きゅうかん》無《な》し
東西《とうざい》　七陌《しちはく》を経《へ》
南北《なんぼく》　九阡《きゅうせん》を越《こ》ゆ
卒《にわ》かに回風《かいふう》の起《お》こるに遇《あ》う
我《われ》を吹《ふ》きて雲間《うんかん》に入《い》らしむ
自《みずか》ら天路《てんろ》を終《お》えんと謂《おも》うも

忽然下沈泉　忽然《こつぜん》として沈泉《ちんせん》に下《お》つ
驚飇接我出　驚飇《きょうひょう》　我《われ》を接《むか》えて出《いだ》し
故歸彼中田　故《ことさら》に彼《か》の中田《ちゅうでん》に帰《かえ》らしむ

0「吁嗟篇」は楽府題。「吁嗟」は激しい嘆きをあらわす感嘆詞。**1**「転蓬」は根から離れて地表を転がる草。寄る辺なき身の上のたとえ。**4**「宿夜」は夙夜と同じ。朝も夜も。「休間」はのんびりする。**5・6** 四方をさまよったことをいう。「陌」は東西、「阡」は南北の道。**7**「卒」は突然。「回風」はつむじ風。**9**「終天路」は空の果てまで行く。**10**「沈泉」は深い淵。もとは「沈淵」に作る。「泉」は唐代に高祖李淵《りえん》の名を避けて字を改めたもの。**11**「驚飇」は突如起こった強風。**12**「中田」は「田中」というに同じ。畑の中。

嘆きのうた

ああ、この転蓬《てんぽう》の身よ。この世にあって、なぜわたしだけこんな運命なのか。
もとの根を離れて久しく、朝も夜も休まる時とてない。
東へ西へ七つの道を過ぎ、南へ北へ九つの道を越えた。
いきなりつむじ風に出会い、わたしを雲間に吹き上げた。

天の果てまで行くかと思いきや、突如として深い淵に落ちた。
突風はわたしを連れ出してくれたうえで、あえて畑のなかに送り返した。

13 當南而更北
14 謂東而反西
15 宕宕當何依
16 忽亡而復存
17 飄颻周八澤
18 連翩歷五山
19 流轉無恒處
20 誰知吾苦艱
21 願爲中林草
22 秋隨野火燔
23 糜滅豈不痛
24 願與株荄連

当《まさ》に南《みなみ》すべくして更《さら》に北《きた》し
東《ひがし》せんと謂《おも》いて反《かえ》って西《にし》す
宕宕《とうとう》として当《まさ》に何《なに》にか依《よ》るべき
忽《たちま》ち亡《ほろ》びて復《ま》た存《そん》す
飄颻《ひょうよう》として八沢《はったく》を周《めぐ》り
連翩《れんぺん》として五山《ござん》を歴《へ》たり
流転《りゅうてん》して恒処《こうしょ》無《な》し
誰《たれ》か知《し》らん　吾《わ》が苦艱《くかん》
願《ねが》わくは中林《ちゅうりん》の草《くさ》と為《な》り
秋《あき》には野火《やか》に随《したが》いて燔《や》かれん
糜滅《びめつ》　豈《あ》に痛《いた》まざらんや
願《ねが》わくは株荄《しゅがい》と連《つら》ならん

13・14 自分の思惑と逆の方向に移動を強いられる。曹植は兄の曹丕によって次々封地を変えられたことを暗にいう。 **15**「宕宕」は止まることがないさま。 **17**「飄颻」はあてどなく風に舞うさま。「八沢」は楚の国の雲夢《うんぼう》の沢《たく》をはじめとする、春秋時代の各国にあった沼沢。 **18**「連翩」はひらひら空中を飛ぶさま。「五山」は五岳。中国の中央と四方に鎮座する嵩山・泰山・華山・衡山・恒山。 **21**「中林」は「林中」と同じ。 **22**「野火」は秋の収穫が終わって耕地に放つ火。「燔」は焼く。 **23**「糜滅」は粉砕する。 **24**「株荄」は株と根。元の血縁をいう。

南に行くべきをさらに北に行き、東と思えば逆に西に向かう。定まる所なく何に身を寄せたらいいのか。忽然として消え、またあらわれる。ふらふら風に舞って八沢《はったく》をめぐり、ひらひら漂って五岳《ごがく》を経た。転々とするばかりで落ち着く場所はない。このわたしの辛さを知る人はいない。できるものなら林の中の草になって、秋の野火《のび》とともに身を焼かれたい。粉々に潰されて痛くないはずはない。それでも元の株や根とつながっていたい。

——定めなくさすらう身を転蓬にたとえるのは、詩に頻見する。ここではその悲哀を縷々《るる》連ねたあとに、たとえ野火に我が身を焼かれても元の株と繫がっていたいという切実な願いを訴える。そこには兄曹丕によって他の兄弟たちとも切り離された曹植本人の痛切な思いを寓していると読まざるをえない。

✽阮籍《げんせき》　二一〇―二六三　字は嗣宗《しそう》。魏の詩人、思想家。嵆康《けいこう》とともに「竹林の七賢」を代表する存在。曹氏の魏王朝の内部で司馬懿《しばい》が権力を強めるなか、曹氏の側に身を置いたため、常に危険にさらされた。同じ立場の嵆康は殺害されたが、阮籍は飲酒や奇行に韜晦し、身を全うした。儒家の礼が形式主義に堕しているのに反発、老荘思想に傾倒して「大人先生伝」「達荘論」などを著した。心を許した人には「青眼(黒目)」で、凡俗な人には「白眼(白目)」で接したという逸話がある。「白眼視」という語はそれに由来する。

詠懐詩十七首　　阮籍

其一

1 夜中不能寐
2 起坐弾鳴琴

詠懐詩《えいかいし》十七首《じゅうしちしゅ》

其《そ》の一《いち》

夜中《やちゅう》　寐《い》ぬる能《あた》わず
起坐《きざ》して鳴琴《めいきん》を弾《だん》ず

3 薄帷鑑明月
4 清風吹我衿
5 孤鴻號外野
6 朔鳥鳴北林
7 徘徊將何見
8 憂思獨傷心

薄帷《はくい》 明月《めいげつ》に鑑《て》らされ
清風《せいふう》 我《わ》が衿《えり》を吹《ふ》く
孤鴻《ここう》は外野《がいや》に号《さけ》び
朔鳥《さくちょう》は北林《ほくりん》に鳴《な》く
徘徊《はいかい》して将《は》た何《なに》をか見《み》ん
憂思《ゆうし》して独《ひと》り心《こころ》を傷《いた》ましむ

0「詠懐詩」は自己の懊悩を綴る内省的な詩。阮籍のそれは五言詩八十二首がのこるが、ここでは『文選』に収められた十七首のなかから四首を採る。以後、北周・庾信《ゆしん》「詠懐に擬す二十七首」(五四四頁)、唐・陳子昂《ちんすごう》「感遇三十八首」(中冊参照)、張九齢《ちょうきゅうれい》「感遇十二首」(中冊参照)など、内面を吐露する五言の連作詩が継承される。 **3**「薄帷」は寝台を取り囲むとばり。 **5**「孤鴻」は群れから離れた大きな鳥。「鴻」は白鳥の類の大きな鳥。「外野」は町から遠い原野。 **6**「朔鳥」は北方から渡ってきた鳥。「越鳥(南から渡ってきた鳥) 南枝に巣くう」(「古詩十九首」其の一、二一三頁)の「越鳥」と「南枝」のように、「朔(北の意)鳥」と「北林」は結びつくが、加えて「北林」は暗鬱さも帯びる。 **7**「徘徊」はあてどなくさまよう。

詠懐詩《えいかいし》十七首

その一

夜ふけて眠りにつけず、起きて座り直し、琴《きん》をつま弾く。
薄いとばりは月の光を浴び、涼しい風が襟もとを撫でる。
はぐれた大鳥は野辺に叫び、朔北からの小鳥は北の林でさえずる。
歩き回ってさて何が見えよう。憂愁に独り心を痛ませる。

「詠懐詩」連作の冒頭の一首。以下の詩が個々の事象を巡って迷いや悩みをうたうのに対して、第一首は総序的な性格をもち、苦悩する姿そのものが描き出される。寝付けないまま起き上がる(1・2)歌い出しは、後漢・建安詩によくみえる(曹丕「雑詩二首」其の一、二九〇頁参照)。ここではそれを踏襲しながらも、眠りを奪う憂愁の内容を語らず、愁いそのものが純化される。快感をもたらすはずの月光や清風(3・4)も、この詩にあっては透明で美しい悲哀の感情を呼び覚ます。孤独な大きな鳥(5)と群小の鳥(6)という大小の鳥の対比は、『荘子』逍遥遊《しょうようゆう》篇以来、孤高の生き方とそれを理解できない小人をたとえる、価値判断を伴った習用の比喩だが、ここではそれと単純に結びつけられない。鳴き騒ぐ小鳥たちも、不安の声を発して

いるかにみえる。出口を求めて歩き回っても(7)、いよいよ自己の内部に閉塞される(8)。深い思弁を秘め、象徴的な表現をちりばめた形而上詩であるが、魏晋交替期の危うい政治状況を生きた思索者の苦悩を語る。

◆

其八

1 平生少年時
2 輕薄好絃歌
3 西遊咸陽中
4 趙李相經過
5 娯樂未終極
6 白日忽蹉跎
7 驅馬復來歸
8 反顧望三河
9 黃金百溢盡
10 資用常苦多

其《そ》の八《はち》

平生《へいぜい》　少年《しょうねん》の時《とき》
軽薄《けいはく》にして絃歌《げんか》を好《この》む
西《にし》のかた咸陽《かんよう》の中《うち》に遊《あそ》び
趙李《ちょうり》　相《あ》い経過《けいか》す
娯楽《ごらく》　未《いま》だ終極《しゅうきょく》せざるに
白日《はくじつ》　忽《たちま》ち蹉跎《さた》たり
馬《うま》を駆《か》りて復《ま》た来《きた》り帰《かえ》り
反顧《はんこ》して三河《さんが》を望《のぞ》む
黄金《おうごん》　百溢《ひゃくいつ》尽《つ》き
資用《しよう》　常《つね》に苦《はなは》だ多《おお》し

11 北臨太行道　　北《きた》のかた太行《たいこう》の道《みち》に臨《のぞ》む
12 失路將如何　　路《みち》を失《しっ》して将《は》た如何《いかん》せん

1「平生」は往年。「少年」は日本語の「青年」というに近い。**2**「軽薄」は上っ調子で篤実さがない態度。「絃歌」は絃楽器と歌で音楽をいう。**3**「咸陽」は秦の都。大都会の名として用いる。**4**「趙李」は名妓の姓によって歌妓を指す。「相経過」は訪ねる。**5・6** 自分の思いが満たされないまま、時間はたちまち過ぎ去ることをいう。「蹉跎」はつまずく、時機を逸する。**8**「反顧」は振り返る。「三河」は河東・河南・河内の三郡。洛陽一帯の繁華の地。**9**「溢」は「鎰《いつ》」に通ずる。重さの単位。一鎰は約三〇〇グラム。「百溢」は大金を散財したことをいう。**10**「資用」は出費。**11**「太行」は山西省に位置する太行山。『戦国策』(魏策四)の故事を用いる。魏が趙の都邯《かん》鄲《たん》を攻めようとしたとき、季梁《きりょう》は「南の楚に行こうとして反対に北の太行山へ向かう旅人を見た。覇者を目指す王が邯鄲を攻めるのは、この旅人のようなものだ」と諫めた。

その八

その昔、若かりし日々、浮《うわ》ついて歌舞音曲にうつつを抜かしたものだった。西の都の咸陽《かんよう》に遊び、趙氏・李氏ら名高い歌姫のもとに足を運んだ。

存分に楽しむ間もなく、たちまちにして日は傾き、時は空しく流れ去った。馬を走らせて戻り、振り返って眺めるのは三河《さんが》の地。百鎰《ひゃくいつ》の黄金を蕩尽し、日々の費《つい》えは常にかさむ。南を目指して北の太行山に向かうような人生行路。道を見失い、さてどうしたものか。

享楽に耽って行き場を失った青春を悔いる。西の都、東の都で金を湯水のように使い、行き詰まる。とはいえ、実事と捉えるより、人生の行路を踏み誤ったことを寓意するものであろう。阮籍には車を遮二無二走らせ、道が行き詰まると慟哭して引き返したという逸話(東晋・孫盛『魏氏春秋』)があるが、この詩の「路を失し」た絶望の嘆きと通じるところがある。

其九

1 昔聞東陵瓜
2 近在青門外
3 連畛距阡陌
4 子母相拘帯

其《そ》の九《きゅう》

昔《むかし》聞《き》く　東陵《とうりょう》の瓜《うり》
近《ちか》く青門《せいもん》の外《そと》に在《あ》り
畛《あぜ》に連《つら》なりて阡陌《せんぱく》に距《いた》り
子母《しぼ》　相《あ》い拘帯《こうたい》す

五色曜朝日
嘉賓四面會
膏火自煎熬
多財爲患害
布衣可終身
寵祿豈足賴

五色《ごしき》　朝日《ちょうじつ》に曜《かがや》き
嘉賓《かひん》　四面《よも》より会《かい》すと
膏火《こうか》は自《みずか》ら煎熬《せんごう》し
財《ざい》多《おお》きは患害《かんがい》を為《な》す
布衣《ふい》　身《み》を終《お》う可《べ》し
寵禄《ちょうろく》　豈《あ》に頼《たの》むに足《た》らんや

1「東陵瓜」は邵平《しょうへい》の故事。秦の時、東陵侯という高い身分にあった召平《しょうへい》(邵平)は、秦が滅ぶと一介の庶民に身を落として長安郊外で瓜を作り、「東陵の瓜」としてその美味が評判になった(『史記』蕭相国《しょうしょうこく》世家)。 **2**「青門」は長安を囲む東の城壁の青く塗られた門。 **3**「阡陌」は農地を区切る道。南北を「阡」、東西を「陌」という。 **4**「拘帯」は互いに重なり合う。 **7** 有用なものはそのためにみずから災いを招くことをいう成語的表現。『荘子』人間世篇《じんかんせいへん》の「膏火は自ら煎く」に基づく。 **8** 財産が多いことはかえって災いを招くという成語的表現。 **9**「布衣」は庶民。絹の上等の衣でなく、麻や木綿の衣を着ることから。 **10**「寵禄」は君主から受ける寵愛と俸禄。

その九

その昔、東陵侯《とうりょうこう》から庶民になった召平《しょうへい》は、長安の青門を出たすぐの地に瓜を植えたという。

瓜は畔《あぜ》から畔へと広がり、道に届くまで伸びて、大小の実が親子のように重なり合って蔓《つる》についた。

朝日を浴びて五色に輝く瓜、それを求めて貴人たちが四方から集まった。

灯火《ともしび》はわが身を焼いて周囲を照らす、金があれば身の災いとなるもの。

一介の平民なら人生無事で過ごせよう。寵愛や俸禄など、頼みにできようか。

◆──高位から庶民に下った召平が瓜作りとなって満たされた生活を送った故事を借りて、官界に身を置くことの危うさをいう。繁茂していく瓜のたくましい生命力が、土に生きる庶民の活力を象徴するものとして、詩の全体に生き生きとした力を与える。

其十四

1 灼灼西隤日
2 餘光照我衣

其《そ》の十四《じゅうし》

灼灼《しゃくしゃく》たり西《にし》に隤《くず》るる日《ひ》
余光《よこう》 我《わ》が衣《ころも》を照《て》らす

3 迴風吹四壁
4 寒鳥相因依
5 周周尚銜羽
6 蛩蛩亦念飢
7 如何當路子
8 磬折忘所歸
9 豈爲夸譽名
10 憔悴使心悲
11 寧與燕雀翔
12 不隨黃鵠飛
13 黃鵠遊四海
14 中路將安歸

迴風《かいふう》は四壁《しへき》を吹《ふ》き
寒鳥《かんちょう》は相《あ》い因《よ》り依《よ》る
周周《しゅうしゅう》も尚《な》お羽《はね》を銜《ふく》み
蛩蛩《きょうきょう》も亦《ま》た飢《う》えを念《おも》う
如何《いかん》ぞ当路《とうろ》の子《し》
磬折《けいせつ》して帰《き》する所《ところ》を忘《わす》るる
豈《あ》に夸誉《こよ》の名《な》の為《ため》に
憔悴《しょうすい》して心《こころ》を悲《かな》しましめんや
寧《むし》ろ燕雀《えんじゃく》と翔《かけ》るも
黄鵠《こうこく》に随《したが》いて飛《と》ばず
黄鵠《こうこく》は四海《しかい》に遊《あそ》ぶも
中路《ちゅうろ》にして将《は》た安《いず》くにか帰《かえ》らん

1「灼灼」は燃えるように輝くさま。「隤」は「頽」に通じる。衰え壊れる。「西隤日」は西に沈む太陽。　**2**「余光」は夕日の光芒。　**3**「迴風」はつむじ風。「四壁」は四方の壁以外に家具調度の何もない貧しい家。 **4**「因依」は寄り添う。 **5**「周周」は鳥の名。頭が重く、水を飲むときは川に落ちないように仲間が「其の羽を銜みて」支えるという(現行の『韓非子』説林《せつりん》篇下では鳥の名を「翢翢《とうとう》」とする)。 **6**「蛩蛩」は「邛邛岠虚《きょうきょうきょきょ》」ともいう動物。「蟨《けつ》」という動物と共生し、蟨が蛩蛩のために草を取り、危険な時には蛩蛩が蟨を背負って逃げる(『呂氏春秋《りょししゅんじゅう》』慎大覧《しんだいらん》など)。「念飢」は飢餓を心配して蛩蛩が蟨から離れないことをいう。 **7**「当路子」は枢要な地位にある人。 **8**「磬折」は体を折り曲げ卑屈な態度を示す。「へ」の字型をした磬《けい》という打楽器から。「所帰」は本来帰着すべき場所。正しいありかた。 **9**「夸誉名」はうわべだけの名声。 **11・12**「燕雀」は小さな鳥。「黄鵠」は白鳥の類の大きな鳥。『史記』陳渉《ちんしょう》世家に「燕雀安くんぞ鴻鵠の志を知らんや」。 **13**「四海」は中国の四方の海。広大な世界。 **14**「中路」は道の途中。「将」はいったい。疑問の意を強める。『楚辞』九辯に「中路にして迷惑す(まどう)」。

その十四

赤く燃えながら西に頽《すた》れゆく太陽、のこんの光がわたしの衣を照らす。
つむじ風が四方に壁立つだけの陋屋《ろうおく》に吹き寄せ、凍える鳥は互いに身を寄せ合う。
周周《しゅうしゅう》でも仲間が河に落ちぬように羽をくわえ、蛩蛩《きょうきょう》でも飢えぬように蟨《けつ》と助け合う。

どうしたことか、要路にある者が、腰を曲げて自分の道を忘れているとは。

なぜ虚しい名声のために、疲れ果てるまで心を労するのだろうか。

まだしも燕や雀とともに近くを翔《かけ》る方が、黄鵠《こうこく》のあとについて大空を飛翔するよりましだ。

黄鵠は世界の果てまで自在に遊ぶが、道半ばでどこへ帰ったらよいのだろうか。


厳しい状況のなかで支え合う鳥や獣。一方、出世のために奔走する官人たち。日常の平穏・和楽を選ぶか、官界の栄達を求めるか、その選択のなかで大きな鳥と小さな鳥の比喩が持ち出される。大きな鳥は大きな志をもつ孤高の人物を、小さな鳥は狭い空間に群れて安住する小物をあらわす。大小の鳥の寓意は、『荘子』逍遥遊《しょうようゆう》篇にさかのぼり、広大な空間を飛翔する「鵬《ほう》」とそれを冷笑する「蜩《せみ》」「学鳩《がくきゅう》（コバト）」「斥鴳《せきあん》（スズメ）」が対比される。小さな鳥は『荘子』では否定されるが、阮籍は両者の間で迷う。「詠懐詩八十二首」のなかの第二十一首、第四十三首のように大鳥を肯定する詩もあり、第四十六首やこの詩のように、大空を飛翔する危うさを思って小鳥に甘んじようという詩もある。阮籍と同時代でやはり竹林の七賢に数えられる向秀《しょうしゅう》、彼の注を用いたといわれる西晋・郭象《かくしょう》の『荘子』の注では、小鳥は

その本分に従っていると肯定される。大小の鳥の優劣の解消は、この時代の趨勢でもあろうが、阮籍の「詠懐詩」は神仙に関しても希求したり断念したり、常に揺れ動く心情をうたうところに特色がある。迷いこそがテーマなのである。

＊嵇康《けいこう》　二二四―二六三　字は叔夜《しゅくや》。阮籍《げんせき》とならんで「竹林の七賢」を代表する。魏の宗室と姻戚関係にあったために、権力を握った司馬氏からうとまれ、友人の呂安《りょあん》に連座して司馬昭《しばしょう》によって死刑に処せられた。儒家に批判的態度をとり、老荘思想に親しんで「養生論《ようせいろん》」をあらわした。琴《きん》の名手としても知られ、「声無哀楽論《せいむあいらくろん》」などの音楽論もある。

幽憤詩　　　嵇　康

1 嗟余薄祜
2 少遭不造
3 哀煢靡識
4 越在繈緥

幽憤《ゆうふん》の詩《し》

嗟《ああ》　余《われ》　薄祜《はくこ》にして
少《おさな》くして不造《ふぞう》に遭《あ》えり
哀煢《あいけい》　識《し》る靡《な》く
越《ここ》に繈緥《きょうほ》に在《あ》り

母兄鞠育
有慈無威
恃愛肆姐
不訓不師
爰及冠帯
馮寵自放
抗心希古
任其所尚
託好老荘
賤物貴身
志在守樸
養素全眞
曰余不敏
好善闇人
子玉之敗

母《はは》と兄《あに》と鞠育《きくいく》す
慈《じ》は有《あ》れど威《い》は無《な》し
愛《あい》を恃《たの》みて姐《おごり》を肆《ほしいまま》にす
訓《おしえ》あらず　師《し》あらず
爰《ここ》に冠帯《かんたい》に及《およ》び
寵《ちょう》を馮《たの》みて自《みずか》ら放《ほしいまま》にす
心《こころ》を抗《たか》くし古《いにしえ》を希《ねが》い
其《そ》の尚《とうと》ぶ所《ところ》に任《まか》す
好《この》みを老荘《ろうそう》に託《たく》し
物《もの》を賤《いや》しみて身《み》を貴《とうと》ぶ
志《こころざし》は樸《ぼく》を守《まも》るに在《あ》り
素《そ》を養《やしな》い真《しん》を全《まっと》うせんとす
曰《ここ》に余《われ》　敏《さと》からず
善《ぜん》を好《この》むも人《ひと》に闇《くら》し
子玉《しぎょく》の敗《はい》は

20 屢増惟塵　屢《しば》しば惟塵《いじん》を増《ま》す

0「幽憤」は心の奥底から湧き起こる憤怒。 **1**「嗟」は深い嘆きをあらわす感嘆詞。「薄祜」は不幸。 **2**「不造」は不幸。ここでは父を亡くすこと。『詩経』周頌《しゅうしょう》・閔予小《びんよしょう》子《し》の「閔《あわれ》なるかな予《われ》小子、家の不造に遭う」に基づく。 **3**「哀煢」は父を亡くした子供。「靡識」はここでは自分が父のない子であることを知らない。 **4**「越」は語調を整える字。「繈緥」は子を背負う帯と産着。 **5**「鞠育」は養い育てる。 **7**「姐」はわがまま。父のいない家庭に育ったために、性格が放縦に流れたことは、嵇康「山巨源《さんきょげん》に与えて交わりを絶つ書」にも詳しく綴られる。 **9**「爰」は語調を整える字。「冠帯」は正式な装束。成人したことをいう。 **10**「馮」は「憑」に通じ、たよりにする。 **11**「抗心」は志を高く掲げる。「希古」はいにしえを理想として追い求める。 **12** 儒家に学ばず老荘に親しんだことを指す。 **13**「託好」はよい関係を結ぶ。 **14**「賤物」は自分の外側にある事物、世俗が追い求める名利などを軽蔑する。「貴身」は外物に囚われず、自分の内面を大切にする。 **15・16**「守樸」はありのままの自分の本性を保持する。「養素」は本来の持ち前を育てる。『老子』十九章に「素を見《しめ》して樸を抱(守《まも》)り、私を少くして欲を寡《すくな》くす」。「全真」は、天性を完全なものにする。『荘子』盗跖《とうせき》篇に孔子を批判して、「以て真を全うすべきに非ざるなり」。 **17**「曰」は強調をあらわす字。「不敏」

は愚か。『論語』顔淵篇に「回(顔回)不敏なりと雖も、斯《こ》の語を事とせんと請う」。**18** 善をなそうとしても人を見る目がない。**19・20** 自分が推挙した人のために禍が及んだことをいう。「子玉」は春秋・楚の大夫。令尹《れいいん》(宰相)になったが、「子玉の敗は、子の挙《あ》ぐればなり(子玉が失敗したのは、あなたが推したせいだ)」と子玉を推挙した子文《しぶん》が批判された(『春秋左氏伝』僖《き》公《こう》二十七年)。「惟塵」は誤った人選の害が自分に及ぶこと。『詩経』小雅・無将大車《むしょうたいしゃ》に基づく。

幽憤の詩

ああ、わたしは幸《さち》薄き身、幼くして父を亡くす不幸に遭った。
父無き子と知りもせず、むつきにくるまれていた。
母と兄とに育てられ、慈愛は受けても厳しさはなかった。
愛情に頼ってわがままのし放題。訓育も教師もありはしない。
元服の年を迎えても、かわいがられるのをいいことに勝手ばかり。
志を高く掲げて古人を敬慕し、自分の仰ぐがままに通してきた。
老荘の道に親しみ、外物を蔑《さげす》んで内面を大事にした。
意図したのは己れの本性を守り、無垢を育てて真を全うすること。

しかしわたしは愚かであった。善を好みながらも人を見る目がなかった。わたしが後ろ盾となった子玉《しぎょく》のような者の失敗が、たびたび身に禍《わざわい》を及ぼした。

21 大人含弘　大人《たいじん》は含弘《がんこう》にして
22 藏垢懷恥　垢《はじ》を蔵《かく》し恥《はじ》を懐《おさ》む
23 民之多僻　民《たみ》の僻《よこしま》多《おお》くして
24 政不由己　政《まつりごと》は己《おのれ》に由《よ》らず
25 惟此褊心　惟《こ》れ此《こ》の褊心《へんしん》
26 顯明臧否　臧否《ぞうひ》を顕明《けんめい》せんとす
27 感悟思愆　感悟《かんご》して愆《とが》を思《おも》い
28 怛若創痏　怛《たつ》として創痏《そうい》の若《ごと》し
29 欲寡其過　其《そ》の過《あやまち》を寡《すく》なくせんと欲《ほっ》すれども
30 謗議沸騰　謗議《ぼうぎ》は沸騰《ふっとう》す
31 性不傷物　性《せい》として物《もの》を傷《そこ》なわざるに
32 頻致怨憎　頻《しきり》に怨憎《えんぞう》を致《いた》す

33 昔慙柳恵　昔《むかし》は柳恵《りゅうけい》に慙《は》じ
34 今愧孫登　今《いま》は孫登《そんとう》に愧《は》ず
35 內負宿心　内《うち》は宿心《しゅくしん》に負《そむ》き
36 外恧良朋　外《そと》は良朋《りょうほう》に恧《は》ず
37 仰慕嚴鄭　仰《あお》いで慕《した》う　厳鄭《げんてい》の
38 樂道閑居　道《みち》を楽《たの》しみて閑居《かんきょ》し
39 與世無營　世《よ》と営《いとな》む無《な》く
40 神氣晏如　神気《しんき》　晏如《あんじょ》たるを
41 咨予不淑　咨《ああ》　予《われ》　淑《よ》からず
42 嬰累多虞　嬰累《えいるい》　虞《おそ》れ多《おお》し
43 匪降自天　天自《てんよ》り降《くだ》るに匪《あら》ず
44 寔由頑疏　寔《まこと》に頑疏《がんそ》に由《よ》る

21「大人」は魏の皇帝を指す。「含弘」は度量が大きい。

22 家臣の恥辱、汚点を自分のなかに包み込む。「垢」は恥。

23「僻」は邪《よこしま》な行為。

24 政治が皇帝の手を離れて

しまったこと。『春秋公羊伝《くようでん》』隠公元年の何休《かきゅう》の注に、「政は王由り出でざれば、則ち政為《た》るを得ず」。**25**「偏心」は偏狭な心。自分を指していう。**26**「臧否」は善悪、得失。『詩経』大雅・抑《よく》に「於呼《ああ》　小子よ、未だ臧否を知らず」。「臧」は善いの意。**27**「感悟」は心に深く感じて理解する。「愆」は自分の過ち。**28**「怛」は痛み。「創痏」は切り傷と打撲。**29** 自分の過失を減らそうとする。『論語』憲問篇の「其の過を寡くせんと欲すれど未だ能わざるなり」を用いる。**30**「謗議」は非難。**32**「怨憎」は人の自分に対する憎しみ。**33**「柳恵」は春秋時代の柳下恵《りゅうかけい》。官界に身を置きながら清い態度を貫いたことは、『論語』のなかでたびたび孔子に賞賛される。**34**「孫登」は嵆康の尊敬する隠者。嵆康に対して、「才はあっても識に欠ける君が生きていくのはむずかしいだろう」と語ったという逸話がある(東晋・孫盛『魏氏春秋』)。**35**「宿心」はふだんからの考え。**37**「厳鄭」は漢代の隠者を代表する、厳君平《げんくんぺい》と鄭子真《ていししん》。厳君平については鮑照「詠史」の15の注(四八〇頁)を参照。**38**「楽道」は道を守って生きることを楽しみとする。『論語』学而《がくじ》篇に「未だ貧にして道を楽しみ、富みて礼を好む者に若《し》かざるなり」。**39** 世間と関わらない。**40**「神気」は精神。「晏如」は心が安らかなさま。『漢書』揚雄《ようゆう》伝に「乏しきこと儋石《たんせき》(少量)の儲《たくわえ》無きも、晏如たり」。**41**「咨」は嘆きの感嘆詞。「不淑」は不善。徳が薄い。**42**「嬰累」は罪を被る。「虞」は憂慮。

43『詩経』小雅・十月之交《じゅうがつしこう》に「下民の孽《わざわい》は、天自り降るに匪ず」。　**44**「寔」は「実」に通じる。「頑疎」は愚かで不調法。

天子の懐は広大、汚れも恥も包み込む。
民には非道が横行し、政治は天子の手から離れている。
そこでこの狭量な自分が、善悪をはっきりさせようとした。
目が覚めてわが罪を悟り、胸の痛みは傷を負ったかのよう。
過ちを抑えようとしても、糾弾がどっと湧き起こった。
生まれつき他のものを傷つけたりしないのに、頻繁に怨みと憎しみが向けられた。
古の世では柳下恵《りゅうかけい》に恥じ入り、今の世では孫登《そんとう》に顔向けできない。
内にはかねてからの考えに背き、外には良き友に面目ない。
仰ぎ慕うのは厳君平《げんくんぺい》と鄭子真《ていししん》の、道を楽しみながら閑居し、
世間と関わり合うことなく、精神はおだやかな二人の生き方。
ああ、わたしは不徳の身、罪を被り心痛が絶えない。
天が降したわけではない。実に愚かで粗忽な身が招いたもの。

45 理 弊 患 結　　理《り》弊《やぶ》れて患《かん》結《むす》び

卒致囹圄
對答鄙訊
縶此幽阻
實恥訟冤
時不我與
雖曰義直
神辱志沮
澡身滄浪
豈云能補
嗈嗈鳴雁
奮翼北遊
順時而動
得意忘憂
嗟我憤歎
曾莫能儔

卒《つい》に囹圄《れいご》を致《いた》す
鄙訊《ひじん》に対答《たいとう》し
此《こ》の幽阻《ゆうそ》に縶《つな》がる
実《まこと》に冤《えん》を訟《うった》えらるるを恥《は》じ
時《とき》は我《われ》に与《くみ》せず
義《ぎ》にして直《ちょく》なりと曰《い》うと雖《いえど》も
神《しん》は辱《はずかし》められ志《こころざし》は沮《やぶ》る
身《み》を滄浪《そうろう》に澡《すす》ぐも
豈《あ》に云《ここ》に能《よ》く補《おぎな》わんや
嗈嗈《ようよう》たる鳴雁《めいがん》
翼《つばさ》を奮《ふる》いて北遊《ほくゆう》す
時《とき》に順《したが》いて動《うご》き
意《い》を得《え》て憂《うれ》いを忘《わす》る
嗟《ああ》　我《われ》　憤歎《ふんたん》し
曾《すなわ》ち能《よ》く儔《ひと》しきこと莫《な》し

61 事與願違
62 遘茲淹留
63 窮達有命
64 亦又何求

事《こと》は願《ねが》いと違《たが》い
茲《こ》の淹留《えんりゅう》に遘《あ》う
窮達《きゅうたつ》は命有《めいあ》り
亦《ま》た又《ま》た何《なに》をか求《もと》めん

46「囹圄」は牢獄。 **47**「対答」は尋問に答える。「鄙訊」は獄吏による下卑な尋問。 **48**「幽阻」は外部と隔絶した暗い場所。牢獄をいう。 **49**「訟冤」は冤罪で訴えられる。 **50** なりゆきが自分の思いと食い違う。 **52**「沮」はくじける。 **53**「澡」は洗う。「滄浪」は清らかな青い水。『楚辞』漁父（一三一頁）参照。 **54**「補」は失態を補完する。 **55** 時節を守るものとして雁の渡りをあげる。「嗈嗈」は雁の鳴き声。『詩経』邶風《はいふう》・匏《ほう》有苦葉《ゆうくよう》に「嗈嗈たる鳴雁」。 **56**「北遊」は春とともに北方へ移動する。 **60**「曾」はまったく。否定の意味を強める。「儔」は仲間になる。 **62**「遘」は遭遇する。「淹留」は長く一カ所に留まる。 **63**「窮達」は行き詰まることと順調に運ぶこと。「命」はあらかじめ決まったさだめ。班彪《はんぴょう》「王命論」（『漢書』叙伝）に、「窮達は命有り、吉凶は人に由る」。

道理は破れて災厄が絡み付き、ついに牢獄に入れられた。

獄吏の卑しい尋問に答え、暗く隔たれた場所につながれた。
濡《ぬ》れ衣《ぎぬ》で訴えられたとはまことに恥ずかしい。事はわたしの思いに反して進んだ。
正義と公正を守っても、心は辱《はずかし》められ意気は挫《くじ》かれた。
身を滄浪《そうろう》の水で洗い清めたところで、なんの助けにもなりはしない。
ヨウヨウと鳴く雁は、翼を羽ばたかせて北へと渡る。
時節に合わせて移り、思いは足りて愁いはない。
ああ、わたしは怒り嘆く。まるで雁の仲間にもなれぬ。
事態は願いと違《たが》い、このように拘留される目にあった。
窮達《きゅうたつ》は天の定め。ならば今さら何を求めようか。

65 古人有言　　古《こ》人《じん》　言《い》える有《あ》り
66 善莫近名　　善《ぜん》も名《な》に近《ちか》づく莫《な》かれと
67 奉時恭默　　時《とき》に奉《ほう》じて恭黙《きょうもく》すれば
68 咎悔不生　　咎悔《きゅうかい》は生《しょう》ぜず
69 萬石周愼　　万石《ばんせき》は周慎《しゅうしん》にして
70 安親保榮　　親《しん》を安《やす》んじて栄《えい》を保《たも》てり

71 世務紛紜
72 祇攪予情
73 安樂必誠
74 乃終利貞
75 煌煌靈芝
76 一年三秀
77 予獨何爲
78 有志不就
79 懲難思復
80 心焉內疚
81 庶勗將來
82 無馨無臭
83 采薇山阿
84 散髮巖岫
85 永嘯長吟

世務《せいむ》は紛紜《ふんうん》として
祇《た》だ予《わ》が情《じょう》を攪《みだ》す
安楽《あんらく》にして必《かなら》ず誠《いまし》むれば
乃《すなわ》ち利貞《りてい》に終《おわ》らん
煌煌《こうこう》たる霊芝《れいし》
一年《いちねん》に三《み》たび秀《ひい》ず
予《よ》独《ひと》り何為《なんす》れぞ
志《こころざし》有《あ》れども就《な》らざる
難《なん》に懲《こ》りて復《ふく》を思《おも》うも
心《こころ》は焉《ここ》に内《うち》に疚《や》む
庶《こいねが》わくは将来《しょうらい》に勗《つと》め
馨《かおり》無《な》く臭《にお》いも無《な》からんことを
薇《び》を山阿《さんあ》に采《と》り
髪《かみ》を巌岫《がんしゅう》に散《さん》じ
永《なが》く嘯《うそぶ》き長《なが》く吟《ぎん》じ

86　頤性養壽　性《せい》を頤《やしな》い寿《じゅ》を養《やしな》わん

65・66「古人」の言は、『荘子』養生主《ようせいしゅ》篇のことば。「善を為すも名に近づく莫かれ、悪を為すも形(刑)に近づく莫かれ」。善行を施しても名声を追い求めてはならない、の意。**67**「奉時」は天の時を謙虚に受ける。『周易』乾卦《けんか》文言伝に「天に後れて天の時を奉ず」。「恭黙」は慎み深い態度。『尚書』説命《えつめい》上に「恭黙して道を思う」。**68**「咎悔」は災禍。**69**「万石」は前漢の石奮《せきふん》のこと。慎み深い態度だけで重用され、四人の子とあわせると俸禄は一万石にのぼって「万石君」と称された(『漢書』石奮伝)。「周慎」は綿密で慎重。**70**「安親」は父母を安らかにさせる。「保栄」は一族の繁栄を持続する。**71**「紛紜」は雑多、たくさん。**72**「祇」はただ。「攪」はかき乱す。『詩経』小雅・何人斯《かじんし》に「祇に我心を攪す」。**73**平穏な状態にあっても身を引き締める。『孔子家語《こうしけご》』観周に「安楽には必ず戒(誡)めよ」をそのまま用いる。さらにそれは『周易』繋辞《けいじ》伝下の「君子は安にして危を忘れず、有して亡を忘れず」に基づく。**74**「利貞」は穏やかで正しい状態。『周易』乾卦の「元亨利貞」に出る語。**75**「煌煌」は輝くさま。「霊芝」は仙人の食する植物。**76**「秀」は花を開く。**78**安穏に暮らしたい思いはあっても実現できない。**79**「思復」は元の状態に戻りたいと思う。「復」は『周易』の卦の名。**80**「疚」は悩む。**81**「勗」は努力する。**82**「馨」はよい香り。「臭」は悪い臭い。世間からよいとも悪いとも言われず、ひっそりと暮らす。**83** 世を避けて生きることをいう。「采薇」は周の武王に抗して首陽山にこもった伯夷《はくい》・叔斉《しゅくせい》の故事（「采薇の歌」、三〇頁参照）。「薇（ノエンドウ）」を採って暮らしたが餓死した。**84**「散髪」は髪を解き放つ。冠をかぶるためには髪を結わなくてはならないので、「散髪」は仕官を拒絶する態度をいう。「巌岫」は岩の連なる嶺。**85**「嘯」は声を長く引く詠唱法。「吟」は詩を詠じる。ここではともに隠者の行動。**86**「頤」は養う。『周易』の卦の名でもある。

古人にこんなことばがある。「善い事をしても名声を求めてはならない」と。
時の流れに従い慎み深くしていれば、禍《わざわい》が生じることはない。
かの万石君《ばんせきくん》は水も漏らさぬ慎重さによって、親に安らぎを与え子孫の栄達を守った。
世のなかには煩わしいことがさわにあり、ひとえにわたしの心をかき乱す。
安らいだ時にも心を戒める、さすれば万事調和の実現する結果となろう。
きらきらと輝く霊芝は、一年に三たび花開く。
わたし一人、なぜに志を抱きながら、それを実現できないのか。
禍に懲《こ》りて元の自分に戻ろうと思っても、心のなかでは憂慮が続く。
願わくは今後は努力して、芳香もなく悪臭もないようにしたい。

薇を山のくまに採り、厳しい山中に髪をほどいて、声永く嘯《うそぶ》き吟じ、本性を養い天寿を全うしよう。

司馬氏から敵視された嵆康は、友人の呂安《りょあん》がその兄の呂巽《りょそん》に誣告《ぶこく》された際、呂安を弁護したかどで獄に投じられた。この詩はその獄中にあった時の作。囚われるに至った自分の行為に非を認めることはなく、世に処する態度の愚かさ、拙さが禍を招いたと繰り返す。それゆえこれからは世と関わりを絶って、身を守ってひっそり生きようというが、生還の希望をまだ棄てなかったのか。とはいえ、「山巨源《さんきょげん》に与えて交わりを絶つ書」に見える、深刻な状況のなかでも諧謔を含む余裕はさすがになく、何度も押し寄せる後悔の念が、長い詩のなかで波のように反復する。結局このの ち呂安とともに処刑されたが、刑場で琴《きん》を奏し、「広陵散《こうりょうさん》(琴の秘曲)今において絶ゆ」と最後の言葉を遺したという。

✽潘岳《はんがく》　二四七—三〇〇　字は安仁《あんじん》。西晋の詩人。陸機《りくき》と併称され、とりわけ死者を悼む哀傷の詩文で知られる。政界の重鎮賈謐《かひつ》のもとに集まった文学集団「二十四友」の一人。その時々に実権を握った人の間を渡り歩いたが、結局権力闘争のなかで刑死した。

金谷集作詩

1 王生和鼎實
2 石子鎮海沂
3 親友各言邁
4 中心悵有違
5 何以敍離思
6 攜手游郊畿
7 朝發晉京陽
8 夕次金谷湄
9 迴谿縈曲阻
10 峻阪路威夷
11 綠池汎淡淡
12 青柳何依依

金谷《きんこく》の集《つど》いにて作《つく》れる詩《し》　潘岳

王生《おうせい》　鼎実《ていじつ》を和《わ》し
石子《せきし》　海沂《かいき》を鎮《しず》む
親友《しんゆう》　各《おの》おの言《ここ》に邁《ゆ》き
中心《ちゅうしん》　悵《ちょう》として違《たが》う有《あ》り
何《なに》を以《もっ》てか離思《りし》を叙《の》べん
手《て》を携《たずさ》えて郊畿《こうき》に游《あそ》ぶ
朝《あした》に晋京《しんけい》の陽《みなみ》を発《はっ》し
夕《ゆう》べに金谷《きんこく》の湄《ほとり》に次《やど》る
迴谿《かいけい》　曲阻《きょくそ》を縈《めぐ》り
峻阪《しゅんぱん》　路《みち》　威夷《いい》たり
緑池《りょくち》　汎《ひろ》くして淡淡《たんたん》たり
青柳《せいりゅう》　何《なん》ぞ依依《いい》たる

濫泉龍鱗瀾
激波連珠揮
前庭樹沙棠
後園植烏椑
靈囿繁若榴
茂林列芳梨
飲至臨華沼
遷坐登隆坻
玄醴染朱顏
但愬杯行遲
揚桴撫靈鼓
簫管清且悲
春榮誰不慕
歲寒良獨希
投分寄石友

濫泉《らんせん》　龍鱗《りゅうりん》のごとく瀾《なみ》だち
激波《げきは》　連珠《れんじゅ》のごとく揮《そそ》ぐ
前庭《ぜんてい》に沙棠《さとう》を樹《う》え
後園《こうえん》に烏椑《うひ》を植《う》う
霊囿《れいゆう》には若榴《じゃくりゅう》繁《しげ》く
茂林《もりん》には芳梨《ほうり》列《つら》なる
飲至《いんし》して華沼《かしょう》に臨《のぞ》み
坐《ざ》を遷《うつ》して隆坻《りゅうち》に登《のぼ》る
玄醴《げんれい》に朱顔《しゅがん》を染《そ》め
但《た》だ愬《うった》う杯行《はいこう》の遅《おそ》きを
桴《ばち》を揚《あ》げて霊鼓《れいこ》を撫《う》ち
簫管《しょうかん》は清《きよ》く且《か》つ悲《かな》し
春栄《しゅんえい》　誰《たれ》か慕《した》わざる
歳寒《さいかん》　良《まこと》に独《ひと》り希《まれ》なり
分《ぶん》を投《とう》じて石友《せきゆう》に寄《よ》す

28 白首同所帰　白首《はくしゅ》 帰《き》する所《ところ》を同《おな》じくせん

0「金谷」は洛陽の西北、金谷水《きんこくすい》の流れる地。その地にあった石崇《せきすう》の豪壮な別荘で石崇と王詡《おうく》を送別する宴が催された時の作。　**1**「王生」は王詡。「生」は尊称。「和」は料理の味を調える。「鼎実」は調理する鼎《かなえ》の中味。王詡が長安に赴任して国政に関わることを調理でたとえる。　**2**「石子」は石崇。潘岳とともに賈謐の「二十四友」の一人。「子」は尊称。「鎮海沂」は海辺に近い沂水《きすい》一帯の地を治める。石崇が征虜将軍として徐州(江蘇省)に赴くことをいう。　**3** 親しい人たちが去っていく。「言」は語調を整える字。「邁」は行く。　**4**「中心」は「心中」。「悵」は失意のさま。　**7**「晋京」は晋の都、洛陽。「陽」は南。　**8**「金谷」は金谷水。「湄」は水際。　**9**「迴谿」は巡り流れる渓流。「縈」は回る。「曲阻」は湾曲して険阻な箇所。　**10**「峻阪」は急峻な坂道。「威夷」は険しいさま。　**11**「淡淡」は水の揺れるさま。　**12**「依依」は柳の枝が柔らかく茂るさま。『詩経』采薇《さいび》に「楊柳、依依たり」（一二四頁）。　**13**「濫泉」はあふれ出る泉水。「龍鱗」は波紋を龍の鱗に比喩する。「瀾」は波立つ。　**14**「連珠」は波のしぶきを連なった真珠に比喩する。「揮」は撒き散らす。　**15**「沙棠」は崑崙山《こんろんざん》にあるという珍木。美味な実で知られる。　**16**「烏椑」は南方の珍木。柿に似た実が美味という。
17「囿」は禽獣を飼う苑。「霊」はそれが神秘的なまでに立派であることを添える。『詩経』大雅・文王に「王　霊囿に在り」。 19「飲至」は宴会が始まること。 20「遷坐」は宴の場所を移動する。「隆坻」は池のなかの小高い島。 21「玄醴」は黒い黍《きび》で作った酒という。 22 酒杯がまわってくるのが遅いと訴える。宴席が盛り上がったことをいう常套の句。 23「桴」はばち。「撫」は打つ。 24「簫管」は管楽器。演奏について「悲」というのは、感情が強く盛り上がった曲調をいう。 25・26 華やかな時に近づいてくる人は多いが、衰えた時期にも交わってくれる人こそ貴重である、の意。「春栄」は春の花々。また華やかな春の季節。「歳寒」は冬の寒い時。 27「投分」は心を通わせよしみを結ぶ。「分」は交誼。「石友」は堅い交わりの友。石崇のことをいうとする解釈もある。 28 白髪の年になるまで友情の持続を願う。「同所帰」は一つ所に帰着する。同じ気持ちを維持する。

金谷の集いでの作

王氏《おう》は国の鼎《かなえ》をあずかるお役目、石氏《せき》は東海の鎮めとなるお立場。親しい友がそれぞれ去っていき、心中、思い食い違って口惜しい。いかにして別れの情を尽くそうか。連れ立って郊外に足を運ぶ。朝に都の南を発ち、夕べに金谷水《きんこくすい》のみぎわに泊まる。

曲がれる谷川はくねくねと巡り、急峻な坂は道が厳しい。
緑の池は広々とたゆたい、青い柳は何ともやわらかい。
わき出る泉は龍のうろこが波立ち、激しい波は真珠のしぶきが降り注ぐ。
前の庭には沙棠《さとう》が植わり、後の庭には烏椑《うひ》が植えられる。
霊妙な庭園には若榴《ざくろ》が茂り、繁茂する林には芳梨《なし》が列なる。
宴会は美しい池の前で始まり、席を移して池中の島に上る。
黒黍《くろきび》の酒で顔は赤らみ、酒が遅いと難じる声が飛び交う。
ばちを振り上げてめでたい太鼓を打つ。簫《しょう》の音《ね》は清冽でまた哀切。
華やかな春は誰もが慕う。歳暮の寒さにも変わらぬ人は実にまれ。
友情の契りを固い絆の仲間に寄せよう。白髪になっても心は一つでありたい。

石崇《せきすう》は奢侈の限りを尽くしたことで知られ、金谷《きんこく》の別荘も贅《ぜい》を凝らしたものであった。奇木を集めた庭園における華やかな宴に続いて、友誼《ゆうぎ》の永続を願って詩は結ばれる。のちに石崇と潘岳《はんがく》は同日に処刑される運命をたどり、末句「白首　帰する所を同じくせん」はそれを予兆したものと言われた（『世説新語』仇隟《きゅうげき》篇）。それは詩《し》讖《しん》（詩に述べた不吉なことが実現するという迷信）に過ぎないとしても、「春栄」「歳

寒」の二句(25・26)は権力闘争の渦中における不安定な人間関係を道破したものだろう。そのような状況のなかにあるからこそ、永遠の友情を欲する末句には切実な思いがこもる。

◆

悼亡詩三首　潘岳

其一

1 荏苒冬春謝
2 寒暑忽流易
3 之子帰窮泉
4 重壌永幽隔
5 私懐誰克従
6 淹留亦何益
7 僶俛恭朝命
8 迴心反初役
9 望廬思其人

悼亡詩《とうぼうし》三首《さんしゅ》

其《そ》の一《いち》

荏苒《じんぜん》として冬春謝《とうしゅんしゃ》し
寒暑《かんしょ》は忽《たちま》ち流易《りゅうえき》す
之《こ》の子《こ》　窮泉《きゅうせん》に帰《き》し
重壌《ちょうじょう》　永《とこしえ》に幽隔《ゆうかく》す
私懐《しかい》　誰《たれ》か克《よ》く従《したが》わん
淹留《えんりゅう》　亦《ま》た何《なん》の益《えき》かあらん
僶俛《びんべん》して朝命《ちょうめい》を恭《うやうや》しくし
心《こころ》を迴《めぐ》らして初役《しょえき》に反《かえ》らん
廬《ろ》を望《のぞ》めば其《そ》の人《ひと》を思《おも》い

入室想所歴
帷屛無髣髴
翰墨有餘跡
流芳未及歇
遺挂猶在壁
悵怳如或存
周遑忡驚惕
如彼翰林鳥
雙栖一朝隻
如彼遊川魚
比目中路析
春風縁隟來
晨霤承檐滴
寢息何時忘
沈憂日盈積

室《しつ》に入《い》れば歴《へ》し所《ところ》を想《おも》う
帷屛《いへい》には髣髴《ほうふつ》する無《な》きも
翰墨《かんぼく》には余跡《よせき》有《あ》り
流芳《りゅうほう》　未《いま》だ歇《つ》くるに及《およ》ばず
遺挂《いか》　猶《な》お壁《かべ》に在《あ》り
悵怳《ちょうこう》として或《ある》いは存《そん》するが如《ごと》く
周遑《しゅうこう》として忡《うれ》え驚惕《きょうてき》す
彼《か》の林《はやし》に翰《と》ぶ鳥《とり》の
双栖《そうせい》するも一朝《いっちょう》にして隻《せき》なるが如《ごと》し
彼《か》の川《かわ》に遊《あそ》ぶ魚《うお》の
比目《ひもく》するも中路《ちゅうろ》にして析《さ》かるるが如《ごと》し
春風《しゅんぷう》は隟《すきま》に縁《よ》りて来《きた》り
晨霤《しんりゅう》は檐《のき》を承《う》けて滴《したた》る
寝息《しんそく》　何《いず》れの時《とき》にか忘《わす》れん
沈憂《ちんゆう》　日《ひ》びに盈積《えいせき》す

25 庶幾有時衰
26 荘缶猶可撃

庶幾《こいねが》わくは　時《とき》に衰《おとろ》うる有《あ》りて
荘缶《そうふ》　猶《な》お撃《う》つ可《べ》きを

1・2「荏苒」は時が過ぎ行くさま。「謝」は去る。「流易」は移り変わる。**3**「之子」は愛着をこめて人を呼ぶ語。『詩経』桃夭《とうよう》に「之の子　于《ゆ》き帰《とつ》ぐ」(四五頁)。ここでは亡き妻を指す。「窮泉」は死者が帰着する黄泉。**4**「重壌」は幾重も積み重なった土。黄泉までの隔たりをいう。**5** 私的な感情に囚われたままではいられないの意。「私懐」は個人的な思い。「克」は「能」と同じく、できるの意。**6**「淹留」はずっと同じ場所に留まる。**7**「僶俛」は無理して努めるさま。「朝命」は官に復帰するようにという朝廷からの命令。**8**「迴心」は気持ちを改める。「反」は返る。「初役」は喪に服する前の職務。**9**「廬」は粗末な小屋。自分の家を指す。**10**「所歴」は亡妻が通った所。**11**「帷屏」は部屋の帳《とばり》と屏風。「髣髴」は面影がありありと見えるさま。**12**「翰墨」は筆と墨、また書かれた文字。**14**「遺挂」は妻が遺した、掛けたままの服。「挂」は「掛」に同じ。**15**「悵怳」はぼんやりするさま。**16**「周遑」はあわてるさま。「忡」は憂える。「驚惕」は驚きうろたえる。**17**「翰」は羽。ここでは羽ばたくという動詞。**18**「隻」はかたわれ。**20**「比目」は二匹が合体して泳ぐ「比目魚」のように並んで泳ぐ。「中路」は途中。「路中」と同じ。 **21**「隟」は「隙」と同じ。すきま。 **22**「霤」はしずく。 **23**「寝息」は寝ている時も休んでいる時も。 **24**「沈憂」は深い悲しみ。「盈積」は積もっていっぱいになる。 **25**「庶幾」は願う。「衰」は悲しみが衰える。 **26**「缶」は素焼きの器。荘子は妻を亡くしても「盆《かめ》」を叩いて歌っていた。恵《けい》子《し》がとがめると、元々無であった存在が生命を得たのち、また元に戻るのだから悲しいことではないと語った話(『荘子』至楽《しらく》篇)に基づく。

亡き妻を悼む

その一

時は移ろい、冬も春も過ぎゆき、寒暑はたちまち入れ替わる。
この人は黄泉《よみ》に帰り、重なる土が永遠《とわ》に暗く隔てる。
私事《わたくしごと》の思いに浸っておられようか。ずるずると引きずったところで何になろう。
無理にも朝廷の命を奉じ、気持ちを改めて先の職務にもどろう。
家を眺めるとその人のことが思われ、部屋に入ると往時の事々が思い浮かぶ。
とばりや屏風のあたりに面影は見えないが、筆墨の跡はくっきり残っている。
香りは今も消えることなく、のこした衣はまだ壁に掛かっている。

夢うつつにまだ生きているような気がしたが、いないとわかって悲しみうろたえる。
あの林を飛ぶ鳥が、つがいでいたのに突然一羽になったかのよう。
あの川を泳ぐ魚が、比目でいたのに道半ばで切り離されたかのよう。
春の風はすきまから部屋に入り込み、朝の雨が軒端《のきば》からしたたり落ちる。
眠る時も休む時も忘れられる時はない。深い憂いが日に日に積もり重なる。
願わくはいつか悲しみが薄らぎ、荘子のように甕《かめ》を叩いて歌う境地になりたいが。

「悼亡」は本来、「亡き人を悼む」の意であるが、潘岳の「悼亡詩」以後、自分の妻の死を悼む詩に限定される。夫婦の和合を社会秩序の根幹とする中国では、夫が亡妻に悲哀を注ぐことは道義にかなった愛情の発露として肯定される。

三首連作の第一首のみをここには採った。妻の楊《よう》氏が亡くなったのは元康八年(二九八)初冬、潘岳は五十二歳であった。第一首の冒頭は妻が世を去った冬から一年が経過した時点から回想を始めるが、焦点は初春にしぼられる。第二首は初秋、第三首は初冬、すなわち一年の喪が明けた時に設定されている。いずれも季節の変わり目に置かれているのは、時の推移に、より鋭敏になる時期であるためか。

詩は悲哀にのめりこむ感情とそこから脱しなければという理性とが相克し、両者があざなえる縄のように連綿と繰り返される。

潘岳に先立って、西晋の孫楚《そんそ》にも妻の喪が明けた時にその死を悲しんだ詩があるが（『世説新語』文学篇、劉孝標《りゅうこうひょう》注）、それに較べると潘岳の悼亡は揺れ動く心情を精緻に表現していて、これが悼亡詩の嚆矢《こうし》とされるのも納得できる。ことに室内にのこる物から妻の姿が浮かび上がる描写（9-14）は生々しい感覚が臨場感を添える。

✽**左思**《さし》　二五〇？—三〇五？　字は太沖《たいちゅう》。西晋の文人。名門の出身でなかったために、官界では恵まれなかったが、賈謐《かひつ》の文学サロンに潘岳らとともに「二十四友」の一人として加わった。蜀・呉・魏の都を描いた「三都の賦」は、初めは無視されたが、張華《ちょうか》の推賞を得るや、世の評判となり、書き写すための紙の値が高騰、「洛陽の紙価を高める」故事を生んだ。

詠史八首　　左思

其一

1 弱冠弄柔翰

詠史《えいし》八首《はっしゅ》

其《そ》の一《いち》

弱冠《じゃっかん》にして柔翰《じゅうかん》を弄《もてあそ》び

卓犖觀羣書
著論準過秦
作賦擬子虛
邊城苦鳴鏑
羽檄飛京都
雖非甲冑士
疇昔覽穰苴
長嘯激清風
志若無東吳
鉛刀貴一割
夢想騁良圖
左眄澄江湘
右盼定羌胡
功成不受爵
長揖歸田廬

卓犖《たくらく》として群書《ぐんしょ》を観《み》る
論《ろん》を著《あらわ》しては過秦《かしん》に準《ひと》しく
賦《ふ》を作《つく》りては子虚《しきょ》に擬《ぎ》す
辺城《へんじょう》　鳴鏑《めいてき》に苦《くる》しみ
羽檄《うげき》　京都《けいと》に飛《と》ぶ
甲冑《かっちゅう》の士《し》に非《あら》ずと雖《いえど》も
疇昔《ちゅうせき》　穰苴《じょうしょ》を覧《み》る
長嘯《ちょうしょう》して清風《せいふう》に激《げき》し
志《こころざし》は東呉《とうご》を無《な》みするが若《ごと》し
鉛刀《えんとう》　一割《いっかつ》を貴《とうと》び
夢《む》想《そう》して良図《りょうと》を騁《は》す
左眄《さべん》しては江湘《こうしょう》を澄《す》ませ
右盼《ゆうはん》しては羌胡《きょうこ》を定《さだ》む
功成《こうな》るも爵《しゃく》を受《う》けず
長揖《ちょうゆう》して田廬《でんろ》に帰《かえ》らん

0「詠史」は歴史上の人物・事件を取り上げて、そこに自分を投影する詩。後漢の班固《はんこ》、魏の王粲《おうさん》、曹植《そうしょく》以来の作がある。　**1**「弱冠」は『礼記《らいき》』曲礼《きょくらい》上の「二十を弱と曰い、冠す」に基づき、成人した二十歳前後をいう。「柔翰」は筆。　**2**「卓犖」は突出してすぐれたさま。　**3**「過秦」は、前漢・賈誼《かぎ》の「過秦論」。秦が滅びたのは徳の欠如のためと論じて漢の誡めとした、名高い歴史論。　**4**「子虚」は、前漢・司馬相如《しばしょうじょ》「子虚の賦」。宮苑の壮大さを描いた、漢代の賦の代表作。　**5**「辺城」は辺境の町。「鳴鏑」は、かぶら矢。　**6**「羽檄」は鳥の羽をつけた緊急の文書。　**7**「甲」はよろい、「冑」はかぶと。日本語では甲と冑の意味がさかさまになる。　**8**「疇昔」は以前。「穰苴」は兵法家として名高い春秋・斉の司馬穰苴《しばじょうしょ》。ここではその兵法の書をいう。　**9**「長嘯」は遠くまで声を響かせる詠唱法。　**10**「東呉」は三国の一つ、孫氏の呉。呉は東南に位置する。「無」はここでは軽んじる。　**11**「鉛刀」は切れ味の悪い刀。それでも一度は切ることができる。後漢の時、西域で活躍した武人班超《はんちょう》が自分の武力を謙遜して語った言葉(『後漢書』班超伝)に基づく。　**12**「騁」は存分に発揮する。「良図」は雄大ですぐれた計画。　**13**「左眄」は左を見る。「江湘」は、長江と湘水、それによって呉を指す。東に当たるので「左」という。「澄」は水を澄ませることから平定すること。　**14**「右盻」は右を見る。「羌胡」は異民族の羌族。西に当たるので「右」という。　**15**

「爵」は功績を挙げて授けられる爵位。16「長揖」は両手を組んで上下する礼。別れの挨拶。「田盧」は畑と質素な家屋。

歴史を詠う
その一

弱冠にして自在に筆を操り、溢れる才気のままに万巻を読破した。
論を書けば「過秦論《かしんろん》」と伯仲し、賦を作れば「子虚《しきょ》の賦」と並んだ。
辺境ではかぶら矢の飛ぶ戦乱に苦しみ、危急を知らせる檄《げき》が都へ飛ぶ。
武具に身を固めた武者ではなくても、かつては司馬穰苴《しばじょうしょ》の兵法も読んだ。
長く嘯《うそぶ》けば清風を受けて心は昂ぶり、志気は呉《ご》など歯牙にもかけぬほど。
なまくらでも一度は切れるもの、雄略を馳せんと夢想する。
左を見ては長江・湘水の水を澄ませ、右を見てはえびすの羌《きょう》を平定する。
功成っても爵位は受けず、別れを告げて田舎に帰ろう。

――詩題を伏せて読めば、初めから最後まで左思自身のことをうたっていると受け止めてしまう。従来はそう解釈されてきた。しかし「詠史」である以上、歴史上の人物を詠じているはずだ。それが誰か、名前は表に出されないが、明らかに戦国・斉の魯仲連《ろちゅうれん》であろう。彼は戦国諸国のために尽くしながら、そのたびに褒賞を辞退した（『史記』魯仲連列伝）。魯仲連の潔さは後人のあこがれる対象となり、唐代では李白が男の美学としてしきりにうたう。

魯仲連を詠ずる「詠史」でありながら、作者自身も色濃く投影される。文に秀でる自負（1－4）は左思本人のことであるし、「東呉」（10）、「羌胡《きょうこ》」（14）は西晋・武帝（司馬炎《しばえん》）の時（在位二六五―二九〇）に東は呉、西は羌族との戦闘が続いていた当時の時事に直結する。

こうしてみると、歴史上の人物（魯仲連）と彼にあこがれる作者自身を渾然一体とした詠史詩である。

其二

鬱鬱澗底松
離離山上苗
以彼徑寸莖
蔭此百尺條
世冑躡高位

其《そ》の二《に》

鬱鬱《うつうつ》たり　澗底《かんてい》の松《まつ》
離離《りり》たり　山上《さんじょう》の苗《なえ》
彼《か》の径寸《けいすん》の茎《くき》を以《もっ》て
此《こ》の百尺《ひゃくせき》の条《えだ》を蔭《おお》う
世冑《せいちゅう》は高位《こうい》を躡《ふ》み

英俊沈下僚
地勢使之然
由來非一朝
金張籍舊業
七葉珥漢貂
馮公豈不偉
白首不見招

英俊《えいしゅん》は下僚《かりょう》に沈《しず》む
地勢《ちせい》　之《これ》をして然《しか》らしむ
由来《ゆらい》　一朝《いっちょう》に非《あら》ず
金張《きんちょう》は旧業《きゅうぎょう》に籍《よ》り
七葉《しちよう》　漢貂《かんちょう》を珥《さしはさ》む
馮公《ふうこう》　豈《あ》に偉《い》ならざらんや
白首《はくしゅ》にして招《まね》かれず

1・2 立派な松の木は谷底に置かれ、ひ弱な苗木は山上にあることを対比して、出自と人物とが一致しないことをたとえる。「鬱鬱」は樹木が茂るさま。「離離」は枝が弱々しく垂れるさま。　**3**「径寸茎」は直径わずか一寸のか細い茎。「山上の苗」についていう。　**4**「百尺条」は「澗底の松」が大木であることをいう。　**5**「世冑」は代々続く名門の子孫。「冑」は後裔。　**6**「下僚」は地位の低い官僚。　**7**「地勢」は土地の形勢、そこから人の地位、権勢の意。　**9**「金張」は前漢の名族の代表、金日磾《きんじつてい》と張安世《ちょうあんせい》。「籍」は借りる、頼る。「旧業」は先人の業績。　**10**「七葉」は七代。金・張二家は宣帝の時から子孫が七代にわたって栄えた。「珥漢貂」は漢王朝の高官のしるしである貂《てん》の尾の飾りを冠に挿す。11「馮公」は前漢の馮唐《ふうとう》。文帝に逆らったために微官に甘んじ、武帝が賢人を求めた時はすでに九十歳を超えていて官に就けなかった。

その二

鬱蒼と茂る谷底の松。枝が垂れ下がった山上の苗木。
苗木のわずか径一寸の茎が、百尺の松の大木を蔽ってしまう。
名門の子孫は高位に上り、すぐれた人材が下積みに沈む。
土地の形勢がそうさせるのだ。由来は一朝一夕のことではない。
金家・張家は祖先の遺業により、七代にわたり貂《てん》の尾を冠に挿す漢の高位を占めた。
馮唐《ふうとう》は立派な人物であったのに、白髪になっていて召されはしなかった。

六朝は家柄が官位を決定する時代であった。「九品中正法」の支配する世では「上品に寒門無く、下品《かひん》に勢族《せいぞく》（勢力ある一族）無し」（『晋書』劉毅《りゅうき》伝）、貴顕の家に生まれなければ昇進はありえない。左思はこの不合理を樹木の比喩（1–4）によって提起し、世襲の実態を述べ（5–8）、漢代の例によって締めくくる（9–12）。そこには当然、左思自身の憤懣がこめられている。貴族専横の時代にあっても、それが理不尽なしくみであったことは、十分に認識されていたことがわかる。文学はそんな思いを吐露しうる、わずかな手立てであった。同じ不満を抱く人々によって、この詩は後の時代にも受け継がれていく。

招隠詩二首　　左思

其一

1 杖策招隠士
2 荒塗横古今
3 巌穴無結構
4 丘中有鳴琴
5 白雪停陰岡
6 丹葩曜陽林
7 石泉漱瓊瑶
8 繊鱗亦浮沈
9 非必絲與竹
10 山水有清音

招隠詩《しょういんし》二《に》首《しゅ》

其《そ》の一《いち》

策《つえ》を杖《つ》きて隠士《いんし》を招《まね》く
荒塗《こうと》　古今《ここん》に横《よこ》たう
巌穴《がんけつ》　結構《けっこう》無《な》く
丘中《きゅうちゅう》　鳴琴《めいきん》有《あ》り
白雪《はくせつ》　陰岡《いんこう》に停《とど》まり
丹葩《たんぱ》　陽林《ようりん》に曜《かがや》く
石泉《せきせん》　瓊瑶《けいよう》に漱《くちすす》ぎ
繊鱗《せんりん》　亦《ま》た浮沈《ふちん》す
必《かなら》ずしも糸《いと》と竹《たけ》とに非《あら》ず
山水《さんすい》　清音《せいいん》有《あ》り

11 何事待嘯歌
12 灌木自悲吟
13 秋菊兼糇糧
14 幽蘭間重襟
15 躊躇足力煩
16 聊欲投吾簪

何事《なにごと》ぞ嘯歌《しょうか》を待《ま》たん
灌木《かんぼく》　自《おのずか》ら悲吟《ひぎん》す
秋菊《しゅうぎく》は糇糧《こうりょう》を兼《か》ね
幽蘭《ゆうらん》は重襟《ちょうきん》に間《まじ》う
躊躇《ちゅうちょ》して足力《そくりょく》煩《つか》る
聊《いささ》か吾《わ》が簪《しん》を投《とう》ぜんと欲《ほっ》す

0「招隠詩」は『楚辞』招隠士（一三九頁）に由来する。そこでは山中は人の住むべき所でないことを説いて、隠者を世間に呼び戻そうとする。ここでもその目的で山を訪れるが、隠逸生活に魅せられ、みずからも隠者となろうとする。　**2**「荒塗」は荒れた難路。　**3**「無結構」は家屋らしい構造がない。　**4**「鳴琴」は隠逸生活が物質的に貧しくても精神生活は豊かであることのあかし。　**5**「陰岡」は岡の北側。　**6**「丹葩」は赤い花。「陽林」は山の南面の樹林。　**7**「石泉」は岩に流れる水。「漱」は渓流が岩に当たるのを「口すすぐ」と比喩する。「瓊瑶」は美しい玉石。岩をたとえる。『詩経』木瓜《ぼっか》に「我に投ずるに木桃を以てす、之に報ゆるに瓊瑶を以てす」（六二頁）。　**8**「繊鱗」は小魚。　**9・10** 楽器に頼らずとも、自然のなかに音楽はある。「糸」は絃楽器、「竹」は管楽器。

11・12 人が歌わなくても木々が音を奏でている。「嘯」は長く声を引き延ばす詠唱法。
13・14 菊も蘭も香り高く、有徳の隠者の象徴。『楚辞』離騒《りそう》に「朝に木蘭の墜露を飲み、夕べに秋菊の落英を餐す」。「糇糧」は食料。「重襟」は重ね着した衣服の襟。 **15** 「躊躇」は進みあぐねる。「煩」は疲労困憊する。 **16** 「簪」は冠をとめるかんざし。それを「投じる」とは官を辞すこと。

招隠詩

その一

杖をついて隠者を呼び戻す。そこには険しい道が昔も今も立ちはだかる。
家のかたちをなさぬ巌穴の住まい、その山辺の暮らしにも琴《きん》を携える。
白い雪が岡の日陰《ひかげ》に消えのこり、赤い花が日面《ひおもて》の林に照り映える。
石走《いわばし》る水は玉砂利を嚙んで流れ、小魚が水面に浮きつ潜りつ戯れる。
糸竹《しちく》の楽器はなくとも、山水のなかには清らかな調べがある。
どうして嘯《うそぶ》き歌うことが必要か、木立はおのずと哀しい歌を奏でている。
秋の菊花は糧《かて》にもなる。ゆかしい蘭の花は重ねた襟元にかざそう。
足倦《う》んで進みあぐねる。ひとまず簪《かんざし》を投げ棄てることにしよう。

続く「其の二」では、山中に庵を編んで隠逸生活を始める。陸機の「招隠詩」も左思と同じく、『楚辞』招隠士を逆転して「隠逸への招待」をうたう。政争の渦巻く西晋の時期、隠逸へのあこがれは一層高まったか。

「其の一」では、人工の楽器に頼らずとも、自然のなかに音楽の調べはあるという二句（9・10）がとりわけ名高い。次の二句（11・12）も同じ趣旨を繰り返す。ロマン・ロラン『ジャン・クリストフ』のなかにも、ベートーヴェンをモデルとするという主人公に向かって叔父が同じことを語る場面がある。東西に共通する音楽観ともいえるが、中国では人為を排する老荘に通じる思考でもある。

✽陸機《りくき》　二六一―三〇三　字は士衡《しこう》。西晋を代表する文人。呉の名門に生まれたが、晋の武帝（司馬炎《しばえん》）によって呉は滅亡。十年の雌伏ののち、太康十年（二八九）、弟の陸雲《りくうん》とともに晋の都洛陽に赴く。王朝では外戚賈謐《かひつ》と皇族の諸王らとの抗争が続き、陸機はその時々の権力者のもとに付くが結局刑死した。賈謐のもとの文学集団「二十四友」の一人。広いジャンルにわたって多くの作品をのこす。

赴洛道中作二首

陸機

其二

1 遠遊越山川
2 山川脩且廣
3 振策陟崇丘
4 案轡遵平莽
5 夕息抱影寐
6 朝徂銜思往
7 頓轡倚嵩巖
8 側聽悲風響
9 清露墜素輝
10 明月一何朗
11 撫几不能寐
12 振衣獨長想

洛《らく》に赴《おもむ》く道中《どうちゅう》の作《さく》二首《にしゅ》

其《そ》の二《に》

遠遊《えんゆう》して山川《さんせん》を越《こ》ゆ
山川《さんせん》　脩《なが》くして且《か》つ広《ひろ》し
策《むち》を振《ふる》いて崇丘《すうきゅう》に陟《のぼ》り
轡《たづな》を案《おさ》えて平莽《へいぼう》に遵《したが》う
夕《ゆう》べに息《いこ》いては影《かげ》を抱《いだ》いて寐《い》ね
朝《あした》に徂《ゆ》きては思《おも》いを銜《ふく》みて往《ゆ》く
轡《たづな》を頓《とど》めて嵩《たか》き巌《いわお》に倚《よ》り
聴《ちょう》を側《そばだ》てて風《かぜ》の響《ひび》きを悲《かな》しむ
清露《せいろ》　素輝《そき》　墜《お》ち
明月《めいげつ》　一《いっ》に何《なん》ぞ朗《あきら》かなる
几《き》を撫《ぶ》して寐《い》ぬる能《あた》わず
衣《い》を振《ふる》いて独《ひと》り長《なが》く想《おも》う

3「振策」は馬に鞭をくれて走らせる。「崇丘」の「崇」は高い。**4**「案轡」はたづなを引いて速度を抑える。「案」は「按」に通じ、押さえるの意。「平莽」は草原。**5**「抱影寐」は誰も身近にいないことをいう。**6**「銜思」は思いを口に出すことなく、胸に秘める。**7**「頓轡」は手綱を停める。「頓」は停める。**8**「側聴」は一つの方向に集中して耳をすます。**9**「素輝」の「素」は白い。**11**「撫几」は脇息《きょうそく》を撫でる。「几」を「枕」に作る本もある。**12**「振衣」は着るために衣を振るって塵を払う。眠れないまま起き上がる動作をあらわす。

洛陽に向かう道中の作

その二

遠い旅は山を越え川を越える。山も川も長くまた広い。
鞭を振るって高い丘に登り、手綱を引いて草原を進む。
晩に休むときはわが影を抱いて眠り、朝に発《た》つときは悲しみを抱えて行く。
馬を止めて高い岩に身をもたせかけ、耳を澄ませて風の響きに心を傷める。
清らな露の白い輝きが落ちる。月の光はなんとも明るく冴え渡る。
脇息を撫でるばかりで寝付けない。衣を身に着け独り、いつまでも思いにふける。

故郷の呉を去って洛陽に向かう太康十年(二八九)の旅。かつて母国を滅ぼした仇《かたき》でもある晋の国への旅は、様々な思いが去来したに相違ないが、しかしこの詩では個別的な事象はいっさい切り捨てられ、旅の悲しみが純化されたかたちでうたわれる。旅は以後も孤独、郷愁をかきたてる悲しいものとして詩のテーマとなるが、いわばその祖型となった作。

園葵詩　陸機

1 種葵北園中
2 葵生鬱萋萋
3 朝榮東北傾
4 夕穎西南晞
5 零露垂鮮澤
6 朗月耀其輝
7 時逝柔風戢
8 歳暮商猋飛

園葵《えんき》の詩《し》

葵《あおい》を北園《ほくえん》の中《なか》に種《う》う
葵《あおい》は生《お》いて鬱《うつ》として萋萋《せいせい》たり
朝栄《ちょうえい》は東北《とうほく》に傾《かたむ》き
夕穎《せきえい》は西南《せいなん》に晞《かわ》く
零露《れいろ》は鮮沢《せんたく》を垂《た》れ
朗月《ろうげつ》は其《そ》の輝《ひかり》を耀《かがや》かす
時逝《ときゆ》きて柔風《じゅうふう》戢《おさ》まり
歳暮《としく》れて商猋《しょうひょう》飛《と》ぶ

9 曾雲無温液
10 嚴霜有凝威
11 幸蒙高墉德
12 玄景蔭素蕤
13 豐條竝春盛
14 落葉後秋衰
15 慶彼晩彫福
16 忘此孤生悲

曾雲《そううん》に温液《おんえき》無《な》く
厳霜《げんそう》に凝威《ぎょうい》有《あ》り
幸《さいわ》いに高墉《こうよう》の徳《とく》を蒙《こうむ》り
玄景《げんえい》は素蕤《そずい》を蔭《おお》う
豊条《ほうじょう》は春《はる》に並《なら》びて盛《さか》んに
落葉《らくよう》は秋《あき》に後《おく》れて衰《おとろ》う
彼《か》の晩彫《ばんちょう》の福《さいわい》を慶《よろこ》び
此《こ》の孤生《こせい》の悲《かな》しみを忘《わす》る

0「園葵」は菜園のフユアオイ。「葵」は食用に供する平凡な植物。太陽に向かうところから忠誠をあらわす。　**1**「北園」は南方・呉の人である陸機が北方・晋に入ったことを寓意する。　**2**「鬱」はこんもりと、「萋萋」は勢いよく茂るさま。　**3・4** 葵の花が朝夕、太陽に向かって光を浴びることをいう。「栄」は花。「東北」は朝日の昇る方角。「穎」はつぼみ、芽。ここでは萎んだ花を指すか。「晞」は露が乾く。ここでは日を受けて萎む。「西南」は夕日の沈む方角。　**5** 君王の恩沢に浴することをたとえる。　**6**「朗月」は明るい月。露が月の光を「零露」は降りた露。「鮮沢」は鮮やかな光沢。

受けて輝く。　**7・8** 春が過ぎ冬が到来する。陸機が厳しい状況に追い込まれたことをたとえる。「戢」は収まる、止まる。「商猋」は秋のつむじ風。「商」は五音(五つの音階。宮・商・角・徴《ち》・羽《う》)の一つ。五行説では秋に当たる。　**9**「曾雲」は幾重もの厚い雲。「温液」は温かな雨。　**10**「凝威」は凝集した力。　**11** 君王に守られたことをいう。「墉」は高いかきね。　**12**「玄景」は黒い影。「素蕤」は白い花。　**13**「豊条」は盛んに茂る枝。　**14** 葵は草木凋落する秋にも枯れないといわれる。　**15**「晩彫福」は枯れるのが遅いという僥倖。『論語』子罕《しかん》篇に「歳寒くして、然る後に松柏《しょうはく》の彫(しぼ)むに後《おく》るるを知る」。　**16** 自分だけ生き残った悲しみをしばし忘れる。

庭の葵《あおい》の詩

葵を北の庭に植えた。葵は育って盛んに生い茂る。
朝の花は東北の日にかしぎ、夕べの花は西南の日に萎れる。
降りた露はつややかな輝きをこぼし、明《さや》かな月に露の光は輝く。
時は移り、穏やかな春風は止み、年暮れて秋風が吹きすさぶ。
厚い雲から温かな雨が降ることはなく、厳しい霜には威圧する力がみなぎる。
幸いにも高い垣の恩沢を承け、黒い影を落として白い花を包み込んでくださった。

枝は春の訪れとともに生い茂り、葉は秋になっても枯れはしない。
秋にも枯れない幸せを喜び、独り生きる悲しみを忘れよう。

◆寓意に満ちた詩。陸機が趙王倫《りん》のクーデターに加わった嫌疑を受けた際、成都王穎《えい》のはからいで処刑を免れた。この詩は己れを葵にたとえて穎への忠誠を誓い、感謝の意を記したものとされる。具体的に指す所はなお明確でないが、元は敵国であった晋の王朝に入った陸機の複雑な立場、さらにそこに渦巻く権力闘争のなかで生き残らねばならない厳しさは、寓意の影に炎がゆらめくようにうかがわれ、謝恩の詩というだけでは解決されない複雑さを懐抱している。

贈弟士龍　陸機

行矣怨路長
惄焉傷別促
指途悲有餘
臨觴歡不足
我若西流水

弟《おとうと》の士龍《しりゅう》に贈《おく》る

行《ゆ》かんとするも路《みち》の長《なが》きを怨《うら》み
惄焉《できえん》として別《わか》れの促《せま》るを傷《いた》む
途《みち》を指《さ》せば悲《かな》しみは余《あま》り有《あ》り
觴《さかずき》に臨《のぞ》むも歓《よろこ》びは足《た》らず
我《われ》は西《にし》に流《なが》るる水《みず》の若《ごと》く

子為東跱岳
慷慨逝言感
徘徊居情育
安得攜手倶
契闊成騑服

子《し》は東《ひがし》に跱《とど》まる岳《がく》為《た》り
慷慨《こうがい》して逝《ゆ》きては言感《げんかん》じ
徘徊《はいかい》して居《お》りては情《じょう》育《はぐく》まる
安《いず》くんぞ得《え》ん　手《て》を攜《たずさ》えて倶《とも》にし
契闊《けっかつ》にも騑服《ひふく》を成《な》すを

0「士龍」は陸機の弟、陸雲《りくうん》(三九一頁)の字《あざな》。　**1**「行矣」は旅立ちのかけ声。　**2**「怒焉」は心の憂えるさま。　**5**「西流水」は呉から西にあたる洛陽に向かう自分をたとえる。中国の川は基本的に「東流」して海に注ぐ。それを反転し、留まりたい思いに逆行して行かねばならない苦痛をこめる。　**6**「東跱岳」は東にある呉でじっと動かない山の意。呉にのこる陸雲をたとえる。　**7**旅立つ陸機をいう。「言感」は発する言葉に感情の昂ぶりがあらわれる。　**8**居残る陸雲をいう。「徘徊」は別れかねてその場でうろうろする。「情育」は感情が生まれ増大する。　**10**「契闊」は辛苦する。『詩経』邶《はい》風《ふう》・撃鼓《げきこ》に「死生にも契闊にも、子と説《ちか》いを成す(一緒にいようと誓い合った)」。その「毛伝」に「契闊は勤苦なり」。「騑服」は四頭立ての馬車の外側の二頭の「騑」と内側の二頭「服」。そのように行動を共にすること。

弟の士龍に贈る

「いざ発とう」、しかし遠い道のりが恨めしい。迫る別れにきりきりと心が痛む。行く手を指して悲しみは余り有るが、杯を前にしても喜びは足りない。わたしは西へ流れゆく水、君は東にたたずむ山。心昂ぶって旅行く者の言葉は激《げき》し、行きつ戻りつ居残る者の思いは昂《こう》じる。何とかして手に手を取って離れることなく、苦難のなかでも騑《ひ》馬《ば》と服馬《ふくば》のように並び馳せたいもの。

故郷の呉から洛陽に旅立つに際して、弟の陸雲《りくうん》との別れを悲しむ。別れの詩は前漢の李陵《りりょう》（一五六頁）以来、数多いが、これは弟との別離、肉親の情愛も加わる。陸機の詩としては平明であるのは、政治的なからみがなく、心情が率直に吐露されているためか。

中国の文学のなかで兄弟の関係は魏の曹丕・曹植に始まるが、二人が曹操の後継者争いがからんで敵対したことは、曹丕から七歩のうちに詩を作れと過酷な命を受けた曹植が、豆と萁《まめがら》のいわゆる「七歩の詩」で応えたという伝説も生んだ。陸機・陸雲兄弟はうるわしい兄弟愛の始まりであり、以後、北宋の蘇軾《そしょく》・蘇轍《そてつ》など、仲の

◆よい兄弟は文学にも一つの系譜を作る。

猛虎行

陸機

1 渇不飲盗泉水
2 熱不息悪木陰
3 悪木豈無枝
4 志士多苦心
5 整駕粛時命
6 杖策將遠尋
7 飢食猛虎窟
8 寒棲野雀林
9 日歸功未建
10 時往歳載陰
11 崇雲臨岸駭
12 鳴條隨風吟

猛虎行《もうここう》

渇《かっ》するも盗泉《とうせん》の水《みず》を飲《の》まず
熱《ねっ》するも悪木《あくぼく》の陰《かげ》に息《いこ》わず
悪木《あくぼく》　豈《あ》に枝《えだ》無《な》からんや
志士《しし》　苦心《くしん》多《おお》し
駕《が》を整《ととの》えて時命《じめい》を粛《つつし》み
策《つえ》を杖《つ》きて将《まさ》に遠《とお》く尋《たず》ねんとす
飢《う》えては猛虎《もうこ》の窟《いわや》に食《く》らい
寒《さむ》くして野雀《やじゃく》の林《はやし》に棲《す》む
日《ひ》帰《かえ》るも功《こう》未《いま》だ建《た》たず
時《とき》往《ゆ》きて歳《とし》は載《すなわ》ち陰《く》る
崇雲《すううん》　岸《きし》に臨《のぞ》みて駭《お》き
鳴条《めいじょう》　風《かぜ》に随《したが》いて吟《ぎん》ず

静言幽谷底
長嘯高山岑
急絃無懦響
亮節難爲音
人生誠未易
曷云開此衿
眷我耿介懷
俯仰愧古今

静《しず》かに言《おも》う　幽谷《ゆうこく》の底《そこ》
長嘯《ちょうしょう》す　高山《こうざん》の岑《みね》
急絃《きゅうげん》　懦響《だきょう》無《な》く
亮節《りょうせつ》　音《おと》を為《な》し難《がた》し
人生《じんせい》　誠《まこと》に未《いま》だ易《やす》からず
曷《なん》ぞ云《ここ》に此《こ》の衿《えり》を開《ひら》かん
我《わ》が耿介《こうかい》の懐《おも》いを眷《かえり》みて
俯仰《ふぎょう》して古今《ここん》に愧《は》ず

0「猛虎行」は楽府題。多くは旅の辛さをうたう。　**1・2** 困った時でも不正な手段に頼らない。「盗泉」は泉の名。孔子はその名を嫌って「盗泉を過《よぎ》り、喝するも飲まず」と言った話が、『文選』李善《りぜん》の注に引く『尸子《しし》』に見える。同じく李善注の引く『管子《かんし》』に「夫《そ》れ士は耿介《こうかい》の心を懐き、悪木の枝に蔭《いん》(陰)せず(日陰に入らない)」。　**3・4** 高邁な志をもつ士は枝があっても安易にその影に休まず、苦難を選ぶの意。　**5**「整駕」は馬車の準備を整える。「時命」は王の命令。　**7・8**「猛虎行」の古辞に「飢うれども猛虎に従いて食わず。暮るれども野雀に従いて棲まず」。　**9**「日帰」は太陽が西に沈む。10「歳陰」は陰の気が増加する秋冬になる。11「崇雲」は空高くにある雲。「駭」は起こる。12「鳴条」は音を立てる木の枝。13「静言」は『詩経』に頻見する「静かに言(ここ)に之を思う」の二字を取って、静かに思うの意をあらわす。15「急絃」は切迫したリズムの曲。「懦響」は弱々しく緩慢な曲。16「亮節」ははっきりしたリズム。また高い節操の意味をかける。「難為音」は音楽になりにくい。18「曷」は「何」に通じる。「云」はそれを二字にする助字。「開衿」は胸の思いを解き放つ。19「耿介懐」は高邁な精神。1・2の注を参照。20「俯仰」は上を見たり下を見たり。上は「古」に、下は「今」に対応する。『孟子』尽心《じんしん》篇上の「仰ぎては天に愧じず、俯しては人に怍《は》じず」を反転する。

猛虎のうた

渇いても盗泉《とうせん》の水は飲まない。暑くても悪木の影に休まない。
悪木に枝がないではないが、志高き士はそこに憩わずに心を労する。
馬車を支度して王命をかしこみ、杖をついて遠く旅立つ。
飢えては猛虎の窟《いわや》のなかで食べ、凍えては野鳥の林に寝る。
日は沈み功はいまだ立てられず、時は移り年は暮れる。

高い雲が岸の上に湧き起こり、木々の枝は風のままに音をたてる。
深い谷底で静かに物思いに耽り、高い山の峰で声を長く延ばして嘯《うそぶ》く。
激しくかき鳴らす絃に弛《たる》んだ響きはなく、きっぱりした調子は並みの音をなさぬほど。
人生はまことに容易ならぬもの。この胸の思いを解き放つことはできようか。
志ばかりが高い己れを顧みて、上を仰ぎ下に俯して古今の人々に恥じる。

旅の苦難をうたう楽府「猛虎行」に沿って、この詩でも旅立ち(5・6)、苦難の道中(7・8)からうたい起こすが、旅の具体性はなく、高邁な志を懐《いだ》きながら認められない人生を寓意する。功が立てられない歎きと焦り(9・10)もまじえるが、後半はかく高い節操を懐きながら世に受け入れられない悲嘆が中心となる。楽府の体裁を借りながら、陸機自身の内面を吐露したものと解しうる。とはいえ、絶えず政争の渦中にあった状況を、節義の士が周囲から排除されるという型に置き換えて表現したものといってよい。

✲陸雲《りくうん》　二六二―三〇三　字は士龍《しりゅう》。陸機《りくき》(三七九頁)の弟。呉の名門に生まれ、呉が晋に滅ぼされたのち、陸機とともに晋の王朝に入った。晋の官職を歴任したが、八

王の乱に巻き込まれ、陸機とともに成都王穎《えい》に殺された。文学の面では陸機には及ばぬものの、四言詩、文学論に精彩がある。

答兄機　陸雲

1 悠遠塗可極
2 別促怨會長
3 銜恩戀行邁
4 興言在臨觴
5 南津有絶濟
6 北渚無河梁
7 神往同逝感
8 形留悲參商
9 衡軌若殊迹
10 牽牛非服箱

兄《あに》の機《き》に答《こた》う

悠遠《ゆうえん》なるも塗《みち》は極《きわ》む可《べ》し
別《わか》れ促《せま》りて会《あ》うことの長《はる》かなるを怨《うら》む
恩《おん》を銜《ふく》みて行《ゆ》き邁《ゆ》くを恋《こ》い
興《お》きて言《ここ》に觴《さかずき》に臨《のぞ》むに在《あ》り
南津《なんしん》に絶済《ぜっせい》有《あ》るも
北渚《ほくしょ》に河梁《かりょうな》無し
神往《しんゆ》きて　逝《ゆ》きて感《かん》ずるを同《おな》じくし
形留《けいとど》まりて参商《しんしょう》を悲《かな》しむ
衡軌《こうき》　若《も》し跡《あと》を殊《こと》にすれば
牽牛《けんぎゅう》　箱《はこ》に服《ふく》するには非《あら》ず

1「悠遠」は遥かに遠い。「塗」は「途」に通じる。 **2**「別促」は別れに急き立てられる。**3**「恩」は兄から受けた恩情を指す。「行邁」は陸機が遠くへ旅立つこと。『詩経』黍離《しょり》に「行邁　靡靡《びび》(遅々たるさま)たり」(六四頁)。**4**「興」は立ちあがる。「言」は語調を整える字。『詩経』小雅・小明《しょうめい》に、「彼の共《きょう》(恭)しき人を念《おも》い、興きて言に出でて宿す」。「觴」は別れの杯。**5**住み慣れた呉の地には川を渡る手立てもあり、航行も容易であることをいう。「南津」は南の渡し場。呉を指す。「絶済」は川を渡る。**6**陸機の向かう晋の地は橋もないと行く手を危惧する。「北渚」は北の水辺。晋を指す。「河梁」は川にかかる橋。李陵「蘇武に与う三首」其の三に「手を携えて河梁に上る、遊子　暮れに何《いず》くにか之《ゆ》く」(一六〇頁)。**7**自分の魂も体を離れ、旅行く陸機と思いをともにしようという。「神」は魂。「逝」は旅行く。**8**「形」は身体。「参商」は天空に同時にあらわれることのない二つの星座。「参」はオリオン座の三つ星、「商」はさそり座のアンタレス。蘇武「詩四首」其の一に「今は参と辰(商)為り」(一六四頁)。**9・10**ともにいるべき兄弟が離れたら、兄弟とは名ばかりになる。「衡」は車の横木から車そのものをいう。「軌」は車輪の通った跡。「牽牛」は彦星《ひこぼし》、わし座のアルタイル。「服」は牛馬を車につける。「箱」は牛車の引く荷箱。『詩経』小雅・大東《だいとう》に、「睆《かん》(輝くさま)たる彼の牽牛、箱服するを以てせず(牽牛星は「牽牛《うしひき》」という名にもかかわらず、荷箱をつけていない)」というのを用いて、名と実が乖離することをいう。

兄の機に答える

遠くても道はいつか行き着ける。しかし別れが迫る今、遠すぎる再会が口惜しい。愛情を噛みしめ、旅行く人に心引かれ、立ち上がり、この別れの杯に臨む。南の船着き場には流れを渡るすべがあるが、北の水辺には川にかかる橋もなかろう。魂は旅行く人を追って、思いを分かち合う。身は留まって、参《しん》と商《しょう》の星のように悲しく引き裂かれる。

兄弟が、向きを違えた車と轍《わだち》のように離れたら、荷箱を外された「牛牽の星」と同じく、名ばかりの兄弟になる。

陸機の「弟の士龍に贈る」(三八五頁)を受けて、弟の陸雲が答えた詩。陸機が洛陽に向かうのは単なる旅立ちを超えて、かつての敵国に入るという緊張を含んだものだった。彼の地で待ち受ける困難を陸雲もほのめかすが(5・6)、詩の全体は生木が裂かれるように兄弟が別れる悲しみに終始する。『詩経』の語彙を多くちりばめるなど修辞的でありながら、陸雲の真情は十分に伝わってくる。

南

朝

結廬在人境，而無車馬喧。
問君何能爾，心遠地自偏。
採菊東籬下，悠然見南山。
山氣日夕佳，飛鳥相與還。
此中有真意，欲辨已忘言。

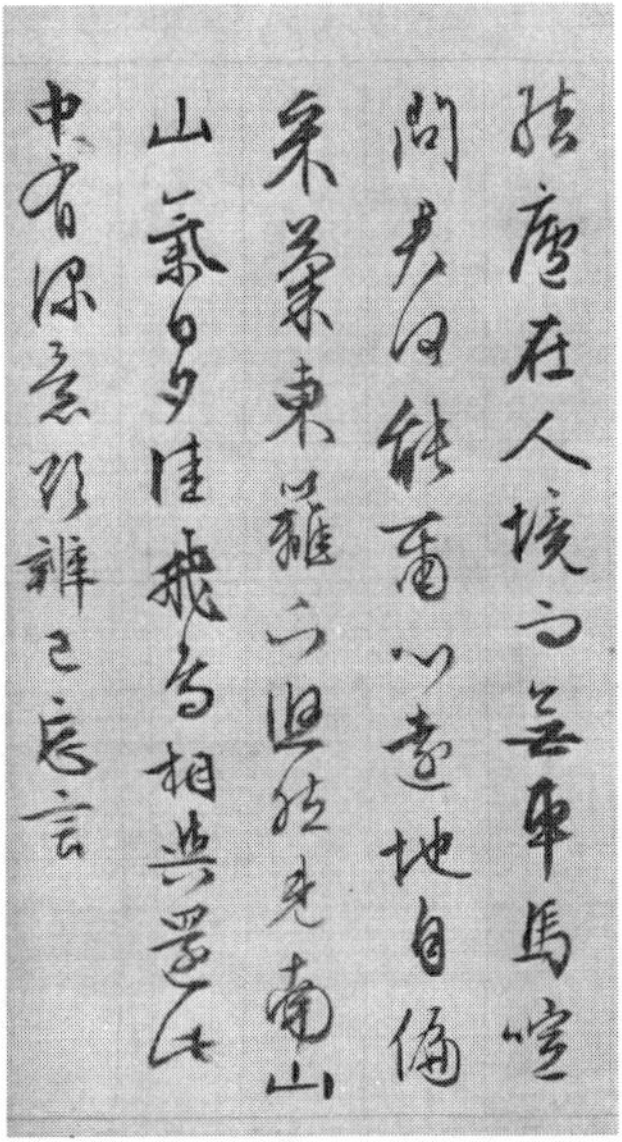

扉＝陶淵明飲酒詩(明の文徴明《ぶんちょうめい》の書，京都国立博物館蔵)
「飲酒二十首」其の五(424頁)．文徴明は明の文人．絵も書もよくし，ことに山水画は南宗画(文人画)の名手．第九句の「此中有真意」をあえて「深意」と改めたのか．

南朝の詩歌

【六朝】

東晋《とうしん》(三一七―四二〇)が建国されてから、宋《そう》(四二〇―四七九)・南斉《なんせい》(四七九―五〇二)・梁《りょう》(五〇二―五五七)・陳《ちん》(五五七―五八九)と王朝は交替しながら、建康《けんこう》(南京市)に都を置く南朝が続く。後漢の滅亡以後、隋の統一に至るまでの分裂の時期を六朝《りくちょう》と呼ぶのは、この五つの王朝と、先立って建業《けんぎょう》(のちの建康)を都とした三国の呉《ご》を併せての称である。そこには北朝が含まれていないので、この時期は厳密には「魏晋南北朝」と呼ぶべきではある。しかし中国の伝統文化を主に担ったのは南朝であったし、「六朝」という呼び方には歴史の時代区分に加えて、文化の様式としての優美さが伴なっている。ことほどさように、六朝時代には温和な江南の風土のなかで、優雅で華麗な貴族文化が花開いたのだった。

東晋に至るまでの中国の文化は、『楚辞』を例外として、終始して中原(長安・洛陽一帯)を舞台としてきた。晋王朝の南渡によって、政治・文化の中心が南へ移ったことは、伝統文化に大きな変容と新たな展開をもたらしたに違いない。単なる王朝の交替を超えた、歴史の大きな転折点であった。

【東晋】

西晋が王族間の争い(八王の乱)や北方異民族との抗争(永嘉《えいか》の乱)によって衰亡し、代わって西晋王朝の一族である司馬睿《しばえい》(元帝)が、建康に建てたのが東晋である。

東晋では「玄言詩《げんげんし》」という、詩によって老荘哲学を語る作風が流行したというが、思弁に偏りすぎたためか、短期間で潰《つい》え、のこった作品も多くない。それに代わってあらわれたのが、宋の謝霊運《しゃれいうん》による「山水詩」である。梁・劉勰《りゅうきょう》『文心雕龍《ぶんしんちょうりゅう》』(明詩篇)は「荘老退くを告げて(老荘思想を語る玄言詩が後退して)、山水方《まさ》に滋《しげ》し」と、その交替を記す。

六朝の文学は概してごく一部の王侯貴族によって独占されたものであったが、唯一、都の文学環境から遠い所で独自の文学を営んだのが、陶淵明《とうえんめい》であった。東晋から南朝宋の時期にかけて、彼は仕官と隠逸を繰り返しながら自分の生の充実を求める文学を模索した。そこにはさまざまな点において、当時の文学的因襲に囚われない、時代を突き抜けた特質がみられる。個人の生活が詩のなかに大胆に持ち込まれて文学の題材を拡大したことも、その一つである。それは単に日常性の導入ということにとどまらず、陶淵明の文学の根幹を成す、人にとって望ましい生とはどのようなものかを追求する過程で持ち込まれたものである。陶淵明が広く知られるのは遅いといわれてきたが、実際には意外に早い時期から浸透していたのではないかと思われる。

【南朝宋】

謝霊運は過酷な政治闘争に身をさらしながら、都から離れた地の名もない山水のなかを跋渉《ばっしょう》した。それは愉楽としての山水遊行ではなく、また純粋に風景美を賞翫するのでもなく、彼の抱く理念を自然のなかに追求するものであった。それは老荘の言葉を用いながらも、実際には仏教的な啓示の世界が顕現することを求めるものであったといわれる。謝霊運の高度に理念的な詩は、思弁を詩に持ち込んだ玄言詩を経たからこそ、可能になったものであろう。またそれまで風景とは君王が下臣と酒を交わしつつ興ずる享楽の対象であったが、謝霊運はともに味わうべき友もなく、一人で風景に向かい合った。一人で向かい合うことを通して、風景は新たな意味をもって立ち現れることになった。

【南斉】

南斉では謝朓《しゃちょう》が周囲の景物を繊細で精緻に描く詩が、謝霊運の理念性から離れて、純粋な風景詩の方向へ向かった。謝朓はまた沈約《しんやく》とともに「永明体《えいめいたい》」と呼ばれる、声調の配列を考慮する新しい詩体を提唱したことでも知られる。描写の緻密さとともに、形式の工夫も、次の時代の唐詩を準備するものであった。

【梁】

沈約は永明体を代表する存在であり、声律の規則を「四声八病説《しせいはっぺいせつ》」として理論化したにとどまらず、梁代では広い領域にわたって文壇の領袖として君臨した。詩はむしろ彼の文業のなかでは一部に過ぎない。

梁の皇族は仏教に心酔し、文学をいたく好んだ。仏教・文学への耽溺は国力の弱体化を招き、侯景《こうけい》の乱(五四八)、それに続く西魏の侵略によって梁は衰退に向かった。文弱な気風を象徴するかのような文学が「宮体詩」の流行であった。梁の簡文帝《かんぶんてい》のもとで、徐陵《じょりょう》・庾信《ゆしん》らが艶麗な詩を競作した。『玉台新詠《ぎょくだいしんえい》』がそれを収める。宮体詩は陳、隋、初唐に至るまで宮廷を風靡した。

【陳】

陳は六朝最後の王朝。陳の後主《こうしゅ》は国政より歌舞音曲に溺れ、詩人でもあったが、あっけなく隋の軍によって滅ぼされた。

✲郭璞《かくはく》　二七六—三二四　東晋《とうしん》に入って著作佐郎《ちょさくさろう》、尚書令《しょうしょれい》を歴任。訓詁、地理、天文、卜筮《ぼくぜい》にも通じ、権力掌握を狙う王敦《おうとん》のもとに仕えた時、謀反が失敗に帰することを予言したために殺された。その文学は老荘思想を内容とする玄言詩《げんげんし》の盛んな時期にあって、一人傑出する。

遊仙詩七首

其一

1 京華遊俠窟
2 山林隠遯棲
3 朱門何足榮
4 未若託蓬萊
5 臨源挹清波
6 陵岡掇丹荑
7 靈谿可潛盤
8 安事登雲梯

遊仙詩《ゆうせんし》七首《しちしゅ》　郭璞

其《そ》の一《いち》

京華《けいか》は遊俠《ゆうきょう》の窟《くつ》
山林《さんりん》は隠遯《いんとん》の棲《すみか》
朱門《しゅもん》　何《なん》ぞ栄《ほこ》るに足《た》らん
未《いま》だ蓬萊《ほうらい》に託《たく》するに若《し》かず
源《みなもと》に臨《のぞ》みて清波《せいは》を挹《く》み
岡《おか》に陵《のぼ》りて丹荑《たんてい》を掇《と》る
霊谿《れいけい》　潜盤《せんばん》す可《べ》し
安《いず》くんぞ雲梯《うんてい》に登《のぼ》るを事《こと》とせん

漆園有傲吏
萊氏有逸妻
進則保龍見
退爲觸藩羝
高蹈風塵外
長揖謝夷齊

漆園《しつえん》に傲吏《ごうり》有《あ》り
萊氏《らいし》に逸妻《いっさい》有《あ》り
進《すす》めば則《すなわ》ち龍《りゅう》の見《あら》わるるを保《たも》つも
退《しりぞ》けば藩《まがき》に触《ふ》るる羝《ひつじ》と為《な》る
風塵《ふうじん》の外《そと》に高蹈《こうとう》し
長揖《ちょうゆう》して夷斉《いせい》に謝《しゃ》せん

1「京華」は華やかな都。「遊俠」は任俠の徒。　**2**「隠遯」は隠者。　**3**「朱門」は朱塗りの門。豪壮な邸宅。　**4**「蓬萊」は方丈、瀛洲《えいしゅう》とともに東海にあるとされた仙山。　**6**「丹荑」は仙草の丹芝《たんし》の芽。　**7**「霊谿」は地名とする説もあるが、神秘的な渓谷の意に解した。「潜盤」は世を避けて身を潜める。　**8**「雲梯」は空へと登るはしご。仙界の人となることをいう。　**9** 荘子をいう。漆園(漆《うるし》を採取する農園)の職員であった荘子は、楚の威王《いおう》の招聘を断った(『史記』老子列伝)。「傲吏」は世俗を軽んじる小吏。　**10** 老萊子《ろうらいし》をいう。世を避けて畑を耕していた老萊子は楚の王から登用されようとしたが、妻の言に従って就かなかった(『列女伝』)。「逸」は傑出する。　**11・12**「進」「退」はふつうは出仕することと退隠することを意味するが、ここでは逆転して「進」は隠逸生活を推し進める、「退」は世俗の暮らしに戻ること。「龍見」は『周易』乾卦《けんか》の九二の爻辞《こうじ》の「見龍（姿を現した龍）田に在るは、大人を見るに利し」に基づき、隠者として理想的な状態が訪れること。「触藩羝」も『周易』大壮《たいそう》の上六の爻辞の「羝羊（雄羊）藩（垣根）に触れ、退く能わず、遂《と》ぐる能わず」に基づき、進退窮まることをいう。**13** 「高蹈」は遠くへ行くこと。そこから俗界を超越すること。**14** 「長揖」は組んだ両手を上げ下げする礼。「謝」は謝絶する。「夷斉」は伯夷《はくい》・叔斉《しゅくせい》の兄弟。殷に代わった周の武王に抵抗して「周粟《しゅうぞく》（周の穀物）を食《く》らわず」、首陽山《しゅようざん》に餓死した（「采薇の歌」、三〇頁参照）。隠者の典型のようにいわれる二人が「義」を貫いて死に至ったことをここでは否定し、隠逸の生を享受すべきだと説く。

遊仙詩《ゆうせんし》

その一

華の都は遊俠《ゆうきょう》の巣窟《そうくつ》、山林は隠者の住まう所。
朱塗りの門が何の栄華か。蓬萊山《ほうらいさん》に身を托すがまし。
源流を前に澄んだ水を手に汲み、丘に登って丹芝《たんし》の芽を摘む。
幽寂な谷に身を潜めるがよい。雲にかかる梯子《はしご》を登るには及ばない。

漆園《しつえん》には一徹な小吏が、老萊子《ろうらいし》には非凡な妻がいて、ともに仕官を拒んだ。進めば、龍となってあらわれる境地が保証されるが、戻れば、垣に角を絡《から》めて身動きできぬ羊となる。塵《ちり》の舞う俗世を遠く離れ、伯夷《はくい》・叔斉《しゅくせい》にも別れを告げよう。

「遊仙詩七首」は仙界への願望をうたう詩であるが、必ずしも仙界を究極の目的とはしない。神女が出現したり仙人たちが集う場を描きながらも、そこに自分が入れるのだろうかという疑念が払拭できない。俗界を離れ、仙界に近づくために現実に可能なことは、山中の隠逸生活に入ること。隠者と仙人は連続するものの、壁を超えるのは容易でない。第一首ではもっぱら隠逸願望が中心となり、そのあと仙界の諸相をうたうが、最後の第七首でも仙界に隣接する山中の人となろうと述べて連作詩は結ばれる。

✻王康琚《おうこうきょ》　生没年も事跡も未詳。作品も完全な形でのこるのはこの一首のみ。事跡がわからず、一首の詩だけがよく知られる作者は六朝期ではめずらしい。

反招隠詩

王康琚

小隠隠陵藪
大隠隠朝市
伯夷竄首陽
老聃伏柱史
昔在太平時
亦有巣居子
今雖盛明世
能無中林士
放神青雲外
絶迹窮山裏

反招隠詩《はんしょういんし》

小隠《しょういん》は陵藪《りょうそう》に隠《かく》れ
大隠《たいいん》は朝市《ちょうし》に隠《かく》る
伯夷《はくい》　首陽《しゅよう》に竄《のが》れ
老聃《ろうたん》　柱史《ちゅうし》に伏《かく》る
昔在《むかし》　太平《たいへい》の時《とき》にも
亦《ま》た巣居《そうきょ》の子《し》有《あ》り
今《いま》や盛明《せいめい》の世《よ》なりと雖《いえど》も
能《よ》く中林《ちゅうりん》の士《し》無《な》からんや
神《こころ》を青雲《せいうん》の外《そと》に放《ほしいまま》にし
跡《あと》を窮山《きゅうざん》の裏《うち》に絶《た》つ

1「陵藪」は丘陵と沼沢、人の住まない地。　**2**「朝市」は朝廷や市場、地位と富貴を求める場。　**3**「伯夷《はくい》」と叔斉《しゅくせい》の兄弟は周粟《しゅうぞく》を食《は》むことを拒み、「首陽」山に籠もって餓死した（「采薇の歌」、三〇頁参照）。山に隠れた伯夷を「小隠」(1)の例として挙げる。郭璞「遊仙詩七首」其の一（四〇二頁）にも見えたように、この時期、伯夷・叔斉に対する評価は高くない。 4「老聃」は老子。「聃」は字《あざな》。「柱史」は「柱下《ちゅうか》の史《し》」の略、図書を管理する官。老子はその職にあった。「朝市」に隠れた隠者(2)の例として挙げる。 6「巣居子」は巣父《そうほ》。古代の聖王堯《ぎょう》の世の隠者、木の上を居所としたのでこの名がある。 7・8 不満を抱かれる世でない今ですら、隠逸する人はいる。「能無」は反語。「中林士」は山林の中に隠棲する人。「中林」は「林中」に同じ。 9「青雲」はここでは隠者の暮らす大自然。 10「窮山」は深い山中。

反招隠詩《はんしょういんし》

小さな隠者は人里離れた山林に隠れ、大きな隠者は朝廷や市場に隠れ住む。伯夷《はくい》は首陽山《しゅようざん》に身を避けたが、老子《ろうし》は宮中の図書係に身を埋めた。そのかみの太平の世にさえ、木の上に住まう隠者巣父《そうほ》がいた。今は盛栄なる御代《みよ》ではあっても、山林に住む人士がいないはずはない。青雲のかなたに精神を思うさま遊ばせ、姿を山の奥深くにくらましてしまう。

11 鵾鶏先晨鳴　鵾鶏《こんけい》は晨《あした》に先《さき》だちて鳴《な》き
12 哀風迎夜起　哀風《あいふう》は夜《よる》を迎《むか》えて起《お》こる
13 凝霜凋朱顔　凝霜《ぎょうそう》　朱顔《しゅがん》を凋《しぼ》ましめ

14 寒泉傷玉趾
15 周才信衆人
16 偏智任諸己
17 推分得天和
18 矯性失至理
19 歸來安所期
20 與物齊終始

寒泉《かんせん》 玉趾《ぎょくし》を傷《いた》ましむ
周才《しゅうさい》 衆人《しゅうじん》に信《まか》せ
偏智《へんち》 諸《これ》を己《おのれ》に任《まか》す
分《ぶん》を推《お》せば天和《てんわ》を得《う》るも
性《せい》を矯《た》むれば至理《しり》を失《うしな》う
帰《かえ》り来《きた》りて安《いず》くにか期《き》する所《ところ》ぞ
物《もの》と終始《しゅうし》を斉《ひと》しくせん

11・12 山中では景物も悲痛に満ちることをいう。「鵾鶏」は鶴に似た鳥。『楚辞』九辯に「鵾鶏は啁哳《とうたつ》（鳴き声）として悲鳴《ひめい》す」（一三五頁）。 **13・14** 山の苛酷な暮らしは人を老け込ませる。「朱顔」は「紅顔」と同じく、若く元気のある顔。「玉趾」の「趾」は足。若々しい足を美化していう。 **15・16** 世間に暮らす時は人々に溶け込んで生きるが、隠者は自分にしか頼らず独善的であると対比する。「周才」は十全な能力をもった人。「信衆人」は周囲の人に身を委ね、調和して生きる。「偏智」は偏頗な智慧しかない人。「任諸己」は自分自身を頼りとして生きる。『論語』衛霊公《えいれいこう》篇の「君子は諸を己に求む。小人は諸を人に求む」に基づくが、ここでは独りよがりであることをいう。 **17・18** ふつう隠逸は自分の本性に素直な生き方とされるが、ここでは山中で苦難に耐えることは自分を曲げる、無理を強いる生き方とする。「推分」は自分の本分を推し進める。「天和」は自然の調和。『荘子』知北遊《ちほくゆう》篇に「若《なんじ》 汝《なんじ》の形を正し(身を整える)、汝の視を一《いつ》にすれば(視線を一つに集中する)、天和将《まさ》に至らんとす」。「矯性」は本性を無理に改める。**19**「帰来」は隠者が山から出て俗界に戻る。『楚辞』招隠士の「王孫よ 帰り来れ、山中は以て久しく留まる可からず」(一四〇頁)を用いる。 **20** 万物と生死を等しくすること。万物と一体となることは、「斉物論篇」があるように『荘子』の哲学。その則陽《そくよう》篇に「物と終始す」。

鵾鶏《こんけい》は夜明けの前から寂しく鳴き立て、悲しい風が夜ともなれば吹き起こる。
凍てついた霜は紅顔を老け込ませ、冷たい水は玉の肌の御足《みあし》を損なおう。
円満な賢者は世の人々と折り合って生き、偏頗《へんぱ》な知者は自分にしか頼ろうとしない。
分に従って進めば真の調和が得られるが、本性をたわめれば至高の道理にはずれる。
山から帰って来て、何を望むのか。それは万物と生死をともにする境地。

——『楚辞』の「招隠士」(一三九頁)は文字通り、山中に隠れた隠者を俗界に招き戻そうとするが、それに由来する六朝の「招隠」詩は逆に隠逸への願望を語る。この詩はさらにそれを反転して隠者を山から呼び戻そうとする。ただ『楚辞』「招隠士」と異なるのは、単に隠者を世俗に戻そうとするのでなく、市中にあっての隠逸の実現（大隠（2））を求めるところである。山に籠もればよしとする形骸化した隠逸（小隠（1））に対する批判であろうか。のちに唐の白居易はこれを発展させて「中隠」を提起する（下冊参照）。

✽陶淵明《とうえんめい》　三六五―四二七　字は元亮《げんりょう》。あるいは名が潜《せん》、字が淵明ともいう。二十九歳の時に江州の祭酒《さいしゅ》（学校を管轄する官）となるがほどなく辞し、のちに鎮軍参軍《ちんぐんさんぐん》などを経る。四十一歳の時に彭沢《ほうたく》県（江西省彭沢県）の県令に就くも三カ月に満たずして辞任、以後、出仕することはなかった。隠逸詩人の代表と目されるが、経歴が示すように出仕と隠逸の間で揺れ動き、迷いの末に自然と一体と化す生き方に到達する。地位も低く、都から遠い地で独自の文学を築いた。当時の文学環境から離れていたためか、六朝期の文学のなかで様々な点で時代を超え、のちの文学に与えた影響は大きい。

形影神

陶淵明

形贈影

天地長不没
山川無改時
草木得常理
霜露榮悴之
謂人最靈智
獨復不如茲
適見在世中
奄去靡歸期
奚覺無一人
親識豈相思
但餘平生物
擧目情悽洏
我無騰化術

形影神《けいえいしん》

形《かたち》 影《かげ》に贈《おく》る

天地《てんち》は長《とこしえ》に没《ぼっ》せず
山川《さんせん》は改《あらた》まる時《とき》無《な》し
草木《そうもく》は常理《じょうり》を得《え》て
霜露《そうろ》　之《これ》を栄悴《えいすい》せしむ
人《ひと》は最《もっと》も霊智《れいち》なりと謂《い》うも
独《ひと》り復《ま》た茲《か》くの如《ごと》からず
適《たま》たま見《あら》われて世《よ》の中《なか》に在《あ》るも
奄《たちま》ち去《さ》りて帰期《きき》靡《な》し
奚《なん》ぞ覚《さと》らん　一人《いちにん》無《な》きを
親識《しんしき》も豈《あ》に相《あ》い思《おも》わんや
但《た》だ平生《へいぜい》の物《もの》を余《あま》せるのみ
目《め》を挙《あ》ぐれば情《じょう》は悽洏《せいじ》たり
我《われ》に騰化《とうか》の術《じゅつ》無《な》ければ

14 必爾不復疑
15 願君取吾言
16 得酒莫苟辭

必《かなら》ず爾《しか》らんこと復《ま》た疑《うたが》わず
願《ねが》わくは　君《きみ》　吾《わ》が言《げん》を取《と》り
酒《さけ》を得《え》ば苟《いやし》くも辞《じ》する莫《な》かれ

0「形影神」は一人の人間の体・影・精神。『史記』太史公自序に「夫れ神大いに用うれば則ち竭《つ》き、形大いに労すれば則ち敝《そこ》なわる。形神騒動し、天地と長久ならんと欲するも、聞く所に非ざるなり」。全体はその三者の間の問答のかたちを取る。一首目は体が影に贈る詩。**1**『老子』七章に「天長く地久し」。0の注も参照。**3・4**「天地」(1)、「山川」(2)が不動不変であることによって永遠であるのとは異なるが、「草木」は栄枯を反復することによってやはり永遠であることをいう。「常理」は恒久の法則。**5・6** 万物のなかで特にすぐれるはずの人間だけが、一度死んでしまえば元に戻ることはない。「霊智」は知性を備えたすぐれた存在。『尚書』泰誓《たいせい》上に「惟《こ》れ人は万物の霊なり」。**10**「親識」は親戚や知り合い。「豈相思」は死んだ人のことを懐かしく思い出しはしない。**11**「平生物」は死者が生前に使っていた物。**12**「悽洏」は痛ましい。**13**「騰化術」は空に飛んで仙人に化す術。**14** 人にとって死が必然であることを疑わない。**16**「苟」は、わずかでも。

形影神《けいえいしん》（体と影と精神）

体が影に贈る

天地は永遠に消え去らない。山や川は形が変わる時はない。草木も普遍の法則を備えている、霜や露が盛衰をもたらしながら。人は万物の霊長といわれるけれど、人だけが唯一、不変ではありえないのだ。たまたま世の中にあらわれたとしても、たちまち去って戻ることはない。人が一人いなくなったことに気付かれるだろうか。親族友人とて忘れてしまうのではないか。

のこるのはただ日頃使っていた物、それを見れば心は痛む。わたしには登仙の術がないのだから、必ずやそうなることは疑うべくもない。君もわたしのことばを受け入れて、酒がある時には、仮にも遠慮などしなさんな。

影答形　　影《かげ》　形《かたち》に答《こた》う

1 存生不可言　　生《せい》を存《そん》するは言《い》う可《べ》からず
2 衞生毎苦拙　　生《せい》を衛《まも》るすら毎《つね》に拙《せつ》なるに苦《くる》しむ
3 誠願游崑華　　誠《まこと》に崑華《こんか》に游《あそ》ばんと願《ねが》うも

邈然茲道絶
與子相遇來
未嘗異悲悅
憩蔭若暫乖
止日終不別
此同既難常
黯爾俱時滅
身沒名亦盡
念之五情熱
立善有遺愛
胡爲不自竭
酒云能消憂
方此詎不劣

邈然《ばくぜん》として茲《こ》の道《みち》絶《た》えたり
子《し》と相《あ》い遇《あ》いてより来《このかた》
未《いま》だ嘗《かつ》て悲悦《ひえつ》を異《こと》にせず
蔭《かげ》に憩《いこ》えば暫《しばら》く乖《そむ》くが若《ごと》きも
日《ひ》に止《とど》まれば終《つい》に別《わか》れず
此《こ》の同《どう》は既《すで》に常《つね》なり難《がた》く
黯爾《あんじ》として倶《とも》に時《とき》に滅《ほろ》ぶ
身《み》没《ぼっ》すれば名《な》も亦《ま》た尽《つ》く
之《これ》を念《おも》えば五情《ごじょう》熱《ねっ》す
善《ぜん》を立《た》つれば遺《い》愛《あい》有《あ》らん
胡為《なんす》れぞ自《みずか》ら竭《つ》くさざらんや
酒《さけ》は能《よ》く憂《うれ》いを消《け》すと云《い》うも
此《こ》れに方《くら》ぶれば詎《なん》ぞ劣《おと》らざらん

0 二首目は影から体への答え。　**1** 「存生」は生命を保存する、永遠に生きる。『荘子』達生《たっせい》篇に「世の人は以為《おも》えらく、形を養うは以て生を存するに足ると」とあるが、しかしそれは不可能であると、ここではいう。 **2**「衛生」はこの世に生きている間の生を守る。『荘子』庚桑楚《こうそうそ》篇に出ることば。「拙」は処世に拙《つたな》い。 **3**「崑華」は仙人の住む崑崙山《こんろんざん》と華山《かざん》。 **4**「邈然」は遠くてぼんやりしている。 **5**「子」は親しい関係での二人称。「来」は動詞のあとについて「……してから」。 **7・8** 影は日陰では消えるが、日なたではつきまとう。「止日」は日のあたる所に留まる。『荘子』漁父《ぎょほ》篇に、自分の影を畏れて逃げ回り、日陰に入ることも知らずに走り続けて息絶えた男の寓話がみえる。 **10**「黯爾」は暗く失意するさま。「爾」は形容詞のあとにつく接尾語。 **12**「五情」は喜・怒・哀・楽・怨の五つの感情。またその感情の生じる心。 **13**「立善」は善行を行なう。「遺愛」は後の人々に遺す恩恵。 **15**『漢書』東方朔《とうほうさく》伝に「憂いを銷《け》(消)す者は酒に若《し》くは莫《な》し」。 **16**「方」はならべて比較する。

影が体に答える

いつまでも生き続けるなどと言うのも愚か。この世の生を守ることさえ、いつも不器用なのに苦しんでいる。

心から崑崙山《こんろんざん》や華山《かざん》に遊ぶ仙人になりたくとも、その道は茫漠と途絶えている。

君と出会ってよりこの方、喜びも悲しみもともに味わってきたのだった。

日陰に休む時にはしばし別れるかのようだが、日なたにいる限りぴったり離れはしない。

かく一体であるのもいつまでも続きはしない。暗澹とともに滅びる時が来る。

肉体が死ねば名前も消える。それを思うと胸のなかが熱くなる。

善を行なえば恵みはあとにのこる。なぜそれに向かって力を尽くさないのか。

酒は憂いを消すというけれども、こうした善行に勝りはしない。

神釋

1 大鈞無私力
2 萬物自森著
3 人爲三才中
4 豈不以我故
5 與君雖異物
6 生而相依附
7 結託既喜同

神《しん》の釈《しゃく》

大鈞《たいきん》　力《ちから》を私《わたくし》すること無《な》く
万物《ばんぶつ》　自《おのずか》ら森《しん》として著《あら》わる
人《ひと》　三才《さんさい》の中《ちゅう》為《た》るは
豈《あ》に我《われ》を以《もっ》ての故《ゆえ》ならずや
君《きみ》と異物《いぶつ》なりと雖《いえど》も
生《う》まれながらにして相《あ》い依附《いふ》す
結託《けったく》して既《すで》に同《おな》じきを喜《よろこ》べば

8 安得不相語
9 三皇大聖人
10 今復在何處
11 彭祖愛永年
12 欲留不得住
13 老少同一死
14 賢愚無復數
15 日醉或能忘
16 將非促齡具
17 立善常所欣
18 誰當爲汝譽
19 甚念傷吾生
20 正宜委運去
21 縱浪大化中
22 不喜亦不懼

安《いず》くんぞ相《あ》い語《かた》らざるを得《え》んや
三皇《さんこう》は大聖人《だいせいじん》なるも
今《いま》復《ま》た何処《いずく》に在《あ》るや
彭祖《ほうそ》　永年《えいねん》を愛《あい》し
留《とど》まらんと欲《ほっ》するも住《とど》まるを得《え》ず
老《ろう》も少《しょう》も同《とも》に一死《いっし》す
賢《けん》も愚《ぐ》も復《ま》た数《かぞ》うる無《な》し
日《ひ》びに酔《よ》えば或《ある》いは能《よ》く忘《わす》るるも
将《は》た齢《れい》を促《うなが》す具《ぐ》に非《あら》ずや
善《ぜん》を立《た》つるは常《つね》に欣《よろこ》ぶ所《ところ》なるも
誰《たれ》か当《まさ》に汝《なんじ》の為《ため》に誉《ほ》むべけんや
甚《はなは》だ念《おも》えば吾《わ》が生《せい》を傷《そこ》なわん
正《まさ》に宜《よろ》しく運《うん》に委《ゆだ》ね去《さ》るべし
大化《たいか》の中《なか》に縦浪《しょうろう》し
喜《よろこ》ばず　亦《ま》た懼《おそ》れず

23 應盡便須盡　応《まさ》に尽《つ》くべくんば便《すなわ》ち須《すべか》らく尽《つ》くべし
24 無復獨多慮　復《ま》た独《ひと》り多《おお》く慮《おもんぱか》ること無《な》かれ

0 最後に「神」が決着をつける。「形」「影」がそれぞれ十六句であったのに対して、「神」は二十四句。　**1**「大鈞」は造物主。「鈞」は轆轤《ろくろ》。轆轤の上で器を作るように世界を創造する者。「私力」は力を不公平に用いる。　**2**「森」は多く勢いあるさま。　**3・4**「三才中」は天と地と人の三つの真ん中。『周易』繫辞《けいじ》伝下に、「天道、人道、地道」を「三材(才)」と称する。「我」は精神。人には「神」という主体性があるからこそ三才の真ん中に位置することができる。　**5**「君」は「形」と「影」を指す。　**6**「依附」は寄り添う。　**7**「結託」は結びつき頼り合う。　**9**「三皇」は上古の偉大な三人の王。伏羲《ふくぎ》、神農《しんのう》、黄帝《こうてい》。　**11**「彭祖」は長寿で知られる人物。夏・殷・周の三代にわたり、七、八百歳生きたといわれる。　**14**「数」は弁別する。『列子』楊朱《ようしゅ》篇に、生きている間は「賢愚貴賤」の違いがあっても死んでしまえばみな同じということばが見える。　**16**「具」は飲食の器から酒食をいう。　**18**「汝」は「立善」を説いた「影」を指す。　**20**「委運」は物事の成り行きに任せる。「運」は巡り合わせ、定め。　**21**「縦浪」は放浪する。「大化」は万物の大きな変化。生死をはじめとする人間の変化を万物の変化の中に位置づけ、生死に対する喜怒を捨てようというのは、『荘子』、ことに大宗《だいそう》師《し》篇のテーマ。**22**『荘子』大宗師篇に「古の真人は、生を説《よろこ》ぶことを知らず、死を悪《にく》むことを知らず」。**23**「尽」は命が尽きる。

精神の解釈

造物にえこひいきはなく、万物はおのずとさわに現れ出る。

人が天・地・人三才の真ん中に置かれるのは、精神であるわたしあればこそ。

君たちとは別々の物ではあっても、生まれた時から寄り添ってきたのだった。

結び合い頼り合うのを喜ぶからには、語りかけずにはいられない。

三皇《さんこう》は偉大な聖人であったが、今はまたどこにいるか。

彭祖《ほうそ》は長生きを望み、この世にずっと居たいと願っても居られなかった。

老いも若きも死ぬのは同じ。賢者も愚者も区別はない。

日々酔いしれれば忘れることもできようが、それはまた命を縮める飲み物ともなる。

善を行なうのはいつでも喜ばしいこと、でもおまえのことを誉めてくれる人がいようか。

考えすぎると自分の生を損なう。成り行きに任せることこそ好ましい。

大いなる変化の中に漂うままに、喜びもせず怖れもしない。

尽き果てる時には尽きればよい。もう一人であれこれ思い悩むことはない。

虚構の三者の問答を装うかたちは、漢代の賦におなじみのもの。その形式を襲いつつ、ここでは自分を体、影、精神の三つに分けて、この束の間の生をいかに生きるべきか論じる。「形（身体）」は生の空しさを肉体の快楽（飲酒）で忘れようと言い、「影」は立派な行為に生き甲斐を見付けよと語り、そして最後に「神（精神）」が「委運《いうん》」、すべてを巡り合わせに任せて苦慮しないことを説いて結論とする。「委運」はその後も中国人の生き方の一つとして継承されていくが、陶淵明が「帰去来の辞」（四三八頁）で説くような、主体的に自然、世界と一体となる生き方とは異なる。

歸園田居五首　陶淵明

其一

1 少無適俗韻
2 性本愛丘山
3 誤落塵網中
4 一去三十年

園田《えんでん》の居《きょ》に帰《かえ》る五首《ごしゅ》

其《そ》の一《いち》

少《わか》くして俗《ぞく》に適《かな》う韻《いん》無《な》く
性《せい》　本《もと》より丘山《きゅうざん》を愛《あい》す
誤《あやま》りて塵網《じんもう》の中《なか》に落《お》ち
一《ひと》たび去《さ》りて三十年《さんじゅうねん》

羈鳥戀舊林
池魚思故淵
開荒南野際
守拙歸園田
方宅十餘畝
草屋八九間
楡柳蔭後簷
桃李羅堂前
曖曖遠人村
依依墟里煙
狗吠深巷中
雞鳴桑樹顚
戸庭無塵雜
虛室有餘閒
久在樊籠裏

羈鳥《きちょう》も旧林《きゅうりん》を恋《こ》い
池魚《ちぎょ》も故淵《こえん》を思《おも》う
荒《こう》を開《ひら》く　南野《なんや》の際《さい》
拙《せつ》を守《まも》り園田《えんでん》に帰《かえ》る
方宅《ほうたく》　十余畝《じゅうよほ》
草屋《そうおく》　八九間《はちきゅうけん》
楡柳《ゆりゅう》　後簷《こうえん》を蔭《おお》い
桃李《とうり》　堂前《どうぜん》に羅《つら》なる
曖曖《あいあい》たり　遠人《えんじん》の村《むら》
依依《いい》たり　墟里《きょり》の煙《けむり》
狗《いぬ》は吠《ほ》ゆ　深巷《しんこう》の中《なか》
鶏《にわとり》は鳴《な》く　桑樹《そうじゅ》の顚《いただき》
戸庭《こてい》　塵雑《じんざつ》無《な》く
虚室《きょしつ》　余間《よかん》有《あ》り
久《ひさ》しく樊籠《はんろう》の裏《うち》に在《あ》りしも

20 復得返自然　　復《ま》た自然《しぜん》に返《かえ》るを得《え》たり

1「韻」は調べ、趣き。　**3**「塵網」は世間の網。官人の世界をいう。　**4**「一去」は園田の暮らしからいったん離れる。荊軻《けいか》「易水の歌」に「壮士　一たび去って復た還らず」(一四七頁)。　**5・6**「羈鳥」は旅する鳥。渡り鳥。「故淵」はもと住んでいた水。動物すら故郷を慕うのは、「古詩十九首」其の一に「胡馬　北風に依り、越鳥　南枝に巣くう」(二一三頁)と見える。　**8**「守拙」は世渡りの下手な自分をそのまま保持する。**9**「方宅」は敷地。「畝」は面積の単位。　**10**「間」は柱と柱の間。それが部屋数になる。　**11**「楡柳」はニレとヤナギ。陶淵明の自伝的散文「五柳《ごりゅう》先生伝」には、たまたま家のまわりに五本の柳があるので五柳先生と名乗るという。　**13**「曖曖」はぼんやり霞んださま。　**14**「依依」は慕わしげにたなびくさま。「墟里」は集落。　**15・16**「狗(犬)」と「鶏」はのどかな農村風景をあらわす。『老子』八十章に「鶏犬(狗)の声　相い聞こゆ」。陶淵明「桃花源記」にも見える。13-16は「桃花源記」の村里を思わせる描写が続く。　**18**「虚室」は内部に何もない部屋。『荘子』人間世篇《じんかんせい》の「虚室　白を生ず」に基づく語。　**19**「樊籠」は鳥かご。官として窮屈を余儀なくされたことをいう。

田園の住まいに帰る

その一

若い時から世俗と調子が合わず、生まれつき山野を好んだ。
間違って俗塵《ぞくじん》の網にからめとられ、ひとたび離れてもう三十年が過ぎた。
渡り鳥もかつていた林を慕い、池の魚も元の淵《ふち》を懐かしむ。
南の野で荒れ地を切り開こうかと、不器用な自分を通して田園に帰った。
敷地は十畝《ぼ》あまり。草葺きの家には八、九の部屋がある。
ニレやヤナギが後ろの軒に影を作り、モモやスモモが広間の前に並ぶ。
ぼんやりと霞《かす》む遠くの村。ゆるやかにたなびく人里の煙。
路地の奥では犬が吠え、桑の木の上では鶏が鳴く。
戸口にも庭にも塵《ちり》も埃《ほこり》もない。がらんとした部屋には十分なゆとりがある。
長らく鳥かごのなかに閉じ込められていたのが、また本来の姿に戻ることができた。

官を去って農村の家に帰った喜びをとっくり嚙みしめ、のどかな田舎を心地よいものとして描き出す。出仕―隠棲という中国士大夫の生き方が背後に存在しているのは確かだが、隠逸の価値を声高に主張するのでなく、生活感覚としての心地よさ

を語るところに陶淵明の特質がある。

其三

1 種豆南山下
2 草盛豆苗稀
3 晨興理荒穢
4 帯月荷鋤帰
5 道狭草木長
6 夕露沾我衣
7 衣沾不足惜
8 但使願無違

其《そ》の三《さん》

豆《まめ》を種《う》う　南山《なんざん》の下《もと》
草盛《くささか》んにして豆苗《とうびょう》稀《まれ》なり
晨《あした》に興《お》きて荒穢《こうわい》を理《おさ》め
月《つき》を帯《お》び鋤《すき》を荷《にな》いて帰《かえ》る
道狭《みちせま》くして草木《そうもく》長《ちょう》じ
夕露《せきろ》　我《わ》が衣《ころも》を沾《うるお》す
衣《ころも》の沾《うるお》うは惜《お》しむに足《た》らず
但《た》だ願《ねが》いをして違《たが》うこと無《な》からしめん

1-4　前漢の楊惲《よううん》の詩に基づく。楊惲は上司と衝突して官を辞し、郷里に帰って畑仕事をする憤懣を詩に吐き出した。「彼の南山に田《はたけ》するも、蕪穢(荒れ果てる)にして治まらず。一頃《いっけい》(頃は面積の単位)の豆を種うるも、落ちて萁《まめがら》と為る」(『漢書』楊惲伝)。

3　「荒穢」は荒れ果てた地。

その三

南の山のふもとに豆を植えたが、雑草がはびこり豆の苗は見えない。
早朝に起きて荒れ地を耕し、月を背に帯び、鋤を肩にかついで帰る。
狭い道に草木が伸び、夜露がころもを濡らす。
ころもは濡れてもかまいはしない。ただ願いがかないさえすれば。

陶淵明は観念的な農作業ではなく、実際に土にまみれる喜びと辛さをうたう。土地は荒れているうえに慣れぬ畑仕事、豆よりも雑草の方が多い。朝まだきから暗くなるまで刻苦精励、あとはひたすら収穫を祈るしかない。この詩ではもっぱら辛さをうたうが、「月を帯び鋤を荷いて帰る」(4)は名句として人々に愛誦される。

飲酒二十首　陶淵明

其五

1 結廬在人境
2 而無車馬喧
3 問君何能爾

飲酒《いんしゅ》二十首《にじっしゅ》

其《そ》の五《ご》

廬《いおり》を結《むす》んで人境《じんきょう》に在《あ》り
而《しか》も車馬《しゃば》の喧《かまびす》しき無《な》し
君《きみ》に問《と》う　何《なん》ぞ能《よ》く爾《しか》ると

心遠地自偏
採菊東籬下
悠然見南山
山氣日夕佳
飛鳥相與還
此中有眞意
欲辨已忘言

心遠《こころとお》ければ地《ち》自《おのずか》ら偏《へん》なり
菊《きく》を採《と》る　東籬《とうり》の下《もと》
悠然《ゆうぜん》として南山《なんざん》を見《み》る
山気《さんき》　日夕《にっせき》に佳《よ》く
飛鳥《ひちょう》　相《あ》い与《とも》に還《かえ》る
此《こ》の中《なか》に真意《しんい》有《あ》り
弁《べん》ぜんと欲《ほっ》して已《すで》に言《げん》を忘《わす》る

1「人境」は人の住む境域。山中でないことをいう。**2**「車馬」は世人、貴人たちの訪問。**3** 自問することば。**4**「偏」は僻遠。巷《ちまた》から遠く離れる。**6**「悠然」は遥か遠いさまであるとともに、心静かなさま。**9**「真意」は真実の気配。世界の正しいありかたそのものが顕現しているわけではないが、その存在を予感させるものがある。**10**「弁」は区別してはっきりさせる。「忘言」は『荘子』外物篇に基づき、言語を超越した境地をいう。魚を獲ったらそのための道具(筌《ふせご》)のことは忘れてしまうように、「言(ことば)」は意味を伝える道具であるから「意を得て言を忘る(意味がわかったらことばは忘れる)」。

酒を飲む
その五

人里のなかに庵《いおり》を設けた。なのに車馬の喧騒はない。

人は問う、なぜそんなことができるのか、と。心が世間から離れていれば、その地もおのずと遠くなるもの。

菊を摘む東の垣根のもと、遠くゆったりと南の山が望まれる。

日暮れ時、山の気はいい。鳥たちは連れだってねぐらに帰る。

真実はこのなかにこそ潜んでいる。解き明かそうとして、もうことばも忘れた。


陶淵明の詩について「篇篇　酒有り」というのは、早い時期の愛読者であった梁の昭明太子蕭統《しょうとう》「陶淵明集の序」に見えることばだが、「飲酒二十首」は直接、酒を詩題とした連作詩。酒にからめながら隠逸生活を語る。この第五首のように酒があらわれない詩篇もある。王康琚《おうこうきょ》「反招隠詩」(四〇五頁)では市井のなかにすむ「大隠」を山中の「小隠」と区別していたが、ここでも巷間にありながら心の持ちようで閑寂の境地が得られるという。日常生活のなかに身を置きながら、そこから世界の真の姿が予感される。それはことばではあらわせるものではないとはいえ、詩と

◆――いうこのことばを通してかいま見ることができる。

其十四

故人賞我趣
挈壺相與至
班荊坐松下
數斟已復醉
父老雜亂言
觴酌失行次
不覺知有我
安知物爲貴
悠悠迷所留
酒中有深味

其《そ》の十四《じゅうし》

故人《こじん》　我《わ》が趣《おもむ》きを賞《しょう》し
壺《つぼ》を挈《たずさ》えて相《あ》い与《とも》に至《いた》る
荊《けい》を班《し》きて松下《しょうか》に坐《ざ》し
数斟《すうしん》にして已《すで》に復《ま》た酔《よ》う
父老《ふろう》　雑乱《ざつらん》して言《い》い
觴酌《しょうしゃく》　行次《こうじ》を失《しっ》す
我《わ》れ有《あ》るを知《し》るを覚《おぼ》えず
安《いず》くんぞ知《し》らん　物《もの》を貴《とうと》しと為《な》すを
悠悠《ゆうゆう》として留《とど》まる所《ところ》に迷《まよ》う
酒中《しゅちゅう》に深味《しんみ》有《あ》り

1「故人」は旧知の人。「趣」は志向するところ。　**3**「班荊」は小枝や雑草を敷いて地面に坐る。『春秋左氏伝』襄公《じょうこう》二十六年の「荊を班きて相い与に食す」に出る語。友人と戸外で歓談することをいう。**4**「数斟」は数回、酒を酌む。**5**「父老」は村の老人たち。1の「故人」を指す。「雑乱言」は秩序もなく口々にしゃべる。**6**「觴酌」は酒を酌み交わす。「行次」は杯をまわす順番。**7** 自分の存在を知覚しない。**8**「物」は外物。富や名声など、自分の外にある価値。老荘の思想では外物に囚われないことを志向する。**9**「悠悠」は心のゆったりしたさま。「迷所留」は飲酒に浸って茫然自失になる。

その十四

なじみの人たちがわたしの好みを嘉《よみ》し、酒壺さげて連れだってきた。草を敷いて松の下に坐り、何度か酌み交わすうちにもう酔いがまわった。年寄りは思い思いにしゃべり散らし、酒杯がまわる順番もでたらめ。自分というものがいることもわからなくなる。ましてや世間の価値など知るわけもない。気持ちは緩んでその場でぼんやり。酒のなかにこそ深い味わいがある。

「飲酒二十首」のなかでも、この詩は酒の愉楽を直接うたう。酒は心を許す仲間と飲んでこそ楽しいもの。ここでは村の長老たちとの酒席であることが、他の六朝詩と異なる。単に酒を飲む楽しさを讃えるのでなく、「物を貴し」(8)とするこの世の価値観を否定する。とはいえ、理屈を超えた酩酊、陶然の境地こそ酒の味わいではある。

責子

陶淵明

1 白髪被兩鬢
2 肌膚不復實
3 雖有五男兒
4 總不好紙筆
5 阿舒已二八
6 懶惰故無匹
7 阿宣行志學
8 而不好文術
9 雍端年十三
10 不識六與七
11 通子垂九齡

子《こ》を責《せ》む

白髪《はくはつ》　両鬢《りょうびん》を被《おお》い
肌膚《きふ》　復《ま》た実《じつ》ならず
五男児《ごだんじ》有《あ》りと雖《いえど》も
総《す》べて紙筆《しひつ》を好《この》まず
阿舒《あじょ》は已《すで》に二八《にはち》なるも
懶惰《らんだ》　故《もと》より匹《たぐい》無《な》し
阿宣《あせん》は行《ゆく》ゆく志学《しがく》ならんとするも
而《しか》も文術《ぶんじゅつ》を好《この》まず
雍《よう》と端《たん》とは年十三《としじゅうさん》なるも
六《ろく》と七《しち》とを識《し》らず
通子《つうし》は九齢《きゅうれい》に垂《なんなん》とするに

12 但覓梨與栗　但《た》だ梨《なし》と栗《くり》とを覓《もと》むるのみ
13 天運苟如此　天運《てんうん》　苟《いやし》くも此《か》くの如《ごと》くんば
14 且進杯中物　且《しばら》く杯中《はいちゅう》の物《もの》を進《すす》めん

3 唐代の伝奇小説「枕中記《ちんちゅうき》」から推すに、五人の男の子をもつことは中国人の理想であったと思われる。 **5**「阿舒」の「阿」は名前の上につける愛称。以下、名はいずれも幼名。「二八」は十六歳。 **7**「行」は「……になろうとする」。「志学」は十五歳。『論語』為政《いせい》篇の「吾　十有五にして学に志す」に基づく。 **8**「文術」は詩文や学術。 **9**「雍端」は雍と端、二人の名前。 **11**「垂」は「……になろうとする」。 **13**「苟」は、かりに。 **14**「杯中物」は酒。

子供をとがめる

白髪《しらが》が左右の鬢《びん》にかぶさり、肌にもはりがなくなった。
五人のせがれがいるというのに、そろいもそろって勉強嫌い。
阿舒《あじょ》はもう十六になるが、怠けぶりにかけては並ぶ者なし。
阿宣《あせん》は志学の年になろうというのに、詩文も学問も好きでない。
雍《よう》と端《たん》は十三歳だが、六と七との区別さえつかない。

通子《つうし》はもうじき九つ。梨だの栗だのとほしがるばかり。
これがめぐり合わせというのなら、まずは杯の中の物をあおることにしよう。

◆

子供が詩に取り上げられるのは中国でも遅く、西晋・左思《さし》の「嬌女《きょうじょ》の詩」が早い例。それに続くのが陶淵明であり、その後は杜甫まで空白が続く。長男の儼《げん》が生まれた時には陶淵明は「子に命《なづ》く」詩を作って大いに期待をかけたが、大きくなってみたら比類なき怠け者。五人いずれもいかにできが悪いか並べ立てるが、しかしそんな子供たちがかわいくてたまらない気持ちがにじみ出る。そしてまた世間の価値観とは相い容れない人間の真情を垣間見せる。

擬挽歌辭三首

陶淵明

其一

1 有生必有死
2 早終非命促
3 昨暮同爲人
4 今旦在鬼錄

擬《ぎ》挽《ばん》歌《か》辞《じ》三《さん》首《しゅ》

其《そ》の一《いち》

生《せい》有《あ》れば必《かなら》ず死《し》有《あ》り
早《はや》く終《お》うるも命《めい》の促《みじか》きに非《あら》ず
昨暮《さくぼ》は同《とも》に人為《ひとた》るも
今旦《こんたん》は鬼録《きろく》に在《あ》り

魂氣散何之
枯形寄空木
嬌兒索父啼
良友撫我哭
得失不復知
是非安能覺
千秋萬歳後
誰知榮與辱
但恨在世時
飲酒不得足

魂気《こんき》　散《さん》じて何《いず》くにか之《ゆ》く
枯形《こけい》　空木《くうぼく》に寄《よ》す
嬌児《きょうじ》　父《ちち》を索《もと》めて啼《な》き
良友《りょうゆう》　我《われ》を撫《ぶ》して哭《こく》す
得失《とくしつ》　復《ま》た知《し》らず
是非《ぜひ》　安《いず》くんぞ能《よ》く覚《さと》らん
千秋万歳《せんしゅうばんざい》の後《のち》
誰《たれ》か栄《えい》と辱《じょく》とを知《し》らん
但《た》だ恨《うら》む　世《よ》に在《あ》りし時《とき》
酒《さけ》を飲《の》みて足《た》るを得《え》ざりしを

0 葬列の柩を挽きながら唱った「挽歌」(「薤露」、一九四頁や「蒿里」、一九五頁参照)になぞらえた作。　**2** 『荘子』斉物論《せいぶつろん》篇に、大小も寿夭《じゅよう》も相対的なものであって、殤子《しょうし》(若くして死んだ子供)ほど長寿な者も、彭祖《ほうそ》(長寿で知られる人。「形影神」、四一六頁参照)より短命な者もいないともいえる、と説くのに基づく。　**4** 「鬼録」は死者の名簿。　**5** 「魂気」は死者の体から抜け出た霊魂。『礼記』郊特牲《こうとくせい》に「魂気は天に帰し、形魄《けいはく》は地に帰す」。　**6**「枯形」は遺体を、「空木」は棺桶を指す。堯が「空木(中空の木)」を棺材とした故事(前漢・劉向『説苑《ぜいえん》』反質篇)による。

挽歌になぞらえる

その一

生ある者には必ず死がある。早世しても寿命が短いとはいえない。夕べはみなと一緒に生きていたのに、今朝になったら過去帳の人となる。魂は体を離れてどこへ行くのか。肉体は中空の木の棺桶にあずけられる。いたいけない子は父を捜して泣き、親しい友たちはわが遺骸をさすり慟哭する。生涯に得た物、失った物さえわからないのに、正しい事、間違った事を知る由もない。千年万年の後になれば、栄光も屈辱も誰が知ろうか。ただ恨めしいのは生きていた時、酒をしこたま飲めなかったこと。

其二

1 在昔無酒飲

2 今但湛空觴

其《そ》の二《に》

在昔《むかし》　酒《さけ》の飲《の》むべき無《な》く

今《いま》　但《た》だ空觴《くうしょう》に湛《たた》う

3 春醪生浮蟻
4 何時更能嘗
5 殽案盈我前
6 親舊哭我傍
7 欲語口無音
8 欲視眼無光
9 昔在高堂寢
10 今宿荒草鄉
11 荒草無人眠
12 極視正茫茫
13 一朝出門去
14 歸來良未央

春醪《しゅんろう》　浮蟻《ふぎ》生《しょう》じ
何《いず》れの時《とき》か更《さら》に能《よ》く嘗《な》めん
殽案《こうあん》　我《わ》が前《まえ》に盈《み》ち
親旧《しんきゅう》　我《わ》が傍《かたわ》らに哭《こく》す
語《かた》らんと欲《ほっ》するも口《くち》に音《おと》無《な》く
視《み》んと欲《ほっ》するも眼《め》に光《ひかり》無《な》し
昔《むかし》は高堂《こうどう》の寝《しん》に在《あ》るも
今《いま》は荒草《こうそう》の郷《きょう》に宿《やど》る
荒草《こうそう》　人《ひと》の眠《ねむ》る無《な》く
極視《きょくし》すれば正《まさ》に茫茫《ぼうぼう》たり
一朝《いっちょう》　門《もん》を出《い》でて去《さ》れば
帰《かえ》り来《きた》ること良《まこと》に未《いま》だ央《つ》きず

1「其の一」の末尾、生前に酒が十分飲めなかったことを受ける。「在昔」は二字で「むかし」。　**2**「空觴」は飲む人のいない酒杯。　**3・4**「春醪」は春にできあがったどぶろく。「浮蟻」はどぶろくの表面に浮いた泡粒。かもしたての酒に舌嘗めずりする様子を描く。**5**「殽案」は酒の肴《さかな》を並べた机。**11・12** この二句がないテキストもあるが、三首はことばをゆるやかに繰り返しながら展開するので、「其の三」の一句目に繋がるこれはあったほうがよい。「茫茫」は広くとりとめもないさま。**14**「未央」は『詩経』小雅・庭燎《ていりょう》の「夜は如何《いかん》、夜は未だ央（なかば）ならず」に基づく。『詩経』では半分にも達していないの意であるが、そこから「終わらない」「いつともあてがない」の意で用いられる。

その二

昔は飲みたくともありつけなかった酒が、今は持つ人のない杯に満ちる。
春の濁り酒に蟻のような泡粒が浮かぶ。それを口にできる時はもはやないのだ。
ご馳走の膳がわが前に所狭しと供えられ、親戚も旧友もわが傍らに泣きくずおれる。
語りかけようにも口から声が出ない。見ようとしても目には光がない。
昔は高殿《たかどの》の広間で寝ていたものが、今は草むした里に宿る身。
荒れ果てた草むらに他に眠る人もなく、目の及ぶ限り茫々と広がる荒野。
ひとたび家の門を出て行ったら、戻ってくるのはまことにいつとも知れない。

其三

荒草何茫茫
白楊亦蕭蕭
嚴霜九月中
送我出遠郊
四面無人居
高墳正嶕嶢
馬爲仰天鳴
風爲自蕭條
幽室一已閉
千年不復朝
千年不復朝
賢達無奈何
向來相送人
各已歸其家

其《そ》の三《さん》

荒草《こうそう》 何《なん》ぞ茫茫《ぼうぼう》たる
白楊《はくよう》 亦《ま》た蕭蕭《しょうしょう》たり
厳霜《げんそう》 九月《くがつ》の中《うち》
我《われ》を送《おく》りて遠郊《えんこう》に出《い》ず
四面《しめん》 人居《じんきょ》無《な》く
高墳《こうふん》 正《まさ》に嶕嶢《しょうぎょう》たり
馬《うま》は為《ため》に天《てん》を仰《あお》いで鳴《な》き
風《かぜ》は為《ため》に自《おのずか》ら蕭条《しょうじょう》たり
幽室《ゆうしつ》 一《ひと》たび已《すで》に閉《と》ずれば
千年《せんねん》 復《ま》た朝《あした》ならず
千年《せんねん》 復《ま》た朝《あした》ならざるは
賢達《けんたつ》も奈何《いかん》ともする無《な》し
向来《さきごろ》 相《あ》い送《おく》りし人《ひと》
各《おの》おの已《すで》に其《そ》の家《いえ》に帰《かえ》る

親戚或餘悲
佗人亦已歌
死去何所道
託體同山阿

親戚《しんせき》　或《ある》いは悲《かな》しみを余《あま》すも
佗人《たにん》　亦《ま》た已《すで》に歌《うた》う
死《し》し去《さ》るは何《なん》の道《い》う所《ところ》ぞ
体《み》を託《たく》して山阿《さんあ》に同《おな》じきのみ

1「其の二」の11・12を承ける。　**2**「白楊」はハコヤナギ。墓地に植えられる木。**6**「高墳」は土を盛り上げた墓。「嶕嶢」は高く盛り上がったさま。　**9**「幽室」は暗い部屋、墓の内部をいう。　**12** いかにすぐれた人であっても死を免れることはできない。「古詩十九首」其の十三に「万歳　更《こも》ごも相い送り、聖賢も能く度《こ》ゆる莫し」(二二七頁)。　**13**「向来」はさっき。近い過去をいう。「相送人」はわたしを葬送した人。**16**「佗人」は他人。「親戚」ではない人。『礼記』曲礼《きょくらい》上に「墓に適《ゆ》けば歌わず、哭する日には歌わず」と喪中は歌舞音曲を控える規定がある。　**17** 死は必然であって何も言うことはない、の意。　**18**「山阿」は山のくま。死んで土に帰ることをいう。

その三

枯れ果てた草が果てしなく広がる。墓地の白楊《はくよう》も寂しく風に鳴る。
霜の冷たい九月に、わが棺は遠い野辺《のべ》まで運ばれる。

四方には人家の一つもなく、土まんじゅうが高々と聳《そび》える。
馬もわたしを偲んで天に向かって嘶《いなな》き、風もわたしを悼んで悲しげに吹き寄せる。
暗い墓穴がひとたび閉じられてしまえば、千年たとうと二度と朝は来はしない。
千年たとうと二度と朝は来はしない、それは賢者達人にもどうにもならぬ。
ついさきほど野辺送りしてくれた人たちは、もうそれぞれの家へ帰って行った。
親族の中には悲しみ尽きせぬ者もいるが、他人ははや鼻歌を口ずさんでいる。
死んでしまうのは言い立てるほどのことか。骸《むくろ》が山の土となるにまかせるだけ。

◆「挽歌」は人の死を悼む詩であるが、陶淵明は自分の死を想定するという奇抜な想像力を発揮する。彼には死者を弔う「祭文《さいぶん》」を自分を祭られる対象として書いた「自《みずか》ら祭る文」という作もある。この死への人並み以上の関心は、それほどに死を怖れ、同時にまた生に強く執着したあかしでもある。三首は死、納棺、葬儀、野辺送り、埋葬、そして埋葬されたあとの墓穴、と時間に沿ってうたわれる。諧謔の暗い笑いが地底から響いてくるようだ。

歸去來兮辭　帰去来《ききょらい》の辞《じ》　陶淵明

1 歸去來兮
2 田園將蕪胡不歸
3 既自以心爲形役
4 奚惆悵而獨悲
5 悟已往之不諫
6 知來者之可追
7 實迷途其未遠
8 覺今是而昨非
9 舟遙遙以輕颺
10 風飄飄而吹衣
11 問征夫以前路
12 恨晨光之熹微

帰《かえ》りなんいざ
田園《でんえん》将《まさ》に蕪《あ》れんとす　胡《なん》ぞ帰《かえ》らざる
既《すで》に自《みずか》ら心《こころ》を以《もっ》て形《かたち》の役《えき》と為《な》す
奚《なん》ぞ惆悵《ちゅうちょう》として独《ひと》り悲《かな》しまん
已往《いおう》の諫《いさ》められざるを悟《さと》り
来者《らいしゃ》の追《お》う可《べ》きを知《し》る
実《じつ》に途《みち》に迷《まよ》うこと其《そ》れ未《いま》だ遠《とお》からず
今《いま》の是《ぜ》にして昨《さく》の非《ひ》なるを覚《さと》る
舟《ふね》は遥遥《ようよう》として以《もっ》て軽《かる》く颺《あが》り
風《かぜ》は飄飄《ひょうひょう》として衣《ころも》を吹《ふ》く
征夫《せいふ》に問《と》うに前路《ぜんろ》を以《もっ》てし
晨光《しんこう》の熹微《きび》なるを恨《うら》む

0「去来」は動詞のあとについて「……しよう」の意をあらわす、口語的な語。「兮《けい》」は語調を整える字。「辞」は『楚辞』に連なる韻文の一種。　**3**「形」は身体。「形影神」(四一〇頁)参照。「役」はこき使われるもの。 **5・6** 「已往」は過去。「諫」は正す。「来者」は未来。『論語』微子《びし》篇に見える楚の「接輿《せつよ》の歌」に、「往者は諫む可からず、来者は猶お追う可し」(三四頁)。 **9** 「颺」は風に舞い上がる。軽快な航行を空中を舞うにたとえる。 **11** 「征夫」は旅人。 **12** 心逸《はや》るのに暗くて先が見えないのを悔しく思う。「熹微」は薄暗い。

帰去来《ききょらい》の辞(さあ帰ろうのうた)

さあ、帰ろう。田舎は今や荒れ果てそうだ、帰らずにいられようか。

自分から敢えて心を体の下僕《しもべ》にしてきた、どうしてくよくよと一人悲しむのか。

過ぎし日は取り返しがつかぬものと知ったが、この先を追い求めることはできよう。

まさしく道に迷ったもののまだ遠くへ行きすぎてはいない。今日が正しく、昨日が誤りであったと気付いたのだ。

舟ははるけき路を軽々と舞い上がり、風はさやさやと衣に吹いてくる。

旅征《ゆ》く人に尋ねるのはこの先の路、恨むらくは朝の光のほの暗いこと。

13 乃瞻衡宇　　乃《すなわ》ち衡宇《こうう》を瞻《み》
14 載欣載奔　　載《すなわ》ち欣《よろこ》び載《すなわ》ち奔《はし》る

僮僕歓迎
稚子候門
三徑就荒
松菊猶存
攜幼入室
有酒盈罇
引壺觴以自酌
眄庭柯以怡顔
倚南窗以寄傲
審容膝之易安
園日渉以成趣
門雖設而常關
策扶老以流憩
時矯首而遐觀
雲無心以出岫

僮僕　歓《よろこ》び迎《むか》え
稚子《ちし》　門《もん》に候《ま》つ
三径《さんけい》は荒《こう》に就《つ》くも
松菊《しょうぎく》は猶《な》お存《そん》す
幼《おさな》きを携《たずさ》えて室《しつ》に入《い》れば
酒《さけ》有《あ》りて樽《たる》に盈《み》つ
壺觴《こしょう》を引《ひ》きて以《もっ》て自《みずか》ら酌《く》み
庭柯《ていか》を眄《なが》めて以《もっ》て顔《かお》を怡《よろこ》ばす
南窓《なんそう》に倚《よ》りて以《もっ》て傲《ごう》を寄《よ》せ
膝《ひざ》を容《い》るるの安《やす》んじ易《やす》きを審《つまびら》かにす
園《えん》は日《ひ》びに渉《わた》って以《もっ》て趣《おもむ》きを成《な》し
門《もん》は設《もう》くと雖《いえど》も常《つね》に関《とざ》す
扶老《ふろう》を策《つえ》つきて以《もっ》て流憩《りゅうけい》し
時《とき》に首《こうべ》を矯《あ》げて遐《とお》く観《み》る
雲《くも》は無心《むしん》にして以《もっ》て岫《しゅう》を出《い》で

30 鳥倦飛而知還　鳥《とり》は飛《と》ぶに倦《う》みて還《かえ》るを知《し》る
31 景翳翳以將入　景《ひかり》は翳翳《えいえい》として以《もっ》て将《まさ》に入《い》らんとし
32 撫孤松而盤桓　孤松《こしょう》を撫《ぶ》して盤桓《ばんかん》す

13「乃」はやっと。暗くて見えなかった我が家が見えた喜びをあらわす。「瞻」は望み見る。「衡宇」は粗末な我が家。「衡」は横木を渡しただけの簡素な門。「宇」は屋根。**14**「載……載……」は「……したり……したり」。『詩経』に頻見する語法。**17**「三径」は前漢の蔣詡《しょうく》が世間と絶ち、三本の小道のみ設けて隠者と交わった故事(『三輔決録《さんぽけつろく》』)から、隠士の住まいをいう。「就荒」は荒れた状態になる。**18**「松菊」はともに高潔とされる植物。**22**「眄」は横目で見る。「庭柯」は庭の木々。「柯」は木の枝。**23**「寄傲」は自分が中心であるような気分に身を任せる。**24**「審」ははっきりと知る。**27**「容膝」は膝を容れるだけしかない狭い居室。**25**「日渉」は毎日歩きまわる。「扶老」は杖の別称。「流憩」は気ままに歩いては休む。**29**「岫」は山の中の洞窟。雲は洞窟から出るものとされた。**31**「翳翳」は暗い。**32**「盤桓」は進みあぐねる。

ようやくあばら屋が遠くに見えてきた。心弾んで走り出す。下僕たちは喜んで出迎えてくれ、幼子は門で待っている。

庭の小道は荒れ始めているが、松や菊は昔のままに今もある。
子供をかかえて部屋に入れば、用意の酒が樽に溢れんばかり。
壺や杯を引き寄せて手酌で汲み、庭の木々に目を遊ばせれば、顔もほころんでくる。
南の窓にもたれてのびのびとくつろぎ、狭い我が家の居心地のよさにとくと浸る。
庭は毎日歩いているうちに味わい深くなり、門はあっても閉めきっている。
杖をついてあちこちめぐっては足を止め、時には顔を上げて遠くを眺める。
無心の雲は山の洞《ほら》から出て、疲れた鳥はねぐらに帰る時を心得ている。
陽《ひ》がほの暗く沈みかけてきた。ぽつんと立つ松を撫でては、立ち去りかねる。

33 歸去來兮
34 請息交以絶游
35 世與我而相違
36 復駕言兮焉求
37 悅親戚之情話
38 樂琴書以消憂

帰《かえ》りなんいざ
請《こ》う　交《まじ》わりを息《や》めて以《もっ》て游《ゆう》を絶《た》たん
世《よ》は我《われ》と相《あ》い違《たが》う
復《ま》た駕《が》して言《ここ》に焉《なに》をか求《もと》めん
親戚《しんせき》の情話《じょうわ》を悦《よろこ》び
琴書《きんしょ》を楽《たの》しみて以《もっ》て憂《うれ》いを消《け》さん

39 農人告余以春及
40 將有事於西疇
41 或命巾車
42 或棹孤舟
43 既窈窕以尋壑
44 亦崎嶇而經丘
45 木欣欣以向榮
46 泉涓涓而始流
47 喜萬物之得時
48 感吾生之行休

農人《のうじん》　余《よ》に告《つ》ぐるに春《はる》の及《およ》ぶを以《もっ》てし
将《まさ》に西疇《せいちゅう》に事有《ことあ》らんとす
或《ある》いは巾車《きんしゃ》を命《めい》じ
或《ある》いは孤舟《こしゅう》に棹《さお》さす
既《すで》に窈窕《ようちょう》として以《もっ》て壑《たに》を尋《たず》ね
亦《ま》た崎嶇《きく》として丘《おか》を経《ふ》
木《き》は欣欣《きんきん》として以《もっ》て栄《えい》に向《む》かい
泉《いずみ》は涓涓《けんけん》として始《はじ》めて流《なが》る
万物《ばんぶつ》の時《とき》を得《え》たるを喜《よろこ》び
吾《わ》が生《せい》の行《ゆ》く休《や》むに感《かん》ず

35 世の中と自分とが乖離する。　**36**「駕」は馬車を走らせる。出仕することをいう。「言」は語調を整える字。　**37**「情話」はうち解けた話。　**40**「有事」は仕事をする。「西疇」は西の畑。　**41**「巾車」は幌をかけた車。　**43・44**「既……、亦……」は「……もするし……もする」という並列。「窈窕」は奥深いさま。「崎嶇」は険しいさま。　**45**「欣欣」は喜ぶさま。「向栄」は開花しようとする。　**46**「涓涓」は水が細く流れるさま。

47 自然がすべて時宜を得て潑溂としているのが嬉しい。

さあ、帰ろう。交際は止め、付き合いは断ち切らせてもらおう。
世間はわたしと相い容れない。再び馬車を走らせて何を求めるのか。
身内との心通い合うおしゃべりを楽しんで、琴《きん》や本で憂いを消そう。
農夫がもう春が来たと教えてくれる。さて西の畑で作業を始めるか。
幌付きの車を用意させたり、一艘の舟に棹さしたり。
深い谷を尋ねもするし、険しい山を巡ることもしよう。
木々は嬉しげに花の支度をする。泉水はさらさらと流れ始める。
万物が時を得ているのが喜ばしい。わが生がいずれ尽きることが心に滲《し》みる。

49 已矣乎　　　　　　已《や》んぬるかな
50 寓形宇内復幾時　　形《かたち》を宇内《うだい》に寓《ぐう》すること復《ま》た幾時《いくとき》ぞ
51 曷不委心任去留　　曷《なん》ぞ心《こころ》を委《ゆだ》ねて去留《きょりゅう》に任《まか》かせざる
52 胡爲乎遑遑兮欲何之　　胡為《なんす》れぞ遑遑《こうこう》として何《いず》くに之《ゆ》かんと欲《ほっ》する
53 富貴非吾願　　富貴《ふうき》は吾《わ》が願《ねが》いに非《あら》ず

54 帝郷不可期　帝郷《ていきょう》は期《き》す可《べ》からず
55 懐良辰以孤往　良辰《りょうしん》を懐《おも》いて以《もっ》て孤《ひと》り往《ゆ》き
56 或植杖而耘耔　或《ある》いは杖《つえ》を植《た》てて耘耔《うんし》す
57 登東皐以舒嘯　東皐《とうこう》に登《のぼ》りて以《もっ》て舒嘯《じょしょう》し
58 臨清流而賦詩　清流《せいりゅう》に臨《のぞ》みて詩《し》を賦《ふ》す
59 聊乘化以歸盡　聊《いささ》か化《か》に乗《じょう》じて以《もっ》て尽《つ》くるに帰《き》し
60 樂夫天命復奚疑　夫《か》の天命《てんめい》を楽《たの》しみて復《ま》た奚《なん》ぞ疑《うたが》わん

49「已矣乎」はどうするすべもないという絶望の感嘆詞。**50**「宇内」は宇宙の中。**51**「去留」はこの世を去ることとこのまま留まること。死と生。**52**「遑遑」はあわただしいさま。**54**「帝郷」は天界、仙界。『荘子』天地篇に「彼の白雲に乗りて、帝郷に至らん」。**55**「良辰」は天気のいい日。**56**「植杖」は杖を地面に立てる。『論語』微子《びし》篇に隠者が「其の杖を植てて芸《くさぎ》る」。「耘耔」は草を刈りとり、根本に土を盛る。『詩経』小雅・甫田《ほでん》に「或いは耘(くさぎ)り或いは耔(つちか)う」。**57**「東皐」は東の岡。魏の阮籍《げんせき》の「蔣公に詣《いた》す」という文に、「東皐の陽《みなみ》に耕す」というように、隠者の農耕生活と結びつく場所。「舒嘯」はのびやかに声を引き延ばしてうたう。**59**「乗化」

は自然の変化に従う。　**60**「楽夫天命」は天の与える運命を受け入れ、それを喜びとする。『周易』繫辞《けいじ》伝上に「天を楽しみ命を知る、故に憂えず」。

いかんともしがたい、体をこの宇宙に留めておけるのは、どれほどの時か。どうして心を委ねて寿命に任せないのか。なぜせかせかとどこかに行こうとする。富貴はわたしの望むものではない。仙界は期待はできない。晴れた日を心待ちにして一人出かけたり、杖は立てておいて草取りや土寄せをしよう。東の岡に登って気持ちよく嘯《うそぶ》いたり、清流の前で詩を詠んだりしよう。まずは変化のままに命の終わりに帰り着こう。かの天命を楽しんで、もう何の迷いも生じない。

彭沢《ほうたく》県令を辞任して郷里に帰ったときの作。官人としての暮らしは自分の本性を損なうとして帰隠するのだが、仕官―隠棲の単純な対比には収まらない。拘束のない暮らしのなかでもやがて訪れる死、それにどう対処するかを繰り返し問いかける。万物が自然に従って変化するように、死も自然の理、生きるも死ぬも自然と一体になること、それを積極的に受け入れて自分の生を生きること。天命を享受すればば「復《ま》た奚《なん》ぞ疑わん」(60)、もう何の疑念も生じないという結論が導かれるが、そこま

でに幾たびも迷い悩むところに悟りや諦観とは異なる、文学であるゆえんがある。「帰去来の辞」の「辞」は、一句の字数も全体の句数も定まっていない。漢の武帝「秋風の辞」（一五二頁）のほか、作例も少ない。句末に「兮」を置くところは『楚辞』に列なる。「帰去来兮」「已矣乎」など短い句によって段落の切れ目が示される。13-20は四字句を並べ、21-32は一句のなかに「以」「而」「之」を挟んで上三字と下二字をつなげる、といった文体の特徴が見られる。

✽**顔延之**《がんえんし》　三八四—四五六　字は延年《えんねん》。南朝宋の金紫《きんし》光禄大夫《こうろくたいふ》に至る。政情不安な時代にあって生を全うした稀少な例。当時は謝霊運《しゃれいうん》とともに「顔謝《がんしゃ》」と併称される文壇の雄であったが、今のこるのが儀礼的な場の作が多く、修辞が難解であるためか、唐代以後は後退していった。陶淵明を最も早く認めたことでも知られ、その地まで出かけて対面したこともある。

五君詠五首　　顔延之

其一　阮歩兵

1 阮公雖淪跡

五君詠五首《ごくんえいごしゅ》

其《そ》の一《いち》　阮歩兵《げんほへい》

阮公《げんこう》は跡《あと》を淪《しず》むと雖《いえど》も

識密鑑亦洞
沈醉似埋照
寓辭類託諷
長嘯若懷人
越禮自驚衆
物故不可論
途窮能無慟

識《しき》は密《こま》やかにして鑑《かん》も亦《ま》た洞《ふか》し
沈酔《ちんすい》は照《ひかり》を埋《うず》むるに似《に》
寓辞《ぐうじ》は諷《ふう》を託《たく》するに類《るい》す
長嘯《ちょうしょう》して人《ひと》を懐《おも》うが若《ごと》く
礼《れい》を越《こ》えて自《みずか》ら衆《しゅう》を驚《おどろ》かす
物故《ぶっこ》は論《ろん》ず可《べ》からざるも
途窮《みちきわ》まれば能《よ》く慟《どう》する無《な》からんや

0「五君詠」は魏の阮籍《げんせき》・嵇康《けいこう》・劉伶《りゅうれい》・阮咸《げんかん》・向秀《しょうしゅう》の五人を取り上げて讃え、併せて自分の思いを寄せた詩。この五人に山濤《さんとう》・王戎《おうじゅう》を加えた七人が、東晋以後には「竹林の七賢」と呼ばれることになる。「阮歩兵」は阮籍(三三三頁)。歩兵校尉の任にあったことがある。　**1**「淪跡」は行跡をくらます。「淪」は水に沈める。阮籍が厳しい政争に巻き込まれぬよう、身を韜晦した生き方を貫いたことをいう。　**2**「鑑」は物事を判断する力。　**3**「埋照」は本来の明察を表に出さない。　**4**「寓辞」は寄託する。「託諷」は諷刺を籠める。阮籍の「詠懐詩十七首」(三三三頁)についていう。　**5**「長嘯」は長く声を延ばす詠唱法。阮籍は蘇門山の隠者と語らい、「長嘯」して別れたという(東晋・

孫盛『魏氏春秋』)。「懐人」はここでは隠者を慕う。**6**「越礼」は礼法を破る。阮籍は母親の死んだ時にも酒を飲んだなど、奇矯な行動が伝えられる。**7**「物故」は世間の事柄。一句は阮籍が人の批判を口にしなかったことを指す。『晋書』阮籍伝に「口に人物を臧否《ぞうひ》せず(善し悪しを言わない)」。**8**「途窮」は行き止まりにぶつかって進退窮まる。阮籍は思うままに車を走らせ、道が行き詰まると、「輒《すなわ》ち慟哭して返る」(『魏氏春秋』)という逸話がある。内面に深い懊悩をかかえていたことをいう。

五人の君子を詠ず

その一　阮籍《げんせき》

阮公《げんこう》は世から身をくらましたとはいえ、奥には緻密な見識と深い洞察を備えていた。泥酔したのは、輝く才気をあえて埋もれさせたかに思え、寓意を込めたのは、諷刺を含めたかにみえる。

長い嘯《うそぶ》きは隠者を思慕するに似、礼を無視してわざわざ衆人を驚かせた。

世間のくさぐさを口にしようとはしなかったが、それでも行き詰まれば慟哭せずにはいられなかった。

其《そ》の二《に》　嵇中散《けいちゅうさん》

其二　嵇中散

1 中散不偶世
2 本自餐霞人
3 形解驗默仙
4 吐論知凝神
5 立俗迕流議
6 尋山洽隠淪
7 鸞翮有時鎩
8 龍性誰能馴

中散《ちゅうさん》は世《よ》に偶《あ》わず
本《もと》自《よ》り餐霞《さんか》の人《ひと》なり
形《かたち》　解《と》けて黙仙《もくせん》を験《しる》し
論《ろん》を吐《は》きて神《しん》を凝《こ》らすを知《し》る
俗《ぞく》に立《た》ちては流議《りゅうぎ》に迕《さか》らい
山《やま》を尋《たず》ねては隠淪《いんりん》に洽《かな》う
鸞翮《らんかく》　時《とき》に鎩《そこ》なわるる有《あ》るも
龍性《りゅうせい》　誰《たれ》か能《よ》く馴《な》らさん

0「嵇中散」は嵇康《けいこう》(三四四頁)。中散大夫の任にあったことがある。　**1**「不偶世」は世間と合わない。　**2**「本自」は二字で「もともと」の意。「餐霞人」は彩雲を食らう仙人。　**3**「形解」は尸解《しかい》。魂が体から抜け出て仙人になること。「形」は身体。「験」は証拠となる。「黙仙」は秘かに仙人になる。嵇康は刑死したのち、尸解して仙人になったとの伝説があった。　**4**「吐論」は嵇康が「養生論《ようせいろん》」を著したことを指す。「凝神」は道家の精神集中法。　**5**「立俗」は世俗のなかに身を置く。「流議」は世間に流通する議論。嵇康が儒家の礼教を否定したことをいう。　**6**「洽」は親しむ。「隠淪」は仙人。　**7** 嵆康が処刑されたことをいう。「鸞」は鳳凰の類。「翮」は羽。「鎩」は傷つく。

その二　嵆康《けいこう》

嵆中散《けいちゅうさん》は世間と調和することはない。もともと霞《かすみ》を食らう仙人。尸解《しかい》したのは人知れぬ仙人であった証《あかし》、養生《ようせい》を論じたのは、精神集中の術を体得していたから。

俗界にあっても通行の考えに逆らい、山に入って仙人と意気投合した。高貴な鸞《らん》も翼を傷つけられる時がある。龍の本性は誰も手なずけられはしない。

◆

顔延之が生きた南朝宋も、権謀術数が渦巻く危うい時代だった。文学において彼と並び立つ謝霊運はその罠に落ちて刑死した。そうした状況にあって、政争の危険に身をさらした魏の阮籍《げんせき》・嵆康《けいこう》は、単なる先人ではなく、切実な鑑《かがみ》であった。

✻**謝霊運**《しゃれいうん》　三八五―四三三　名門謝《しゃ》氏に生まれ、康楽公《こうらくこう》の爵位を受け継ぐ。東晋では劉毅《りゅうき》らに仕え、宋に入り、都を離れた永嘉《えいか》郡(浙江省温州市)の太守に左遷され、山水に失意をまぎらわせた。文帝が即位すると中央に復帰したが、次々と代わる権力者のもとに仕え、政争の渦中に常に身を置いて結局刑死した。文学において当時は顔延之《がんえんし》と双璧を成し、「顔謝《がんしゃ》」と称されたが、後世への影響は謝霊運の方がはるかに大きい。ことに彼の創始した山水文学は自然観照のありかたに一つの期を画す。

晩出西射堂

謝霊運

1 歩出西城門
2 遙望城西岑
3 連鄣疊巘崿
4 青翠杳深沈
5 曉霜楓葉丹
6 夕曛嵐氣陰
7 節往戚不淺
8 感來念已深
9 羈雌戀舊侶
10 迷鳥懷故林
11 含情尚勞愛

晩《くれ》に西射堂《せいしゃどう》を出《い》ず

歩《あゆ》みて西《にし》の城門《じょうもん》を出《い》で
遥《はる》かに城西《じょうせい》の岑《みね》を望《のぞ》む
連鄣《れんしょう》　巘崿《けんがく》を畳《かさ》ね
青翠《せいすい》　杳《よう》として深沈《しんちん》たり
暁霜《ぎょうそう》　楓葉丹《ふうようあか》く
夕曛《せきくん》　嵐気《らんき》陰《くら》し
節往《せつゆ》きて　戚《うれ》い浅《あさ》からず
感来《かんきた》りて　念《おも》い已《はなは》だ深《ふか》し
羈雌《きし》　旧侶《きゅうりょ》を恋い
迷鳥《めいちょう》　故林《こりん》を懐《おも》う
情《じょう》を含《ふく》みて尚《な》お労愛《ろうあい》す

12 如何離賞心
13 撫鏡華緇鬢
14 攬帯緩促衿
15 安排徒空言
16 幽獨頼鳴琴

如何《いかん》ぞ　賞心《しょうしん》を離《はな》れんや
鏡《かがみ》を撫《な》ずれば緇鬢《しびん》華《しろ》く
帯《おび》を攬《と》れば促衿《そっきん》緩《ゆる》し
安排《あんぱい》は徒《いたず》らに空言《くうげん》なるのみ
幽独《ゆうどく》　鳴琴《めいきん》に頼《たよ》る

0「西射堂」は永嘉《えいか》郡の役所の西にあった弓の練習場。　**1・2**「西城門」は城壁の西側の門。「岑」は山。劉楨《りゅうてい》(二七九頁)「徐幹《じょかん》に贈る」に「歩みて北寺の門を出で、遥かに西苑の園を望む」。　**3**「連鄣」は連なる山の尾根。「巘崿」は崖。　**4**「青翠」は山の緑。　**6**「夕曛」は日暮れの薄暗さ。「嵐気」は山中の靄《もや》。　**7**「節往」は季節が移り行く。「戚」は憂い。　**9・10** 鳥も孤独を厭う。「羈雌」はつれ合いとはぐれた旅の雌鳥。「旧侶」はもとのつれ合い。前漢・枚乗《ばいじょう》「七発」に「暮には則ち羈雌迷鳥宿る」。　**11** 鳥すら仲間を慕って心を痛める。「含情」は深い思いを心に抱く。「労愛」は心を痛めながら故郷や仲間を恋い慕う。　**12**「賞心」はここではともに景物を鑑賞する友人と解する。「賞」は謝霊運の場合、観照するといった深い意味をもつ。　**13・14** 憂愁のためにやつれる。「華」は髪が白い。「緇鬢」は黒い髪。　**15**「安排」は自然の変化に身を任せる。『荘子』大宗師篇《だいそうし》に「排に安んじて化に去れば、乃ち寥《りょう》に入りて天一たり（推移に従って変化とともに去りゆけば、寂寥とした状態に入って天と一体になる）」。**16**「幽独」は独りひっそりいる状態。

日暮れに西射堂《せいしゃどう》を出る

西の城門から歩み出て、遥か町の西の山を眺める。

連なる尾根には幾重にも崖が切れ込み、木々の緑も小暗《おぐら》く沈みゆく。

朝の霜に打たれた楓樹《ふうじゅ》の葉は赤く染まり、夕闇のなかに山の気は翳《かげ》る。

季節は移ろい、憂いは募り、心動いて思念はひたすら深まる。

遠く旅する雌鳥は昔のつれあいを慕い、はぐれた鳥は元の林を懐かしむ。

思慕の念を抱《いだ》くとき鳥でも心を砕く。ともに景色を愛でる人とどうして離れられよう。

鏡をさすれば黒かった髪も白く、帯を手にすればきつかった襟元に緩《ゆる》みがある。

変化に任せて天と一つになるなど、空言《そらごと》に過ぎない。独りひっそり生きるのに、頼るは琴《きん》の音《ね》。


——光が明から暗に変わりゆく夕暮れ（3・4）、季節も秋へと移りゆく（5・6）。秋の日暮れに覚える寂寥は友への思いを掻き立てる（11・12）。身もやつれるなかで（13・

14)、万物の推移に同化するという『荘子』の哲学を想起するが、それも中身はない(15)。しばしの慰めを得るために琴にすがってみる(16)。表面に語られてはいないが、都から永嘉に追いやられた悲憤の念が、この詩に流れる憂愁のもとにある。

◆

登池上樓　　謝霊運

1 潛虯媚幽姿
2 飛鴻響遠音
3 薄霄愧雲浮
4 棲川怍淵沈
5 進德智所拙
6 退耕力不任
7 徇祿反窮海
8 臥痾對空林
9 衾枕昧節候
10 褰開暫窺臨

池上《ちじょう》の楼《ろう》に登《のぼ》る

潜虯《せんきゅう》　幽姿《ゆうし》　媚《うるわ》しく
飛鴻《ひこう》　遠音《えんいん》　響《ひび》く
霄《しょう》に薄《せま》るには雲《くも》に浮《う》かぶに愧《は》じ
川《かわ》に棲《す》むには淵《ふち》に沈《しず》むに怍《は》ず
徳《とく》を進《すす》めんとするも智《ち》の拙《つたな》き所《ところ》
耕《こう》に退《しりぞ》かんとするも力《ちから》は任《た》えず
禄《ろく》に徇《したが》いて窮海《きゅうかい》に反《かえ》り
痾《やまい》に臥《ふ》して空林《くうりん》に対《たい》す
衾枕《きんちん》　節候《せっこう》に昧《くら》く
褰《かか》げ開《ひら》いて暫《しばら》く窺《うかが》い臨《のぞ》む

傾耳聆波瀾
擧目眺嶇嶔
初景革緒風
新陽改故陰
池塘生春草
園柳變鳴禽
祁祁傷豳歌
萋萋感楚吟
索居易永久
離羣難處心
持操豈獨古
無悶徵在今

耳《みみ》を傾《かたむ》けて波瀾《はらん》を聆《き》き
目《め》を挙《あ》げて嶇嶔《くきん》を眺《なが》む
初景《しょけい》　緒風《しょふう》を革《あらた》め
新陽《しんよう》　故陰《こいん》を改《あらた》む
池塘《ちとう》　春草《しゅんそう》生《しょう》じ
園柳《えんりゅう》　鳴禽《めいきん》変《へん》ず
祁祁《きき》たるに豳歌《ひんか》に傷《いた》み
萋萋《せいせい》たるに楚吟《そぎん》に感《かん》ず
索居《さくきょ》は永《なが》く久《ひさ》しくなり易《やす》く
離群《りぐん》は心《こころ》を処《しょ》し難《がた》し
操《みさお》を持《じ》するは豈《あ》に独《ひと》り古《いにしえ》のみならんや
悶無《うれいな》きは　徴《しるし》　今《いま》に在《あ》り

1・2 深く身を潜めた虬《みずち》も、空高く翔ける鴻《おおとり》も、地上の危害を被ることがない。「潜虬」は水中の虬。「虬」は龍の一種。「媚」は美しい。謝霊運愛用の語。　**3・4** 虬・鴻と違って、自分は世俗にとらわれて、深く潜ることも高く飛ぶこともできない。「薄霄」は大空に近づく。「愧」も「怍」も恥じる。　**5**「進徳」は徳を推し進めて仕官する。『周易』乾卦《けんか》文言伝に「君子は徳を進め業を脩《おさ》む」。　**6**「退耕」は隠棲して農業に勤《いそ》しむ。　**7**「徇禄」は俸禄のために我が身を犠牲にする。「反」は「返」に同じ。元に戻る。都に出た謝霊運がまた南の地へ赴くために戻ることをいう。「窮海」は地の果ての海。謝霊運の任地、永嘉《えいか》郡を指す。　**12**「嶇嶔」は険しい山。　**13**「初景」は初春の陽光。「緒風」は冬のなごりの風。「緒」は「余」の意。　**14** 陰気が陽気に転じ、冬から春に移ったことをいう。　**16**「変鳴禽」は季節の移ろいとともに鳴く鳥が変わる。　**17**「祁祁」は『詩経』七月《しちがつ》の「春日　遅遅《ちち》たり、蘩《はん》を采《と》ること祁祁たり」(九五頁)に基づき、草摘みの人が多いこと。それに続けて「女《むすめ》の心は傷悲す、殆《ねが》わくは公子と同《とも》に帰らん」と帰りたい悲しみをうたうので、「傷む」という。「豳歌」は「豳風」の歌。　**18**「萋萋」は『楚辞』招隠士《しょういんし》の「王孫《おうそん》遊びて帰らず、春草《しゅんそう》生じて萋萋たり」(一三九頁)に基づき、春の草が生い茂るさま。これも帰れない悲しみを伴うので「感ず」という。「楚吟」は楚の歌。『楚辞』を指す。　**19・20**「索居」「離群」は仲間から離れてわびしく住むこと。『礼記』檀弓《だんぐう》上の「吾《われ》群を離れて索居すること、亦た已に久し」に基づく。「処心」は心を落ち着かせる。　**22**「無悶」は隠棲することによって煩悶を解消する。『周易』乾卦文言伝に「世を遯《のが》れて悶无《な》（無）し」。

池のほとりの楼に登る

水に潜む虬《みずち》は幽遠な姿が美しい。天翔《あまかけ》る鴻《おおとり》は遠く声だけが響く。空に近づくには、雲に浮かぶ鴻に恥じる身。川に住むには、淵に沈む虬に恥じる身。徳を積んで出仕しようにも才智は拙《つたな》い。隠棲して農耕しようにも膂力《りょりょく》が及ばない。俸禄に身を捧げてさいはての海辺に戻り、病に臥して冬木立に向かい合う。床《とこ》に臥せったままでは季節にうとく、とばりを開けてしばし外の様子をうかがう。耳を傾けて波の音を聴き、目を上げて険しい山をながめる。初春の陽光がなごりの寒風に取って変わり、新年の陽の気が陰の気から改まった。池の堤《つつみ》には春の草がめばえ、庭の柳にさえずる鳥も入れ代わった。ヨモギ摘みのにぎわいから豳《ひん》の歌に胸痛み、青々と繁る草から楚の歌に思いが動く。一人住まいは時の経つのが遅く、友に離れて暮らすと心が落ち着かぬ。操《みさお》を守るのは昔の人だけではない。身を隠して憂悶なきこと、今ここに徴《しるし》がある。

――永嘉に逼塞している時期の作。虬や鴻に憧れながら（1―4）、出仕も隠棲も中途半端な自分（5・6）、辺境の地の太守に放逐された不本意な思いがわだかまる。

病床に伏せる間に季節は冬から春に変わった。池のほとりの楼閣から景物を眺めるが(9-16)心は晴れず、かえって暗い連想が生じ(17・18)、そこに孤独の憂いも加わる(19・20)。しかし最後に至って、己れに非がないことを確認し、幽棲のなかに平安を求めようとする(21・22)。

登江中孤嶼　　謝霊運

1 江南倦歴覧
2 江北曠周旋
3 懐新道轉迴
4 尋異景不延
5 亂流趨孤嶼
6 孤嶼媚中川
7 雲日相輝映
8 空水共澄鮮
9 表靈物莫賞

江中《こうちゅう》の孤嶼《こしょ》に登《のぼ》る

江南《こうなん》　歴覧《れきらん》に倦《う》み
江北《こうほく》　曠《はる》かに周旋《しゅうせん》す
新《しん》を懐《おも》いて道転《みちうた》た迴《とお》く
異《い》を尋《たず》ねて景延《ひなが》からず
流《なが》れを乱《わた》りて孤嶼《こしょ》に趨《おもむ》けば
孤嶼《こしょ》　中川《ちゅうせん》に媚《こ》ぶ
雲日《うんじつ》は相《あ》い輝映《きえい》し
空水《くうすい》は共《とも》に澄鮮《ちょうせん》たり
霊《れい》を表《あらわ》すも物《もの》の賞《しょう》する莫《な》く

10 蘊眞誰爲傳
11 想像崑山姿
12 緬邈區中緣
13 始信安期術
14 得盡養生年

真《しん》を蘊《つつ》むも誰《たれ》か伝《つた》うるを為《な》さん
想像《そうぞう》す　崑山《こんざん》の姿《すがた》
緬邈《めんばく》たり　区中《くちゅう》の縁《えん》
始《はじ》めて信《しん》ず　安期《あんき》の術《じゅつ》
養生《ようせい》の年《とし》を尽《つ》くすを得《う》るを

0「嶼」は小さな島。永嘉江《えいかこう》の中にある孤島に登った時の詩。　**1・2**「江南」「江北」はここでは永嘉江の南と北。「曠」ははるか遠く。「周旋」はめぐり歩く。　**3**「懐新」は新奇な風景を求める。　**4**「景不延」は時間が短い。「景」は光。　**5**「乱流」は川を横切る。　**6**「媚」は美しい。「中川」は「川中」の意。　**8**「空水」は天空とそれを映している水面。「澄鮮」は明るく澄みわたる。　**9**「表霊」は霊秀な美しさを外に現す。「物」はここでは人をいう。「賞」は自然を賞翫する。「晩に西射堂を出ず」の12の注(四五四頁)参照。　**10**「蘊真」は神仙世界の真理を内に蔵する。　**11**「想像」はそこに存在しないものの姿が浮かび上がる。「崑山」は崑崙山《こんろんざん》。西王母《せいおうぼ》はじめ仙人たちが住む道教の聖地。　**12**「緬邈」ははるかに遠いさま。「区中縁」は人間世界のつながり。　**13**「安期」は千年の長寿を生きた仙人安期生《あんきせい》。　**14** 養生によって天から与えられた命を全うできる。『荘子』養生主篇《ようせいしゅ》に「以て年を尽くす可《べ》し」、その郭象《かくしょう》の注に「生を養うは分に過ぐるを求むるに非ず。蓋《けだ》し理を全うし年を尽くすのみ」とあるのに基づく。

江《かわ》の中の孤島に登る

江の南は存分に見歩いたし、江の北も遠くまで歩きまわった。
目新しい所を求めいよいよ足を遠く伸ばし、珍しい風景を尋ねて時のたつのも忘れる。
江水の流れを横切って孤島に向かえば、孤島は川の中ほどに美しくそびえる。
雲と日がそろって輝き合い、空と水はともにまばゆく澄み渡る。
神秘の顕現がありながら嘆賞する人もなく、真理が含まれているのに語る人もいない。
かの崑崙山《こんろんざん》の姿がここに浮かび上がる。俗界の縁《えにし》は遠くに退く。
今初めて信じることができる、安期生《あんきせい》の術が養生《ようせい》して得られる生命を尽くしえたと。

謝霊運の山水探訪は、「新を懐い」「異を尋ぬ」(3・4)というように、尋常ならざる新奇な風景を求めてのことだった。そこに神秘的といってもいい、宗教的な体験を味わう(9-14)。湖中に突き立つ孤島ははなはだシンボリックな存在であり、光と水の戯れが作り出す、この世と思われぬ光景に陶酔する。老荘の語彙を使って述べられるが、謝霊運はそこに仏教の浄土をみているという(小川環樹「六朝詩人の風

景観」）。

石壁精舎還湖中作

1 昏旦變氣候
2 山水含清暉
3 清暉能娛人
4 遊子憺忘歸
5 出谷日尙早
6 入舟陽已微
7 林壑斂暝色
8 雲霞收夕霏
9 芰荷迭映蔚
10 蒲稗相因依
11 披拂趨南逕
12 愉悅偃東扉

石壁《せきへき》の精舎《しょうじゃ》より湖中《こちゅう》に還《かえ》るの作《さく》　謝霊運

昏旦《こんたん》に気候《きこう》変《へん》じ
山水《さんすい》は清暉《せいき》を含《ふく》む
清暉《せいき》　能《よ》く人《ひと》を娯《たの》しましめ
遊子《ゆうし》　憺《たん》として帰《かえ》るを忘《わす》る
谷《たに》を出《い》でしとき日《ひ》は尚《な》お早《はや》きに
舟《ふね》に入《い》るとき陽《ひ》は已《すで》に微《かす》かなり
林壑《りんがく》　暝色《めいしょく》を斂《おさ》め
雲霞《うんか》　夕霏《せきひ》を収《おさ》む
芰荷《きか》　迭《たが》いに映蔚《えいうつ》し
蒲稗《ほはい》　相《あ》い因依《いんい》す
披払《ひふつ》して南逕《なんけい》に趨《はし》り
愉悦《ゆえつ》して東扉《とうひ》に偃《ふ》す

慮澹物自輕
意愜理無違
寄言攝生客
試用此道推

慮《おも》い澹《た》りて物《もの》自《おのずか》ら軽《かる》く
意《い》愜《かな》いて理《り》違《たが》うこと無《な》し
言《げん》を寄《よ》す　摂生《せっせい》の客《かく》に
試《こころ》みに此《こ》の道《みち》を用《も》って推《お》せと

0「石壁精舎」は始寧《しねい》(浙江省上虞県付近)の巫湖《ふこ》を囲む北山に立てられた仏寺。そこを早朝に出て巫湖に面した住居に帰った時の作。謝霊運は永嘉《えいか》太守を辞し、郷里の始寧に帰っていた。　**1**「昏」は夕暮れ、「旦」は朝。　**4**「憺」は心安らかなさま。　**5**「出谷」は石壁精舎のある渓谷を出発したこと。　**6**「陽已微」は日暮れて陽光がかすかになる。　**7**「林壑」は樹林に覆われた渓谷。「斂」は収束する。　**8**「雲霞」は夕焼けの彩雲。「夕霏」は雪が降るように空に広がっていた夕映えの光。　**9**「芰」はヒシ、「荷」はハス。「映蔚」は水面のヒシ・ハスが繁茂して互いに見え隠れする。　**10**「蒲」はガマ、「稗」はヒエ。「相因依」はたがいに寄り添う。　**11**「披払」は手で押しのける。　**12**「偃」は横になって休む。「東扉」は「扉」という一部で部屋をあらわす。　**13**「慮澹」は心が満ちたりておだやかなこと。「物」は外物。自己を取り巻く世間。　**14**「意愜」は心が充足し満足を覚える。「理」は世界を構成する原理。　**15**「摂生客」

は養生の道に努める人。「摂」は養う意。**16**「此道」は13・14の二句で述べた方法。

石壁《せきへき》の精舎から湖中に帰って作る

朝と晩ではがらっと天気が変わるこのあたり、山も水も澄明な光を帯びる。その澄明な光にうっとり見とれているうちに、ここに来た者は安らぎを覚えて帰るのを忘れてしまう。

渓谷を発ったのは朝まだきのころだったのに、帰りの舟に乗るのは陽光も陰る時。木々に覆われた谷に夕闇は深まり、空一面の夕映えも次第に小さくまとまっていく。湖面にはヒシとハスが互いに覆いかぶさって茂り、ガマやヒエはもたれあって伸びる。草をかきわけ南の小道を急ぎ、東の部屋に戻って深い喜びのなか横になる。胸中が安らかならばおのずと外の事物は苦にならなくなるし、気持ちが満ち足りていれば世界の原理と一致できる。

養生の道に努めている方々にお伝えしよう、まずはこの方法で推し進めてみることを。

始寧《しねい》に隠棲していた時期の謝霊運は、官界へのこだわりを捨て、自然のなかに十全の満足を覚える。景物の細やかな表現に意を凝らすが、それにとどまらず、自然の背後に潜む「理」への接近こそ、彼の山水詩を特徴づける。

於南山往北山經湖中瞻眺

謝霊運

1 朝旦發陽崖
2 景落憩陰峯
3 舍舟眺迴渚
4 停策倚茂松
5 側逕既窈窕
6 環洲亦玲瓏
7 俛視喬木杪
8 仰聆大壑灇
9 石橫水分流
10 林密蹊絶蹤
11 解作竟何感
12 升長皆丰容
13 初篁苞綠籜

南山《なんざん》より北山《ほくざん》に往《ゆ》くに
湖中《こちゅう》を経《へ》て瞻眺《せんちょう》す

朝旦《ちょうたん》に陽崖《ようがい》を発《はっ》し
景《ひ》落《お》ちて陰峰《いんぽう》に憩《いこ》う
舟《ふね》を舎《す》てて迴渚《けいしょ》を眺《なが》め
策《つえ》を停《とど》めて茂松《もしょう》に倚《よ》る
側逕《そくけい》　既《すで》に窈窕《ようちょう》たりて
環洲《かんしゅう》　亦《ま》た玲瓏《れいろう》たり
俛《ふ》して喬木《きょうぼく》の杪《こずえ》を視《み》
仰《あお》ぎて大壑《たいがく》の灇《そう》を聆《き》く
石横《いしよこ》たわりて水《みず》は流《なが》れを分《わ》かち
林密《はやしみつ》にして蹊《けい》は蹤《あと》を絶《た》つ
解作《かいさく》　竟《つい》に何《なに》をか感《かん》ぜしむる
升長《しょうちょう》して皆《み》な丰容《ほうよう》たり
初篁《しょこう》　緑籜《りょくたく》に苞《つつ》まれ

14 新蒲含紫茸
15 海鷗戯春岸
16 天雞弄和風
17 撫化心無厭
18 覽物眷彌重
19 不惜去人遠
20 但恨莫與同
21 孤遊非情歎
22 賞廢理誰通

新蒲《しんぽ》　紫茸《しじょう》を含《ふく》む
海鷗《かいおう》　春岸《しゅんがん》に戯《たわむ》れ
天鶏《てんけい》　和風《わふう》に弄《たわむ》る
化《か》を撫《ぶ》して心《こころ》は厭《あ》くこと無《な》く
物《もの》を覧《み》て眷《かえりみ》ること弥《いよいよ》重《かさ》なる
人《ひと》を去《さ》ることの遠《とお》きを惜《お》しまず
但《た》だ与《とも》に同《おな》じくすること莫《な》きを恨《うら》む
孤遊《こゆう》　情《じょう》の歎《たん》ずるところに非《あら》ず
賞《しょう》　廃《はい》せば　理《り》　誰《たれ》か通《つう》ぜん

0「南山」「北山」は始寧《しねい》の巫湖《ふこ》の南北にある山。南山には謝霊運の山荘があり、北山には彼が仏道修行のために建てた石壁精舎《せきへきしょうじゃ》(四六四頁)があった。　**1・2**「陽崖」「陰峰」は南山の岸辺と北山の峰。「崖」は水際。　**3**「舎」は「捨」に通じる。「迴渚」は遠くまで続く岸辺。　**5**「側逕」は傾斜の急な小径。「窈窕」は道が山深くまで続くさま。　**6**「環洲」は輪のように水に囲まれた中洲。「玲瓏」は玉のように丸く明るく輝くさま。　**8**「灇」は水が集まる所。　**11**「解作」は凍っていた大地が溶ける。春の到来をいう。『周易』解卦《かいか》彖《たん》伝に「天地解けて雷雨作り、雷雨作りて百果草木は皆な甲坼《こうたく》す(殻を破って芽が出る)」。「何感」は何を感応させるのか。 **12**「升長」は成長する。「丰容」は盛んに茂るさま。 **13**「初篁」は伸び始めた竹。「苞緑籜」は緑の竹の皮に包まれる。 **14**「含紫茸」は紫色のにこげを内部に蔵する。 **15・16**「天鶏」はキジの類。羽は赤く、「海鷗」が白いのと対比され、どちらも自由豁達に春の水辺を楽しむ様子をいう。 **17**「撫化」は万物の変化を撫でるように慈しむ。 **18**「眷」は愛着を覚える。 **19**「去人遠」は人々から遠く離れている。離群索居《りぐんさっきょ》の状態をいう。 **22**「賞」は自然を賞翫する。「晩に西射堂を出ず」の12の注(四五四頁)参照。「理」は世界を構成する原理。

南山から北山に向かうのに、湖を通って眺める

朝まだきに南山の岸辺を発ち、日の落ちる頃になって北山の峰にくつろいだ。舟を捨てて遥かに続く渚を眺め、杖を止めて茂れる松にもたれる。急な坂道が深く先まで続き、輪のような中洲はきらきらと輝く。伏しては高い木の梢《こずえ》を見下ろし、仰いでは深い谷に集まる水音に耳を澄ます。横たわる岩に堰《せ》かれ谷川は流れを分かち、密生する木々に覆われ小径は跡を消す。凍てついた大地も溶ける春、それはいったい何に働きかけるのか。草木はみな勢いよ

く茂り合う。

生えそめた竹は緑の皮に包まれ、芽吹いた蒲《がま》は紫のにこげを包む。

海鷗《かもめ》は春の岸辺に戯れ、天鶏《てんけい》はのどかな風に舞って戯れる。

万物の変化を慈しみ心に厭くことはなく、自然の景物を見れば慕わしさはいやまさる。

人々の集う場から離れていてもかまいはしないが、ただ共に味わう友がいないのが恨めしい。

独りで遊歴することは心に嘆くことではない。自然の観照をやめたら誰が世界の原理に通じることができよう。


謝霊運の山水詩に取り上げられる場所は、それまでの詩によくうたわれる決まったスポットではなく、世に知られない、彼が独自に見付けた所ばかりである。この詩でも始寧《しねい》の山・湖の複雑な地形の多様な風景をきめ細かく表現しようとする。彼の求めたのは眼前の光景を通してその奥に潜む「理」に到達することであった。美しい風景は心かなう友とともに楽しむべきものであったが、一人で向き合うことによってこそ「賞(観照すること)」が可能となり、「理」への道が開けるという。すなわち風景は一対一で対峙することによって従来にはない面が開かれたのである。

＊謝恵連《しゃけいれん》　四〇七—四三三　謝霊運の従弟。官界ではさしたる地位につけなかったが、その文才は謝霊運が高く評価した。二人は「大謝」「小謝」と称され、また南斉の謝朓《しゃちょう》と併せて「三謝」と称される。

泛湖歸出
樓中翫月

謝恵連

1 日落泛澄瀛
2 星羅游輕橈
3 憩榭面曲汜
4 臨流對迴潮
5 輟策共駢筵
6 竝坐相招要
7 哀鴻鳴沙渚
8 悲猨響山椒
9 亭亭映江月

湖《みずうみ》に泛《うか》びて帰《かえ》り楼中《ろうちゅう》より
出《い》でて月《つき》を翫《め》ず

日《ひ》落《お》ちて　澄瀛《ちょうえい》に泛《うか》び
星羅《ほしつら》なりて　軽橈《けいじょう》を游《あそ》ばしむ
榭《たかどの》に憩《いこ》いて曲汜《きょくし》に面《めん》し
流《なが》れに臨《のぞ》みて迴潮《かいちょう》に対《たい》す
策《さく》を輟《とど》めて共《とも》に筵《えん》を駢《なら》べ
並《なら》び坐《ざ》して相《あ》い招《まね》き要《むか》う
哀鴻《あいこう》　沙渚《さしょ》に鳴《な》き
悲猿《ひえん》　山椒《さんしょう》に響《ひび》く
亭亭《ていてい》たり　江《かわ》に映《えい》ずる月《つき》

瀏瀏出谷飆
斐斐氣幕岫
泫泫露盈條
近矚祛幽蘊
遠視盪諠囂
悟言不知罷
從夕至清朝

瀏瀏《りゅうりゅう》たり　谷《たに》を出《い》ずる飆《かぜ》
斐斐《ひひ》として気《き》は岫《みね》を幕《おお》い
泫泫《げんげん》として露《つゆ》は条《えだ》に盈《み》つ
近《ちか》く矚《み》て　幽蘊《ゆううん》を祛《のぞ》き
遠《とお》く視《み》て　諠囂《けんごう》を盪《あら》う
悟《むか》い言《い》いて　罷《つか》るるを知《し》らず
夕《ゆう》べ従《よ》り清朝《せいちょう》に至《いた》る

0「湖」は謝霊運の郷里、始寧《しねい》(浙江省)の巫湖《ふこ》を指す。「翫」は鑑賞する。　**1**「澄瀛」は巫湖を美しくいう。「瀛」は湖沼、池、海など水を湛えた所。　**2**「游」は軽やかに動かす。「軽橈」は小舟。「橈」は舟のかい。　**3**「榭」は高台に建てた楼閣。「曲汜」は湾曲して流れる支流。　**4**「迴潮」は海に帰って行く潮の流れ。　**5**「輟策」は杖を止める。「駢筵」は敷物を並べる。　**6**「招要」は招き迎える。「要」は「邀《よう》(迎える)」に通じる。　**7**「鴻」は雁の類のおおとり。「沙渚」は砂地の水辺。　**8**「山椒」は山の頂き。　**9**「亭亭」は高くそびえるさま。　**10**「瀏瀏」は風の強く吹くさま。「飆」はつむじ風。　**11**「斐斐」はうっすらとしたさま。「幕岫」は峰を幕が覆うように包む。

12「泫泫」はしずくが垂れるさま。13「矚」はじっと見つめる。「祛」は取り除く。「幽蘊」は奥深く結ぼれた思い。14「盪」は洗い流す。「諠囂」は世俗のかまびすしさ。15「悟言」は向かい合って話す。「悟」は「晤(顔を向かい合わせる)」に通じる。「罷」は疲れる。16「清朝」はすがすがしい早朝。

湖に舟を浮かべ、帰ると楼台を出て月を愛でる

日の落ちるころ、水澄める湖に舟を浮かべ、星列《つら》なるもとを軽やかに櫂《かい》を操った。高殿《たかどの》に憩えば、前には屈曲する小川。流れを見下ろせば、向き合うのは引く潮の流れ。杖を置いてみなで席を並べ、座をともにして互いに迎え合う。寂しい鴻《おおとり》の声が砂の渚に届き、悲しい猿の声が山の頂きに響く。川面に映る月は高々と空にかかり、谷間を出た風はびゅうびゅうと吹き寄せる。うっすらと山気が峰を覆い、しっとりと露が枝に列なる。間近に目を凝らせば胸の憂いはぬぐわれ、遠くを見やれば世の喧噪《けんそう》は洗い流される。差し向かいの話は、疲れを覚えることもなく、夕方に始まり、すがしい朝まで続いた。

——夕方の船遊びから始まり、夜を徹して続けられた月のもとの宴会。まわりの自然と友との歓談で心が癒されていく宴遊を逐一綴る。始寧は謝霊運の隠棲の場であり、

◆──そこを舞台としたことは謝恵連もその時期に都から遠ざけられていた。楽しさを語りながらも、その背後には政界における鬱屈した思いが潜んでいたはず。

✽鮑照《ほうしょう》　四一四？―四六六　字は明遠《めいえん》。六朝期には珍しく寒門の出身。臨川《りんせん》王劉義慶《りゅうぎけい》らのもとに仕え、のちに地方の長官を歴任。劉子頊《りゅうしぎょく》のもとにあった時に戦乱に巻き込まれて死んだ。楽府の作が多く、修辞に囚われない作風は唐代に至って評価が高まり、「顔謝（顔延之・謝霊運）」に代わって「鮑謝」と併称されるに至った。

東武吟　　　　鮑照

1 主人且勿諠
2 賤子歌一言
3 僕本寒鄉士
4 出身蒙漢恩
5 始隨張校尉
6 占募到河源

東武吟《とうぶぎん》

主人《しゅじん》　且《しばら》く諠《かまびす》しくする勿《な》かれ
賤子《せんし》　一言《いちげん》を歌《うた》わん
僕《ぼく》は本《もと》　寒郷《かんきょう》の士《し》
身《み》を出《いだ》して漢恩《かんおん》を蒙《こうむ》れり
始《はじ》めは張校尉《ちょうこうい》に随《したが》い
占募《せんぼ》して河源《かげん》に到《いた》る

7 後逐李輕車
8 追虜窮塞垣
9 密塗亘萬里
10 寧歲猶七奔
11 肌力盡鞍甲
12 心思歷涼溫
13 將軍既下世
14 部曲亦罕存

後《のち》には李《り》軽車《けいしゃ》を逐《お》い
虜《りょ》を追《お》いて塞垣《さいえん》を窮《きわ》む
密《ちか》き塗《みち》も万里《ばんり》に亘《わた》り
寧《やす》き歳《とし》にも猶《な》お七奔《しちほん》す
肌力《きりょく》　鞍甲《あんこう》に尽《つ》き
心思《しんし》　涼温《りょうおん》を歴《へ》たり
将軍《しょうぐん》　既《すで》に下世《かせい》し
部曲《ぶきょく》も亦《ま》た存《そん》するもの罕《まれ》なり

0「東武吟」は楽府題。「東武」は泰山のふもとの小山の名。　**1**「主人」は一座の主催者。歌われる場を想定する。　**2**「賤子」は歌い手の謙称。　**4**「出身」は官となる。　**5**「張校尉」は前漢の張騫《ちょうけん》。校尉として衛青《えいせい》に従って匈奴を討った武将。また西域に旅した探検家としても知られる(『史記』大宛《たいえん》列伝)。　**6**「占募」は兵の募集に志願する。「河源」は黄河の水源地。張騫は黄河の水源に至ったという伝説がある。　**7**「李軽車」は衛青のもとで匈奴を討った、前漢の軽車将軍李蔡《りさい》(『史記』李将軍列伝)。　**8**「塞垣」は異民族の侵入を防ぐ長城。　**9**「密塗」は近い道。　**10**「寧歳」は異民族との紛争のない安寧な年。 **11**「鞍甲」は馬の鞍とよろい。従軍暮らしをいう。 **13**「下世」は死を婉曲にいう。 **14**「部曲」は軍隊の編成単位。大将軍のもとに五つの部が属し、部の下に曲がある。

東《とう》武《ぶ》吟《ぎん》

ご主人さま、まずはしばらくお静かに。わたくしめが一節《ひとふし》うたいましょう。
てまえはもともと寒村の生まれ。世に出て漢朝の恩に浴しました。
はじめは校尉の張騫《ちょうけん》どのに従い、募兵に応じて黄河の源まで。
そののち軽車将軍の李蔡《りさい》どのについて、夷狄《いてき》を追って辺塞《へんさい》を極めました。
近場の場合も一万里をわたり、平穏な年でも七たび奔走いたしました。
鞍《くら》や鎧《よろい》に固めた身は疲れ果て、寒さ暑さに心も萎《な》えました。
将軍どのはもはや世を去り、部隊の生き残りはごくわずかなもの。

15 時事一朝異
16 孤績誰復論
17 少壮辭家去

時事《じじ》　一朝《いっちょう》に異《こと》なり
孤績《こせき》　誰《たれ》か復《ま》た論《ろん》ぜん
少壮《しょうそう》にして家《いえ》を辞《じ》して去《さ》り

18 窮老還入門
19 腰鎌刈葵藿
20 倚杖牧雞㹠
21 昔如韝上鷹
22 今似檻中猨
23 徒結千載恨
24 空負百年怨
25 棄席思君幄
26 疲馬戀君軒
27 願垂晉主惠
28 不愧田子魂

窮老《きゅうろう》にして還《かえ》りて門《もん》に入《い》る
鎌《かま》を腰《こし》にして葵藿《きかく》を刈《か》り
杖《つえ》に倚《よ》りて鶏㹠《けいとん》を牧《か》う
昔《むかし》は韝上《こうじょう》の鷹《たか》の如《ごと》く
今《いま》は檻中《かんちゅう》の猿《さる》に似《に》たり
徒《いたずら》に千載《せんざい》の恨《うら》みを結《むす》び
空《むな》しく百年《ひゃくねん》の怨《うら》みを負《お》う
棄席《きせき》は君《きみ》の幄《とばり》を思《おも》い
疲馬《ひば》は君《きみ》の軒《くるま》を恋《こ》う
願《ねが》わくは晋主《しんしゅ》の恵《めぐ》みを垂《た》れ
田子《でんし》の魂《たましい》に愧《は》じざらんことを

15 時勢が突如変わってしまったことをいう。 **16**「孤績」は自分一人の功績。 **19**「葵藿」は葵《あおい》と豆の葉。ありふれた野菜。 **20**「鶏㹠」は鶏と豚。 **21** 主人の命を待つ鷹のように勇猛であったことをいう。「韝」はたかたぬき。ひじにつけて鷹を留まらせるこて。 **22**「檻中猿」は『淮南子』俶真訓《しゅくしんくん》の「猿を檻中に置けば、則ち豚と同じ」を用いる。**24**「百年」は人の一生の時間。**25**「棄席」は使い古して捨てられた敷物。使い捨てられた老兵をたとえる。春秋時代、晋の文公は亡命先から帰る際に「席蓐（敷物・布団）は之を捐（棄）てよ」と不用の什器を捨てさせようとしたが、家臣の忠告に従って取りやめた（『韓非子』外儲説《がいちょぜい》篇左上）。「思君幄」は君主を慕い続ける。**26** 戦国・魏の田子方《でんしほう》の故事を用いる。田子方は用済みの老馬を見かけたが、「少《わか》くして其の力を尽くし、而《しか》して老いて其の身を棄つるは、仁者は為さざるなり」と言ってその馬を買い取った（『韓詩外伝』巻八）。「軒」は車の覆い、車そのものを指す。**27**「晋主」は晋の文公。25の注参照。**28**「田子」は田子方。26の注参照。

世の中はにわかに一変し、わたくしめの手柄など口にのぼす人もなし。
若いころに家に別れを告げて去り、老いさらばえて帰って来て門をくぐりました。
鎌を腰に菜っ葉を刈ったり、杖にすがって鶏・豚の世話をしています。
昔は籠手《こて》の上に身構える勇ましい鷹、今は檻に閉じこめられた哀れな猿。
せんなくも千年も消えぬ恨みを抱え、甲斐なくも一生の嘆きを背負う身。
棄てられた敷物も主君のとばりを偲び、くたびれた馬でも主君の車を慕っております。
願うのは古い敷物を捨てなかった晋《しん》の文公《ぶんこう》の情けを垂れてくださること、老馬を買いもどした田子方《でんしほう》の魂に恥じないお取りなし。

一生を軍役に費やし、年老いて困窮する老兵士になりかわって、その悔しさを吐露する。兵卒の苦役を語ることは楽府のテーマの一つであり、中国の文学の健全な面を示す。鮑照の場合はそれに加えて、自身の境遇から生まれた思いも投影されていよう。

◆

詠《えい》史《し》

鮑照

五都《ごと》　財雄《ざいゆう》を矜《ほこ》り
三川《さんせん》　声利《せいり》を養《やしな》う
百金《ひゃっきん》は市《いち》に死《し》せず
明経《めいけい》は高位《こうい》有《あ》り
京城《けいじょう》の十二衢《じゅうにく》
飛甍《ひぼう》　各《おの》おの鱗次《りんじ》す
仕子《しし》は華纓《かえい》を彯《なび》かし
遊客《ゆうかく》は軽轡《けいひ》を竦《あ》ぐ

詠史

1 五都矜財雄
2 三川養聲利
3 百金不市死
4 明經有高位
5 京城十二衢
6 飛甍各鱗次
7 仕子彯華纓
8 遊客竦輕轡

明星晨未稀
軒蓋已雲至
賓御紛颯沓
鞍馬光照地
寒暑在一時
繁華及春媚
君平獨寂漠
身世兩相棄

明星《めいせい》晨《あした》に未《いま》だ稀《まれ》ならざるに
軒蓋《けんがい》已《すで》に雲《くも》のごとく至《いた》る
賓御《ひんぎょ》紛《ふん》として颯沓《さっとう》たり
鞍馬《あんば》光《ひかり》地《ち》を照《て》らす
寒暑《かんしょ》は一時《いちじ》に在《あ》り
繁華《はんか》は春《はる》に及《およ》んで媚《うつく》し
君平《くんぺい》独《ひと》り寂漠《せきばく》
身世《しんせい》両《ふた》つながら相《あ》い棄《す》つ

1「五都」は繁栄する五つの大都会。漢代では長安を除いた洛陽・邯鄲《かんたん》・臨淄《りんし》・宛《えん》・成都を指す。「財雄」は財力の秀でること。　**2**「三川」は黄河・洛水・伊水一帯の地。経済の中心地。「声利」は名声と利得。　**3** 金持ちの子弟は罪を金銭であがなえるためにさらし首にされることはないという成語。『史記』越王勾践世家《えつおうこうせんせいか》に「吾聞く、千金の子は、市に死せず、と」。「市」は繁華な商業地区であるとともに刑死者をさらす場所。

4 経学に通ずれば高位高官もたやすく得られる。前漢の儒学者夏侯勝《かこうしょう》のことばに、「経術苟《いやし》くも明らかなれば、其の青紫を取る(高官に登る)こと、俛《ふ》して地芥《ちかい》(地面のごみ)を拾うが如きのみ」(『漢書』夏侯勝伝)。　**5**「十二衢」は都の十二の大通り。　**6**「鱗次」は魚のうろこのようにぎっしり並ぶ。　**7**「彫」は風になびくさま。「華纓」は冠を結ぶ色鮮やかなひも。官人の象徴。　**8**「竦」は高くそびやかす。「軽轡」は軽快に走る馬。　**10**「軒蓋」は貴人の乗る車。「雲」は人の多いさまをたとえる。『詩経』斉風・敝笱《へいこう》に「斉の子帰《とつ》ぎ、其の従(お付きの者)は雲の如し」。　**11**「賓御」は食客と御者、従者。「颯沓」はにぎやかに入り乱れるさま。　**13** 冬夏は一時のもので、すぐ移り変わる。『周易』繋辞《けいじ》伝上の「日月運行して、一たびは寒く、一たびは暑し」に基づく。　**14**「繁華」は花咲き誇ること、また人の世の栄華。「媚」は人を惹き付ける美しさ。　**15**「君平」は前漢末の隠者厳君平《げんくんぺい》。名は遵《じゅん》。字が君平。成都で占いを業とし、一日に数人の客を見てその日の糧に足る分を得ると、店を閉めて『老子』を講じた。『漢書』王・貢・両龔《きょう》・鮑伝(のちの正史の隠逸伝に相当する)の序に見える。「寂漠」はひっそり物寂しいさま。ことに前漢末の思想家揚雄《ようゆう》の世間から孤立した生き方と結びつく語。その「解嘲《かいとう》」に「惟《こ》れ寂惟れ漠にして、徳の宅を守る」の語があり、揚雄が王莽《おうもう》の嫌疑を恐れて閣上から飛び降りた時、世の人々は「惟れ寂寞(漠)、自ら閣より投ず」とからかったという(『漢書』揚雄伝)。西晋・左思《さし》「詠史八首」其の四にも「寂寂たる楊(揚)子の宅」。　**16** 自分と世間、どちらも相手を見捨てたの意。『荘子』達生《たっせい》篇に「夫《そ》れ形を為《な》すを免れんと欲すれば、世を棄つるに如《し》くは莫《な》し。世を棄つれば則ち累《わずら》い莫し」。この一句をのちに李白は「君平は既に世を棄て、世も亦た君平を棄つ」（「古風」其の十二）と二句に敷衍する。孟浩然《もうこうねん》「香山の湛《たん》上人を尋ぬ」詩にも「願わくは言《ここ》に此の山に投じ、身と世と両つながら相い棄てん」とそのまま用いられるように唐代に好まれた。さらに白居易は「棄」を「忘」に換えて両者の関わりのなさを推し進め、「身と世と相い忘る」と繰り返しうたう。

歴史を詠ず

五大都市では分限者《ぶげんしゃ》が大きな顔をするし、繁華な三川《さんせん》の地では名声も金銭も肥え太る。
分限者が晒《さら》し首にされた例《ため》しはなく、経書に通じれば出世は思うがまま。
都を貫く十二の大通り、そびえ立つ楼閣の甍《いらか》は、うろこのようにびっしり連なる。
高官は鮮やかな冠のひもをなびかせ、遊び興じる者は手綱さばきも軽やか。
空に星消えやらぬ朝まだきから、早くも美麗な車が雲の湧くように集まる。
お供の者がにぎやかに入り乱れ、跨《また》がる馬の鞍はまばゆく地を照らす。
暑さ寒さも一時のもの、移り変わる季節のなかで花咲き誇る今こそが春。
ただ厳君平《げんくんぺい》だけはひとり寂寞《せきばく》。自分も世間も互いを見捨ててしまった。

世間の繁華を謳歌する人々、それに背を向けて孤高を貫く生き方、二つの価値観が対比される。名声や豊かさよりも精神の気高さを選ぶのは、士大夫の拠り所として受け継がれる。左思「詠史八首」其の四も栄華と孤高の対比というまったく同じ構造をとるが、そこでは孤高の人として厳君平と同じく蜀の人、揚雄の名が挙げられる。左思も鮑照も六朝期には珍しい寒門の出であり、そこには自身の不遇の思いが托されている。

◆

翫月城西門解中　　鮑照

1 始見西南樓
2 纖纖如玉鉤
3 末映東北墀
4 娟娟似蛾眉
5 蛾眉蔽珠櫳
6 玉鉤隔瑣窗
7 三五二八時

月《つき》を城西《じょうせい》の門《もん》の解中《かいちゅう》に翫《め》ず

始《はじ》めには西南《せいなん》の楼《ろう》に見《あら》われ
纖纖《せんせん》として玉鉤《ぎょくこう》の如《ごと》し
末《のち》には東北《とうほく》の墀《ち》に映《えい》じ
娟娟《けんけん》として蛾眉《がび》に似《に》たり
蛾眉《がび》は珠櫳《しゅろう》に蔽《おお》われ
玉鉤《ぎょくこう》は瑣窓《さそう》に隔《へだ》てらる
三五《さんご》　二八《にはち》の時《とき》

千里與君同
夜移衡漢落
徘徊帷戶中
歸華先委露
別葉早辭風
客游厭苦辛
仕子倦飄塵
休澣自公日
宴慰及私辰
蜀琴抽白雪
郢曲發陽春
肴乾酒未缺
金壺啓夕淪
迴軒駐輕蓋
留酌待情人

千里《せんり》　君《きみ》と同《とも》にす
夜《よる》移《うつ》りて衡漢《こうかん》落《お》つるも
帷戸《いこ》の中《うち》に徘徊《はいかい》す
帰華《きか》は先《ま》ず露《つゆ》に委《しお》れ
別葉《べつよう》は早《つと》に風《かぜ》に辞《じ》す
客游《かくゆう》　苦辛《くしん》を厭《いと》い
仕子《しし》　飄塵《ひょうじん》に倦《う》む
休澣《きゅうかん》　公自《こうよ》りする日《ひ》
宴慰《えんい》　私《し》に及《およ》ぶ辰《とき》
蜀琴《しょくきん》　白雪《はくせつ》を抽《ひ》き
郢曲《えいきょく》　陽春《ようしゅん》を発《おこ》す
肴《さかな》は乾《かわ》くも　酒《さけ》未《いま》だ飲《か》けず
金壺《きんこ》　夕淪《せきりん》を啓《ひら》く
軒《くるま》を迴《めぐ》らして軽蓋《けいがい》を駐《とど》め
酌《しゃく》を留《とど》めて情人《じょうじん》を待《ま》つ

0「翫」は鑑賞する。「解」は「廨《かい》」に通じ、役所。 **1**「始」は新月があらわれた時をいう。 **2**「鉤」は簾《すだれ》を掛けるフック。 **3**「末」は朔に近づいた細い月の時。「墀」は庭から建物に上がる階段、また階段の上に塗り固めた地。 **4**「娟娟」はあでやかで美しい。「蛾眉」は蛾の触角のように細く描いた女の眉。 **5・6** 細い月は建物に遮ぎられて見えにくいことをいう。「珠櫳」は珠玉で飾ったれんじ窓。「瑣窓」は鎖の文様の窓。 **7**「三五」は十五夜。「二八」は十六夜。小の月は十五日が、大の月は十六日が満月。 **8** 遠く隔たった人を遍在する月の光を媒介として思うモチーフは、南朝宋・謝荘《しゃそう》「月の賦」に「千里を隔てて明月を共にす」というなど、この時期から見え始める。「君」は心に思う人を指す。 **9** 時間が経過して星も西空へ傾いたことをいう。「衡」は玉衡《ぎょくこう》、北斗七星の第五星。「漢」は天漢、天の河。 **10** 満月の光がまだ室内を照らすことをいう。魏・曹植《そうしょく》「七哀詩《しちあいし》」に「明月　高楼を照らし、流光　正に徘徊す」(三二一頁)。「帷戸」はカーテンを下ろした部屋。 **11**「帰華」は散って根もとに帰る花。 **12**「別葉」は枝に別れて散る木の葉。 **13・14**「客游」は国を離れてよその地に行く。「飄塵」は風に舞う塵。俗塵をいう。「詠史」(四七八頁)にも「仕子」「遊客」の対が見える。 **15**「休澣」は官吏の休暇。「澣」は体を洗うこと。「自公」は公務を退く。『詩経』召南・羔羊《こうよう》に朝廷から退出して家で食事をすることを「退食　公自りす」というのに基づく。**16**「宴慰」はくつろいで憩う。「及私」は私事として行う。**17・18**「蜀琴」は蜀の司馬相如《しばしょうじょ》の琴。前漢を代表する文人の司馬相如は蜀の出身で、琴を奏して卓文君《たくぶんくん》を惹きつけ妻とした。「抽」は演奏すること。「郢曲」は楚の都の郢(湖北省荊州《けいしゅう》市)の曲。戦国・宋玉《そうぎょく》「楚王《そおう》の問《と》いに対《こた》う」に、「郢」の町で「下里《かり》」「巴人《はじん》」の俗曲は喜ばれたが、「陽春」「白雪」の曲には唱和する人が少なかったということから、「陽春」は高雅な調べをいう。**19** 宴会が長く続くことをいう。**20**「金壺」は水時計、漏刻。「啓夕淪」は水時計の水が晩のさざ波を立て始めるということで、夜の時間に入ることをいう。**21**「軒」は車。「軽蓋」は速い車。「蓋」は車の覆い。**22**「情人」は心に思う人。

城西の門の役所で月を愛でる

始めは西南の高殿《たかどの》にあらわれ、ほっそりと玉の鉤《かぎ》のようにか細い。
終わりは東北のきざはしを照らし、女の蛾眉《がび》のように美しい。
蛾眉は玉の窓に隠されるし、玉の鉤は鎖模様の窓に遮られる。
十五夜、十六夜になれば、千里を隔てたあなたとも共に見られる。
夜更けて北斗星や天の河は沈んでも、部屋のとばりの内に月光がたゆたう。
大地に帰る花はとうに露にしおれ、枝を離れる葉はつとに風に吹きちぎられる。

旅の身は辛苦に倦《う》み、宮仕えは俗塵《ぞくじん》に疲れる。
休暇で役目から解かれた日、くつろいで自分の思うままになる時。
蜀の琴《きん》は「白雪」の調べを奏で、郢《えい》の曲は「陽春」の歌をうたう。
肴《さかな》は乾いても酒は尽きず、金の水時計は夜のさざなみをたてる。
車を回して軽快に走る馬車を待たせ、杯を手にしたまま思い人を待つ。

◆

明月の夜の私的な宴。公務から解放された、のびやかな気分が充溢する。また満月なればこそ、夜もすがら月を愛でることができる。新月や下弦の月ではそうはいかないという文脈のなかではあるが、新月に言及する珍しい例。中国の月はおおむねが満月であるが、これ以後、細い月も見られるようになる。

子夜歌四十二首
其三
1 宿昔不梳頭
2 絲髮被兩肩
3 婉伸郎膝上

子夜歌《しやか》四十二《しじゅうに》首《しゅ》
其《そ》の三《さん》
宿昔《しゅくせき》　頭《こうべ》を梳《くしけず》らず
糸髪《しはつ》　両肩《りょうけん》を被《おお》う
郎《ろう》の膝上《しつじょう》に婉伸《えんしん》すれば

4 何處不可憐　　何《いず》れの処《ところ》か可憐《かれん》ならざる

0「子夜歌」は南朝宋の時代に民間で流行した楽府。「子夜」という名の女性がうたったと言われたが、現在では歌の合いの手の音に「子夜」の漢字をあてたものとされる。『楽府詩集』に四十二首が収められるが、すべて恋の歌。形式もみな五言四句。**1**「宿昔」はここでは昨晩。**2**「糸髪」は糸のように細く乱れた髪。**3**「婉伸」は屈伸する。「郎」は恋人どうしの間で女が男を呼ぶ語。**4**「可憐」は心を惹かれる、かわいい。

子夜歌《しやか》

その三

夕べは髪を梳《と》かさなかったから、糸のような乱れ髪が両肩をおおっています。あなたの膝のうえで体をくねらせてみる。どこもかしこもかわいらしいでしょ。

其七　　其《そ》の七《しち》

1 始欲識郎時　　始《はじ》めて郎《ろう》を識《し》らんと欲《ほっ》せし時《とき》

2 兩心望如一　　両心《りょうしん》　一《いつ》の如《ごと》きを望《のぞ》む

3 理絲入殘機　糸《いと》を理《おさ》めて残機《ざんき》に入《い》る
4 何悟不成匹　何《なん》ぞ悟《さと》らん　匹《ひつ》を成《な》さざるを

1「欲識郎」はあなたと近づきになりたいと思う。**3**「理糸」は繭から糸を繰ることと、「糸《し》」と「思《し》」を掛けて、乱れる思いをおさめること。「入機」は気持ちが通じ合うこと。それを織機を前にすることに掛ける。**4**「匹」は掛けことば。二反を指す布地の単位と一対の男女を掛ける。

その七

最初にあなたを見初めた頃は、二人の気持ちが一つになればと願ったもの。気持ちを鎮め糸を繰り、心通い合うように壊れた機《はた》に向かってみました。まさか一匹もできず、一緒になれないなんて思いもしなかった。

其九　其《そ》の九《きゅう》

1 今夕已歡別　今夕《こんせき》　已《すで》に歓《かん》と別《わか》る
2 合會在何時　合会《ごうかい》　何《いず》れの時《とき》にか在《あ》らん
3 明燈照空局　明灯《めいとう》　空局《くうきょく》を照《て》らす

4 悠然未有期　　悠然《ゆうぜん》として未《いま》だ期《き》有《あ》らず

1「已」は「与」の誤りとする説もある。「歓」は恋人の間で女が男を指す語。**2**「合会」は会う。**3**「空局」は碁石のない碁盤。**4**「悠然」は再会の時が遥か遠い。また3の「明灯」を受け、同音の「油燃(油が燃える)」を掛ける。「期」は二人が会う時期。これも3の「空局」を受け、同音の「棋《き》(碁石)」を掛ける。

その九

今宵もう、あなたと別れてしまう。お会いできるのはいつのことやら。明るい灯《ともしび》がからっぽの碁盤を照らします。いつ会えるのかわかりません。油が燃えても碁石は無いまま。

「子夜歌」は軽妙な恋の歌。女の立場から、成さぬ恋、つれない男、悲しい別れなど、恋愛の諸相をうたう。掛けことばがふんだんに用いられることからもわかるように、娯楽的な要素の強い歌謡であって、恋する当人が苦衷を吐露したものではないが、洒脱な歌詞は唐代の艶詩にも影響を及ぼしている。

子夜四時歌七十五首

春歌二十首　其二十

1 自従別歓後
2 歎音不絶響
3 黄蘗向春生
4 苦心随日長

子夜《しや》四時《しいじ》歌《か》七十五首《しちじゅうごしゅ》

春歌《しゅんか》二十首《にじっしゅ》　其《そ》の二十《にじゅう》

歓《かん》と別《わか》れて自従《よ》り後《のち》

歎音《たんおん》　響《ひび》きを絶《た》たず

黄蘗《おうばく》　春《はる》に向《む》かって生《しょう》じ

苦心《くしん》　日《ひ》に随《したが》いて長《ちょう》ず

1「自従」は二字で「……してから」。「歓」は恋人の間で男を呼ぶ語。 **3**「黄蘗」は木の名、キハダ。皮は黄色の染料、薬に用いられ、はなはだ苦い。 **4**「苦心」は「苦しい心」と「苦い芯」を掛ける。

子夜《しや》四時《しいじ》歌《か》

春の歌　その二十

あなたとお別れしてから、嘆きの声が鳴りやむ時はありません。

キハダが春に向かって伸び、苦い芯と苦しい心が日に日にふくらみます。

夏歌二十首　其九

夏歌《かか》二十首《にじっしゅ》　其《そ》の九《きゅう》

1 暑盛静無風　　暑盛《しょさか》んにして静《しず》かに風無《かぜな》く
2 夏雲薄暮起　　夏雲《かうん》　薄暮《はくぼ》に起《お》こる
3 攜手密葉下　　手《て》を携《たずさ》う　密葉《みつよう》の下《もと》
4 浮瓜沈朱李　　瓜《うり》を浮《う》かべ朱李《しゅり》を沈《しず》む

4 果物を冷たい水に漬けて冷やす。魏・曹丕《そうひ》「朝歌令《ちょうかれい》の呉質《ごしつ》に与《あた》うる書」に「甘瓜を清泉に浮かべ、朱李を寒水に沈む」。

夏の歌　その九

暑い盛り、静まりかえって風も吹きません。夏の雲が日暮れの空に立ち上ります。手に手をとって、こんもり茂った葉叢《はむら》の下へ。ウリを浮かべたり赤いスモモを沈めてみます。

秋歌十八首　其十七　　秋歌十八首《しゅうかじゅうはっしゅ》　其《そ》の十七《じゅうしち》

1 秋風入窗裏　　秋風《しゅうふう》　窓《まど》の裏《うち》に入《い》り
2 羅帳起飄颺　　羅帳《らちょう》　起《た》ちて飄颺《ひょうよう》たり
3 仰頭看明月　　頭《こうべ》を仰《あお》ぎて明月《めいげつ》を看《み》

4 寄情千里光　情《じょう》を千里《せんり》の光《ひかり》に寄《よ》す

2 「羅帳」は薄絹のカーテン。「飄颺」は風に揺れ動くさま。 4 「千里光」は千里のかなたにいる恋人を照らす月の光。遍在する月光を媒介として遠い人に思いを寄せるモチーフについては、鮑照《ほうしょう》「月を城西の門の解中に翫《め》ず」(四八二頁)参照。

秋の歌　その十七

秋風が窓のなかに吹いてきて、絹のとばりがひらひらと舞い上がります。
ふり仰いで月を見ては、千里の先まで照らす月の光に、思いをこと寄せます。

冬歌十七首　其六　冬歌十七首《とうかじゅうしちしゅ》　其《そ》の六《ろく》

1 昔別春草緑　昔《むかし》 別《わか》れしとき　春草緑《しゅんそうみどり》なり
2 今還墀雪盈　今《いま》 還《かえ》れば　墀雪盈《ちせつみ》つ
3 誰知相思老　誰《たれ》か知《し》らん　相《あ》い思《おも》いて老《お》い
4 玄鬢白髮生　玄鬢《げんびん》に白髪生《はくはつしょう》ずるを

1・2 「墀雪」は庭から建物にのぼるきざはしの上に積もった雪。『詩経』采薇《さいび》に出征兵士をうたって「昔、我 往きしとき、楊柳 依依《いい》たり。今、我 来るとき、雪雨《ふ》ること霏霏《ひひ》たり」(一二四頁)。 **3**「相思」は人を恋する。

冬の歌　その六

昔、お別れした時、春の草が青々と茂っていました。今、帰ってきたら、きざはしを埋め尽くす雪。

誰もわかってくれない、恋の思いに齢重ね、黒髪に白いものが混じったことを。

「子夜歌」と同じく、南朝の民間でうたわれた恋の歌。形式もすべて五言四句。春夏秋冬に配され、恋の思いを季節の風物とからみあわせる。「子夜歌」にくらべると、恋情のあからさまな吐露がやや抑えられ、古典詩の修辞が用いられるなど、文人の手がより加わっている観がある。

讀曲歌八十九首

読曲歌八十九首《どっきょくかはちじゅうきゅうしゅ》

其二十八

其《そ》の二十八《にじゅうはち》

1 憐歡敢喚名
歓《かん》を憐《あわれ》みて敢《あ》えて名《な》を喚《よ》ばんや

2 念歡不呼字
歓《かん》を念《おも》いて字《あざな》を呼《よ》ばず

3 連喚歡復歡　連喚《れんかん》す　歡《かん》　復《ま》た歡《かん》
4 兩誓不相棄　兩《ふた》り誓《ちか》う　相《あ》い棄《す》てずと

0「讀曲歌」は「子夜歌」(四八六頁)と同じく、南朝の都建康《けんこう》(南京市)を中心に民間でうたわれた恋の歌。**1**「憐」は対象に強く心を惹かれる。「歡」は恋人の間で男を呼ぶ語。**4**「相」は動詞の前に置いて動作に対象があることを明示する助字。「互いに」ではない。

讀曲歌《どっきょくか》

その二十八

あなたが好きだから、わざわざ名前を呼んだりしましょうか。あなたを思うから、ぁざなだって呼んだりしません。続けざまに呼ぶのは、あなた、そしてまたあなた。二人して誓い合います、決して捨てたりしないと。

其五十五　其《そ》の五十五《ごじゅうご》

1 打殺長鳴鷄　長鳴《ちょうめい》の鷄《にわとり》を打殺《ださつ》せん

2 彈去烏臼鳥　烏臼鳥《うきゅうちょう》を弾去《だんきょ》せん
3 願得連冥不復曙　願《ねが》わくは冥《よる》を連《つら》ねて復《ま》た曙《あ》けず
4 一年都一曉　一年都《いちねんすべ》て一暁《いちぎょう》ならんことを

1「打殺」の「殺」は動詞の意味を強める助字、「殺す」の意味ではない。「長鳴鶏」は夜明けに長く声を上げる鶏。広東・ベトナム地方から献上されたものという(『西京雑記』)。 **2**「弾」は弾《はじ》き弓《ゆみ》で撃つ。「烏臼鳥」はカラスの一種。

その五十五

長鳴き鶏《どり》なんて打ちのめしてやるわ。早鳴きカラスも弾《はじ》きとばしてやる。夜に夜が続いて明けないといいのに。一年に一度しか朝が来ないといいのに。

其六十三　其《そ》の六十三《ろくじゅうさん》

1 百憶卻欲噫　百《ひゃく》たび憶《おも》うも却《かえ》って噫《なげ》かんと欲《ほっ》す
2 兩眼常不燥　両眼《りょうがん》常《つね》に燥《かわ》かず
3 蕃師五鼓行　蕃師《ばんし》　五鼓《ごこ》の行《こう》
4 離儂何太早　儂《のう》を離《はな》るること何《なん》ぞ太《はなは》だ早《はや》き

1「噫」は嘆きの声。　**3**「蕃師」は辺境警備の隊伍。「五鼓」は「五更」に同じ。夜を五つに分けた最後、夜明けの時刻。　**4**「儂」は女の一人称。「太」は程度の大きいことを示す口語。

その六十三

百たび思ってもいよいよ抑えられぬため息。二つのまなこが乾く時はありません。
辺境の部隊は夜明けとともに出立する。わたしのもとから、なんて早々に去っていくの。

五言四句を基本とする詩型、女の立場からの恋の歌であること、掛けことばを頻用すること、いずれも「子夜歌」と類似する。逢瀬の夜を終わらせたくないために、朝を告げる鳥を追い払う(其の五十五)、男の出発のために恋人たちの夜が終わるなど、西洋・日本のきぬぎぬの歌に共通するモチーフがここにも見られる。

◆———

✻**謝朓**《しゃちょう》　四六四—四九九　南斉の人。字は玄暉《げんき》。宣城《せんじょう》(安徽省宣城市)太守、中書郎《ちゅうしょろう》などを経て尚書吏部郎《しょうしょりぶろう》に至る。のちに蕭遥光《しょうようこう》を皇帝に立てようとする画策に加わらなかったことから処刑された。文学の面では竟陵王蕭子良《きょうりょうおうしょうしりょう》のもとに集まった「竟陵八友」の一人。沈約《しんやく》らとともに声律を考慮した「永明体《えいめいたい》」を創始した。風景をきめ細かく描写する詩は、唐代に入って李白をはじめ広く愛好された。

玉階怨　　謝朓

1 夕殿下珠簾
2 流螢飛復息
3 長夜縫羅衣
4 思君此何極

玉階怨《ぎょくかいえん》
夕殿《せきでん》　珠簾《しゅれん》を下《お》ろす
流蛍《りゅうけい》　飛《と》びて復《ま》た息《や》む
長夜《ちょうや》　羅衣《らい》を縫《ぬ》う
君《きみ》を思《おも》いて此《こ》れ何《なん》ぞ極《きわ》まらん

0「玉階怨」は楽府題。「玉階」は地面と室内をつなぐ玉《ぎょく》のきざはし。前漢・成帝の寵愛を失った班婕妤《はんしょうよ》（一七五頁）の「自ら悼む賦」に出る語。**1**「珠簾」は珠玉で編んだすだれ。

玉階怨《ぎょくかいえん》
日暮れの宮居《みやい》に珠のすだれを下ろします。流れるように蛍が飛び、また止まります。いつまでも明けぬ夜、うすぎぬの衣を縫いながら、あなたのことを思い続けて果てる時とてありません。

来ぬ君王を待ち続けて夜を明かす宮女の切ない思いをうたう宮怨《きゅうえん》詩。すだれを下ろす(1)のは、時が夜に移るのをあらわすとともに、待つのを断念しようとする行為でもある。しかし諦めきれずすだれごしに見やる蛍の「飛びて復た息む」(2)情景は、彼女の心象そのものでもある。「何ぞ極まらん」(4)、果てなく続くのは君王への思いのみならず、孤閨《こけい》の夜でもあり、羅衣を縫い続ける動作でもある。謝朓の詩に心酔した唐の李白にも同じく「玉階怨」と題した作がある(中冊参照)。

◆

暫使下都夜發新林
至京邑贈西府同僚　　謝朓

1 大江流日夜
2 客心悲未央
3 徒念關山近
4 終知反路長
5 秋河曙耿耿
6 寒渚夜蒼蒼

暫《しばら》く下都《かと》に使《つか》いし、夜《よる》 新林《しんりん》を発《はっ》して
京邑《けいゆう》に至《いた》らんとし、西府《せいふ》の同僚《どうりょう》に贈《おく》る

大江《たいこう》 日夜《にちや》に流《なが》れ
客心《かくしん》 悲《かな》しみ未《いま》だ央《つ》きず
徒《た》だ関山《かんざん》の近《ちか》きを念《おも》い
終《つい》に反路《はんろ》の長《なが》きを知《し》る
秋河《しゅうか》は曙《あかつき》に耿耿《こうこう》として
寒渚《かんしょ》は夜《よる》に蒼蒼《そうそう》たり

引顧見京室
宮雉正相望
金波麗鳷鵲
玉縄低建章

引顧《いんこ》して京室《けいしつ》を見《み》れば
宮雉《きゅうち》 正《まさ》に相《あ》い望《のぞ》む
金波《きんぱ》は鳷鵲《しじゃく》に麗《つ》き
玉縄《ぎょくじょう》は建章《けんしょう》に低《た》る

0「暫使」は暫時、朝廷から地方に派遣されていたこと。実際には三年間勤務したが、暫時の使者であったという。「下都」は荊州《けいしゅう》(湖北省荊州市)。南斉の都の建康《けんこう》(南京市)を「上都」と称するのに対して「下都」という。「新林」は新林浦《しんりんぽ》。建康の西南一〇キロの地。夜に発てば明け方には都に着く近さにある。「西府」は荊州の役所。建康の西に位置するので「西府」という。本詩は荊州刺史の随王蕭子隆《しょうしりゅう》に寵愛された謝朓が、永明十一年(四九三)、同僚にねたまれ都に召還された時の作。**1・2** 荊州から建康へは長江を下る旅。川が日夜流れ続けることは、『論語』子罕《しかん》篇に「逝《ゆ》く者は斯《か》くの如き哉《か》、昼夜を舎《お》かず」。「未央」は尽きない。『詩経』小雅・庭燎《ていりょう》に「夜未だ央きず」。二句は長江の水が尽きることのないように悲しみも止まる時はない。**3・4** 都へ帰る喜びよりも、荊州を離れた悲しみが勝ることをいう。「関山」は都に入るための関所・山。「反路」は荊州への帰路。**5**「秋河」は銀河。**7**「引顧」は首を伸ばして遠くを見る。

「京室」は宮城。一句は西晋・潘岳《はんがく》「河陽県《かようけん》の作二首」其の二の「領《くび》を引(の)ばして京室を望む」に倣う。　**8**「宮雉」は王宮のまわりの城壁。　**9**「金波」は月光。「鳷鵲」は漢の武帝が建てた高殿の名。その名を借りた建物が建康にあったと思しい。「麗」は連続する。　**10**「玉縄」は北斗七星の第五星(玉衡《ぎょくこう》)の北にある二つの星。「建章」は、漢の武帝が長安に建てた宮殿の名。南朝宋にも「建章宮」があった。

しばらく出向していた荊州《けいしゅう》を去り、夜に新林浦《しんりんぼ》を発って都に近づいたとき、荊州の役所の同僚に贈る

大江は昼も夜も休みなく流れ続ける。旅人の心に悲しみが尽きることはない。ひたすら都に通じる関山に近づいたことばかり思っていたが、それは畢竟《ひっきょう》、荊州への帰り道が遠ざかったこと。

天の河《あまがわ》は明け方近い空に煌々と輝き、寒々とした中州は夜ののこる闇に黒く沈む。首を伸ばして都を眺めれば、宮殿の城壁が真向かいに見える。金色の月の光の波が鳷鵲楼《しじゃくろう》に連なり、玉縄星《ぎょくじょうせい》は建章宮《けんしょうきゅう》の上に垂れ下がる。

11 驅車鼎門外　車《くるま》を鼎門《ていもん》の外《そと》に駆《か》り
12 思見昭丘陽　昭丘《しょうきゅう》の陽《みなみ》を見《み》んと思《おも》う

馳暉不可接
何況隔兩鄉
風雲有鳥路
江漢限無梁
常恐鷹隼擊
時菊委嚴霜
寄言罻羅者
寥廓已高翔

馳暉《ちき》　接《せっ》す可《べ》からず
何《なん》ぞ況《いわ》んや両郷《りょうきょう》を隔《へだ》つるをや
風雲《ふううん》には鳥路《ちょうろ》有《あ》るも
江漢《こうかん》　限《かぎ》りて梁《はし》無《な》し
常《つね》に恐《おそ》る　鷹隼《ようじゅん》の撃《う》ちて
時菊《じきく》の厳霜《げんそう》に委《しぼ》まんことを
言《げん》を寄《よ》す　罻羅《いら》の者《もの》に
寥廓《りょうかく》に已《すで》に高《たか》く翔《かけ》たりと

11「鼎門」は都の南門。　**12**「昭丘」は春秋時代の楚の昭王《しょうおう》の墳墓。荊州を指す。　**13・14**「馳暉」は馳《は》せる光の意で太陽をいう。「両郷」は都と荊州。時の進みは速いうえに、二つの地は遠く離れている。　**16**「江」は長江、「漢」は漢水。荊州は二つの川に挟まれた地点にある。『楚辞』哀時命《あいじめい》に「道　壅塞《ようそく》(ふさがる)して通ぜず、江河　広くして梁無し」。　**17**「鷹隼」は猛禽。邪悪で恐ろしい者。荊州で謝朓を陥れた王秀之《おうしゅうし》らを指すか。　**18**「時菊」は時節に応じて開花する菊。節義ある臣のたとえ。　**19**「罻」「羅」はともに鳥を捕る網。先の「鷹隼撃」を受ける。　**20** 自分がすでに網に捕らわれる危険を脱した場に至っていることをいう。「寥廓」は広々とした天空。車を都の南門の外へ走らせながらも、昭丘《しょうきゅう》の南なる荊州が見たい。空を馳せる太陽に追いつくこともできず、まして都と荊州は遥かに隔たる。風や雲の行き交う天空に鳥の通い路はあろうと、荊州に至るには長江と漢水が遮って橋もない。

常に案ずるのは、鷹や隼《はやぶさ》に襲われること、盛りの菊が冷たい霜に枯れること。網を張って待ち構える者たちよ、鳥はもはや広々とした大空に高く翔《かけ》ているのだ。

謝朓の詩にはしばしばアンビバレントな感情がそのまま揺らぎとして表現される。ここでも都に近づきながら荊州への思慕を引きずるが、一方でまた荊州は「鷹隼」(17)・「厳霜」(18)の危険な場でもある。荊州から都への離脱は網に捕らわれる危険のない大空への飛翔(19・20)なのだ。にもかかわらず、都への足取りは重い。そうした錯綜した思いが謝朓の詩を陰影深いものにしている。

之宣城出新林浦向版橋

謝朓

1 江路西南永
2 歸流東北騖
3 天際識歸舟
4 雲中辨江樹
5 旅思倦搖搖
6 孤遊昔已屢
7 既懽懷祿情
8 復協滄州趣
9 囂塵自茲隔
10 賞心於此遇
11 雖無玄豹姿
12 終隱南山霧

宣城《せんじょう》に之《ゆ》かんとして新林浦《しんりんぽ》を出《い》で版橋《はんきょう》に向《む》かう

江路《こうろ》　西南《せいなん》に永《なが》く
帰流《きりゅう》　東北《とうほく》に騖《は》す
天際《てんさい》に帰舟《きしゅう》を識《し》り
雲中《うんちゅう》に江樹《こうじゅ》を弁《わか》つ
旅思《りょし》　揺揺《ようよう》たるに倦《う》み
孤遊《こゆう》　昔《むかし》より已《すで》に屢《しば》しばなり
既《すで》に禄《ろく》を懐《おも》うの情《じょう》を懽《よろこ》ばしめ
復《ま》た滄州《そうしゅう》の趣《おもむき》に協《かな》う
囂塵《ごうじん》　茲《これ》自《よ》り隔《へだ》たり
賞心《しょうしん》　此《ここ》に於《お》いて遇《あ》わん
玄豹《げんびょう》の姿《すがた》無しと雖《いえど》も
終《つい》には南山《なんざん》の霧《きり》に隠《かく》れん

0「宣城」は建武二年(四九五)に太守として赴任する宣城郡。「新林浦」は都建康《けんこう》(南京市)の西南の地。「暫く下都に使いし……」の0の注(四九九頁)を参照。「版橋」は新林浦からさらに長江の上流の地。1・2 謝朓の乗る船が進む方向と、長江の流れとが逆。そこに都を離れがたい思いを含ませる。「帰流」は海に帰着すべく流れゆく川。3 航路の先の風景。「天際」は天空の果て。長江と空の接点。「帰舟」は都へ帰る舟。4 船中から岸辺を眺めた風景。5「揺揺」は心に拠り所がなく落ち着かないさま。『詩経』黍離《しょり》に「行邁　靡靡《びび》たり、中心　揺揺たり」(六四頁)。ここでは船の揺れも作用するか。7・8 都を離れ宣城へ赴くことを、官にありながら隠逸も実現できるものと無理にみなして自分を慰める。「懐禄情」は俸禄を求める気持ち。「滄州趣」は『楚辞』漁《ぎょ》父《ほ》の「滄浪の水」(一三一頁)から、水辺での隠逸への思い。9「囂塵」は喧騒と塵埃に汚れた俗世間。『春秋左氏伝』昭公三年に斉の景公が晏子《あんし》の住居を変えさせようとして、「子《し》の宅は市《いち》に近く、湫隘《しゅうあい》(低湿狭小)にして囂塵なれば、以て居るべからず」。10「賞心」は自然を観賞し深く味わう。謝霊運の山水詩における重要な語を用いる。11・12 南山の黒豹がその文様を霧や雨から守るために、何も食べずに山中に籠もる故事(『列女伝』)を用いて、高潔を貫き都から離れて危害から身を守ろうという。

宣城《せんじょう》に行くのに新林浦《しんりんぽ》を発ち版橋《はんきょう》に向かう

長江の航路は西南へ遠く続き、海へと向かう流れは東北に奔《はし》る。
空の果てに都に帰る舟が見分けられ、雲のなかに川辺の木々が識別できる。
旅の憂いは嫌というほど味わった。孤独な旅も前から何度も繰り返してきた。
この旅は俸給の求めも満たしてくれ、隠棲への憧れもかなえてくれるもの。
喧騒と俗塵はここからは遠ざかり、山水を観賞する機会にも巡り会える。
黒豹《くろひょう》の立派な毛並みはないとはいっても、果ては南山の霧に身を隠すことにしよう。

宣城への赴任は政治の中心から離れる、意に染まぬものであった。その口惜しさを抱きつつも、地方の勤務を俸禄を得ながらの隠逸の実現でもあると捉え直してみる(7・8)。そこには無理に言い聞かせる口吻がのこるが、のちに白居易は官と隠の両立を「中隠」として積極的に肯定する(「中隠」下冊参照)。謝朓の場合は政界から離れることは危険を避けることでもあったが、その後結局、政争のなかで命を失った。

遊東田　　謝朓

東田《とうでん》に遊《あそ》ぶ

1 慼慼苦無悰

慼慼《せきせき》として悰《たの》しみ無《な》きに苦《くる》しみ

2 攜手共行樂　手《て》を携《たずさ》えて共《とも》に行楽《こうらく》す
3 尋雲陟累榭　雲《くも》を尋《たず》ねて累榭《るいしゃ》に陟《のぼ》り
4 隨山望菌閣　山《やま》に随《したが》いて菌閣《きんかく》を望《のぞ》む
5 遠樹曖仟仟　遠樹《えんじゅ》は曖《あい》として仟仟《せんせん》たり
6 生煙紛漠漠　生煙《せいえん》は紛《ふん》として漠漠《ばくばく》たり
7 魚戲新荷動　魚《うお》戯《たわむ》れて新荷《しんか》動《うご》き
8 鳥散餘花落　鳥《とり》散《さん》じて余花《よか》落《お》つ
9 不對芳春酒　芳春酒《ほうしゅんしゅ》に対《たい》せずして
10 還望青山郭　還《かえ》りて青山《せいざん》の郭《かく》を望《のぞ》む

0「東田」は建康《けんこう》(南京市)の北に位置する鍾山《しょうざん》にあった謝朓の別荘の名。　**1**「慼慼」は憂いに沈むさま。「悰」は楽しみ。　**3**「累榭」は何層もの楼台。『楚辞』招魂に「層台と累榭と、高山に臨む」。　**4**「菌閣」はかぐわしい楼閣。楼閣を美しくいう。「菌」は香草。『楚辞』九懐・匡機《きょうき》に「菌閣と蕙楼(蕙も香草)と」。　**5**「曖」は遠くにぼんやり見えるさま。「仟仟」は勢いよく茂るさま。　**6**「生煙」は靄が立ち上る。「紛」は乱れるさま。「漠漠」は拡散して広がるさま。　**7** 古楽府「江南」の「魚は戯

る　蓮葉の間」（一七八頁）に基づく。　**9** 美しい自然に接したために、酒で憂いを消す必要もなくなったことをいう。「芳春酒」は春に熟した芳潤な酒。　**10**「還望」は顧みて眺める。「青山郭」は山のなかの村。「郭」は集落の囲い。

東田に遊ぶ

鬱々《うつうつ》として晴れることもない心、友と手を携えて山野に足を向けた。
雲の湧く所をめざして高いうてなに登り、山道をたどって香り立つ楼閣を遠く眺める。
遠くの木々はかすみながらもこんもり茂り、わきたつ靄《もや》がむくむくと包んでいく。
魚が泳ぐと開いたばかりの蓮の花が揺れ、鳥が飛び立つと名残の花が落ちる。
春の芳しい酒に向き合うこともせず、青い山に抱かれた村里の方を眺めやる。

自然探勝は心の憂さを晴らす手立てであった。謝朓の風景描写は、遠景（5・6）に加えて、近景（7・8）も織り込まれる。「魚戯」「鳥散」の二句は魚・鳥の動きに反応する植物の動きを捉え、その一瞬にことばを与える。静のなかの動に目を止める、緻密で鋭敏な観察は、唐詩にも引き継がれる。

晩登三山還望京邑

謝朓

1 霸涘望長安
2 河陽視京縣
3 白日麗飛甍
4 參差皆可見
5 餘霞散成綺
6 澄江靜如練
7 喧鳥覆春洲
8 雜英滿芳甸
9 去矣方滯淫
10 懷哉罷歡宴
11 佳期悵何許
12 淚下如流霰
13 有情知望鄉
14 誰能縝不變

晩《くれ》に三山《さんざん》に登《のぼ》りて京邑《けいゆう》を還望《かんぼう》す

霸涘《はし》に長安《ちょうあん》を望《のぞ》み
河陽《かよう》に京県《けいけん》を視《み》る
白日《はくじつ》は飛甍《ひぼう》を麗《かがや》かし
参差《しんし》として皆《み》な見《み》る可《べ》し
余霞《よか》は散《さん》じて綺《き》を成《な》し
澄江《ちょうこう》は静《しず》かにして練《れん》の如《ごと》し
喧鳥《けんちょう》は春洲《しゅんしゅう》を覆《おお》い
雑英《ざつえい》は芳甸《ほうでん》に満《み》つ
去《さ》らん　方《まさ》に滞淫《たいいん》するを
懐《おも》う哉《かな》　歓宴《かんえん》を罷《や》めん
佳期《かき》　何許《いずく》なるかを悵《うら》み
涙《なみだ》の下《くだ》ること流霰《りゅうさん》の如《ごと》し
情《じょう》有《あ》れば郷《きょう》を望《のぞ》むを知《し》る
誰《たれ》か能《よ》く縝《くろかみ》の変《へん》ぜざらん

0「三山」は都である建康《けんこう》(南京市)の西南、長江の南岸にある、三つの峰をもつ山。「還望」は首を巡らして眺める。　**1・2** 都を離れがたい思いを魏の王粲《おうさん》、西晋の潘岳《はんがく》になぞらえる。「覇涘」は長安の近郊を流れる覇水《はすい》の岸辺。王粲「七哀詩二首」其の一(二六八頁)を参照。「河陽」は黄河を挟んで洛陽の北にある町。今の河南省孟州市。「京県」は都。ここでは洛陽を指す。河陽県令に任じられた潘岳は「河陽県の作二首」のなかで都への未練を綴る。　**3**「飛甍」は鳥の翼のように張り出した屋根瓦。　**4**「参差」は不揃いに入り交じったさま。　**5**「余霞」は夕映えののこる雲。それが拡散して「綺(あやぎぬ)」となる。　**6**「練」は柔らかな練り絹。　**8**「雑英」は様々な花。「芳甸」は香しい田野。　**9**「去矣」は「さあ行こう」と都への思いを断ち切る。「滞淫」は居るべきでない場所に居続ける。王粲「七哀詩二首」其の二に「荊蛮《けいばん》　我が郷に非ず、何為《なんす》れぞ久しく滞淫せん」(二七〇頁)。　**10**「懐哉」は都を慕わしく思う。『詩経』王風・揚之《ようし》水《すい》の「懐う哉　懐う哉、曷《いず》れの月か予《われ》は還帰《かえ》らん哉《かな》」を踏まえる。「歓宴」は楽しい宴会。都での愉楽。　**11**「佳期」は恋人と会う。ここでは都にいる友人と会うことをいう。『楚辞』九歌・湘夫人《しょうふじん》に「佳と期して夕べに張る」。「悵」は心を痛める。「何許」は「何時」の意。　**12**「流霰」は降りしきる霰《あられ》。『楚辞』九章・哀郢《あいえい》に「涕《なみだ》(涙)淫淫として(しとどに流れる)其れ霰の如し」。　**14**「縝」は「鬒」に通じ、黒い髪。『詩経』鄘風《ようふう》・君子偕老《くんしかいろう》に「鬒髪《しんぱつ》　雲の如し」。

日暮れに三山に登り、ふりかえって都を望む

霸陵《はりょう》の岸まで進んで長安を眺めた王粲《おうさん》、河陽《かよう》の地から洛陽を見つめた潘岳《はんがく》。日の光は高く連なる甍《いらか》を輝かし、一つ一つの瓦の凹凸までみな目に入る。空にのこる夕焼け雲は広がって綾絹《あやぎぬ》となり、澄みきった長江は波もなく練り絹のよう。さえずる鳥たちが春の中洲一面を覆い、とりどりの花々が香しい野を埋め尽くす。さあ行こう、ぐずぐず居続けるのは断ち切って。心は惹かれる、しかし楽しき宴席ももうおしまいだ。都の人たちと会えるのは何時のことかと嘆き、涙は霰《あられ》のようにとめどなくこぼれる。心あるものならば故郷を思わざるを得ない。黒い髪を白くせずに誰がいられよう。

都を離れるに際して離れがたい思いを、都やその周辺の景とともにうたう。振り切ろうとして振り切れない未練は、「去らん」(9)、「懐う哉」(10)といった心の揺れにそのまま映し出される。「余霞」「澄江」(5・6)の二句は風景描写にすぐれる謝朓の詩のなかでもとりわけよく知られるが、それも単に美しい景でなく、都のまわり

◆―の景として強い愛着を伴っている。

✽沈約《しんやく》　四四一―五一三　字は休文《きゅうぶん》。南朝宋・南斉・梁の三朝に仕え、梁では尚書令に至る。文学の面では南斉の時、竟陵王蕭子良《きょうりょうおうしょうしりょう》のもとの「竟陵八友」の一人。「永明体《えいめいたい》」の詩風を代表し、初めて詩に韻律の配置を工夫して唱えた四声八病《しせいはっぺい》の説は、のちの近体詩へ道を開いた。終始して文壇の中心にあって重きをなし、『宋書』を撰するなど、ジャンルは広きに渡る。

新安江水至清淺深
見底貽京邑遊好　　　沈約

新安《しんあん》の江水《こうすい》は至《いた》って清《きよ》く、浅深《せんしん》に
底《そこ》を見《み》る　京邑《けいゆう》の遊好《ゆうこう》に貽《おく》る

1 眷言訪舟客　　眷《かえりみ》て言《ここ》に舟客《しゅうきゃく》に訪《と》う
2 茲川信可珍　　茲《こ》の川《かわ》　信《まこと》に珍《ちん》とす可《べ》しと
3 洞澈隨深淺　　洞澈《どうてつ》　深浅《しんせん》に随《したが》い
4 皎鏡無冬春　　皎鏡《こうきょう》　冬春《とうしゅん》無《な》し
5 千仞寫喬樹　　千仞《せんじん》　喬樹《きょうじゅ》を写《うつ》し

百丈見遊鱗
滄浪有時濁
清濟涸無津
豈若乘斯去
俯映石磷磷
紛吾隔囂滓
寧假濯衣巾
願以潺湲水
沾君纓上塵

百丈《ひゃくじょう》　遊鱗《ゆうりん》を見《み》る
滄浪《そうろう》　時《とき》に濁《にご》る有《あ》り
清済《せいせい》　涸《か》れて津無《しんな》し
豈《あ》に若《し》かんや　斯《これ》に乗《の》りて去《さ》り
俯《ふ》して石《いし》の磷磷《りんりん》たるに映《うつ》すに
紛《ふん》として吾《われ》　囂滓《ごうし》を隔《へだ》つ
寧《いず》くんぞ衣巾《いきん》を濯《すす》ぐに仮《か》らんや
願《ねが》わくは潺湲《せんえん》の水《みず》を以《もっ》て
君《きみ》が纓上《えいじょう》の塵《ちり》を沾《うるお》さん

0「新安江」は新安郡(浙江省淳安県)を流れる川。東流して浙江となる。沈約は東陽郡(浙江省金華市)の太守として赴任する途上にあった。「游好」は親しい友人。**1**「眷」は心惹かれて振り返る。「言」は語調を整える字。『詩経』小雅・大東に「睠(眷)て言に之を顧《かえりみ》る」。「訪」は訊ねる、意見を求める。**3** 水の深浅によって違いはあるが、どこも清く澄んでいるという。「洞澈」は透き通るさま。**4** 水の減る冬も増える春も、水面の輝きに違いはないという。「皎鏡」は鮮明な鏡。水面を喩える。**5**「千仞」は樹木が高いことをいう。一仞は約二メートル。　**6**「百丈」は水の深いことをいう。一丈は約三メートル。　**7**「滄浪」は青く澄んだ川の流れ。それが濁るとは、『楚辞』漁父の「滄浪の水　清《す》まば、以て我が纓《えい》（冠の紐）を濯《あら》う可し。滄浪の水　濁らば、以て我が足を濯う可し」（一三一頁）を踏まえ、南斉・武帝の後継者をめぐる政争を暗示するか。
8「清済」は済水。斉（山東省）の地を流れる、清く澄んだ川。「津」は水気、潤い。
9 新安江の流れに乗って進み、政争渦巻く都を去るにこしたことはないことをいう。
10「磷磷」は水中に石や岩がはっきり見えるさま。『詩経』唐風・揚之水《ようしすい》に「白石　粼《りん》粼《りん》（磷磷）たり」。　**11**「紛吾」は楚の国を追われた屈原が自らの気高さを誇った、「紛として吾　既に此の内なる美有り」（『楚辞』離騒《りそう》）を用いる。「紛」は盛んなさま。ここでは「囂滓」の程度が烈しいことをいう。「囂滓」は騒々しく汚らわしい。俗世間をいう。謝朓「宣城《せんじょう》に之《ゆ》かんとして新林浦《しんりんぽ》を出《い》で版橋《はんきょう》に向かう」にやはり地方転出に際して「囂塵　茲《これ》自《よ》り隔たる」（五〇三頁）という。　**12**「仮」は頼る、求める。「濯衣巾」は『楚辞』漁父を用いて、俗塵に汚れた衣類を洗うまでもないという。　**13**「潺湲」は水の流れの音。　**14**「君」は詩題にいう「京邑の游好」、都の友人を指す。「纓」は冠の紐。仕官する者の象徴。これも『楚辞』漁父を踏まえる。

新安江の流れはこのうえなく澄みきり、水の深い所も
浅い所も川底が見える。都の友に贈る

同船の旅人に振り向いて話しかける。この川は実に珍しいものではないか、と。深い所も浅い所もそれぞれに透き通り、冬もなく春もなくつねに明るい鏡のよう。千仞《せんじん》の高さの木々を映し、百丈の深みに戯れる魚の姿が見える。滄浪《そうろう》の流れも時には濁り、清らかなる済水《せいすい》も時には涸れて水を失う。この流れに乗って進み、石がありありと見える澄んだ水に、身を伏せて映すがよい。騒がしく汚れた世を離れたわたし、もはや衣や冠を洗う必要もない。どうかこのさらさらと流れる水で、貴君も冠の紐の塵を洗い流したまえ。

◆地方への転出は中央政界の抗争から身を遠ざけることでもあった。謝朓《しゃちょう》のように心の揺らぎを描くわけではないが、船の進む水の清らかさに心を洗われる思いをし、友にも政界からの離脱を呼びかけるこの詩は、透徹した水の流れが全篇を貫く。

別范安成詩　　沈約

范安成《はんあんせい》に別《わか》るる詩《し》

1 生平少年日　　生平《せいへい》　少年《しょうねん》の日《ひ》
2 分手易前期　　手《て》を分《わ》かつも前期《ぜんき》を易《やす》しとす
3 及爾同衰暮　　爾《なんじ》と同《おな》じく衰暮《すいぼ》せば
4 非復別離時　　復《ま》た別離《べつり》の時《とき》に非《あら》ず
5 勿言一樽酒　　言《い》う勿《な》かれ　一樽《いっそん》の酒《さけ》と
6 明日難重持　　明日《みょうにち》は重《かさ》ねて持《じ》し難《がた》し
7 夢中不識路　　夢中《むちゅう》には路《みち》を識《し》らず
8 何以慰相思　　何《なに》を以《もっ》てか相思《そうし》を慰《なぐさ》めん

0「范安成」は范岫《はんしゅう》。沈約と同じく南朝宋・南斉・梁に仕えた文人。南斉の時に安成（江西省安福県）内史であったので范安成と称する。　**1**「生平」は「平生」と同じく、以前。魏・阮籍《げんせき》「詠懐詩《えいかいし》十七首」其の八に「平生　少年の時」（三三六頁）。　**2**「分手」は別れる。「前期」は次に会う約束。　**3・4** 老いた二人にとって再会は期待できないのだから、もはや別れることなどできる年齢ではない。「衰暮」は老いて衰える。　**5**「一樽酒」は前漢・蘇武《そぶ》が友人の送別に際してうたった「詩四首」其の一の「我に一樽の酒有り、以て遠人に贈らんと欲す」（一六四頁）を用いる。　**7** 戦国時代、張敏《ちょうびん》が友人の高恵《こうけい》に会おうとして夢の中で尋ねたが三回とも道に迷って会えなかった故事(李善《りぜん》の引く『韓非子』)を踏まえる。 **8**「相思」は沈約が范岫を思う気持ち。

范安成と別れる詩

かつて若かりし日々には、別れても再会の約束は気軽に交わし合えた。君と同じく年老いた今、もはや別れなどできる時ではない。「ただ一樽の酒」などとは言わないでくれ。明日になれば再び手にすることはできないのだから。夢で会おうにも道に迷う。どうやって君への思いを慰められよう。

友との別れは中国の詩の大きなテーマの一つ。前漢の李陵《りりょう》・蘇武《そぶ》(一五六頁以下)以来、繰り返しうたわれてきた。この詩では人生の別れのなかでも、再会を期しがたい老いてのちの別れに焦点を当てる。二人とも五十代半ばの時の作と思われるが、このあとどちらも十数年生きている。とはいえ、政争相い次いだ不安定な時代にあっては、この時点ではこれが今生の別れかと悲痛する気持ちには、切なるものがあったことだろう。

✽江淹《こうえん》　四四四―五〇五　字は文通《ぶんつう》。寒門に生まれたが、非凡な文才と慎重な処世によって南朝宋・南斉・梁に仕え、高官に至った。夢に東晋の郭璞《かくはく》（四〇一頁）があらわれて五色の筆を返してほしいと言われ、返したあとは詩才が尽きたという逸話（鍾嶸《しょうこう》『詩品』）がある。他者の模擬にすぐれた彼の特徴を伝える話ではある。

雜體詩三十首

其三十　休上人別怨

1 西北秋風至
2 楚客心悠哉
3 日暮碧雲合
4 佳人殊未來
5 露采方汎艷
6 月華始徘徊
7 寶書爲君掩
8 瑤琴詎能開

雑体詩《ざったいし》三十首《さんじっしゅ》　江淹

其《そ》の三十《さんじゅう》　休上人《きゅうしょうにん》　別怨《べつえん》

西北《せいほく》より秋風《しゅうふう》至《いた》り
楚客《そかく》　心《こころ》　悠《ゆう》なる哉《かな》
日暮《にちぼ》　碧雲合《へきうんがっ》し
佳人《かじん》　殊《こと》に未《いま》だ来《きた》らず
露采《ろさい》　方《まさ》に汎艶《はんえん》たり
月華《げっか》　始《はじ》めて徘徊《はいかい》す
宝書《ほうしょ》　君《きみ》が為《ため》に掩《おお》い
瑶琴《ようきん》　詎《なん》ぞ能《よ》く開《ひら》かん

9 相思巫山渚
10 悵望陽雲臺
11 膏鑪絶沈燎
12 綺席生浮埃
13 桂水日千里
14 因之平生懐

巫山《ふざん》の渚《なぎさ》を相思《そうし》し
陽雲《ようう ん》の台《だい》を悵望《ちょうぼう》す
膏鑪《こうろ》　沈燎《ちんりょう》絶《た》え
綺席《きせき》　浮埃《ふあい》生《しょう》ず
桂水《けいすい》　日《ひ》に千里《せんり》
之《これ》に平生《へいぜい》の懐《おも》いを因《よ》らしめん

0「雑体詩」は様々なスタイルの詩の意。江淹は漢の「古詩」から南朝宋の恵休《えきゅう》に至るまで三十人を選び、それぞれを典型的にあらわす詩を模擬した。「休上人」は恵休。俗姓は湯《とう》。仏僧の身からのちに還俗。当時は艶冶な詩風で人気を博したというが、現存する詩は少ない。　**2**「楚客」は故郷の楚の地を離れた旅人。楚の国を追われた屈原になぞらえて、旅人である自分(恵休)を指す。「悠哉」は思いが果てなく続く。異性への思慕をうたう『詩経』関雎《かんしょ》の「悠なる哉　悠なる哉」(四三頁)を用いる。　**4** 待てども美人が来ないことをいう。「殊」は否定を強める。魏・曹丕《そうひ》「秋胡行《しゅうここう》」に「朝に佳人と期するに、日の夕べなるも殊に来らず」。　**5**「露采」は露の鮮やかな輝き。「汎艶」は光を浮かべるさま。　**6**「月華」は月の光。「徘徊」はゆるやかに動く。魏・曹植《そうしょく》「七哀《しちあい》詩《し》」に「明月、高楼を照らし、流光　正に徘徊す」(三二一頁)。**7**「宝書」は仙道の書。それを佳人とともに開けないため、「掩」という。**8** 琴をともに楽しむ佳人の不在をいう。**9**「巫山」は楚の山。戦国時代、楚の懐王が夢のなかで契りを結んだ「巫山の神女」(宋玉《そうぎょく》「高唐の賦」序)を連想させる。**10**「陽雲」は宋玉の賦に出る楚の楼台の名。「悵望」は悲しく眺める。**11**「膏鑪」は香炉。「沈燎」は沈香《じんこう》の火。**12**「綺席」はあやぎぬで織った敷物。「浮埃」は塵埃。**13**「桂水」は楚を流れる湘水の支流。**14** 水に託してずっと抱いている思慕の情を運んでもらおう、の意。

雑体詩

その三十　恵休《えきゅう》　別れの怨み

西北から秋風が吹いてくる。楚の旅人たるわたしの思いは果てない。
日暮れて青空の雲が集まるが、麗《うるわ》しき人は一向に来ない。
露は今やつやつやと輝き、月の光はたゆたい始める。
宝の書物はあなたのために閉じ、玉の琴も箱を開きはしない。
巫山《ふざん》の水際《みぎわ》を恋しく思い、陽雲《よううん》の台《うてな》を寂しく眺める。
香炉には沈香《じんこう》の火も冷たく消え、綾絹の敷物には塵が積もる。
桂水《けいすい》の流れは日に千里、抱《いだ》き続ける思いを届けてほしい。

待てども来ぬ人を思いつづける恋の歌。相手を「巫山」(9)の神女になぞらえるなど、男が女を思う設定と捉えてよいが、恋情の男女差がはっきりしないのは文芸としての恋の歌ゆえ。

「模擬詩」はいわば練習曲《エチュード》であるが、エチュードが独立した曲として演奏されることもあるように、単なる模擬以上の意味をもつ。そもそも古典詩はある型になぞらえる詩であり、型を襲いながらそこに独自の要素が求められるものであった。江淹の「雑体詩三十首」は実作による一種の文学史の様相を備える。そこに取り上げられた三十首は、今もよく知られる作が集まるが、『文選』『玉台新詠』に一首も収められていない湯恵休を模擬した詩をここでは選んだ。

✽范雲《はんうん》　四五一—五〇三　字は彦龍《げんりゅう》。南朝宋・南斉に仕え、竟陵王蕭子良《きょうりょうおうしょうしりょう》のもとで、沈約《しんやく》らとともに「竟陵八友」の一人に数えられた。蕭衍《しょうえん》(のちの武帝)が梁《りょう》を興すのに力を尽くし、その信任を得て梁では尚書右僕射《ゆうぼくや》にまで昇り、官としても有能であった。詩においてはスマートな短い作品に特色があるが、それは反面、線が細いということでもある。

別詩　　　　范雲

1 洛陽城東西
2 長作經時別
3 昔去雪如花
4 今來花似雪

別《わか》れの詩《し》
洛陽《らくよう》　城《じょう》の東西《とうざい》
長《なが》く経時《けいじ》の別《べつ》を作《な》す
昔《むかし》　去《さ》りしときは　雪《ゆき》　花《はな》の如《ごと》く
今《いま》　来《きた》るときは　花《はな》　雪《ゆき》に似《に》たり

0 范雲が推奨した年下の何遜《かそん》（五二九頁）に贈った詩。　**1**「洛陽」は後漢・魏・西晋の都が置かれていたことから、南朝の人も都建康《けんこう》（南京市）の代わりに都の意味で用いる。「城東西」は同じ町の東と西。　**2**「経時別」は長い時間の別離。官界においても詩人としても大家であった范雲と無名の青年であった何遜が、互いに知らぬまま建康に住んでいたことをいう。　**3・4**『詩経』采薇《さいび》の「昔　我　往きしとき、楊柳　依依《いい》たり。今　我　来るとき、雪雨《ふ》ること霏霏《ひひ》たり」（一二四頁）、去った時は春の新緑、帰ってきた時は冬の雪、という句を反転して用いる。范雲が広州刺史として都を去ったのは冬だったが、今、再会したのは春であることをいう。

別れの詩
洛陽の町の東と西に、ずっと長い間、別々に暮らしていた。

そのかみ、別れた時には、雪が花のように舞っていたが、今やって来たら、花が雪のように散っている。

◆『芸文類聚』(巻二九)では「別詩」と題してこの四句を引くが、何遜の集では「范《はん》広州《こうしゅう》の宅の聯句《れんく》」と題し、四句のあとに何遜が范雲の邸宅で歓待を受ける喜びをうたう四句を続ける。つまり「別れの詩」と題されているものの、もともとは再会を喜ぶ聯句の前半。雪と花とその比喩が逆転するのがこの詩の妙味。

＊陶弘景《とうこうけい》　四五六―五三六　字は通明《つうめい》。南斉の時に出仕していたが、三十代半ばで官を捨てて茅山《ぼうざん》に籠もる。以後は道教に専念して茅山派の開祖とされ、道教の経典である『真誥《しんこう》』をまとめた。梁の武帝が治世のうえでたびたび意見を求めたので「山中宰相」とも呼ばれた。

詔問山中何所　　　陶弘景
有賦詩以答

詔《みことのり》して山中《さんちゅう》　何《なん》の有《あ》る所《ところ》ぞと
問《と》われ、詩《し》を賦《ふ》して以《もっ》て答《こた》う

1 山中何所有　　山中《さんちゅう》　何《なん》の有《あ》る所《ところ》ぞ

2 嶺上多白雲　　嶺上《れいじょう》　白雲《はくうん》多《おお》し
3 只可自怡悅　　只《た》だ自《みずか》ら怡悦《いえつ》す可《べ》く
4 不堪持寄君　　持《じ》して君《きみ》に寄《よ》するに堪《た》えず

0「詔」を下したのは、梁の武帝。南斉の高帝という説もある。　**3**「怡悦」は喜ぶ。

「山の中には何があるのか」との詔のご下問に、詩を作ってお答えする

「山の中には何があるのか。」峰には白雲がたくさんございます。ただ自分で楽しむことができるだけで、持参して帝《みかど》にお届けすることはかないませぬが。

◆

「山中　何の有る所ぞ」の問いには、何の愉楽もない山の中になぜ籠もっているのかといういぶかりが含まれている。山にあるのは「白雲」だけ。世間では何の価値もないもの。しかし自分にはこれほど楽しいものはない。とはいえ、俗界に持ってはいけない。

✽梁《りょう》の武《ぶ》帝《てい》　四六四—五四九　蕭衍《しょうえん》、字は叔達《しゅくたつ》。南斉皇室の遠い血族、「竟陵八友」の一人でもあった。東昏侯《とうこんこう》を倒して、五〇二年に梁を建て、初代皇帝として半世紀近く在位した。南朝では稀有の政治的安定をもたらしたのみならず、文化のうえでも活況をもたらした。自身も詩をはじめとして諸芸に通達していた。最後は侯景《こうけい》の乱の渦中に餓死した。

河中之水歌　　梁の武帝

1 河中之水向東流
2 洛陽女兒名莫愁
3 莫愁十三能織綺
4 十四採桑南陌頭
5 十五嫁爲盧郎婦
6 十六生兒字阿侯
7 盧家蘭室桂爲梁
8 中有鬱金蘇合香

河中《かちゅう》の水《みず》の歌《うた》

河中《かちゅう》の水《みず》は東《ひがし》に向《む》かって流《なが》る
洛陽《らくよう》の女児《じょじ》　名《な》は莫愁《ばくしゅう》
莫愁《ばくしゅう》　十三《じゅうさん》にして能《よ》く綺《あやぎぬ》を織《お》る
十四《じゅうし》にして桑《くわ》を採《と》る　南陌《なんぱく》の頭《ほとり》
十五《じゅうご》にして嫁《か》して盧郎《ろろう》の婦《よめ》と為《な》り
十六《じゅうろく》にして児《こ》を生《う》む　字《あざな》は阿侯《あこう》
盧家《ろか》の蘭室《らんしつ》　桂《かつら》もて梁《はり》と為《な》し
中《なか》に有《あ》り　鬱金《うこん》　蘇合《そごう》の香《こう》

頭上金釵十二行
足下絲履五文章
珊瑚挂鏡爛生光
平頭奴子擎履箱
人生富貴何所望
恨不早嫁東家王

頭上《とうじょう》の金釵《きんさ》　十二行《じゅうにぎょう》
足下《そっか》の糸履《しり》　五文章《ごぶんしょう》
珊瑚《さんご》の挂鏡《けいきょう》　爛《らん》として光《ひかり》を生《しょう》じ
平頭《へいとう》の奴子《どし》　履箱《りしょう》を擎《ささ》ぐ
人生《じんせい》の富貴《ふうき》　何《なん》の望《のぞ》む所《ところ》ぞ
恨《うら》むらくは早《つと》に東家《とうか》の王《おう》に嫁《とつ》がざりしを

2「莫愁」は南朝楽府によくあらわれるヒロインの名。　**3・4**「南陌」は南のあぜ道。機織りと桑摘みは婦女の重要な仕事。「十三」「十四」と女子の年齢を追って述べる言い方は、「古詩　焦仲卿《しょうちゅうけい》の妻の為に作る」(二四三頁)に見える。　**7**「蘭室」は蘭のように香り高い、高貴な人の居室。「桂為梁」は桂のような高価な木材を梁に使う豪華な屋敷をいう。　**8**「鬱金」も「蘇合」も高価な香。　**9**「金釵」は黄金のかんざし。「十二行」は十二本挿していることか。　**10**「糸履」は糸で刺繍した履き物。「五文章」は五色のあや模様。　**11**「珊瑚」は鏡の飾りか。高価な物であることをあらわす。「挂鏡」は壁に掛ける鏡。　**12**「平頭」は冠や頭巾をかぶらない頭。奴婢を指す。「奴子」は下僕。　**14**「東家」は東隣りの家。宋玉「登徒子《とうとし》好色の賦」に「東家の子」が自分に色目を使っても誘惑に負けなかったと語る語に基づく。ここでは近所の幼なじみをいう。

河の水のうた

河の水は東に向かって流れる。洛陽のむすめ、名前は莫愁《ばくしゅう》。

莫愁は十三で機《はた》を織ることを覚え、十四で南のあぜで桑を摘む。

十五で嫁いで盧《ろ》さんの嫁となり、十六で阿侯《あこう》という名の子を産んだ。

盧家《ろけ》の蘭《らん》香る部屋は桂の木を梁《はり》に使い、中では鬱金《うこん》、蘇合《そごう》の香を焚く。

頭には十二列もの金のかんざし。足もとには五色の刺繡を施した履き物。

壁に掛けた珊瑚飾りの鏡はきらきらと光り輝き、無帽のしもべが靴の箱を捧げる。

人生の富貴など何で望みましょう。悔やむのは先に東隣りの王さんに嫁がなかったこと。


莫愁は南朝楽府にさまざまなかたちで登場するキャラクター。ここでは裕福な家に嫁ぎ、何不自由ない暮らしをしながらも、初恋の幼なじみと所帯をもてなかったことを悔やむ女として描かれる。物質の充足だけでは心は満たされないというメッセージを含むが、詩の背後にある庶民どうしの素朴な恋が魅力を添える。梁の初代皇帝という立場にありながら、民間のむすめの淡くはかない恋の歌をやさしくうたうところに、梁の文化の繊細さが見られる。

＊柳惲《りゅううん》 四六五―五一七 字は文暢《ぶんちょう》。南朝宋・南斉・梁に仕え、ことに呉興(浙江省呉興県)太守を長く務めて柳呉興とも称される。碁や琴《きん》にも通じ、梁の武帝から十人分の才芸を備えると讃えられた。沈約らとともに声調を配慮した新しい詩体(永明《えいめい》体《たい》)にも工夫し、唐詩の先駆けとされる。

江南曲　　柳惲

汀洲採白蘋
日落江南春
洞庭有歸客
瀟湘逢故人
故人何不返
春華復應晩
不道新知樂
只言行路遠

江南曲《こうなんきょく》

汀洲《ていしゅう》に　白蘋《はくひん》を採《と》る
日《ひ》は落《お》つ　江南《こうなん》の春《はる》
洞庭《どうてい》　帰客《きかく》有《あ》り
瀟湘《しょうしょう》　故人《こじん》に逢《あ》う
故人《こじん》　何《なん》ぞ返《かえ》らざる
春華《しゅんか》　復《ま》た応《まさ》に晩《おそ》かるべし
新知《しんち》楽《たの》しと道《い》わず
只《た》だ言《い》う　行路《こうろ》遠《とお》しと

0 「江南曲」は楽府題。 **1** 「汀洲」は川の中洲。「白蘋」は浮き草。夏に白い花をつける。『詩経』召南《しょうなん》・采蘋《さいひん》に「于《ここ》に以て蘋を采(採)る」。**3**「洞庭」は湖南省北部に位置する、当時は中国最大の湖、洞庭湖。**4**「瀟湘」は洞庭湖に南から流れ込む瀟水と湘水。「故人」はここでは帰ってこない夫を指す。**6** 花が散ってしまうことで女の若さが失われることをいう。**7・8** 洞庭から帰ってきた人が伝えてくれた夫のことばと解する。「新知」は新たに知った女。『楚辞』九歌《きゅうか》・少司命《しょうしめい》に「悲しきは生別離より悲しきは莫《な》く、楽しきは新相知より楽しきは莫し」。前の女と新たな女との対比は、古楽府「山に上りて蘼蕪《びぶ》(草の名)を采る」に「新人は好しと言うと雖も、故人の姝《うつく》しきに若《し》かず」。

江南の曲

中洲で白い蘋《うきくさ》を採ります。日が沈んだ江南の春。

洞庭湖から帰ってきた人がいる。瀟湘《しょうしょう》でもとのあの人に会ったとのこと。

もとのあの人はどうして帰ってこないの。春の花の盛りにも間に合わない。

「新しい人が楽しい」とは言わなくて、言うのはただ「道が遠いから」。


――江南の春、草摘みする女の恋の歌。夫は帰ってきてくれない。ほかにいい人ができたのではないかと案ずる女に対して、遠くて帰れないのだと言い訳する。『論語』

子《し》罕《かん》篇に引かれた逸詩（『詩経』にのこされない詩）のなかにも「豈《あ》に爾《なんじ》を思わざらんや、室の是《こ》れ遠ければなり」と、遠距離を疎遠の弁明に使うのは昔からあった。この詩に由来して柳惲と白蘋《はくひん》は結びつき、柳宗元《りゅうそうげん》の「曹侍御《そうじぎょ》の象県《しょうけん》を過《よぎ》りて寄せらるに酬ゆ」（中冊参照）、李商隠《りしょういん》の「太原《たいげん》の盧司空《ろしくう》に寄す三十韻」に「柳惲　白蘋の汀《なぎさ》」などと見える。

＊何遜《かそん》　?―五一八?　字は仲言《ちゅうげん》。若い時に范雲《はんうん》、沈約《しんやく》にその詩を認められる。梁の水部郎《すいぶろう》を経て、廬陵王蕭続《ろりょうおうしょうぞく》のもとに仕える。謝朓《しゃちょう》を継ぐきめ細かな自然描写で知られる。

臨行與故游夜別　　何遜

1 歴稔共追随
2 一旦辭羣匹
3 復如東注水
4 未有西歸日

行《ゆ》くに臨《のぞ》みて故游《こゆう》と夜《よる》別《わか》る

歴稔《れきねん》　共《とも》に追随《ついずい》し
一旦《いったん》　群匹《ぐんぴつ》に辞《じ》す
復《ま》た東《ひがし》に注《そそ》ぐ水《みず》の如《ごと》く
未《いま》だ西《にし》に帰《かえ》る日《ひ》有《あ》らず

夜雨滴空階
曉燈暗離室
相悲各罷酒
何時同促膝

夜雨《やう》　空階《くうかい》に滴《したた》り
暁灯《ぎょうとう》　離室《りしつ》に暗《くら》し
相《あ》い悲《かな》しみて各《おの》おの酒《さけ》を罷《や》む
何《いず》れの時《とき》か同《とも》に促膝《そくしつ》せん

0『文苑英華《ぶんえんえいが》』などの詩題によれば、廬陵王の記室《きしつ》(書記に相当する属官)として江州(江西省九江市)に赴任する際の詩。「故游」はなじみの友人たち。**1**「歴稔」は「歴年」と同じ。過去の長い年月。「稔」は「年」に通じる。「追随」は仲間のあとについて交遊する。**2**「群匹」は同輩、仲間。**3** 川の流れと同じように返ることはない。「東注水」は東へと流れる川。中国の河川は東流するものとされた。**4** 自分には帰る時はない。「西帰日」は西へ帰っていく太陽。「日」は太陽の意味と期日の意味を掛ける。**5**「空階」は人気《ひとけ》のないきざはし。「階」は室内と室外を結ぶ階段。**6**「離室」は離別の宴を催す部屋。**8**「促膝」は膝を近づける。親密な交わりをいう。

出立に際して友人たちと夜、別れる

何年も連れだって遊んできたが、ふいに今、その仲間たちに別れることになった。これも東へ向かう水の流れのようなもの、西へ帰る陽のように帰る日はない。

夜の雨が人の無いきざはしに降り注ぐ。明け方の灯が別れの宴続く室にほの暗く灯る。悲しみに沈んで各々《おのおの》酒杯を伏せる。共々膝を交えられるのは、いつのことか。

◆――友人たちと別れて一人任地に向かう送別の作。「夜雨　空階に滴り、暁灯　離室に暗し」の二句(5・6)は、佳句として知られる。雨の音を聞きながら、酒席が夜を通して続き、白々と明ける頃、灯火がほの暗くなった室内。ことさらに奇を衒《てら》った情景でもないのに、情と融合した雰囲気を描き出すところは、唐詩に近い。

✻呉均《ごきん》　四六九―五二〇　字は叔庠《しゅくしょう》。寒門の出であったが、沈約《しんやく》、柳惲《りゅううん》に認められ、梁に仕えて主簿《しゅぼ》から奉朝請《ほうちょうせい》に至った。その洗練された詩風は当時、「呉均体」と称されて流行した。

答柳惲　　　　呉均

1 清晨發隴西
2 日暮飛狐谷
3 秋月照層嶺

柳惲《りゅううん》に答《こた》う

清晨《せいしん》　隴西《ろうせい》を発《た》ち
日暮《にちぼ》　飛狐谷《ひここく》
秋月《しゅうげつ》　層嶺《そうれい》を照《て》らし

寒風掃高木
霧露夜侵衣
關山曉催軸
君去欲何之
參差間原陸
一見終無緣
懷悲空滿目

寒風《かんぷう》　高木《こうぼく》を掃《はら》う
霧露《むろ》　夜《よる》に衣《ころも》を侵《おか》し
関山《かんざん》　暁《あかつき》に軸《じく》を催《うなが》す
君《きみ》去《さ》りて何《いず》くに之《ゆ》かんと欲《ほっ》する
参差《しんし》として原陸《げんりく》間《まじ》う
一見《いっけん》　終《つい》に縁《よ》る無《な》し
悲《かな》しみを懐《いだ》きて空《むな》しく目《め》に満《み》つ

0「柳惲」は五二七頁参照。柳惲が旅立つにあたって「呉均に贈る三首」を呈し、それに答えたもの。　**1**「隴西」は甘粛省隴西県。　**2**「飛狐谷」は河北省淶源《らいげん》県付近。両側の断崖に挟まれた細い道が続く険阻な地。柳惲の贈詩の「暮れに飛狐谷に宿る」の句を承ける。隴西とは遠く離れ、実際には一日で行ける距離ではないが、「朝に発ち夕に至る」という習用の対《つい》に形を整え、併せて柳惲の旅の速さと厳しさをいう。　**3**「層嶺」は幾重にも重なる嶺。　**5** あたかも野外で寝て寒さに侵されるかのように語る。
6「関山」は国境の山。「催軸」は車を急がせる。「軸」という一部で車をあらわす。
7 李陵「蘇武に与う三首」其の三の「遊子　暮れに何くにか之く」（一六一頁）に倣う。

8「参差」は不揃いに入り交じるさま。「原陸」は平地と高原。　**9**「一見」は一度会う。「無縁」はよすががない。　**10**「満目」は柳惲の辛い旅の様子が目に拡がる。

柳惲《りゅううん》に答える

朝まだきに隴西《ろうせい》を発ち、日暮れには飛狐谷《ひここく》。

秋の月がたたなわる嶺を照らし、冷たい風が高々と聳《そび》える木をあおり立てる。

霧と露が夜になると衣に染み入り、国境の山では夜明けを迎え旅が急《せ》かれる。

あなたはここを去ってどこへ行こうとするのか。大地は高く低く続く。

もう一度会う手立てもついになく、旅するお姿がいたずらに目にあふれ悲しみにふたがれる。

◆

柳惲が呉興《ごこう》（浙江省呉興県）の太守として赴任する際、呉均に贈った留別詩に答えた作。「隴西」(1)、「飛狐谷」(2)といった北方の地名が出てくるが、実際には南中国の建康（南京市）を出て呉興に向かう旅。困難な旅程をあらわすが、南朝の詩の中ではしばしば北朝の地名が用いられる。その道中の光景を想像しながら、旅の辛酸を思いやる。これも詩的修辞といってよいだろう。

✽徐陵《じょりょう》　五〇七—五八三　字は孝穆《こうぼく》。梁・陳の二朝にわたって高い官職を歴任し、重要な文書を起草した。庾信《ゆしん》とともに「徐庾体《じょゆ》」「宮体」と称される艶麗な詩を流行させ、梁の時に編纂した『玉台新詠《ぎょくだいしんえい》』は艶情の詩を集める。

関山月《かんざんげつ》　徐陵

關山月

1 關山三五月
2 客子憶秦川
3 思婦高樓上
4 當窗應未眠
5 星旗映疏勒
6 雲陣上祁連
7 戰氣今如此
8 從軍復幾年

関山《かんざん》　三五《さんご》の月《つき》
客子《かくし》　秦川《しんせん》を憶《おも》う
思婦《しふ》　高楼《こうろう》の上《うえ》
窓《まど》に当《あ》たりて応《まさ》に未《いま》だ眠《ねむ》らざるべし
星旗《せいき》　疏勒《そろく》に映《えい》じ
雲陣《うんじん》　祁連《きれん》に上《のぼ》る
戦気《せんき》　今《いま》　此《か》くの如《ごと》くんば
従軍《じゅうぐん》　復《ま》た幾年《いくねん》ぞ

0「関山月」は楽府題。西北の辺境に出征する兵士の辛さをうたう。「関山」は国境の山々。　**1**「三五月」は十五夜の月。月は同じ月が照らしている他の地の人を思うよすがになるとともに、ここでは出征して以来、幾たび満月を経たかという思いも含む。2「客子」は旅人。出征兵士を指す。「憶」は遠くの対象に向かってじっと思いを凝らす。「秦川」は陝西省・甘粛省一帯の地。戦国の秦の領土であり、渭水《いすい》を含むことから「秦川」という。漢代では都の地。詩は漢を舞台とする。3 高殿の上から遠い旅の身の夫を思う妻の姿は「楼上の思婦」として詩に定着している。曹植「七哀詩」（三二一頁）を参照。4「当窓」は窓辺に寄る。「古詩十九首」其の二に「盈盈《えいえい》たり（美しい）楼上の女、皎皎《こうこう》として（色白く）窓牖に当たる」。「応」は「きっと……だろう」、辺境の兵士が故郷の妻の様子を想像する。5「星旗」は星座の名。二十八宿の一つ、箕星《きせい》（みぼし）。「旗」は軍旗の意。戦争を司る星とされる。「疏勒」は漢代の西域諸国の一つ。今の新疆ウイグル自治区疏勒県に位置した。6「雲陣」は軍陣のようなかたちの雲。徐陵の別の楽府「出自薊北門行《しゅつじけいほくもんこう》」に、「天雲は地陣の如し」と空の雲を軍隊の陣形にたとえる。「祁連」は祁連山。天山。甘粛省から青海省に横たわる山脈。7「星旗」「雲陣」の二句（5・6）を受けて、大戦が勃発する気配が充満することをいう。8 従軍がいつまで続くのかという兵士の悲嘆をいう。

関山月《かんざんげつ》

国境の山々にかかる満月。旅人ははるか都へ思いを凝らす。

高殿《たかどの》で物思いにふける妻。窓にもたれ、なお眠れぬことだろう。
戦いの星の旗が疎勒《そろく》の上に輝き、隊伍のかたちをした雲が祁《き》連山《れんざん》に上る。
いくさの気がかくも満ちては、行軍はこの先何年続くのだろうか。

◆――南朝の艶麗な詩を代表する徐陵《じょりょう》にも、このような辺塞《へんさい》の兵士をうたう詩がある。梁朝は爛熟した宮廷文学が花開いた一方、北朝との戦いも相次いだのである。辺境の兵士、思いに沈む妻、西域の地名など、材料に目新しさはなくても、平易な表現で情調を明晰に伝えるところに技量の高さを思わせる。

＊江総《こうそう》　五一九—五九四　字は総持《そうじ》。梁・陳・隋の三朝にわたって高位を歴任。陳では宰相に至るが、陳の後主《こうしゅ》のもとで政務をおろそかにして艶麗な詩作に耽り、陳の滅亡を招いたとして後世、批判される。整った対句などの技巧は、唐詩への道を開いた。

遇長安使寄裴尚書　　江総
長安《ちょうあん》の使《つか》いに遇《あ》い裴尚書《はいしょうしょ》に寄《よ》す

1 傳聞合浦葉
伝聞《でんぶん》す　合浦《ごうほ》の葉《は》は

遠向洛陽飛
北風尚嘶馬
南冠獨不歸
去雲目徒送
離琴手自揮
秋蓬失處所
春草屢芳菲
太息關山月
風塵客子衣

遠《とお》く洛陽《らくよう》に向《む》かって飛《と》ぶと
北風《ほくふう》　尚《な》お嘶馬《しば》
南冠《なんかん》　独《ひと》り帰《かえ》らず
去雲《きょうん》　目《め》　徒《いたずら》に送《おく》り
離琴《りきん》　手《て》　自《みずか》ら揮《ふる》う
秋蓬《しゅうほう》　処所《しょしょ》を失《うしな》い
春草《しゅんそう》　屢《しば》しば芳菲《ほうひ》
太息《たいそく》す　関山月《かんざんげつ》
風塵《ふうじん》　客子《かくし》の衣《ころも》

0「長安」は都の代名詞として借りたもので、実際には南朝の都建康《けんこう》を指す。「裴尚書」は裴忌《はいき》。陳の宣帝《せんてい》の時に都官尚書の任にあった。　**1・2** 南方の木の葉が洛陽を慕って飛ぶことで都への思いをいう。「合浦」は漢の時の郡の名。広西壮族自治区合浦県。　**3** 北方産の馬は北の地を慕って嘶《いなな》く。「古詩十九首」其の一の「胡馬　北風に依る」（二一三頁）に基づく。　**4**『春秋左氏伝』成公九年の、南の楚の国の人が北の晋に捕らわれても「南冠」を着けたままでいた故事から、南から北に来て帰れない人をいう。

5・6「去雲」は流れ行く雲。「離琴」は故国の人々から離れて奏する琴。二句は魏・嵆《けい》康《こう》「秀才の軍に入るに贈る」詩に「目に帰鴻を送り、手に五弦を揮う」というのに基づく。 **7** 本来の居場所を失った自分を「蓬」にたとえるのは習見。たとえば曹植「吁嗟篇」(三二九頁)など。「秋蓬」は秋になって根から離れて転がっていく蓬。「処所」は場所。 **8** 異土において何度も春を迎えたことをいう。『楚辞』招隠士に「王孫遊びて帰らず、春草生じて萋萋たり」(一三九頁)というように、「春草」は本来の場所に帰れずにいる心情と結びつく。「芳菲」は草花のかぐわしいさま。 **9**「太息」は深いため息をつく。「関山月」は辺境の辛さをうたう楽府の名。徐陵「関山月」(五三四頁)参照。 **10**「風塵」は風に舞う土埃。世の乱れをあらわす。

長安から来た使者に出会い、裴尚書《はいしょうしょ》どのに寄せる

聞くところでは、南方合浦《ごうほ》の木の葉は、遥か洛陽に向かって飛ぶという。北風に吹かれては馬さえも悲しく嘶《いなな》く。南の国の冠をかぶって一人、故国に帰れない。流れゆく雲を空しく目で追い、仲間から離れ、琴《きん》を手ずから奏でる。秋の蓬《よもぎ》は吹きちぎられて帰る場所を失った。春草の香は何度も漂ってきた。ふるさとを異郷で偲ぶ「関山月」の曲に、もれる深い嘆息。風に舞う埃《ほこり》が旅の衣にま

とう。

◆梁に仕えていた時期、侯景《こうけい》の乱に遭遇して、江総は建康からさらに南の嶺南《れいなん》の地に難を避けた。そこで出会った都から来た使者に托して友人の裴忌《はいき》に送り届けた詩。都へ帰還したい思いを纏綿と綴る。1・2の「合浦の葉」、3の「馬」、4の「南冠」、いずれも故郷を慕うものを連ねる。5・6と7・8は先行する詩句を用いながら、端正な対句を構成する。

北朝

扉＝歌をうたう人と伴奏者(北魏の陶俑，中国国家博物館蔵)
西安付近で出土したもの．大きさは20 cm あまり．3人の女性は十字の髪型，上下の衣装もおそろい．伴奏の楽器は琴《きん》．

北朝の詩歌

晋王朝が南に移ったのち、北中国ではモンゴル系の部族が興亡を繰り返した。これが北朝である。そのなかで初めに統一したのが、鮮卑《せんぴ》の拓跋部《たくばつぶ》による北魏《ほくぎ》。北魏が東西に分裂し、さらにそののち東魏《とうぎ》は北斉《ほくせい》に、西魏《せいぎ》は北周《ほくしゅう》にと代わり、そして北周を奪った隋が、南北を統一して分裂時代に終止符が打たれた。

北朝は中国伝統文化への志向が強く、文学のうえでも南朝に追随するものだった。北朝ならではの抒情詩もあったはずだが、中国語に訳されたおかげでのこった「勅勒《ちょくろく》の歌」しか見られないのが惜しい。「木蘭《もくらん》の詩」は女性を主人公とした物語詩の一つとして、中国の伝統に組み込むことができるが、所々に非漢民族らしい措辞や発想をのこしている。

南朝と北朝の双方を経験した文人の一人に庾信《ゆしん》がいる。南朝梁にあった時は艶麗な「宮体詩」で知られたが、北朝に移ったのちは身世の苦難を内実化した文学に変貌した。

庾信に限らず、南朝と北朝を経験した顔之推《がんしすい》、北朝のなかで王朝を移った盧思道《ろしどう》など、本書にはいずれも未収録ではあるが、不安定な政治情勢のなかから骨太な文人が出現していることは無視できない。

＊庾信《ゆしん》　五一三―五八一　字は子山《しざん》。若くして梁に仕え、順調に官位を進めるが、侯景の乱(五四八)で都の建康《けんこう》が破壊されると、江陵の湘東王蕭繹《しょうとうおうしょうえき》のもとに仕える。北朝の西魏に使者として赴いていた時に梁が滅び、そのまま留まって西魏・北周に仕え、重用された。梁の時期には「徐庾体《じょゆ》」「宮体」とよばれる艶麗な詩の作者として一世を風靡したが、北朝では故国を失った身世を憂うる「哀江南の賦《あいこうなん》」など、重厚な作風に転じた。南北朝の最後を飾るスケールの大きな文人。

擬詠懷二十七首　庾信

其十八

1 尋思萬戶侯
2 中夜忽然愁
3 琴聲遍屋裡
4 書卷滿牀頭
5 雖言夢蝴蝶
6 定自非莊周

詠懐《えいかい》に擬《ぎ》す二十七首《にじゅうしちしゅ》

其《そ》の十八《じゅうはち》

万戸侯《ばんここう》を尋思《じんし》し
中夜《ちゅうや》　忽然《こつぜん》として愁《うれ》う
琴声《きんせい》　屋裡《おくり》に遍《あまね》く
書巻《しょかん》　牀頭《しょうとう》に満《み》つ
蝴蝶《こちょう》を夢《ゆめ》むと言《い》うと雖《いえど》も
定《さだ》めて荘周《そうしゅう》に非《あら》ざらん

7 残月如初月
8 新秋似舊秋
9 露泣連珠下
10 螢飄碎火流
11 樂天乃知命
12 何時能不憂

残月《ざんげつ》　初月《しょげつ》の如《ごと》く
新秋《しんしゅう》　旧秋《きゅうしゅう》に似《に》たり
露《つゆ》泣《な》きて連珠《れんじゅ》下《くだ》り
蛍《ほたる》飄《ただよ》いて砕火《さいか》流《なが》る
天《てん》を楽《たの》しみて乃《すなわ》ち命《めい》を知《し》れば
何《いず》れの時《とき》か能《よ》く憂《うれ》えざらん

0「擬詠懐」は魏・阮籍の「詠懐詩十七首」(三二三頁)に模擬した連作詩二十七首。北朝に移ってのちの作。ただしこのようなかたちにまとめられたのは後人の手によるらしく、もともとは断章的な詩篇であったとおぼしい。　**1・2** 功業を挙げたいといつも思っていたが果たせず、夜中にふと憂愁に襲われる。「尋思」は深く思慮する。「万戸侯」は一万戸の食邑《しょくゆう》を与えられる侯。『史記』李将軍(李広《りこう》)列伝に、狩猟に長けた李広を見て前漢の文帝が、平和な時代に生まれたのが惜しい、高祖の時代だったら「万戸侯も豈に道《い》うに足らんや」と言ったとあるのに基づく。「中夜」は「夜中」に同じ。真夜中。**3・4** 陶淵明「帰去来の辞」に「琴書を楽しみて以て憂いを消す」(四四三頁)というのを用いて、楽しむべき琴や書物に囲まれても憂いは消えないことをいう。　**5・6**『荘子』斉物論篇《せいぶつろん》の逸話に基づく。荘子は蝴蝶になった夢から覚めると、自分が蝴蝶になった夢を見たのか、蝴蝶が荘子になった夢を見ているのか、わからなくなった。ここでは、蝴蝶の夢を見たと言う荘子は荘子とは限らない、蝴蝶であったのかも知れないと、荘子の迷いを超えて主体の存在の否定に傾く。「荘周」は荘子。「周」はその名。　**7・8**　万物は変化するようでありながら毎年異郷に居続ける自分にとっては何も変わらないように目に映る。「残月」は夜明けの消えかかった月。「新秋」は今年の秋。「旧秋」は去年の秋。　**9・10**「露」も「蛍」も秋の景物であるとともに、露は乾きやすく、蛍は短命であることから、己れの命のはかなさに結びつく。「連珠」は繋がった真珠。露をたとえる。「飄」は風に舞うように空中を漂う。「砕火」は微細な火。蛍の光をたとえる。**11・12**『周易』繋辞《けいじ》伝上の「天を楽しみ命を知る、故に憂えず(天のあるがままを喜んで受け入れて天命を理解すれば憂いはない)」を用いて、その境地に至り憂愁が消えるのはいつだろうかという。

「詠懐」に模擬する

その十八

万戸侯《ばんここう》に値する功を絶えず念じながら果たし得ず、夜半にふと愁いに襲われる。琴《きん》の音は屋内にあふれ、書物も寝台のまわりを埋めるというのに。

蝶々の夢から覚め自分が自分か蝶々かわからなくなったと言うけれども、きっと夢を見たのは荘子の方ではなかろう。

暁に消えかかる細い月は、宵の三日月に似る。今年の秋が訪れたところで、去年の秋と変わりはしない。

露の涙は連なる真珠の滴り。風に舞う蛍は砕けた火花の流れ。

「天を楽しみ命を知る」に至れば、いつか憂いが消える日はあるものだろうか。


胸を占める憂愁を情緒的にうたうのではなく、高度な思弁を繰り広げて向かい合う。そこでは自分という存在が不確かなものになり(5・6)、時間という変化をもたらすものも否定される(7・8)。秋の景物も、時間を否定したり、生命の短さを語るものとして添えられるに過ぎない(9・10)。最後に『周易』の格言に一縷の希望を繋ぐ(11・12)。北朝に移ったのち、恵まれた条件を与えられたにもかかわらず、その内面はかくも陰鬱なものであった。

其二十六

其《そ》の二十六《にじゅうろく》

1 蕭條亭障遠

蕭条《しょうじょう》として亭障《ていしょう》遠《とお》く

凄慘風塵多
關門臨白狄
城影入黄河
秋風別蘇武
寒水送荆軻
誰言氣蓋世
晨起帳中歌

凄惨《せいさん》として風塵《ふうじん》多《おお》し
関門《かんもん》　白狄《はくてき》に臨《のぞ》み
城影《じょうえい》　黄河《こうが》に入《い》る
秋風《しゅうふう》　蘇武《そぶ》に別《わか》れ
寒水《かんすい》　荊軻《けいか》を送《おく》る
誰《たれ》か言《い》う　気《き》　世《よ》を蓋《おお》うと
晨《あした》に起《お》きて帳中《ちょうちゅう》に歌《うた》う

1・2　戦乱の続く北方の様相をいう。「亭障」は辺塞に設けられた堡塁。「風塵」は風に巻き上げられた土埃。　**3**「関門」は辺境の関所の門。「白狄」は少数民族の名。『春秋左氏伝』に出る語。庾信が身を置いた北朝を指す。　**4**　かつては長江流域に住んでいた庾信が、今は、黄河に臨む。北方中国の寂寥を覚える光景。　**5**　前漢の李陵《りりょう》と蘇武《そぶ》の別れをいう。李陵「蘇武に与う三首」(一五六頁)を参照。南朝の梁を離れた自分を、漢を離れた李陵になぞらえる。　**6**　秦の始皇帝暗殺に向かう荊軻《けいか》の易水《えきすい》の別れをいう。荊軻「易水の歌」(一四七頁)を参照。梁に帰れない自分を、燕の国に戻れなかった荊軻になぞらえる。　**7・8**　項羽《こうう》が四面楚歌の苦境のなかで「夜起きて帳中に飲」み、「力

山を抜き　気　世を蓋う」の歌をうたった故事を用いる。歌は「虞《ぐ》や虞や　若《なん》を奈何《いか》せん」と結ばれるが、ここでも「奈何せん（どうしようもない）」という絶望の語を響かせる。項羽「垓下《がいか》の歌」（一四八頁）参照。

その二十六

わびしげに堡塁《ほうるい》が遥かに見え、傷ましくも土埃があまた風に舞う。関所の門は白狄《はくてき》の蛮族を見下ろし、城壁の影が黄河に映る。秋風に吹かれて蘇武《そぶ》と別れ、冷たい水辺で荊軻《けいか》を見送る。「気は世を蓋う」などと言ったのは誰か。朝起きてとばりのなかで口ずさんでみる。

北方の荒涼たる風土と景物、そこに覚える違和感を描きながら（1-4）、李陵は匈奴に居続け（5）、荊軻は故国に帰れず（6）、項羽は絶体絶命の場に追い詰められた（7）。そうした故事をちりばめて、自分も故国を去って帰るあてもないと絶望の思いをうたう。

＊**薛道衡《せつどうこう》**　五四〇―六〇九　字は玄卿《げんけい》。北斉・北周・隋に仕え、詩文の能力によって重用された。南朝の文学を学びつつも北朝の勁《つよ》さも備える。最後は隋の煬帝《ようだい》によっ

て殺されたが、煬帝がその詩才を妬んだためという伝説ものこる。

人日思歸　　薛道衡

1 入春纔七日
2 離家已二年
3 人歸落雁後
4 思發在花前

人日《じんじつ》 帰《かえ》るを思《おも》う
春《はる》に入《い》りて纔《わず》かに七日《なのか》
家《いえ》を離《はな》れて已《すで》に二年《にねん》
人《ひと》の帰《かえ》るは雁《かり》の後《あと》に落《お》つるも
思《おも》いの発《はっ》するは花《はな》の前《まえ》に在《あ》り

0「人日」は正月七日。正月は一日から順に鶏、犬、豚、羊、牛、馬、人の日とされる。節句の一つ。人日は重陽の節句とともに家族で祝うものゆえ、一層故郷への思いを募らせる。ちなみに日本の七草粥の習慣も中国に由来するもの。**1・2**「纔」は「やっと……になる」。「二年」は年が明けてもう二年目に入ったの意。異郷の無聊の中で時のたつのが遅く感じられるとともに、振り返ればすでに二年になる時の速さへの驚きが混在する。**3**「人」は自分。「雁」は春になって南から北へ移動する。雁が飛び立つ後というからには、自分は南方にいることになる。この時、薛道衡は南朝の陳に使者として滞在していたという説がある。

人日、国に帰りたく思う

春に入ってやっと七日たったところ。家を離れてもう二年になる。
人が帰るのは雁の旅立ちに遅れるけれど、帰りたい思いは花よりも先に発した。

◆

故郷へ帰りたい思いをうたう詩。なじみのテーマゆえに表現に工夫を凝らす。「七日」と「二年」の対比(1・2)、雁より遅れ花より先んじる対比(3・4)。また「思い」が「発」することを「花」が「発《ひら》」くのに掛ける(4)など。

木蘭詩

1 喞喞復喞喞
2 木蘭當戸織
3 不聞機杼聲
4 唯聞女歎息
5 問女何所思
6 問女何所憶
7 女亦無所思

木蘭《もくらん》の詩《し》

喞喞《しょくしょく》　復《ま》た喞喞《しょくしょく》
木蘭《もくらん》　戸《と》に当《あ》たりて織《お》る
機杼《きちょ》の声《こえ》を聞《き》かず
唯《た》だ聞《き》く　女《むすめ》の歎息《たんそく》するを
女《むすめ》に問《と》う　何《なん》の思《おも》う所《ところ》ぞ
女《むすめ》に問《と》う　何《なん》の憶《おも》う所《ところ》ぞ
女《むすめ》は亦《ま》た思《おも》う所無《ところな》く

8 女亦無所憶
9 昨夜見軍帖
10 可汗大點兵
11 軍書十二卷
12 卷卷有爺名
13 阿爺無大兒
14 木蘭無長兄
15 願爲市鞍馬
16 從此替爺征
17 東市買駿馬
18 西市買鞍韉
19 南市買轡頭
20 北市買長鞭

女《むすめ》は亦《ま》た憶《おも》う所《ところ》無《な》し
昨夜《さくや》　軍帖《ぐんちょう》を見《み》るに
可汗《かかん》　大《おお》いに兵《へい》を点《てん》ず
軍書《ぐんしょ》　十二巻《じゅうにかん》
巻巻《かんかん》　爺《ちち》の名《な》有《あ》り
阿爺《ちち》は大児《だいじ》無《な》く
木蘭《もくらん》は長兄《ちょうけい》無《な》し
願《ねが》わくは為《ため》に鞍馬《あんば》を市《か》い
此《こ》れ従《よ》り爺《ちち》に替《か》わりて征《ゆ》かん
東市《とうし》に駿馬《しゅんめ》を買《か》い
西市《せいし》に鞍韉《あんせん》を買《か》う
南市《なんし》に轡頭《ひとう》を買《か》い
北市《ほくし》に長鞭《ちょうべん》を買《か》う

1「喞喞」は嘆き悲しむ声。　**3**「機杼」は「はた」と糸を通す「ひ」。　**5・6**「思」

「憶」は思念の対象が今近くにあるのと過去ないし遠くにあることとの違い。 9「軍帖」は軍事に関する通告書。 10「可汗」は北方民族の君王。「点兵」は徴兵。 11「軍書」は軍事に関わる文書。「十二巻」の「軍書」がどのようなものかは未詳。 12「爺」はここでは家父長のこと。 13「阿爺」は父を指す口語。「阿」は親しみをあらわす接頭語。「大児」は成長した男児。 15「市」は市場で買う。 17-20「東西南北」のリフレインは、「江南」(一七八頁)など、民歌の歌いぶり。 18「鞍韉」は鞍に敷く敷物。 19「轡頭」はくつわ。「頭」は接尾語。

木蘭《もくらん》の詩

しくしく、またしくしくしく。木蘭《もくらん》が戸口ではたを織っています。
機織りの音は聞こえず、むすめのため息が聞こえます。
むすめに尋ねてみましょう、何を思っているのか、何を思い起こしているのか、と。
むすめには思うこともなく、思い起こすこともありません。
夕べ、軍の文書を見たら、可汗《かかん》は大がかりな徴兵をしています。
軍隊の帳簿は十二巻、どの巻にもどの巻にも家長の名前が載っています。
うちの父さんには大きな子供はいないし、木蘭には兄さんがいないときている。

できるものならば鞍や馬を買って、ここから父さんに替わって出征させてください。
東の市で駿馬を買い、西の市で鞍の敷物を買いましょう。
南の市でくつわを買い、北の市で鞭を買いましょう。

21 旦辭爺孃去
22 暮宿黄河邊
23 不聞爺孃喚女聲
24 但聞黄河流水鳴濺濺
25 旦辭黄河去
26 暮至黑山頭
27 不聞爺孃喚女聲
28 但聞燕山胡騎鳴啾啾
29 萬里赴戎機
30 關山度若飛
31 朔氣傳金柝

旦《あした》に爺嬢《やじょう》に辞《じ》して去《さ》り
暮《く》れに黄河《こうが》の辺《へん》に宿《やど》る
爺嬢《やじょう》の女《むすめ》を喚《よ》ぶ声《こえ》を聞《き》かずして
但《た》だ聞《き》く　黄河《こうが》の流水《りゅうすい》　鳴《な》きて濺濺《せんせん》たるを
旦《あした》に黄河《こうが》を辞《じ》して去《さ》り
暮《く》れに黒山《こくざん》の頭《ほとり》に至《いた》る
爺嬢《やじょう》の女《むすめ》を喚《よ》ぶ声《こえ》を聞《き》かずして
但《た》だ聞《き》く　燕山《えんざん》の胡騎《こき》　鳴《な》きて啾啾《しゅうしゅう》たるを
万里《ばんり》　戎機《じゅうき》に赴《おもむ》き
関山《かんざん》　度《わた》ること飛《と》ぶが若《ごと》し
朔気《さっき》　金柝《きんたく》を伝《つた》え

32 寒光照鐵衣
33 將軍百戰死
34 壯士十年歸
35 歸來見天子
36 天子坐明堂
37 策勳十二轉
38 賞賜百千彊
39 可汗問所欲
40 木蘭不用尙書郎
41 願馳千里足
42 送兒還故鄕

寒光《かんこう》　鉄衣《てつい》を照《て》らす
将軍《しょうぐん》　百戦《ひゃくせん》して死《し》し
壮士《そうし》　十年《じゅうねん》にして帰《かえ》る
帰《かえ》り来《きた》りて天子《てんし》に見《まみ》ゆ
天子《てんし》　明堂《めいどう》に坐《ざ》す
策勲《さくくん》　十二転《じゅうにてん》
賞賜《しょうし》　百千彊《ひゃくせんきょう》
可汗《かかん》　欲《ほっ》する所《ところ》を問《と》う
木蘭《もくらん》　尚書郎《しょうしょろう》を用《もち》いず
願《ねが》わくは千里《せんり》の足《あし》を馳《は》せ
児《じ》を送《おく》りて故郷《こきょう》に還《かえ》らしめん

21「爺孃」は父母をいう口語。　**24**「濺濺」は水が勢いよく流れる音。　**26**「黒山」は北方中国の山の名か。「黄河」と対をなす語。　**28**「燕山」は燕然山《えんねんざん》(モンゴルの杭愛山《こうあいざん》といわれる)。後漢・班固《はんこ》に「燕然山に封ずる銘」があるように、漢と匈奴の激戦地として知られる。「啾啾」はすすり泣く声。　**29**「戎機」は戦争。　**30**「関山」は戦地へ赴く途次の国境の山々。31「朔気」は北方の寒気。「金柝」は時刻を告げる銅鑼《どら》。32「鉄衣」はよろい。36「明堂」は臣下が天子に朝見する御殿。37「策勲」は功績を書き付ける。「十二転」は十二階級、栄転する。38「彊」は「強」に通じ、その数量より多いこと。40「尚書郎」は官界の中心となる高官。41「千里足」は駿馬。42「児」は男児、天子に対する卑称として用いる。木蘭は男に装っていた。


朝には父さん母さんに別れを告げ、暮れには黄河のほとりに泊まります。

父さん母さんがむすめを呼ぶ声は聞こえず、聞こえるのはただ黄河の流れがざあざあと鳴る音。

朝には黄河に別れを告げ、暮れには黒山《こくざん》のふもとに泊まります。

父さん母さんがむすめを呼ぶ声は聞こえず、聞こえるのはただ燕山《えんざん》の胡《えびす》の騎兵たちのすすり鳴く声。

万里のかなたまで、戦さに向かい、国境の山々も飛ぶように越えていきます。

北国の寒気《かんき》を伝わる銅鑼《どら》の音、冷たい陽《ひ》の光が鉄のよろいを照らします。

将軍どのは百戦ののちに命を落とされ、壮士は十年を経て帰還しました。

帰ってきて天子さまにお目通りすると、天子さまは正殿に座しています。

論功は十二階級の大特進、ご褒美は何百何千有余。
可汗は何が所望かとご下問を発しました。木蘭は尚書郎《しょうしょろう》の位などいりませぬ。
願うのは千里の駿馬を走らせて、わたくしめを故郷に送り返してくださること。

43 爺孃聞女來
爺孃《やじょう》　女《むすめ》の来《きた》るを聞《き》き

44 出郭相扶將
郭《かく》を出《い》でて相《あ》い扶将《ふしょう》す

45 阿姊聞妹來
阿姉《あし》は妹《いもうと》の来《きた》るを聞《き》き

46 當戶理紅妝
戸《と》に当《あ》たりて紅妝《こうしょう》を理《おさ》む

47 小弟聞姊來
小弟《しょうてい》は姉《あね》の来《きた》るを聞《き》き

48 磨刀霍霍向豬羊
刀《かたな》を磨《みが》きて霍霍《かくかく》として猪羊《ちょよう》に向《む》かう

49 開我東閣門
我《わ》が東閣《とうかく》の門《もん》を開《ひら》き

50 坐我西間牀
我《わ》が西間《せいかん》の牀《しょう》に坐《ざ》す

51 脫我戰時袍
我《わ》が戦時《せんじ》の袍《ほう》を脱《ぬ》ぎ

52 著我舊時裳
我《わ》が旧時《きゅうじ》の裳《しょう》を著《つ》く

53 當窗理雲鬢
窓《まど》に当《あ》たりて雲鬢《うんびん》を理《おさ》め

54 挂鏡帖花黄　鏡《かがみ》を挂《か》けて花黄《かおう》を帖《つ》く
55 出門看火伴　門《もん》を出《い》でて火伴《かはん》を看《み》れば
56 火伴皆驚忙　火伴《かはん》　皆《み》な驚忙《きょうぼう》す
57 同行十二年　同行《どうこう》すること十二年《じゅうにねん》
58 不知木蘭是女郎　木蘭《もくらん》は是《こ》れ女郎《じょろう》なるを知《し》らず
59 雄兎脚撲朔　雄兎《ゆうと》は　脚《あし》　撲朔《ぼくさく》たり
60 雌兎眼迷離　雌兎《しと》は　眼《め》　迷離《めいり》たり
61 雙兎傍地走　双兎《そうと》　地《ち》に傍《そ》いて走《はし》れば
62 安能辨我是雄雌　安《いず》くんぞ能《よ》く我《われ》は是《こ》れ雄《おす》か雌《めす》かを弁《べん》ぜんや

44「郭」は村落を囲む壁。「扶将」は支える。　**46**「紅妝」は紅を塗るなどの化粧。　**48** ご馳走を用意するために家畜を殺す。「霍霍」は光が輝くさま。　**50**「西間」は西の部屋。　**51**「袍」は上着。　**52**「裳」は下半身の服。　**53**「雲鬢」は豊かな髪。　**54**「帖」は「貼」と同じ。つける。「花黄」は色々な彩りを顔に施す化粧。　**55**「火伴」は仲間の兵士たち。「火」は兵士十人の単位。十人がまとまって食事をともにしたので「火」というとの説がある。　**58**「女郎」は若いむすめ。　**59・60** 兎には外観のうえで雌雄の区別がはっきりある。「撲朔」は毛がふわふわしたさま。「迷離」は目が糸のように細いさま。

61・62 走っている兎は雌雄の区別がつかない。

父さん母さんはむすめが来ると聞いて、支え合って城壁の外まで迎えに出ます。
姉さんは妹が来ると聞いて、戸口で紅《べに》をさします。
弟は姉さんが来ると聞いて、磨いた刀をきらめかせて豚や羊に向かいます。
我が家の東の楼閣の門を開き、我が家の西の部屋の寝台に座りましょう。
わたしの戦時の上着は脱いで、わたしの元の裳《も》を身に着けましょう。
窓辺で雲なす髪を整え、鏡を掛けてお化粧をしましょう。
門を出て仲間の兵士たちに会うと、兵士たちのみな慌てふためくこと。
十二年も行動をともにしながら、木蘭が若い乙女だったとはつゆ知らず。
オスのウサギは足がふさふさとし、メスのウサギは目が一文字。
でも二羽のウサギが地面を駆ければ、誰もわたしがオスかメスかわかりはしません。

――――

数少ない北朝の歌謡。ストーリーを備えた内容、リフレインの多い表現など、語り物的な性格を色濃くのこす。父に代わって従軍するという孝を核にしているものの、男になりすまして軍功を挙げた痛快さが、この物語詩の骨格である。女を主人公とした長編の詩は、たとえば「古詩　焦仲卿の妻の為に作る」(二四三頁)のように、女ゆえに不幸な一生を余儀なくされた悲劇を語るものが多いが、北朝の歌は健全でたくましい。

敕勒歌

1 敕勒川
2 陰山下
3 天似穹廬
4 籠蓋四野
5 天蒼蒼
6 野茫茫
7 風吹草低見牛羊

勅勒《ちょくろく》の歌《うた》

勅勒《ちょくろく》の川《せん》
陰山《いんざん》の下《もと》
天《てん》は穹廬《きゅうろ》に似《に》て
四野《しや》を籠蓋《ろうがい》す
天《てん》は蒼蒼《そうそう》
野《の》は茫茫《ぼうぼう》
風吹《かぜふ》き草《くさ》低《た》れて牛羊《ぎゅうよう》見《あら》わる

0「勅勒」は鮮卑《せんぴ》系の部族の名。 **1**「川」は水の流れを挟んだ平原。 **2**「陰山」は内蒙古自治区の大青山《だいせいざん》という。 **3**「穹廬」はドーム型のテント。ゲル、パオ。 **4**「籠蓋」はかごをかぶせたように掩う。

勅勒《ちょくろく》のうた

勅勒の平原、陰山《いんざん》のふもと。
空は包《パオ》のように、四方の野にすっぽりかぶさる。
空は青い。野は果てしない。
風が吹いて草がなびき、牛や羊が姿をあらわす。

北朝の民歌。北斉の斛律金《こくりつきん》(四八八―五六七)の作という説もあるが、少なくとも本来は鮮卑系のことばでうたわれた歌で、それを中国語に訳したもの。モンゴルの大草原を彷彿とさせる光景のみならず、人のいない広大さがどこか寂しさを伴う抒情性も、中国の詩にとってははなはだ新鮮。

年表1　先秦から南北朝

西暦	王朝	事項(＊は本書に作品を収録した詩人)	世界・日本
	三皇 五帝	三皇は一説に燧人《すいじん》・伏羲《ふくぎ》・神農《しんのう》。神格化された伝説の帝王の時代。 五帝は一説に黄帝《こうてい》・顓頊《せんぎょく》・帝嚳《ていこく》・堯《ぎょう》・舜《しゅん》。 伝説の聖王の時代、禅譲によって継承される。	
前1600頃	夏 殷	禹《う》―……―桀王《けつおう》 湯王《とうおう》―……―紂王《ちゅうおう》 甲骨文字。 ＊箕子	
前1050頃	周(西周)	武王―(周公旦)―……―幽王 ＊伯夷・叔斉	
前770	(東周) 春秋時代	洛邑《らくゆう》に遷都。諸侯並立す。春秋の五覇(斉の桓公・晋の文公・楚の荘王・呉王闔閭・越王勾践)、周王朝に代わって諸侯に号令す。 管仲(?-前六四五) 孔子(前五五一-前四七九)	ソクラテス(前四七〇?-前三九九?)
前403		戦国の七雄(秦・楚・燕・斉・韓・趙・魏)、覇権を争う。 諸子百家の登場。	釈迦(前四六三?-前三八三?)

年	時代	事項	世界
	戦国時代	孟子(前三七二?-前二八九?) 荘子(前三七〇?-前三〇〇?) *屈原(前三四〇?-前二七八?) *宋玉(?-?) *荊軻(?-前二二七)	プラトン(前四二八?-前三四八?) アリストテレス(前三八四-前三二二)
前221	秦	全国を統一。秦王政《せい》、始皇帝を名乗る。	
前206	前漢	秦滅ぶ。	
前202		垓下《がいか》の戦いで項羽敗れ、劉邦(高祖)即位す。長安を都とす。 *劉邦(前二五六/前二四七-前一九五) *項羽(前二三二-前二〇二) *劉安(前一七九?-前一二二) 董仲舒(前一七六?-前一〇四?) *武帝(前一五六-前八七) *李延年(?-?) 司馬遷(前一四五?-前八六?)	
前136		五経博士を設く。 *李陵(?-前七四) *蘇武(前一四〇?-前六〇) *班婕妤(前四八?-前六?) 揚雄(前五三-後一八)	前二七 ローマ、帝政を開始す。 キリスト(前四?-後三〇?)
8	新	王莽《おうもう》即位す。	
25	後漢	劉秀(光武帝)即位す。洛陽を都とす。 班固(三二-九二) *張衡(七八-一三九) 鄭玄(一二七-二〇〇) 蔡邕(一三三-一九二)	五七 倭奴国《わのなのくに》の王、後漢より金印を受く。
200		曹操、官渡の戦いで袁紹を破り、北中国の支配を確立。 建安文学が開花。	
208		曹操、赤壁の戦いで孫権・劉備に敗れ、三国鼎立に入る。	

年	時代	王朝	事項	日本・世界
			(魏)＊曹操(一五五—二二〇)　＊王粲(一七七—二一七)　＊劉楨(?—二一七)　＊応瑒(?—二一七)　＊陳琳(?—二一七) (蜀)劉備(一六一—二二三)　諸葛亮(一八一—二三四) (呉)孫権(一八二—二五二)　周瑜(一七五—二一〇)	
220	魏	三国時代(魏・呉・蜀)	曹丕《そうひ》(文帝)即位す。洛陽を都とす。 ＊曹丕(一八七—二二六)　＊曹植(一九二—二三二) ＊阮籍(二一〇—二六三)　＊嵆康(二二四—二六三)	二三八　邪馬台国の卑弥呼、魏に使者を送る。
265	西晋		司馬炎(武帝)即位す。洛陽を都とす。 ＊潘岳(二四七—三〇〇)　＊左思(二五〇?—三〇五?)　＊陸機(二六一—三〇三)　＊陸雲(二六二—三〇三)	
280			西晋、呉を滅ぼして全国を統一。 八王の乱、五胡十六国の抗争で衰退す。	二八五?　百済《ひゃくさい》の王仁《わに》、日本に『論語』を伝う。
317	東晋	南北朝時代	司馬睿《しばえい》(元帝)即位す。建康を都とする南朝が始まる。 ＊郭璞(二七六—三二四)　＊王康琚(?—?)　＊陶淵明(三六五—四二七) 王羲之(三〇三?—三六一?)　顧愷之(?—?) 慧遠(三三四—四一六)	三五〇?　大和朝廷、成立す。
386			北魏、拓跋珪《たくばつけい》(道武帝)即位す。	三九五　ローマ帝国、東西に分裂。
420	宋		劉裕(武帝)即位す。 ＊顔延之(三八四—四五六)　＊謝霊運(三八五—四三三)　＊謝恵連(四〇七—四三三) ＊鮑照(四一四?—四六六)	四三〇—四七七　倭の五王、南朝宋に使者を送る。
479	南斉		蕭道成(高帝)即位す。	

502	南北朝時代	梁	＊謝朓(四六四‐四九九) 蕭衍(武帝)即位す。 蕭統(昭明太子 五〇一‐五三一)、『文選』編纂。 蕭綱(簡文帝 五〇三‐五五一)、『玉台新詠』編纂。 ＊沈約(四四一‐五一三) ＊江淹(四四四‐五〇五) ＊范雲(四五一‐五〇三) ＊陶弘景(四五六‐五三六) ＊梁の武帝(四六四‐五四九) ＊柳惲(四六五‐五一七) ＊何遜(?‐五一八?) ＊呉均(四六九‐五二〇)	四七六 西ローマ帝国滅亡。
534			北魏、東魏・西魏に分裂。	
548			侯景の乱。 ＊徐陵(五〇七‐五八三) ＊庾信(五一三‐五八一)	
550			北斉建国。	
557		陳	陳覇先(武帝)即位す。 北周建国。 ＊江総(五一九‐五九四)	
581		隋	楊堅(文帝)即位す。	
589			文帝、南北朝を統一。 ＊薛道衡(五四〇‐六〇九)	六〇〇 遣隋使、始まる。 六〇四 聖徳太子、十七条憲法制定。
618		唐	隋滅ぶ。李淵(唐・高祖)即位す。	

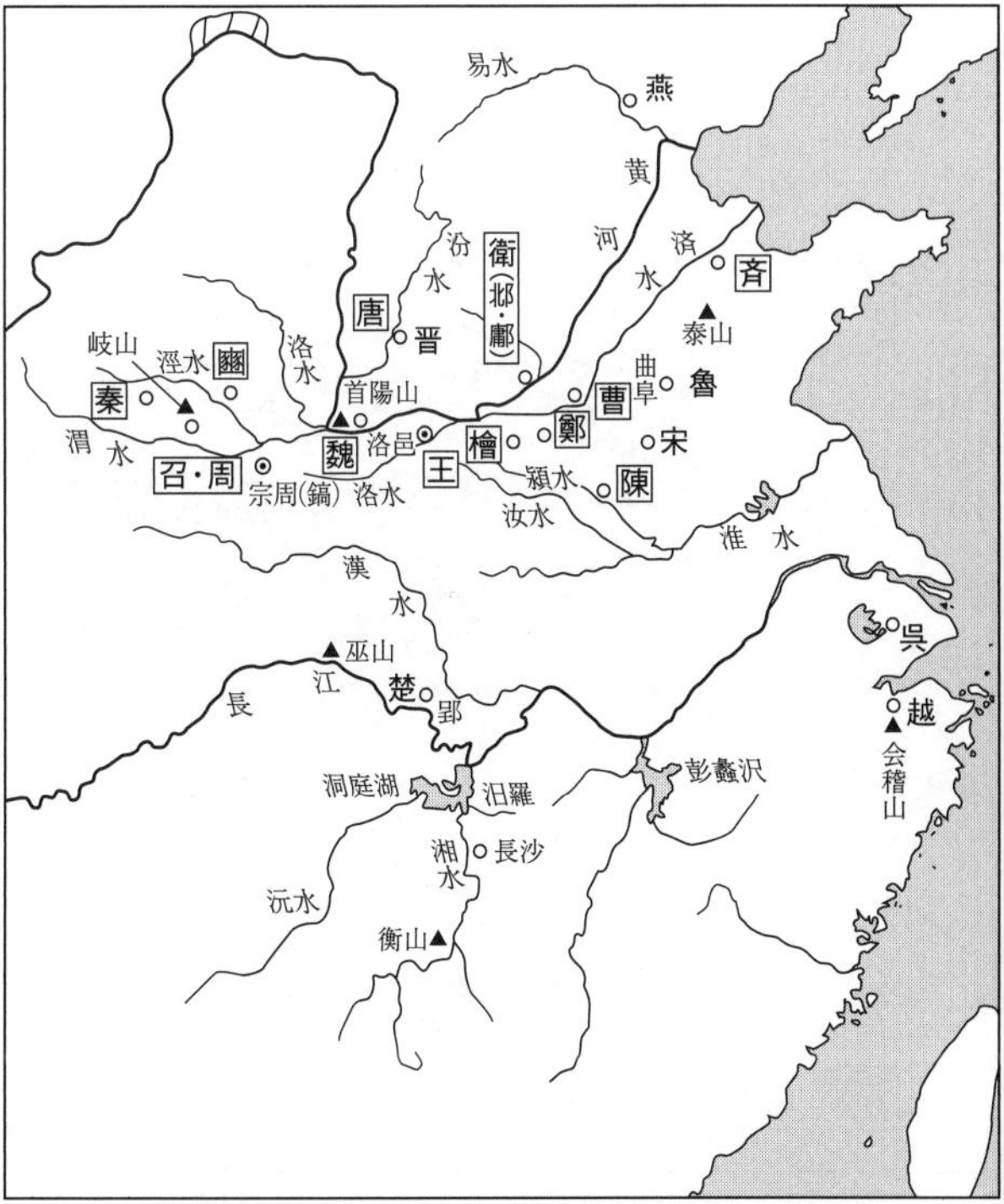

地図１　上古・『詩経』・『楚辞』関連地図

⊙は周の王都

□は『詩経』国風に見える国・地域名

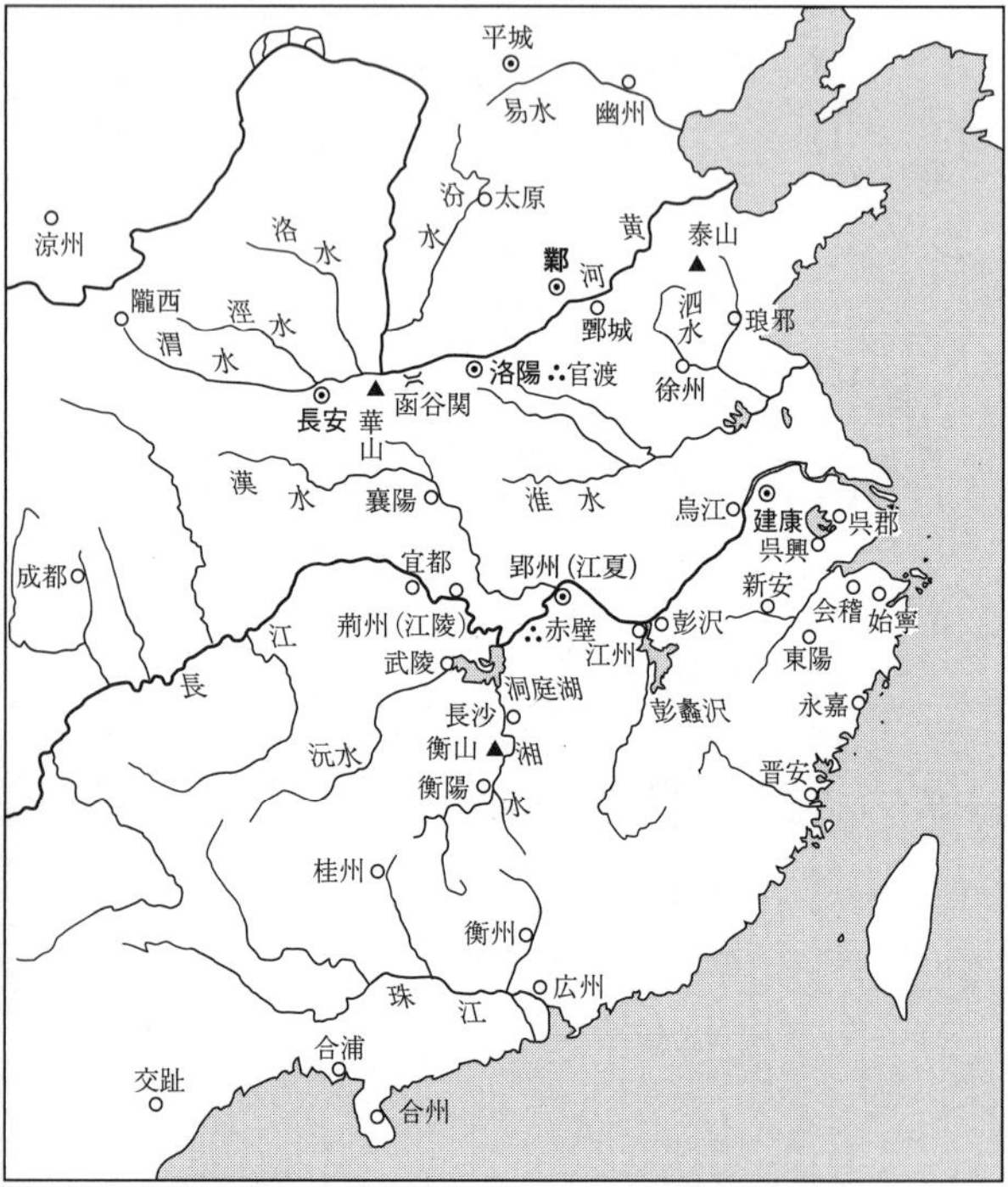

地図2　前漢・後漢・魏晋・南朝・北朝関連地図

⊙は各王朝が都を置いた地

新編 中国名詩選《ちゅうごくめいしせん》（上）〔全3冊〕

2015年1月16日　第1刷発行
2020年2月25日　第5刷発行

編訳者　川合康三《かわいこうぞう》

発行者　岡本 厚

発行所　株式会社 岩波書店
〒101-8002 東京都千代田区一ツ橋 2-5-5
案内 03-5210-4000　営業部 03-5210-4111
文庫編集部 03-5210-4051
https://www.iwanami.co.jp/

印刷・精興社　製本・中永製本

ISBN 978-4-00-370001-3　Printed in Japan

読書子に寄す

——岩波文庫発刊に際して——

岩波茂雄

真理は万人によって求められることを自ら欲し、芸術は万人によって愛されることを自ら望む。かつては民を愚昧ならしめるために学芸が最も狭き堂宇に閉鎖されたことがあった。今や知識と美とを特権階級の独占より奪い返すことはつねに進取的なる民衆の切実なる要求である。岩波文庫はこの要求に応じそれに励まされて生まれた。それは生命ある不朽の書を少数者の書斎と研究室とより解放して街頭にくまなく立たしめ民衆に伍せしめるであろう。近時大量生産予約出版の流行を見る。その広告宣伝の狂態はしばらくおくも、後代にのこすと誇称する全集がその編集に万全の用意をなしたるか。千古の典籍の翻訳企図に敬虔の態度を欠かざりしか。さらに分売を許さず読者を繋縛して数十冊を強うるがごとき、はたしてその揚言する学芸解放のゆえんなりや。吾人は天下の名士の声に和してこれを推挙するに躊躇するものである。このときにあたって、岩波書店は自己の責務のいよいよ重大なるを思い、従来の方針の徹底を期するため、すでに十数年以前より志して来た計画を慎重審議この際断然実行することにした。吾人は範をかのレクラム文庫にとり、古今東西にわたって文芸・哲学・社会科学・自然科学等種類のいかんを問わず、いやしくも万人の必読すべき真に古典的価値ある書をきわめて簡易なる形式において逐次刊行し、あらゆる人間に須要なる生活向上の資料、生活批判の原理を提供せんと欲する。この文庫は予約出版の方法を排したるがゆえに、読者は自己の欲する時に自己の欲する書物を各個に自由に選択することができる。携帯に便にして価格の低きを最主とするがゆえに、外観を顧みざるも内容に至っては厳選最も力を尽くし、従来の岩波出版物の特色をますます発揮せしめようとする。この計画たるや世間の一時の投機的なるものと異なり、永遠の事業として吾人は微力を傾倒し、あらゆる犠牲を忍んで今後永久に継続発展せしめ、もって文庫の使命を遺憾なく果たさしめることを期する。芸術を愛し知識を求むる士の自ら進んでこの挙に参加し、希望と忠言とを寄せられることは吾人の熱望するところである。その性質上経済的には最も困難多きこの事業にあえて当たらんとする吾人の志を諒として、その達成のため世の読書子とのうるわしき共同を期待する。

昭和二年七月

《東洋文学》〔赤〕

- 王維詩集　小川環樹・都留春雄・入谷仙介 選訳
- 杜甫詩選　黒川洋一 編
- 李白詩選　松浦友久 編訳
- 蘇東坡詩選　小川環樹・山本和義 選訳
- 陶淵明全集 全二冊　松枝茂夫・和田武司 訳注
- 唐詩選 全三冊　前野直彬 注解
- 完訳 三国志 全八冊　小川環樹・金田純一郎 訳
- 完訳 水滸伝 全十冊　吉川幸次郎・清水茂 訳
- 西遊記 全十冊　中野美代子 訳
- 菜根譚　洪自誠／今井宇三郎 訳注
- 浮生六記 —浮生夢のごとし　沈復／松枝茂夫 訳
- 阿Q正伝・狂人日記 他十二篇 (吶喊)　魯迅／竹内好 訳
- 家 全二冊　巴金／飯塚朗 訳
- 寒い夜　巴金／立間祥介 訳
- 駱駝祥子 —らくだのシアンツ　老舎／立間祥介 訳
- 新編 中国名詩選 全三冊　川合康三 編訳
- 遊仙窟　張文成／今村与志雄 訳
- 聊斎志異 全二冊　蒲松齢／立間祥介 編訳
- 李商隠詩選　川合康三 選訳
- 白楽天詩選 全二冊　川合康三 訳注
- 文選 全六冊(既刊五冊)　川合康三・富永一登・釜谷武志・和田英信・浅見洋二・緑川英樹 訳注
- タゴール詩集 (ギーターンジャリ)　タゴール／渡辺照宏 訳
- マハーバーラタ ナラ王物語 —ダマヤンティー姫の数奇な生涯　鎧淳 訳
- バガヴァッド・ギーター　上村勝彦 訳
- 朝鮮民謡選　金素雲 訳編
- 尹東柱詩集 空と風と星と詩　金時鐘 編訳
- アイヌ神謡集　知里幸恵 編訳
- アイヌ民譚集 付 えぞおばけ列伝　知里真志保 編訳

《ギリシア・ラテン文学》〔赤〕

- ホメロス イリアス 全二冊　松平千秋 訳
- ホメロス オデュッセイア 全二冊　松平千秋 訳
- イソップ寓話集　中務哲郎 訳
- アンティゴネー　ソポクレース／中務哲郎 訳
- オイディプス王　ソポクレース／藤沢令夫 訳
- ヒッポリュトス —パイドラーの恋　エウリーピデース／松平千秋 訳
- バッカイ —バッコスに憑かれた女たち　エウリーピデース／逸身喜一郎 訳
- ヘシオドス 神統記　廣川洋一 訳
- アリストパネース 蜂　高津春繁 訳
- 女の議会　アリストパネース／村川堅太郎 訳
- アポロドーロス ギリシア神話　高津春繁 訳
- 黄金の驢馬　アープレーイユス／呉茂一・国原吉之助 訳
- アベラールとエロイーズ 愛の往復書簡　沓掛良彦・横山安由美 訳
- オウィディウス 変身物語 全二冊　中村善也 訳
- ギリシア奇談集　アイリアノス／松平千秋・中務哲郎 訳
- ギリシア・ローマ神話 付 インド・北欧神話　ブルフィンチ／野上弥生子 訳
- ギリシア・ローマ名言集　柳沼重剛 編
- ローマ諷刺詩集　ペルシウス・ユウェナーリス／国原吉之助 訳
- 内乱 —パルサリア 全二冊　ルーカーヌス／大西英文 訳

《南北ヨーロッパ他文学》〔赤〕

ダンテ 新生 山川丙三郎訳
抜目のない未亡人 ゴルドーニ 平川祐弘訳
珈琲店・恋人たち ゴルドーニ 平川祐弘訳
夢のなかの夢 タブッキ 和田忠彦訳
カヴァレリーア・ルスティカーナ 他十一篇 G・ヴェルガ 河島英昭訳
ルネッサンス巷談集 フランコ・サケッティ 杉浦明平訳
むずかしい愛 カルヴィーノ 和田忠彦訳
カルヴィーノ アメリカ講義 —新たな千年紀のための六つのメモ 米川良夫 和田忠彦訳
まっぷたつの子爵 カルヴィーノ 河島英昭訳
魔法の庭・空を見上げる部族 他十四篇 カルヴィーノ 和田忠彦訳
愛神の戯れ —牧歌劇『アミンタ』 トルクァート・タッソ 鷲平京子訳
タッソ エルサレム解放 A・ジュリアーニ編 鷲平京子訳
わが秘密 ペトラルカ 近藤恒一訳
ペトラルカ 無知について 近藤恒一訳
美しい夏 パヴェーゼ 河島英昭訳
流刑 パヴェーゼ 河島英昭訳
祭の夜 パヴェーゼ 河島英昭訳
月と篝火 パヴェーゼ 河島英昭訳
ウンベルト・エーコ 小説の森散策 和田忠彦訳
バウドリーノ 全二冊 ウンベルト・エーコ 堤康徳訳
タタール人の砂漠 ブッツァーティ 脇功訳
七人の使者・神を見た犬 他十三篇 ブッツァーティ 脇功訳
ラサリーリョ・デ・トルメスの生涯 会田由訳
ドン・キホーテ 前篇 全三冊 セルバンテス 牛島信明訳
ドン・キホーテ 後篇 全三冊 セルバンテス 牛島信明訳
セルバンテス短篇集 牛島信明編訳
恐ろしき媒 ホセ・エチェガライ 永田寛定訳
作り上げた利害 ベナベンテ 永田寛定訳
エスピノーサ スペイン民話集 三原幸久編訳
エル・シードの歌 長南実訳
娘たちの空返事 他一篇 モラティン 佐竹謙一訳
プラテーロとわたし J・R・ヒメーネス 長南実訳
オルメードの騎士 ロペ・デ・ベガ 長南実訳
父の死に寄せる詩 ホルヘ・マンリーケ 佐竹謙一訳
サラマンカの学生 他六篇 エスプロンセーダ 佐竹謙一訳
セビーリャの色事師と石の招客 他一篇 ティルソ・デ・モリーナ 佐竹謙一訳
ティラン・ロ・ブラン 全四冊 J・マルトゥレイ M・J・ダ・ガルバ 田澤耕訳
完訳アンデルセン童話集 全七冊 大畑末吉訳
即興詩人 全二冊 アンデルセン 大畑末吉訳
絵のない絵本 アンデルセン 大畑末吉訳
ヴィクトリア クヌート・ハムスン 冨原眞弓訳
フィンランド叙事詩 カレワラ 全二冊 リョンロット編 小泉保訳
イプセン 人形の家 原千代海訳
イプセン ヘッダ・ガーブレル 原千代海訳
令嬢ユリエ ストリントベルク 茅野蕭々訳
ポルトガリヤの皇帝さん ラーゲルレーヴ イシガオサム訳
アミエルの日記 全四冊 河野与一訳
クオ・ワディス 全三冊 シェンキェーヴィチ 木村彰一訳
おばあさん ニェムツォヴァー 栗栖継訳
山椒魚戦争 カレル・チャペック 栗栖継訳

ロボット (R・U・R) チャペック 千野栄一訳
尼僧ヨアンナ イヴァシュキェヴィッチ 関口時正訳
牛乳屋テヴィエ ショレム・アレイヘム 西成彦訳
完訳 千一夜物語 全十三冊 豊島与志雄 渡辺一夫 佐藤正彰 岡部正孝 訳
ルバイヤート オマル・ハイヤーム 小川亮作訳
ゴレスターン サァディー 沢英三訳
アブー・ヌワース アラブ飲酒詩選 塙治夫編訳
中世騎士物語 ブルフィンチ 野上弥生子訳
コルタサル短篇集 悪魔の涎・追い求める男 他八篇 木村榮一訳
遊戯の終わり コルタサル 木村榮一訳
秘密の武器 コルタサル 木村榮一訳
ペドロ・パラモ フアン・ルルフォ 杉山晃 増田義郎訳
燃える平原 フアン・ルルフォ 杉山晃訳
伝奇集 J・L・ボルヘス 鼓直訳
創造者 J・L・ボルヘス 鼓直訳
続審問 J・L・ボルヘス 中村健二訳
七つの夜 J・L・ボルヘス 野谷文昭訳

詩という仕事について J・L・ボルヘス 鼓直訳
汚辱の世界史 J・L・ボルヘス 中村健二訳
ブロディーの報告書 J・L・ボルヘス 鼓直訳
アレフ J・L・ボルヘス 鼓直訳
語るボルヘス —書物・不死性・時間ほか J・L・ボルヘス 木村榮一訳
20世紀ラテンアメリカ短篇選 野谷文昭編訳
フエンテス短篇集 アウラ・純な魂 他四篇 木村榮一訳
グアテマラ伝説集 M・A・アストゥリアス 牛島信明訳
緑の家 全二冊 バルガス＝リョサ 木村榮一訳
密林の語り部 バルガス＝リョサ 西村英一郎訳
ラ・カテドラルでの対話 バルガス＝リョサ 旦敬介訳
弓と竪琴 オクタビオ・パス 牛島信明訳
失われた足跡 カルペンティエル 牛島信明訳
やし酒飲み エイモス・チュツオーラ 土屋哲訳
薬草まじない エイモス・チュツオーラ 土屋哲訳
ジャンプ 他十一篇 ナディン・ゴーディマ 柳沢由実子訳
マイケル・K J・M・クッツェー くぼたのぞみ訳

キリストはエボリで止まった 竹山博英訳
クァジーモド全詩集 河島英昭訳
ウンガレッティ全詩集 河島英昭訳
冗談 ミラン・クンデラ 西永良成訳
小説の技法 ミラン・クンデラ 西永良成訳
世界イディッシュ短篇選 西成彦編訳

《ロシア文学》〔赤〕

オネーギン　プーシキン　池田健太郎訳
スペードの女王・ベールキン物語　プーシキン　神西清訳
狂人日記 他二篇　ゴーゴリ　横田瑞穂訳
外套・鼻　ゴーゴリ　平井肇訳
日本渡航記 —フレガート「パルラダ」号より　ゴンチャロフ　井上満訳
平凡物語 全二冊　ゴンチャロフ　井上満訳
ルージン　ツルゲーネフ　中村融訳
初恋　ツルゲーネフ　米川正夫訳
ツルゲーネフ散文詩　神西清 池田健太郎訳
オブローモフ主義とは何か？ 他一篇　ドブロリューボフ　金子幸彦訳
貧しき人々　ドストイエフスキイ　原久一郎訳
二重人格　ドストエフスキー　小沼文彦訳
罪と罰 全三冊　ドストエフスキー　江川卓訳
白痴 全二冊　ドストエーフスキイ　米川正夫訳
カラマーゾフの兄弟 全四冊　ドストエーフスキイ　米川正夫訳
釣魚雑筆　アクサーコフ　貝沼一郎訳

アンナ・カレーニナ 全三冊　トルストイ　中村融訳
幼年時代　トルストイ　藤沼貴訳
戦争と平和 全六冊　トルストイ　藤沼貴訳
トルストイ民話集 人はなんで生きるか 他四篇　中村白葉訳
トルストイ民話集 イワンのばか 他八篇　中村白葉訳
イワン・イリッチの死　トルストイ　米川正夫訳
光あるうちに光の中を歩め　トルストイ　米川正夫訳
クロイツェル・ソナタ　トルストイ　米川正夫訳
復活 全二冊　トルストイ　藤沼貴訳
人生論　トルストイ　中村融訳
生ける屍　トルストイ　米川正夫訳
かもめ　チェーホフ　浦雅春訳
桜の園　チェーホフ　小野理子訳
六号病棟・退屈な話 他五篇　チェーホフ　松下裕訳
シベリヤの旅 他三篇　チェーホフ　神西清訳
チェーホフ妻への手紙 全二冊　湯浅芳子訳
ともしび・谷間 他七篇　チェーホフ　松下裕訳

サーニン 全二冊　アルツィバーシェフ　中村白葉訳
どん底　ゴーリキイ　中村白葉訳
芸術におけるわが生涯 全三冊　スタニスラフスキー　蔵原惟人 江川卓訳
魅せられた旅人　レスコーフ　木村彰一訳
かくれんぼ・毒の園 他五篇　ソログープ　中山省三郎 昇曙夢訳
ベリンスキー ロシヤ文学評論集 全二冊　除村吉太郎訳
われら　ザミャーチン　川端香男里訳
巨匠とマルガリータ 全二冊　ブルガーコフ　水野忠夫訳
イワーン・イワーノヴィッチとイワーン・ニキーフォロヴィッチとが喧嘩をした話　ゴーゴリ　原久一郎訳

岩波文庫の最新刊

雲英末雄・佐藤勝明校注

花見車・元禄百人一句

多様な俳人が活躍する元禄俳壇を伝える二書。『花見車』は、俳人を遊女に見立てた評判記。『元禄百人一句』は、「百人一首」に倣って諸国の俳人の百句を集める。
〔黄二八四‐一〕　本体八四〇円

近藤義郎著

前方後円墳の時代

弥生時代から前方後円墳が造られた時代へ、列島における階級社会形成の過程を描く。今も参照され続ける、戦後日本考古学を代表する一冊。（解説＝下垣仁志）
〔青N一二九‐一〕　本体一三二〇円

佐藤進一著

日本の中世国家

律令国家解体後に生まれた王朝国家と、東国に生まれた武家政権。中世国家の「二つの型」の相剋を、権力の二元性を軸に克明に読み解く。（解説＝五味文彦）
〔青N一三〇‐一〕　本体一〇一〇円

……今月の重版再開……

杉浦明平編

立原道造詩集

本体一〇〇〇円
〔緑一二一‐一〕

西田幾多郎著

続思索と体験・『続思索と体験』以後

本体九〇〇円
〔青一二四‐三〕

イーヴリン・ウォー作／小野寺健訳

回想のブライズヘッド（上）（下）

〔赤二七七‐二・三〕　本体八四〇円・九六〇円